D1721554

Fantasy

Herausgegeben von Friedel Wahren

MAGIC
Die **Zusammenkunft** ™

MARK SUMMER

Der verschwenderische Magier

SIEBTER BAND

Deutsche Erstausgabe

WILHELM HEYNE VERLAG
MÜNCHEN

HEYNE SCIENCE FICTION & FANTASY
Band 06/6607

Titel der Originalausgabe
MAGIC THE GATHERING™
THE PRODIGAL SORCERER
Übersetzung aus dem Amerikanischen von
Birgit Oberg
Das Umschlagbild malte Romas B. Kukalis

Redaktion: Mirjam Madlung
Copyright © 1995 by Wizard of the Coast, Inc.
Erstausgabe bei HarperPaperbacks.
A Division of HarperCollinsPublishers, New York
Copyright © 1996 der deutschen Ausgabe und der Übersetzung
by Wilhelm Heyne Verlag GmbH & Co. KG, München
Printed in Germany 1996
Umschlaggestaltung: Atelier Ingrid Schütz, München
Technische Betreuung: M. Spinola
Satz: Schaber Satz- und Datentechnik, Wels
Druck und Bindung: Presse-Druck, Augsburg

ISBN 3-453-11937-1

Recin schaute über die Felder. »Wenn es keine Magie gibt, was ist dann das?« Er deutete auf den näherschwebenden, blau-weißen Feuerball jenseits der Mauer.

Das Sirren der Armbrüste war zu hören, als einige der Viashino der Kugel ihre Bolzen entgegenschickten, aber die Geschosse verschwanden spurlos im Inneren des glühenden Kreises. Andere Kämpfer sprangen von der Mauer herab und rannten schreiend in die Nacht. Die Kugel, deren Umfang nun fast den Durchmesser der Stadt erreicht hatte, berührte die Mauer und verschluckte sie, wie eine Flutwelle, die über eine Sandburg hinwegrollt.

Einen Augenblick lang schien es, als hätten sich die Kehlen aller Stadtbewohner zu einem einzigen Schrei des Entsetzens vereint. Recin kniff die Augen zusammen und riß schützend die Hände nach oben. Das Licht war jetzt überall, und es leuchtete so hell, daß es sogar durch seine geschlossenen Lider drang. Eine Hitzewelle überspülte ihn, und er roch den schrecklichen Gestank seines brennenden Haares ...

KAPITEL

1

Talli drückte die Wange gegen den kalten, dunklen Stein, schloß die Augen und atmete den trockenen, erdigen Geruch des Turmes ein.

Die Angst, die ihre Schritte verlangsamt hatte, nahm mit jedem Schritt zu, und der Stolz, der sie den ganzen Morgen über vorangetrieben hatte, schien beinahe erloschen. Die Spitzen der Finger waren rauh und bluteten, da sie seit Stunden über die scharfkantigen, kristallförmigen Felsen gefahren waren. Tallis Beine zitterten, und ihre Füße schmerzten in den Lederstiefeln.

Sie öffnete die Augen ein wenig. Vor ihr erstreckte sich das westliche Tal des Nish – grüne Wälder, die an den Flußufern von einem Mosaik von Feldern gesäumt wurden. Dahinter leuchteten die hohen, weißen Mauern von Berimish, und in weiter Entfernung erkannte sie die graubraunen Flecken des Großen Sumpfes.

Die Armee, die ihr Vater durch das Tal geführt hatte, war nur als kleiner Punkt inmitten der weitläufigen, grünen Felder zu sehen. Von hier oben wirkte Tamingazin friedlich und still.

Nicht die Weite des Ausblicks ängstigte Talli, sondern die Höhe – insbesondere die Tatsache, daß zwischen dem sicheren, flachen Erdboden und ihrem Platz auf dem Turm mehrere hundert Fuß hohe, steile Klippen lagen.

»Hast du vor, dich bald zu bewegen?« sagte eine Stimme hinter ihr.

Zitternd wandte sich Talli um und erblickte Rael

Gar, der hinter ihr auf dem schmalen Pfad stand. Er wirkte völlig gelassen, hatte die Arme vor der breiten Brust verschränkt, und die weite Kapuze seines weichen, schwarzen Umhangs warf einen Schatten über das flache, dreieckige Gesicht. Rael Gar reichte mit dem Kopf knapp bis an Tallis Schulter, aber die geringe Größe vermochte den Eindruck von Kraft nicht zu mindern. Die Schultern des Garan waren geradezu unbeschreiblich breit, und jeder sichtbare Teil des Körpers – auch die Finger und der Nacken – war von harten Muskeln durchzogen.

In Rael Gars großen, silbrigen Augen blitzten grüne Lichter auf. Talli kannte ihn lange genug, um zu wissen, daß dies entweder ein Zeichen der Ungeduld oder herannahenden Zorns war. Nur jener Farbwechsel der Augen verriet seine Gefühle. Kein Garan-Elf würde wagen, einen ängstlichen Gesichtsausdruck zu zeigen, wenn es sich um etwas so Harmloses handelte, wie die Aussicht, zu Tode zu stürzen. Talli war sicher, daß – sollte der Pfad unter ihnen zusammenbrechen – Rael Gar mit eben jener völligen Gelassenheit in die Tiefe stürzen würde.

Außerdem war sie genauso sicher, daß der Garan, wenn er einen triftigen Grund fände, sie ohne zu zögern vom Weg herunterstoßen würde. Der Gedanke vermittelte ihr kein besonders gutes Gefühl darüber, daß sie den Pfad miteinander beschritten.

»Ich schaue mir bloß die Aussicht an«, gab Talli zurück.

»Nun, die wird immer besser werden«, erwiderte der Garan. Er schaute nach oben, um auf die dunklen Felsen hinzuweisen, die noch zu erklimmen waren.

Talli holte tief Luft. »O ja«, sagte sie. »Wunderbar.«

Sie hob den rechten Fuß und setzte ihn vorsichtig auf den nächsten Vorsprung, ließ dann den linken nachfolgen. Unter den harten, ledernen Sohlen ihrer Stiefel knirschten Sand und kleine Steinchen. Sie rutschte nicht ab, war aber sicher, daß sie *immer* kurz davor war. Ein Ausrutscher, und sie würde Hals über Kopf schreiend in die Tiefe fallen...

Wieder holte sie Atem, sog die kühle Luft tief in die Lungen ein und ballte die Hände zu Fäusten. Sie hatte Dutzende von Gegnern im Kampf besiegt, sie würde sich nicht von der eigenen Furcht überwältigen lassen. Talli folgte dem sich windenden Pfad.

Der Turm war aus Tausenden von sechseckigen, schwarzen Basaltsäulen errichtet worden. Jeder Pfeiler war wenig breiter als ein Schritt, und der Schöpfer des spiralförmigen Weges hatte jede Säule ein wenig höher angelegt, als die vorhergehende, um breite, sechseckige Stufen zu bilden. Diese Treppe schlängelte sich um den riesigen Turm herum, überwand bei jeder Umrundung etwa hundert Fuß Höhe und verwandelte so den tausend Fuß hohen Aufstieg in eine meilenweite Wanderung. Der Weg war nicht übermäßig steil, aber dafür sehr weit. Talli hatte den weichen Grasboden noch während der Dunkelheit verlassen; jetzt war es kurz vor Mittag, und noch immer lagen mehrere hundert Fuß Höhe – und Tausende von Stufen – vor ihr.

Obwohl jede Berührung neue Schmerzen durch die wunden Fingerspitzen jagte, hielt sich Talli mit der linken Hand an der tröstlich massiven Felswand fest.

Sie achtete nur auf die nächste Stufe und vermied es, auf den tief unter ihr liegenden Erdboden zu blicken. Es war nichts zu hören, außer ihrem Atem, dem Geräusch ihrer Schritte und dem hin und wieder ertönenden Kratzen des Schwertknaufs, der gegen den Fels stieß. Rael Gar, der hinter ihr schritt, bewegte sich völlig lautlos.

Von Zeit zu Zeit erhaschte Talli einen Blick auf ihren Vater und seine Beraterin, Karelon, die – weit vor ihr – ebenfalls die Stufen hinaufkletterten. Talli wünschte, sie hätte dem Vater die Höhenangst eingestanden. Wenn er geahnt hätte, welche Furcht sie vor dem gähnenden Abgrund empfand, wäre er sicherlich an ihrer Seite geblieben. Aber sie hatte sich ihm nicht anvertraut. Tagard Tarngold hatte in unzähligen Schlachten erlebt, wie mutig seine Tochter mit dem Schwert umging. Er hatte keinen Grund anzunehmen, daß diese friedliche Kletterpartie für Talli das schrecklichste Erlebnis des langes Krieges war.

Der spiralförmige Pfad führte sie immer wieder auf die im Schatten liegende Seite des Turmes. Inzwischen war es dort merklich kühler als bei der letzten Umrundung, und an den Steinen klebten eisige Wassertropfen. Ein silbriger Mantel aus Nebel umgab Tallis wollene Hosenbeine und legte sich sanft über ihr Haar. Die Feuchtigkeit ließ die Stiefelsohlen schlüpfrig werden. Noch schlimmer wurde es, als sie nach ein paar Schritten in eine dichte Wolke geriet, in der Talli nur den verschwommenen Schatten der vor ihr liegenden Stufe erkennen konnte. Sie zögerte am Rande der wogenden Dunstschwaden, mit vor Aufregung zitternden Beinen.

»Brauchst du Hilfe?« erkundigte sich Rael Gar.

Talli schüttelte den Kopf. »Nein, es geht schon.« Vorsichtig schritt sie in den Nebel hinein, tastete mit dem Fuß nach den unsichtbaren Stufen.

Mit jedem Schritt verdichtete sich die graue Masse. Talli erklomm eine nicht sichtbare Stufe, dann die nächste. Eigentlich waren die Wolken gar nicht so übel. Tatsächlich fühlte sie sich ohne den schwindelerregenden Blick zur Rechten bedeutend besser als in den Stunden zuvor. Sie richtete sich auf und nahm einen zuversichtlichen Schritt nach vorn.

Eine starke Hand packte sie an der Schulter. Erschreckt versuchte Talli, sich loszureißen, aber Raels Stimme drang durch den Nebel.

»Beweg dich nicht«, sagte der Garan.

»Warum nicht?«

»Weil der Pfad hier endet. Von hier aus kannst du nur noch nach unten stürzen.« Trotz der Wichtigkeit seiner Worte blieb die Stimme kühl und unbewegt. Er quetschte sich neben Talli auf den schmalen Pfad und wies in den Nebel. »Ich würde dir nicht empfehlen, dort weiterzugehen.«

Die Wolken verzogen sich für einen Augenblick und enthüllten den einschüchternden Blick auf den tief unter ihnen liegenden Boden. Das scharfkantige Ende des Weges lag nur einen Fuß weit entfernt. Dann schlossen sich die Wolken erneut, und Talli blieb, nach Luft schnappend, zurück. »Nur noch ein einziger Schritt«, keuchte sie, »und ich wäre tausend Fuß tief gefallen.«

»Eher hundert Fuß«, entgegnete Rael Gar. »Dann wärst du auf die nächste Windung des Weges gestürzt. Vielleicht wärst du auch aufgeprallt und dann weiter gefallen.« Wenn diese Vorstellung dem Garan irgendwelche Sorgen bereitete, verbarg er es vortrefflich.

Talli kam ein bitterer Gedanke. »Wenn der Pfad hier endet, wo sind dann mein Vater und Karelon?«

Sie erwartete schon, daß der gefühllose Garan in die Tiefe weisen würden, aber statt dessen nahm er Talli bei den Schultern und drehte sie mit dem Gesicht zum Turm. Sie blinzelte in die dunstigen Schwaden, konnte aber in der grauen Masse nur einen etwas dunkleren Umriß ausmachen. Vorsichtig streckte sie die Hand aus. An Stelle des harten Gesteins fand sie nichts als Luft.

Talli streckte sich noch ein wenig mehr und fand schließlich die Umrisse einer Türöffnung, die in den Fels gehauen worden war. Dahinter lag ein feuchter Gang, in dem sich das Zwielicht zu beinahe völliger Finsternis verdichtete. Sie trat hinein, und an der Stelle, an der sich der Gang direkt auf das Herz des Turmes zu bewegte, entdeckte sie eine Treppe. Der

Lauf unzähliger Jahre hatte die Kanten der einzelnen Stufen abgerundet und eine flache Mulde in der Mitte jeden Steines hinterlassen. Tallis Finger ertasteten das Ende eines eisernen Geländers, aber Wasser und Zeit hatten es in ein bröckelndes Rostgebilde verwandelt. Sie ließ los und legte die schmerzende Hand gegen die Wand des Turmes. Dann stieg sie die Treppe hinauf.

Die Stufen waren steiler als die des Pfades; so steil, daß Talli nach ein paar Minuten von einer neuen Woge von Muskelschmerzen überflutet wurde. Aber sie war froh, nur körperliche Qual und Dunkelheit ertragen zu müssen und nicht länger den Anblick des gähnenden Abgrunds.

Lange Zeit kletterten sie schweigend hinauf. Tallis Mund füllte sich mit dem bitteren Geschmack der Erschöpfung, aber sie bemühte sich, das Tempo beizubehalten. Endlich konnte sie hoch oben ein schwaches Licht erkennen. Zehn Minuten später hatte sich der blasse Schein in das helle Leuchten des blauen Himmels verwandelt. Talli verließ den Gang, hob eine Hand vor das Gesicht, um sich vor der Helligkeit zu schützen und stand zitternd im frischen Wind.

Rael Gar verließ den Gang und trat an ihre Seite. »Es scheint, daß die Erzählungen wahr sind«, bemerkte er.

Talli blinzelte gegen das Sonnenlicht. Als ihre Augen sich an die Helligkeit gewöhnt hatten, riß sie erstaunt den Mund auf.

Die gesamte Oberfläche des Turms war mit einer verrückten Ansammlung von Gebäuden bedeckt. Es gab sowohl winzige Hütten als auch riesige, hoch aufragende Gebilde, die höher als alles waren, was Talli je gesehen hatte. Die Bauarten waren ebenso unterschiedlich wie die Größen. Dunkle Holzwände, Fensterscheiben aus buntem Glas, Türme aus strahlend weißem Stein, Kuppeln aus poliertem Metall – alles war, ohne erkennbare Ordnung, bunt durcheinander errichtet worden. In den engen Zwischenräumen der Gebäude bedeckten Gärten jeden Fußbreit des Bodens. Trotz der hier oben herrschenden Kühle waren die Gärten fruchtbar und quollen über von reifen Früchten und bunten Blumen.

Genau in der Mitte der wirren Bauten stand eine dunkle Pyramide, die aus demselben schwarzen Stein gebaut war wie der Turm. Wie eine Gewitterwolke sich über eine Ebene erhebt, so überragte sie alle anderen Gebäude.

Talli war in den grauen Steinhallen von Farson aufgewachsen, einer der ältesten menschlichen Wohnstätten. Sie hatte immer geglaubt, daß die kunstvollen, in die Wände geschnitzten, uralten Muster Farson zum schönsten Ort des ganzen Tals machten. Nun wußte sie es besser. Die Stadt auf der Spitze des Turms war wie aus einer der alten Geschichten, die ihre Mutter erzählt hatte, als Talli noch ein Kind gewesen war. Allein die Pyramide war groß genug, um Farson aufzunehmen und trotzdem noch genügend freien Platz zu lassen.

»Tallibeth!« rief eine laute Stimme.

Talli erblickte drei Gestalten, die von einem der nahegelegenen Gebäude auf sie zu kamen. Auch wenn sie den goldenen Haarschopf und den hellen Glanz der Rüstung nicht bemerkt hätte, wäre sie sicher gewesen, daß die mittlere Person ihr Vater war, denn sie kannte die festen und schnellen Schritte. Die schmale, dunkle Gestalt an seiner Linken mußte Karelon sein – die Frau, die als erste dafür eingetreten war, Tallis Vater zum Anführer aller Menschen zu wählen, und die während des Krieges nicht von seiner Seite gewichen war. Anfangs hielt Talli die dritte Person ebenfalls für einen Menschen, aber als die drei näher kamen, fielen ihr die schnellen, trippelnden Schritte und die seltsam gekrümmte Haltung unter dem Gewand auf. Es war ein Viashino.

Sofort glitt Tallis Hand zum Schwertgriff, und sie zog die Lippen hoch. Als die mit einem Umhang bekleidete Gestalt näher kam, sah sie den langen Hals des Viashinos und den schmalen Kopf mit der vorstehenden Schnauze. Sie sah die schuppigen, klauenbewehrten Hände. Sie sah die gelben Augen. Fest schloß sie die Finger um den Griff der Waffe, war bereit für den Angriff.

»Ich sehe, daß du den Aufstieg überlebt hast«, sagte Tallis Vater. Die kühle Luft hatte seine Wangen gerötet, aber die anstrengende Kletterpartie schien ihm nichts ausgemacht zu haben.

»Es war … belebend«, meinte Rael Gaer.

Talli nickte, ohne den Blick von dem Viashino zu nehmen. Seit dem Tod ihrer Mutter hatte ein Viashino Tallis Alpträume beherrscht. Ihre Mutter war in ein Wäldchen unterhalb von Farson gegangen, um Früchte zu sammeln. Der Viashino, der die Bäume als seinen Besitz betrachtete, hatte sie wegen eines Korbes grüner Utulpa umgebracht – und weil sie das Verbrechen begangen hatte, als Mensch das Land eines Viashino betreten zu haben.

Der lange, blutige Krieg hatte Tallis Haß auf die Schuppenwesen des Tals noch verstärkt. Wenngleich einige Viashino inzwischen unter Tagards Banner kämpften, vertraute sie ihnen keineswegs. Talli war zwar ein Kind gewesen, als ihre Mutter starb, aber sie hatte weder vergessen noch vergeben.

Der Viashino erwiderte ihren Blick, aber sie konnte seinen Gesichtsausdruck nicht deuten. Die Viashino-Gesichter waren unbeweglich und hart wie Stein, für menschliche Augen nicht deutbar. Die riesigen, gelborangefarbenen Augen lagen in tiefen, knochigen Höhlen, aber auch sie verrieten nichts über die Gedanken der Kreatur.

»Das ist Oesol«, sagte Karelon. »Er wird uns zum König führen.« Die dunkelhaarige Frau empfand,

genau wie Talli, keine Zuneigung für die Schuppenwesen. Dies war auch einer der Gründe, warum sie
sich von Anfang an so gut mit Talli verstanden hatte.

»Kein König«, sagte der Viashino. Seine Stimme
klang sanft und weich. »Wir haben keinen König.«

Karelon zuckte die Achseln. »Dann eben euer Anführer«, erwiderte sie. »Wie ihr ihn auch nennt, es bedeutet doch dasselbe.« In ihrer Stimme klang die Abneigung durch, mit einem Viashino zu sprechen.

Oesol schüttelte heftig den Kopf. »Bei uns nicht.
Wir habe keine Erbfolge oder verliehenen Titel. Jeder
von uns zieht ein Los für jene, die…«

»Das ist wirklich wunderbar«, sagte Tagard und fiel
dem Viashino ins Wort. »Warum machen wir uns
nicht auf den Weg und treffen den Anführer, und Ihr
erzählt uns unterwegs mehr darüber.«

Oesols Kopf nickte am Ende des langen Halses auf
und nieder. Er drehte sich um und trippelte auf die
Gebäude zu. Sein langer, fester Schwanz lugte unter
dem Umhang hervor und bewegte sich bei jedem
Schritt leicht von einer Seite zur anderen. Der Sand
auf dem sorgfältig geharkten Weg knirschte leise
unter den dreizehigen Füßen.

Tagard schritt dicht hinter dem Viashino, Karelon
an seiner Seite. Als Talli ihrem Vater folgte, glitt ihr
Blick von den prachtvollen Bauten und dem verhaß-
ten Viashino zu der Frau, die neben Tagard ging. Der
Tod von Tallis Mutter lag beinahe zehn Jahre zurück.
Und seit der Tragödie hatte Karelon Tagard beigestan-
den. Im Lauf der Jahre hatte sich Talli genauso eng an
die Frau angeschlossen, wie an ihren Vater. Karelon
war klein, einige Zoll kleiner als Talli, und sehr dünn,
aber trotz der geringen Größe verfügte sie über erheb-
liche Kraft und Schnelligkeit. Lange, bevor Tagard die
Hügelbewohner vereinte, war sie schon die Anführ-
rerin ihres Dorfes gewesen. Ihr Geschick auf dem
Schlachtfeld war einzigartig.

Seit Jahren versuchte Talli, ihren Vater dahin zu bringen, daß er in Karelon etwas anderes sah, als eine Beraterin. Den Bemerkungen der Männer im Lager entnahm Talli, daß die dunkelhaarige Frau recht anziehend wirkte, und zehn Jahre ohne Gefährtin waren eine lange Zeit für einen Herrscher. Endlich schien Tallis Bemühen Erfolg zu haben. Tagard bemerkte, daß die Frau an seiner Seite eine *Frau* war. Zwischen den Soldaten hatte es Gerüchte gegeben, daß – sobald der Krieg beendet war – Tagard seine Kampfgefährtin zu seiner Ehefrau machen würde. Talli beobachtete die beiden, die dicht nebeneinander herschritten. Ihre Hände berührten sich, und einen Augenblick lang umfaßten sich ihre Finger. Talli lächelte.

Sie erreichten ein paar Gebäude, und Oesol ging auf eine, wie es schien, glatte Steinwand zu. Ein sanftes Pochen der Krallenhand des Viashino ließ einen Teil der Wand nach innen gleiten und enthüllte einen schmalen, schwach erleuchteten Gang. Oesol trat ein, und sein Gefolge, aus drei Menschen und einem Garan bestehend, schloß sich ihm an.

Talli war vom Inneren des Hauses enttäuscht. Nach der eindrucksvollen Größe und dem atemberaubenden Aussehen der Bauten, hatte sie erwartet, die Innenräume mit ungewöhnlichen Möbelstücken und prunkvollen Wandteppichen ausgestattet zu finden, aber der Gang war völlig kahl. Wären nicht die eine oder andere einfache Holztür oder ein paar Hinweisschilder gewesen, hätte man nichts als kalten, nackten Stein gesehen.

Der Korridor wand sich um unzählige Ecken, und der Stein wechselte von blassem Marmor über roten Granit zu dunklem Basalt, der von weißen Streifen durchzogen war. Nach jedem Dutzend Schritte kreuzte sich der schmale Gang mit anderen, breiteren Fluren. An mehreren dieser Stellen trafen die Besucher auf weitere Turmbewohner. Ein paar Menschen waren auch darunter. Ein paar Viashino ebenfalls. Aber die Mehrzahl gehörte zu Rassen, die Talli nicht einmal benennen konnte. Einige waren groß, hatten scharlachrote Haut und leuchtende blaue Augen. Gebogene Stoßzähne zierten die behaarten Gesichter einer Dreiergruppe, und eine ganze Horde von Wesen hatte glatte und eiförmige Köpfe, die wie Hähereier aussahen. Eine zottige, massige Gestalt war so breit, daß sie gezwungen waren, sich gegen die Wand zu drücken, damit das riesige Wesen vorbei konnte.

Ein paar der seltsamen Gesichter wandten sich ihnen zu, als sie vorüber gingen, aber die meisten beachteten die kleine Abordnung der Talbewohner nicht.

Endlich endete der Gang vor einer hellen Holztür. Oesol klopfte mit der Kralle gegen den Rahmen, öffnete dann die Tür und trat ein. Der dahinterliegende Raum war groß, aber, wie alles, was sie bisher gesehen hatten, völlig kahl. Wände und Fußboden waren aus kohlschwarzem Stein gehauen. Von irgendwo hoch über ihren Köpfen strömte ein warmes, helles Licht.

In der Mitte des Raumes erwartete sie ein kleiner, weißhaariger Mann, der ebenfalls in eines der formlosen, grauen Gewänder gehüllt war. Er hatte einen langen, weißen Bart und eine große Nase, die das schmale Gesicht beherrschte. Er saß mit gekreuzten Beinen auf dem Boden, ohne daß ein Teppich ihn vor der Kälte der Steine schützte.

Vor ihm stand ein winziges Gerät, das aus roten und goldenen Drähten gefertigt war. Der Gegenstand hatte eine vage vertraute Form, aber Talli konnte ihn nicht benennen.

»Hier sind die, die den Turm erklommen haben«, sagte Oesol.

Der alte Mann hob die miteinander verwobenen Drähte auf und erhob sich. Trotz seines offensichtlichen Alters bewegte er sich schnell und gewandt, als er den Raum durchschritt und den vier Besuchern gegenübertrat. »Willkommen«, sagte er. »Willkommen im Institut für Arkane Studien.«

»Ich danke Euch«, erwiderte Tallis Vater. Er trat einen Schritt vor seine Begleiter und berührte die Stirn mit einer respektvollen Geste, um den Älteren zu grüßen. »Ich bin Tagard Tarngold, erwählter König der Menschen und der Garan. Diese anderen sind Karelon Frie aus Valiton, Kriegsherrin unserer Armeen; Rael Gar vom Volk der Garan; und Tallibeth, meine Tochter und Mitglied meines Rates.«

»König, Kriegsherrin, Gar«, zählte der weißhaarige Mann auf. Sein Blick schweifte von einem Besucher zum anderen. »Sehr eindrucksvolle Titel. Sehr eindrucksvoll.« Die dunklen Augen des Alten starrten Tagard voller Interesse an. »Hier, bei uns, ist Bescheidenheit Tradition. Daher kann ich, als Gegenleistung, leider nur meinen Namen nennen. Ich bin Aligarius Timni.«

Der Zauberer sprach seinen Namen auf eine Weise aus, die alles andere als bescheiden klang. Obwohl in der Armee keine Magier waren, hatte Talli doch in den letzten Jahren einige gesehen. Die meisten trugen prunkvolle Kleidung und ausgefallene Stäbe oder andere Zeichen ihres Handwerks mit sich herum. Der alte Mann, in seinem einfachen, grauen Umhang, sah nicht besonders beeindruckend aus.

»Seid Ihr der Anführer hier?« fragte Karelon.

»Oh, nun ja, nicht *offiziell*, versteht Ihr?« antwortete Aligarius. »Wir geben hier nicht viele auf irgendwelche Führer oder Leiter.«

Er richtete sich zu voller Größe auf. »Aber wir erkennen Fähigkeit und Können an.«

»Wie alle weisen Leute«, sagte Tagard. »Und heute bedürfen wir Eures Könnens.«

Aligarius wandte sich dem Viashino zu, der noch

immer an der Tür stand und hielt ihm das Drahtgestell entgegen. »Freund Oesol, wäret Ihr so freundlich, dies zurück in den Lagerraum zu bringen und dafür zu sorgen, daß ein paar Kissen hierhergebracht werden? Ich bin sicher, daß unsere Gäste nicht an die Entbehrungen, die wir uns auferlegen, gewöhnt sind.«

»Bitte«, bemerkte Tagard, »es genügt uns, zu stehen.«

Talli stöhnte innerlich. Nach dem langen Aufstieg wollte sie nichts lieber, als sich hinsetzen und die Beine ausruhen.

»Unsinn«, erwiderte Aligarius. »Als eines der ältesten Mitglieder des Institutes erwartet man zwar von mir, den weniger erfahrenen Teilnehmern den rechten Weg zu weisen, um den Geist der magischen Forschung zu öffnen, aber es besteht kein Grund, warum ihr leiden solltet.« Er seufzte hörbar. »Ich wünschte nur, ich könnte euch ordentliche Stühle anbieten.«

»Habt Dank«, antwortete Tagard. »Ich denke, die Kissen werden ausreichen.«

Der Magier nickte Oesol zu. Der Viashino ergriff das Drahtgebilde und ging zur Tür. »Und sorgt dafür, daß jemand Essen und Trinken bringt«, rief ihm Aligarius nach. »Diese Leute haben eine anstrengende Kletterpartie hinter sich. Sie bedürfen einer Erfrischung.«

Talli entschied, daß sie den alten Mann mochte.

Der Weißhaarige richtete seine Aufmerksamkeit erneut auf die Besucher. »Entschuldigt bitte, daß wir nicht besser auf euch vorbereitet sind. Aber auf Grund unseres Wohnsitzes machen sich wenig Besucher die Mühe, hierher zu kommen.«

Nach einer Weile kehrte Oesol zurück, begleitet von einem anderen Viashino, der dünne Kissen trug, die aus dem gleichen grauen Material wie die Gewänder gefertigt waren, die anscheinend von allen Bewohnern des Turms getragen wurden. Die beiden Viashino huschten durch den Raum und legten die Kissen in einer langen Reihe vor Aligarius hin. Talli fand, daß ihr Vater und Karelon ein wenig albern aussahen, als sie sich mit gekreuzten Beinen auf den Kissen niederließen. Die zeremoniellen Rüstungen waren nicht für solche Gelegenheiten geeignet. Sie war froh, daß sie ihre besten wollenen Überhosen trug.

Talli sank mit einem Seufzer der Erleichterung auf ein Kissen. Noch bevor sie den Turm erreicht hatten, waren sie tagelang marschiert und hatten während der Nächte Besprechungen abgehalten, anstatt zu schlafen. Sie verbarg ein Gähnen hinter vorgehaltener Hand. Das bloße Sitzen tat so gut, daß sie befürchtete, sofort einzuschlafen.

Die beiden Viashino traten beiseite und stellten sich an der Wand auf. Da ihre Knie verkehrt herum zusammengefügt waren, konnten sie nicht, wie die Menschen, sitzen, und Talli hatte gehört, daß sie sich auch kaum jemals hinlegten, nicht einmal zum Schlafen. Statt dessen lehnten sie sich gegen eine Wand und stützten sich mit den starken Schwänzen ab. Talli wandte den Kopf leicht zur Seite, um die beiden Kreaturen im Auge zu behalten. Karelon und Tagard flüsterten miteinander, und die anderen schienen die Viashino nicht zu beachten, aber Talli fühlte sich ausgesprochen unwohl, in einem Raum mit den Wesen zu weilen, die seit langem ihre Feinde waren.

Aligarius kreuzte die Beine und nahm seinen Platz auf dem kalten Steinboden ein. »Während wir auf Erfrischungen warten, könnt ihr mir vielleicht den Grund eures Besuches nennen.«

Tagard nickte. Talli bemerkte, daß ihr Vater froh war, endlich zum Kern des Anliegens zu kommen. Das einzige, worüber Tagard sprechen wollte, war der große Kreuzzug. Der kurze Wortwechsel mit Aligarius hatte seine begrenzte Geduld im Austausch von Höflichkeiten erschöpft.

Offensichtlich lag nicht nur Tagard daran, auf den Grund des Besuches zu sprechen zu kommen. Karelon beugte sich plötzlich nach vorn; die Lederschnüre der Rüstung knarrten bei der Bewegung. »Wir sind gekommen, um Euch um Hilfe zu bitten«, sagte sie.

»Natürlich«, nickte Aligarius. »Wir werden euch gerne helfen geben, denn unserem Institut ist daran gelegen, Reisenden ein wenig Behaglichkeit zu bieten.«

»Es freut uns, dies zu hören«, sagte Tagard. »Ich nehme an, daß Ihr von unseren Bemühungen hörtet, ganz Tamingazin unter einer Flagge zu vereinen ...«

»Nun«, unterbrach ihn der Magier, »wir hören sehr wenig über das, was dort unten vorgeht. Ihr seid die ersten Besucher seit über einem Jahr.«

»Ein großer Kampf tobt zu Euren Füßen«, erklärte Tagard. Er hielt inne und Talli fiel auf, daß die blauen Augen ihres Vaters das Funkeln zeigten, das auch erschien, wenn er eine Rede vor seinen Truppen hielt. »Seit Jahrhunderten wird unser Land durch Mauern geteilt, welche die verschiedenen Rassen voneinander trennen. Menschen und Garan wurden ins Hochland verbannt, während sich die Viashino in der Mitte des Tals aufhalten. Streitigkeiten hielten uns voneinander fern. Wir wollen jene Mauern einreißen, die Kämpfe beenden und alle Völker vereinen.«

»Eine ehrenvolle Aufgabe«, bemerkte Aligarius. »Eine Aufgabe, an der wir nichts auszusetzen haben.« Er fuhr mit den Fingern durch die langen Barthaare. »Möchtet Ihr Zugang zu unseren Bibliotheken? Werdet Ihr Mitglieder eures Rates schicken, damit sie das Wissen studieren, das wir angesammelt haben?«

Tagard schüttelte den Kopf. »Zur Zeit bereiten sich unsere Armeen darauf vor, Berimish – den letzten Widerstand gegen die Einheit – anzugreifen«, sagte er.

»Bisher waren wir siegreich, aber nun haben sich unsere Feinde hinter den Mauern der Stadt verschanzt. Der bevorstehende Kampf wird den Ausgang des langen Krieges bestimmen. Daher haben wir leider keine Zeit für Studien.«

»Was wünscht Ihr dann?« fragte der Zauberer.

»Wir brauchen jemanden, der uns magische Hilfe leistet. Mit Eurer Unterstützung wird der Krieg ein gerechtes Ende nehmen.«

»Wir können euch nicht helfen«, erklang Oesols Stimme von der Wand her.

Jeder Kopf im Raum wandte sich dem Viashino zu. »Warum sagst du so etwas?« fragte Tagard.

Oesol schlug mit dem Schwanz und stieß sich von der Wand ab. »Das Institut kann sich nicht in solche Angelegenheiten einmischen.« Er hob die Arme und spreizte die Krallenfinger. »Dieser Ort hat sich dem Wissen verschrieben, nicht dem Krieg. Wir haben geschworen, allem, außer den arkanen Studien, zu entsagen. So lauten unsere Regeln.«

Tagard öffnete den Mund zu einer Erwiderung, aber in dem Augenblick erschienen drei Gestalten in der Türöffnung. »Ahh«, sprach Aligarius, »es scheint, als brächte man die Erfrischungen.«

Die Bediensteten – ein Mensch und zwei Wesen einer hochgewachsenen, skelettartigen Rasse – setzten Platten mit flachen Brotlaiben und Gemüse auf den Boden vor die Besucher. Ihnen folgte ein weiterer Mensch, ein junges Mädchen, das ein mit Tassen und Steinkrügen beladenes Tablett trug. Sie war etwa in Tallis Alter, hatte aber sehr blasse Haut und dunkles Haar – nicht die Farben, die man gewöhnlich in Tamingazin sah. Talli fragte sich, wie dieses Mädchen hierher gelangt war.

Der Anblick der Tassen und Krüge erinnerte Talli daran, wie durstig sie war. Sobald das Mädchen die Sachen abgesetzt hatte, ergriff Talli einen Krug und füllte eine Tasse mit der milchig gelben Flüssigkeit. Sie hatte die Tasse schon an die Lippen gesetzt, als das Mädchen plötzlich die Finger um Tallis Handgelenk legte.

»Das ist Ellinwein«, warnte die junge Frau mit sanfter Stimme. »Er gehört zu den wenigen Pflanzen, die hier oben gut gedeihen.«

Talli rümpfte die Nase. Ellinreben wuchsen in ihrer Heimat wild, und kein Kind, das unglücklicherweise eine der grünen Beeren in den Mund stopfte, konnte vergessen, daß es sich um eine überaus bittere Frucht handelte. Aber ihr Durst war so stark, daß sie einen winzigen Schluck nahm. Die Flüssigkeit schmeckte sauer, aber nicht so schlecht, wie sie sie in Erinnerung hatte. Sie nahm einen größeren Schluck und fühlte, wie das kalte Getränk die Kehle hinabbrann.

»Das schmeckt ganz gut«, sagte Talli.

Das Mädchen nickte. »Trink nur nicht zu schnell«, warnte sie und zog ein Gesicht, als verschlucke sie gerade eine Handvoll der Beeren. »Sonst verzieht es dir den Mund, bis sich deine Wangen nach innen stülpen.«

Talli lachte. »Ich werde aufpassen.«

»Freundin Kitrin«, ertönte Aligarius ungeduldige Stimme. »Beeilt Euch und erfüllt Eure Pflicht. Es warten noch andere auf ein Getränk.«

Das Mädchen lächelte Talli noch einmal an und bediente dann eilig die anderen Gäste. Talli wünschte, sie hätten Zeit für eine Unterhaltung gehabt. In der Armee gab es wenig Menschen ihres Alters, und ihre Stellung als Ratsmitglied hatte eine Mauer zwischen Talli und den anderen Soldaten errichtet. Es wäre nett gewesen, einmal über etwas anderes als Vorräte und Marschbefehle zu sprechen.

Ihr Vater war nicht in der Stimmung zu essen oder zu trinken. Sobald die Diener den Raum verlassen hatten, wandte sich Tagard erneut an Aligarius. »Ist es wahr, was Oesol gesagt hat?« erkundigte er sich. »Ihr werdet uns nicht helfen?«

Aligarius blickte bedrückt drein. »Leider muß ich sagen, daß Freund Oesol im Grunde genommen recht hat«, meinte er. »Es war schon immer eine Regel des Institutes, sich aus den Streitigkeiten anderer herauszuhalten. Wir greifen nicht unmittelbar ein.«

Karelon schnaubte verächtlich. »Aber ihr seid diejenigen, welche die magische Mauer um uns herum gebaut haben. Wie könnt Ihr da sagen, ihr mischt euch nicht ein?«

Talli sah überrascht von Karelon zu Aligarius. Sie hatte nicht gewußt, daß die magische Mauer etwas mit dem Institut zu tun hatte. Nach den Geschichten, die Talli gehört hatte, bestand die Mauer aus beweglichem Licht, die Tamingazin auf allen Seiten umgab, schon länger als alle menschlichen Siedlungen. Alle, die hindurchgelangen wollten, waren gezwungen, sich so mühselig wie ein in Sirup gefallenes Insekt fortzubewegen. So war jede Armee, die das Tal betreten wollte, allen Angriffen hilflos ausgeliefert, und daher hatte es niemand ernsthaft versucht.

»Die magische Mauer wurde zum Schutze jedes Bewohners von Tamingazin errichtet«, erklärte Oesol, der noch immer in der Nähe der Wand stand. »Sie hat den Frieden gesichert.«

»Frieden?« fragte Karelon. »Es gibt keinen Frieden. Dieses Tal hat nichts außer Krieg erlebt.« Sie wies mit dem schmalen Finger auf den Viashino. »Eure magische Mauer hat alle davon abgehalten, eine Armee herzubringen und euer kostbares Institut zu stürmen, aber sie hat alle anderen nicht davor bewahrt, sich gegenseitig an die Kehlen zu fahren.«

»Wir haben euch nicht zum Kampf gezwungen«, stellte Oesol fest.

»Wir sind eingesperrt wie Tiere in einem Käfig«, sagte Tagard. »Das Land der Menschen ist aus-

23

gelaugt. Jedes Jahr werden die Ernten geringer, und die Arbeit nimmt zu. Das Leben der Garan war schon immer hart, aber es verschlechtert sich von Jahr zu Jahr. Doch wenn wir uns ins Tal wagen, werden wir von den Viashino angegriffen. Was erwartet ihr denn, sollen wir etwa stillhalten und einfach nur sterben?«

Einen Moment lang herrschte gespanntes Schweigen. Talli setzte die Tasse ab, und ihre Finger glitten langsam zum Schwertknauf. Wenn die Viashino nicht länger reden, sondern angreifen wollten, wollte sie bereit sein.

»Wir bitten euch nicht, diesen Krieg für uns zu gewinnen«, sagte Tagard mit leiser, ruhiger Stimme. »Wir werden siegen, ob ihr uns helft oder nicht.«

Oesol näherte sich Aligarius; bei jedem Schritt klackten die Zehenkrallen auf dem harten Steinboden. »Dann braucht ihr uns also gar nicht. Wie schön. Wir können euch die benötigte Hilfe auch nicht geben. Und wir können uns nicht in etwas einmischen, was ...«

»Ihr habt euch bereits eingemischt«, unterbrach ihn Tagard. Er erhob sich, und seine blauen Augen waren auf gleicher Höhe mit den gelben des Viashino. »Karelon hat recht. Eure magische Mauer gewährt uns Sicherheit, hält aber die Bevölkerung des Tals inmitten von Aufruhr und Qual auf Messers Schneide. Wir bitten lediglich darum, daß ihr uns helft, Frieden zu erlangen.«

Oesol schüttelte heftig den Kopf; diese Geste war bei allen Rassen des Tals gebräuchlich. »Nein, wir können nichts tun.«

»Oh, aber vielleicht können wir doch etwas tun«, erklang Aligarius' sanfte Stimme. Oesol wollte erneut widersprechen, aber der alte Mann hob die Hand, um ihn zum Schweigen zu bringen. Aligarius, der noch immer auf dem Boden hockte, blickte Tagard an. »Beendet, was Ihr vorhin sagen wolltet«, forderte er ihn auf. »Sagt uns ganz genau, welche Art Hilfe Ihr braucht.«

Tagard beugte sich nieder und kniete neben dem Alten. »In Berimish leben mehr als vierzigtausend Leute. Zumeist Viashino, aber auch Menschen.«

Aligarius nickte. »Wir haben ein paar Schüler, die aus Berimish stammen.«

»Der größte Teil der Viashino-Truppen hat sich innerhalb der Stadtmauern versammelt. Wir müssen den Ort stürmen, um den Krieg zu beenden«, fuhr Tagard fort. »Wenn wir aber gezwungen sind, die Mauern zu erklettern und Berimish mit Gewalt einzunehmen, wird es auf beiden Seiten viele Tote geben.« Er zögerte eine Sekunde und neigte sich dann noch näher zu Aligarius. »Wir bitten Euch, uns zu helfen, die Stadt zu erobern, ohne daß wir Feuer und Waffen einsetzen müssen. Ihr seid ein mächtiger, erfahrener Zauberer. Helft uns, den Krieg ohne unnötiges Blutvergießen zu beenden.«

Oesol blickte an seiner langen Schnauze vorbei auf die beiden Männer. »Es verstößt gegen die Regeln, Freund Aligarius. Wir dürfen es nicht.«

Aligarius schüttelte den Kopf. »Ich bin nicht so sicher«, sagte er bedächtig. »Sie haben eigentlich recht. Die magische Mauer hat ihr Leben beeinflußt.«

»Sie hat nur die Fremden abgewehrt«, beharrte der Viashino. »Die Mauer hat niemanden gezwungen, sich untereinander zu bekämpfen.«

»Dennoch. Es war eine Einmischung.« Der Magier hielt Tagard die Hand entgegen, und die beiden erhoben sich gemeinsam. »Ich werde Euch nach Berimish begleiten und mir die Sache ansehen«, sagte Aligarius. »Vielleicht kann ich etwas tun.«

»Das könnt Ihr nicht«, wiederholte Oesol. »Es ist falsch. Wenn wir etwas so Wichtiges unternehmen, müssen wir eine Versammlung des Institutes einberufen.«

Der alte Mann schaute ihn ruhig an. »Ihr studiert erst seit einigen Jahren, Freund Oesol, ich dagegen seit mehr als einem Jahrhundert. Ich tue das, was meiner Meinung nach für das Institut und das Tal am besten ist.«

Der Alte verließ den Raum, um seine Sachen zu holen. Talli sprang auf die Füße und streckte die Beine aus. Karelon warf ihr einen Blick zu und lächelte. Das Treffen war gut ausgegangen. Talli war froh, daß ihr Vater bekommen hatte, was er sich wünschte, sorgte sich aber, wenn sie an den langen Rückweg über den gefährlichen Pfad dachte.

Das Mädchen, das vorhin die Getränke gebracht hatte, kehrte zurück, um die Krüge und Tassen einzusammeln. »Das war eine kurze Besprechung«, bemerkte sie, als Talli ihr die Tasse reichte. »Gewöhnlich reden diese Magier den ganzen Tag auf dich ein.«

»Seid Ihr keine Magierin?« fragte Talli.

»Eigentlich schon«, sagte das Mädchen und zuckte die Schultern. »Aber ich bin erst seit einigen Jahren hier. Man muß mindestens ein oder zwei Jahrhunderte hier leben, bevor man zur Kenntnis genommen wird.«

Talli lächelte und wollte etwas erwidern, als Aligarius im Türrahmen erschien, und die Besucher den Raum verließen. Talli ging als Letzte und verabschiedete sich zögernd von dem Mädchen, bevor sie den anderen folgte.

Sie hatte die Tür fast durchschritten, als sie von einer klauenbewehrten Hand am Arm gepackt wurde. Kalte Angst überfiel sie, als sich ihr Oesols Schnauze dicht vors Gesicht schob.

»Hört mir zu, junge Menschin«, zischte der Viashino. »Dies ist falsch.«

»Laßt mich los«, sagte Talli, deren Stimme kaum mehr als ein heiseres Flüstern war. Sie umklammerte den Schwertgriff und zog die Waffe leise aus der ledernen Scheide.

»Es ist falsch«, wiederholte die Kreatur. »Das Institut hat große Macht, und nur das strikte Befolgen der Regeln hat diese Macht davor bewahrt, das ganze Land zu vernichten.«

Er ließ Tallis Arm los und sah zu Boden. »Um Euretwillen, um Eures Volkes Willen, laßt diese Macht nicht in die Hände derer gelangen, die sie auch gebrauchen würden.«

Talli hob die Waffe, zögerte und schob sie dann wieder in die Scheide zurück. Oesol schritt an ihr vorbei und verschwand in dem langen Gang. Talli eilte ihrem Vater nach.

Noch eine Tagesreise, und sie würden Berimish erreichen.

KAPITEL

2

Recin glitt die Stange hinab, zwängte sich durch die schmale Tür, sprang über den Tresen, rannte auf die Straße, drückte sich an einem Mann vorbei, der Leder zu Börsen verarbeitete und landete auf der Hauptstraße von Berimish, ohne daß ihm ein einziger Rotbeerlaib aus dem Bündel fiel, das er im Arm trug. Die vielen Leute und schweren Karren, welche die Straße bevölkerten, zwangen ihn, langsamer zu gehen, aber er schritt ungeduldig voran und nutzte jede Möglichkeit, schneller vorwärts zu kommen.

Die Sonne neigte sich am Himmel und tauchte die weißen Wände der Häuser in ein rötliches Licht. In den engen Gassen, die von der Hauptstraße abzweigten, ballten sich die Schatten bereits zusammen. An einem gewöhnlichen Tag wurden die Straßen ruhig, wenn die Läden schlossen, und die Familien sich zum Abendmahl niederließen. Aber der heutige Tag war kein gewöhnlicher. Alle hatten die Gerüchte vernommen: Die feindliche Armee rückte an, die Stadt würde bald umlagert sein.

Dieses Wissen erfüllte die milde Abendluft mit einem Geschmack aus Ungewißheit und Aufregung. Soldaten – sowohl Menschen als auch Viashino – eilten in Dreier- oder Vierergruppen vorbei. Händler boten ihre Waren zu Preisen an, die an jedem anderen Tag unverschämt gewesen wären, aber heute rafften die Leute Nahrungsmittel, Kleidung und verschiedene andere Dinge zusammen, ohne über die Kosten zu murren.

Während er mit zermürbender Langsamkeit die

Straße entlang schritt, stieg Recin der verführerisch süße Duft des in Papier gewickelten Bündels unter seinem Arm in die Nase. Seiner Meinung nach bestand kein Zweifel daran, daß die Rotbeerlaibe das Beste waren, was seine Mutter und Tante Getin in den riesigen Steinöfen ihrer Bäckerei zustande brachten. Der Geruch der Laibe, die er mit sich trug, verführte ihn fast dazu, ein wenig Brot für sich selbst abzubrechen, und mit jeder Minute wurde die Versuchung größer.

Aber bei dem Preis, die Eßwaren zur Zeit auf dem Markt erzielten, wäre das eine äußerst kostspielige Näscherei gewesen. Seitdem Tagard die Dörfer entlang des Flusses eingenommen hatte, war die Stadt auf Nahrungsmittel angewiesen, die von den Inseln oder den Ländern im Süden kamen. Alles kostete zehnmal mehr als noch vor ein paar Monaten. Bei Recin daheim war Geld schon immer knapp gewesen, und nun erst recht – da mußte selbst das Verlangen nach dem süßen Rotbeergeschmack zurückstehen. Recin seufzte und zügelte seinen Appetit.

Er reckte den Hals und versuchte, über die Menge der hochgewachsenen Viashino zu blicken. Endlich erreichte er die Stelle, an der seine Mutter ihren einfachen Stand aufgebaut hatte und beobachtete, wie sie einem gut gekleideten Viashino eine größere Menge Wecken verkaufte. Anscheinend erschien Recin gerade rechtzeitig, denn nun war die Ware völlig ausverkauft.

Seine Mutter nahm das angebotene Gold entgegen und legte es in die Geldschatulle. Als sie sich wieder aufrichtete, erblickte sie Recin, der die Straße herunter kam und hob grüßend die Hand.

»Wie sind die letzten geworden?« rief sie ihm entgegen.

»Hier sind sie«, antwortete er und legte das Bündel auf die rauhen Holzbretter des Standes.

Seine Mutter ergriff einen Laib und wölbte die Lippen. »Ein bißchen zu lange drin gewesen«, stellte sie fest. »Aber nicht übel. Hat Getin diese gebacken?«

Recin schüttelte den Kopf. »Die meisten habe ich gebacken.«

Seine Mutter nickte. »Wir werden noch einen Bäcker aus dir machen.«

»Äh, großartig«, sagte Recin. Er versuchte zu lächeln, aber seine Anstrengung ließ die veränderlichen, goldenen Augen der Mutter blau aufblitzen.

»Ich habe den Garan noch nicht gesehen, der gern Bäcker geworden wäre«, sagte sie. »Aber es ist ein guter Beruf. Viel besser als manche, die ich dir nennen könnte.« Sie schob sich die braunen Locken aus der Stirn und blickte die Straße hinunter. »Warum gehst du nicht wieder nach Hause? Sobald ich diese Laibe verkauft habe, komme ich nach.«

Recin runzelte die Stirn. »Es gibt nichts mehr zu backen. Ich wollte eigentlich zu Heasos gehen.«

Nun wich der warme, goldene Schein aus den Augen seiner Mutter und wurde durch ein stählernes Grau ersetzt. »Wenn ein Angriff bevorsteht, muß Heasos doch auf der Mauer sein, oder?«

»Na ja, wahrscheinlich«, gab Recin zu.

»Da brauchst du heute nicht hinzugehen. Es ist gefährlich, und du wirst nur im Weg stehen.« Die Mutter wandte sich ab, um einem Mann, dessen Lederschürze ihn als Schmied auswies, ein paar Brote zu verkaufen.

»Die Armee von Bey Tagard ist noch weit weg«, widersprach Recin, als sie den Verkauf beendet hatte. »Alle sagen, daß er erst morgen hier sein wird.«

Seine Mutter drehte sich blitzschnell zu ihm herum. »*Bey* Tagard? Wo hast du den Namen gehört? Wer behauptet, dieser Mann aus den Bergen sei ein Bey?«

»Ich weiß es nicht«, sagte Recin achselzuckend. »So nennen ihn eben alle.«

»Nun, in diesem Tal ist Lisolo der einzige Bey«, sagte sie, »und ich möchte nicht, daß du irgend etwas anderes behauptest.«

Wenngleich ihr Gesicht ausdruckslos und die Stimme ruhig blieb, war es Recin ein leichtes, die Wut in ihren Augen zu erkennen. Bey Lisolo hatte ihre Familie zu einer Zeit in die Stadt gelassen, als alle Garan als Feinde angesehen wurden. Sie würde keine Bemerkung dulden, die als Beleidigung des Viashino-Führers gelten konnte.

»Ich habe das nicht böse gemeint«, beteuerte Recin. »Ich möchte nur Heasos besuchen.«

Seine Mutter faßte sich an den Kopf und fuhr mit der Hand durch die braune Lockenpracht. »Wenn man diesen Tagard erst einmal fortgejagt hat, hoffe ich, daß alles wieder seinen gewöhnlichen Gang geht.«

»Aber natürlich.«

Wie beinahe jeder Einwohner von Berimish, so hatte auch Recin keine Zweifel daran, daß Tagards Angriff mißlingen würde. Berimish war von dicken Steinmauern umgeben, die dreimal so hoch wie ein Mensch waren – und viermal so hoch wie ein Garan. Sogar in Friedenszeiten wachten mehr als tausend Stadtgardisten auf der Mauer. Inzwischen war diese Zahl durch die Soldaten, die aus den eroberten Dörfern geflohen waren, verdoppelt worden.

Es würde der zerlumpten Armee unmöglich sein, so viele bewaffnete Viashino zu besiegen, die noch dazu in geschützten Stellungen kämpften. Außerdem war Berimish *die* Stadt. Der Rest des Tals bestand nur aus kleinen Dörfern und armseligen kleinen Hütten, wie den menschlichen Siedlungen. Auch bevor der Krieg Flüchtlinge von außerhalb in die Stadt getrieben hatte, lebten innerhalb der Mauern von Berimish fast ebenso viele Leute, wie im gesamten übrigen Tal. Daß Tagards Armee ganz Tamingazin erobert hatte, war eine Überraschung gewesen. Aber die Vorstellung, daß die kleine Gruppe der Hügelbewohner, der Garan-Elfen und einiger verräterischer Viashino Berimish stürmen könnten... war einfach lächerlich.

»Wenn ich Heasos besuche, kann ich den Soldaten Brot bringen«, schlug Recin vor. Dieses Spiel war schon mehrmals erfolgreich gewesen. Seine Mutter pflegte übriggebliebenes Brot an die Stadtwachen zu verteilen, und ein solches Angebot hatte ihn oft von den Pflichten in der Bäckerei befreit.

Diesmal war sie nicht so leicht zu überzeugen. »Es ist zu gefährlich«, sagte sie und schüttelte heftig den Kopf. »Außerdem müssen wir uns auf morgen vorbereiten. Wir müssen wenigstens zwei Ladungen mehr backen, um die Nachfrage zu stillen. Getin braucht Hilfe, um die Vorräte aufzustocken, und ich...«

»Nur eine Minute«, bat Recin. Er nahm zwei Brotlaibe an sich. »Wenn ich sehe, wie alle das Essen horten, möchte ich wetten, daß niemand ihnen Brot gebracht hat.«

Die Augenfarbe seiner Mutter wechselte von grau zu grün. »Ich weiß nicht...«

»Und auf dem Heimweg gehe ich kurz ins Brauhaus und bringe einen Topf Hefe mit. Dann hat Getin es leichter.«

»Na gut, ein paar Minuten werden wohl nicht schaden.« Recin setzte sich in Bewegung, aber die Mutter hielt ihn am Arm zurück. »Paß nur auf, daß dieses Brot auch bei den Soldaten ankommt.«

Recin blickte auf die süßen Rotbeerlaibe und seufzte. »Ich werde nicht einen Bissen nehmen.« Wieder wollte er fort, aber der Griff auf seinem Arm lockerte sich nicht.

»Und sieh zu, daß du nichts als Hefe im Brauhaus holst.«

Er nickte zögernd. Endlich lösten sich die Finger, und Recin verschwand im Gedränge.

Als er die Mauer erreichte, war die Sonne bereits untergegangen. Er starrte die mit Kerben versehenen Pfosten an, die zur Mauerbrüstung führten und wünschte zum hundertsten Mal, daß die Viashino eine Vorliebe für Treppen hätten. Aber die Füße der Schuppenwesen eigneten sich besser für Seile oder Pfähle. Der einzige Ort in Berimish, an dem Treppenstufen zu finden waren, war das Viertel der Menschen. Recin machte sich an die Kletterpartie und bemühte sich, das Brot weder zu zerdrücken noch fallen zu lassen.

Er hatte erwartet, den Holzsims, der innerhalb der Mauer verlief, mit Truppen überfüllt vorzufinden, aber niemand war zu sehen. Er mußte ein ganzes Stück weit gehen, bevor er Heasos auf seinem Posten entdeckte. Der junge Viashino sah Recin herannahen und bedachte ihn mit einem kurzen Rucken des Kinns, das bei seinem Volk als Gruß angesehen wurde.

»Was machst du denn hier, Bäcker?« rief Heasos. »Mußt du nicht deine Öfen säubern?«

Recin gab vor, die Neckerei seines Freundes hätte ihn beleidigt, aber er wußte, daß Heasos nur scherzte. Seitdem der junge Viashino seine Nestgruppe verlassen hatte, lebte er in einem kleinen Haus neben der Bäckerei, und Recin und er beschossen sich seit Jahren mit freundschaftlichen Spitzfindigkeiten.

»Man sagt, eine Armee sei nur so gut wie ihr Koch«, sagte Recin und warf Heasos einen der Brotlaibe zu.

Geschickt fing ihn der Viashino mit der Kralle auf und senkte die Schnauze, um daran zu schnüffeln. »Sieht so aus, als wären wir eine verdammt gute Armee«, stellte er fest. Er öffnete das langgezogene Maul und riß mit einem Biß ein Drittel des Brotes ab. Ein Klumpen rutschte durch die schmale Kehle. »Bestell deiner Mutter meinen Dank.«

Recin nickte. »Warum habt ihr euch alle hier in dieser Ecke versammelt?« fragte er. »Solltet ihr nicht die Ostmauer bewachen?«

»Ja, aber dort gibt es nichts zu sehen«, antwortete Heasos.

Recin spähte in die Dunkelheit. »Und was gibt es hier zu sehen?«

Der Viashino deutete mit der Kralle nach Nordosten. »Reiter. Fünf Stück.«

Er trat von der Brüstung zurück, und Recin nahm seinen Platz ein. Aber wie lange der junge Garan auch in die Nacht starrte, er konnte nichts entdecken. »Bist du sicher, daß sie da draußen sind?«

Heasos stieß ein verächtliches Zischen aus. »Ich dachte, Garan-Elfen hätten so gute Augen.« Er griff in den Beutel, der an seinem Gürtel hing und zog ein Fernglas heraus. »Hier, versuch es hiermit.«

Das Fernglas war nicht von bester Machart, aber wenigstens gelang es Recin, durch die untere Wasserglaslinse eine Reihe undeutlicher Gestalten auszumachen.

Sie saßen auf Reittieren auf einem Feld vor der Stadt, in der Nähe eines verlassenen Bauernhauses, dessen Besitzer es vorgezogen hatte, den Krieg innerhalb der Mauern von Berimish abzuwarten. Soweit Recin feststellen konnte, rührten sich die Reiter nicht.

»Gehören sie zu Tagards Armee?« erkundigte er sich.

»Illis meint, einer von ihnen sei Tagard selbst.«

Recin betrachtete die weit entfernten Gestalten noch einmal ganz genau, konnte aber in der Dunkelheit nur die Umrisse erkennen. Wenn die Viashino auf diese Entfernung Gesichter erkennen konnten, war ihre Sehschärfe wahrhaft erstaunlich. Nach ein paar Minuten gab Recin auf und gab Heasos das Fernglas zurück.

»Also, wenn das Tagard sein soll«, sagte er, »geht er

dann nicht ein großes Wagnis ein, vor seiner Armee herzureiten?«

Heasos setzte zu einer Antwort an, aber ein zweiter Viashino trat zu ihnen. Nach seiner Größe – er überragte Heasos um fast zwei Fuß – und den dicken Schuppen am Hals zu urteilen, mußte der Neuankömmling ein älterer, männlicher Viashino sein. Er wirkte alt genug, um sich bald ins Paarungshaus zurückziehen zu können.

»Wer ist das?« fragte der Viashino. »Was tut er auf der Mauer?«

»Das ist Recin«, erwiderte Heasos. »Seine Familie lebt in der Stadt.«

Der ältere Viashino hielt den Kopf tief, ein sicheres Zeichen für seine Beunruhigung. »Das gefällt mir nicht«, zischte er. »Ein Garan, heute nacht auf der Mauer! Woher sollen wir wissen, ob er nicht mit denen da draußen im Bunde steht?«

Recin fühlte, wie Ärger in ihm aufstieg. In der Stadt lebten viele Menschen, die von den meisten Viashino ohne weiteres anerkannt wurden, aber die Garan-Bevölkerung begann und endete mit seiner Familie. Es gab viele, die sie mit Mißtrauen betrachteten. Er unterdrückte den Groll und lächelte. »Ich habe Brot mitgebracht«, sagte er, um die Befürchtungen des Viashino zu zerstreuen. Dann hielt er dem Älteren den zweiten Laib entgegen.

Der Viashino starrte Recin noch eine Weile an. Dann entriß er ihm mit spitzen Krallen das Brot und ging langsam davon.

»Tut mir leid«, meinte Heasos, als der andere verschwunden war. »Hier oben liegen heute abend die Nerven bloß.«

»Erwartet ihr für morgen einen Kampf?« wollte Recin wissen.

Heasos schüttelte den Kopf. »Wohl kaum. Die kommen niemals über diese Mauer. Ich nehme an, sie werden uns umzingeln und versuchen, uns auszuhungern.«

»Das wird ihnen nicht gelingen«, sagte Recin. »Die Stadt kann sich monatelang mit Wasser und Nahrung aus dem Fluß versorgen, und den können sie nicht belagern.«

»Ich weiß, daß es nicht gelingen wird«, stimmte Heasos zu. »Aber die dort wissen es nicht. Ich denke, sie werden einen oder zwei Monate brauchen, um es herauszufinden.«

Plötzliche Unruhe erfaßte eine Gruppe Viashino, die ungefähr ein Dutzend Ellen weiter rechts stand. Heasos reckte den langen Hals und legte den Kopf schräg, um zu lauschen, dann riß er das Fernglas aus dem Beutel und richtete es auf die dunklen Felder.

»Was gibt es?« fragte Recin.

»Es kommen noch mehr Leute«, murmelte der Viashino, der das Fernglas noch immer ans Auge hielt. Er bewegte es hin und her und stieß ein langgezogenes Zischen aus.

»Siehst du etwas?«

»Und ob ich etwas sehe. Tagards gesamte Armee versammelt sich gerade da draußen, im Dunklen.« Als er die Worte ausgesprochen hatte, ging im Westen der kleine Mond auf und begann seine schnelle Reise über den Himmel. Aber er war kaum mehr als ein heller Funke in der dunklen Nacht, und sein Licht war zu schwach, um die Felder vor der Stadt zu erleuchten.

Recin nahm das Fernglas des Freundes. Damit konnte er in der Ferne Bewegungen erkennen, aber sonst nichts. Er wünschte, der große Mond ginge auf und erhellte die Nacht, aber das würde erst in ein paar Stunden geschehen. »Warum versammeln sie sich denn dort bei Nacht?« wollte Recin wissen.

»Ich weiß es nicht«, sagte Heasos. »Vielleicht habe

ich mich geirrt, und sie wollen doch versuchen, die Mauer zu stürmen.«

»Heute nacht?«

»Wer weiß?« Heasos griff nach hinten und zog die lange, schmale Armbrust vom Rücken. »Vielleicht solltest du lieber hinunter gehen«, erklärte er. »Es sieht so aus, als geschähe irgend etwas.«

Recin beobachtete noch immer die feindlichen Truppen. »Ich möchte bleiben«, sagte er. »Wenn sie wirklich anfangen, die…« In der Ferne zuckte ein Lichtblitz. Recin bewegte das Fernglas ein wenig und sah, wie sich ein blau-weißer Feuerball vom dunklen Erdboden erhob. Einen Augenblick lang konnte er deutlich eine Gestalt in hellem Gewand und eine andere in einer glänzenden Rüstung erkennen. Dann stieg der Feuerball höher und höher und bewegte sich langsam auf die Stadt zu.

»Magie!« rief er.

»Was?«

Recin drückte dem Viashino das Fernglas in die Hand. »Das ist ein magischer Angriff. Irgend etwas kommt auf uns zu.«

Heasos wandte sich um und brüllte der Gruppe zur Rechten zu: »Illis! Ein magischer Angriff!«

Die anderen Viashino hörten auf zu reden und sahen zu ihnen herüber. Ein männlicher Soldat mittleren Alters löste sich aus der Gruppe und kam über die Holzplanken auf sie zu. »Kann keine Magie sein«, meinte er. »Tagard hat keine Zauberer.«

Recin schaute über die Felder. Der Feuerball war jetzt so nah, daß er auch ohne Fernglas sichtbar war.

»Wenn es keine Magie gibt, was ist es dann?« Er deutete auf den näherschwebenden blau-weißen Feuerball jenseits der Mauer.

Der Viashino warf einen Blick auf das Feld, und die gelben Augen quollen beinahe aus den Höhlen. Er warf den Kopf zurück und stieß einen gellenden

Alarmschrei aus. Alle auf der Mauer rissen die Köpfe herum. Innerhalb weniger Sekunden hatten auch die anderen die nahende feurige Kugel erblickt. Hunderte von Viashino sahen hilflos zu, wie die Erscheinung immer näher kam.

Recin stand mitten unter ihnen; der Anblick hatte ihn erstarren lassen. Erst nach einigen Sekunden bemerkte er, daß der Ball nicht nur näher kam, sondern auch immer größer wurde.

Als sich die Kugel vom Boden erhoben hatte, war sie zunächst nicht größer als eine Melone gewesen, inzwischen aber hatte sie die Größe eines Fasses erreicht und nahm rasend schnell an Umfang zu. Als sie zweihundert Schritte entfernt war, war sie so groß wie ein Wagen. Als sie hundert Schritte entfernt war, war sie größer als ein Haus. Die Helligkeit nahm ebenfalls zu, steigerte sich so, daß schon das Hinsehen Schmerzen bereitete. Selbst unten auf der Straße blieben die Leute stehen und wandten die Gesichter dem seltsamen Leuchten zu. Und immer noch vergrößerte sich die Kugel, verdrängte die Nacht und füllte den Himmel aus.

Das Sirren der Armbrüste war zu hören, als einige der Viashino der Kugel ihre Bolzen entgegenschickten, aber die Geschosse verschwanden spurlos im Inneren des glühenden Kreises. Andere Kämpfer sprangen von der Mauer herab und rannten schreiend in die Nacht. Die Kugel, deren Umfang nun fast den Durchmesser der Stadt erreicht hatte, berührte die Mauer und verschluckte sie, wie eine Flutwelle, die über eine Sandburg hinwegrollt.

Einen Augenblick lang schien es, als hätten sich die Kehlen aller Stadtbewohner zu einem einzigen Schrei des Entsetzens vereint. Recin kniff die Augen zusammen und riß schützend die Hände nach oben. Das Licht war überall, und es leuchtete so hell, daß es sogar durch seine geschlossenen Lider drang. Eine

Hitzewelle überspülte ihn, und er roch den schrecklichen Gestank seines brennenden Haares.

Dann erlosch das Licht, und die kühle Nachtluft umgab ihn.

Recin öffnete die Augen. Zunächst sah er nichts als wabernden, roten Nebel. Es dauerte einige Sekunden, bevor ihm auffiel, daß er nicht mehr auf den Beinen stand, und noch ein wenig länger, bis er bemerkte, daß er auf den rauhen Brettern des Holzsimses lag. Er tastete umher, fand die Wand und richtete sich langsam auf. Vorsichtig, um nicht ins Leere zu treten, lehnte sich Recin gegen den vertrauenerweckend festen Stein. Allmählich erholten sich seine Augen, und aus dem roten Nebel tauchten vereinzelte Umrisse auf. Zu seiner Linken lag Heasos der Länge nach auf den Planken, andere Viashino lagen übereinander auf der rechten Seite. Keiner regte sich.

Unten, in den Straßen, lagen überall Viashino. Von seinem Aussichtsplatz erblickte Recin einen Menschen, der die Straße entlangtaumelte. Außer jener einsamen Gestalt rührte sich kein Lebewesen in der ganzen Stadt. Recin bückte sich und legte die Hand auf Heasos' fein geschuppten Hals. Er fühlte keinen Pulsschlag, und ihm wurde kalt vor Angst. Aber dann sah er, daß die Brust des Freundes sich sanft hob und senkte. Heasos lebte.

Recin richtete sich auf und blickte zu den anderen Viashino hinüber. Wenn Heasos noch am Leben war, waren jene es möglicherweise auch. Der Feuerball hatte sie in Schlaf sinken lassen, aber nicht getötet. Jedenfalls hoffte er das. Aber bevor er sich Sorgen um alle anderen Stadtbewohner machte, mußte er sich vergewissern, daß seine Mutter und seine Tante den Angriff überlebt hatten.

Recin ging auf einen der Kletterpfosten zu, aber noch ehe er zwei Schritte getan hatte, fesselte ein Geräusch, von der anderen Seite der Mauer kommend, seine Aufmerksamkeit. Es hörte sich seltsam an, ein Poltern und Trampeln, wie von einer Herde Reittiere, die sich im Schrittempo vorwärtsbewegen. Recin beugte sich über die Steinbrüstung und spähte in die Dunkelheit. Der Anblick, der sich ihm bot, schnürte ihm vor plötzlicher Furcht den Hals zu.

Truppen marschierten auf die Stadt zu. Hunderte – Tausende – von Menschen trampelten über die Felder und waren so nahe, daß Recin ihnen einen Brotlaib hätte zuwerfen können. Sie marschierten auf Berimish zu, ohne auch nur einen Blick auf die Mauerkrone zu werfen und schienen so zuversichtlich wie eine Armee, die im kalten Licht des großen Mondes an einer Parade teilnimmt.

Erst in jenem Augenblick fiel Recin auf, daß der große Mond am Himmel stand. Während er den herannahenden Feuerball beobachtet hatte, war der Mond noch nicht sichtbar gewesen. Nun befand er sich bereits auf halbem Wege zum höchsten Punkt seiner Bahn. Recin bezweifelte, daß Tagards Magier die Macht hatte, den Mond zu versetzen. Obwohl erst Minuten vergangen zu sein schienen, seitdem er die Lichtkugel zum ersten Mal erblickt hatte, mußten es wohl Stunden sein. Also hatte der magische Ball auch Recin in Schlaf versetzt, indessen der kleine Mond seinen Weg über den Himmel beendet hatte und der große Mond aufgegangen war.

Der Gedanke, daß er stundenlang geschlafen hatte, war beängstigend genug, aber die Gewißheit, daß niemand in der ganzen Zeit erwacht war und die Stadt verteidigt hatte, war entsetzlich. Plötzlich erkannte Recin, daß sich die feindlichen Soldaten nach Süden bewegten, auf das größte Stadttor zu. Wenn niemand dort in der Lage war, das Tor zu bewachen...

Recin lief zu dem schlafenden Heasos. So schnell er konnte, löste er die Tasche mit den Bolzen und hob die schwere Armbrust auf. Dann rannte er die

Holzplanken entlang. Das Klappern seiner Schritte hallte durch die Nacht, und lockere Bretter federten unter seinen Füßen, während er versuchte, noch vor Tagards Armee zum Tor zu gelangen.

Als er noch etwa hundert Schritte davon entfernt war, hörte Recin das Knarren der Tortaue, die über Flaschenzüge liefen, und das Rasseln des äußeren Eisengitters, das gerade hochgezogen wurde. Er verlangsamte seine Schritte und legte mit zitternden Finger den Bolzen in die Armbrust. Man hatte neben dem Tor eine Leiter an die Mauer gelehnt, und Recin sah, daß die äußeren Tore schon ganz hochgezogen waren. Zwei undeutliche Gestalten machten sich im Schatten am Fuß der Mauer zu schaffen. In wenigen Sekunden würden sich die inneren Tore öffnen, und Tagards Armee könnte ungehindert in die Stadt eindringen.

Langsam schlich Recin zum Rand des Holzsimses und hob die Waffe. Erst einmal hatte er eine der schweren Armbrüste abgefeuert, damals als Heasos beim Eintritt in die Stadtgarde damit geübt hatte. Nun, gehemmt durch Furcht und nur vom Licht des Mondes unterstützt, kämpfte Recin mit dem Spannen der starren, dicken Sehnen, die dem Geschoß Schnelligkeit verliehen. Er hob die Waffe an und zielte auf eine der beiden Gestalten unter ihm. Sein Finger krümmte sich um den beinernen Abzug.

Ein Fausthieb traf Recin mit solcher Gewalt am Kopf, daß er einen Moment lang glaubte, man habe ihn mit einer Keule angegriffen. Die Waffe fiel ihm aus den Händen. Der todbringende Bolzen schoß in das harte Holz zu seinen Füßen. Mit dröhnendem Kopf taumelte er rückwärts. Es gelang ihm nicht einmal, sich nach dem Angreifer umzusehen, als auch schon der zweite Schlag seinen Hinterkopf traf. Recin stolperte und fiel von der Mauer.

Er landete flach auf dem Rücken auf den Pflastersteinen. Der Aufprall preßte ihm die Luft aus den Lungen. Eine ungeheuere Schmerzwelle überflutete seinen Kopf.

Als die Innentore geöffnet wurden, lag er noch immer auf dem Boden, rang nach Luft und versuchte, die aufsteigende Übelkeit zu unterdrücken, während Tagards Armee in Berimish einmarschierte.

Er beobachtete, wie eine Handvoll Männer schnell durch die Tore rannte und in alle Richtungen ausschwärmte. Gleich dahinter folgte ein größerer Trupp, angeführt von einem Mann mit dichten blonden Locken und schmalem scharfgeschnittenen Gesicht. Recin versuchte, auf die Beine zu kommen, aber ein Schwindelgefühl und Brechreiz packten ihn, und er fiel auf Hände und Füße zurück.

»Es sieht aus, als wäre dieser hier wach«, sagte der blonde Mann.

»Nur die Viashino schlafen die ganze Nacht über«, antwortete ein älterer Mann, der mit einem Gewand bekleidet war, so grau wie sein Bart. »Die meisten Menschen werden bereits wieder erwacht sein.«

Es gelang Recin, unter Schmerzen Atem zu holen. Die Welt hörte auf, sich so schnell zu drehen und er versuchte erneut, auf die Beine zu kommen. Er war hin- und hergerissen zwischen dem Wunsch, wegzurennen und dem Verlangen, den Eindringlingen entgegenzutreten, die im Schutze der Nacht, mit Hilfe von Magie, die Stadt eingenommen hatten. Er wünschte, er hätte die Armbrust nicht verloren, aber sie lag außer Reichweite oben auf dem Sims. Auch hätte sie ihm nicht viel genützt, wie er einsehen mußte.

Ein Mädchen trat hinter dem blonden Mann hervor. Sie war groß, so groß wie Recin oder gar noch größer, und er zweifelte nicht daran, daß es sich um Vater und Tochter handeln mußte. Sie trug glänzende Amulette aus poliertem Stein und Metall, die ihr, zusammen mit der ungewöhnlichen Kleidung, ein fremdländisches Aussehen verliehen – ganz anders, als die menschlichen Mädchen, die Recin kannte. Ihr Haar bestand aus einer Masse sich kringelnder Locken, die so hell waren, daß sie fast weiß wirkten. Trotz allem, was ihm geschehen war, stellte er fest, daß dieses Mädchen von beinahe schmerzhafter Schönheit war.

»Du bist ein Garan-Elf«, sagte sie.

»Ja«, krächzte Recin. Dann nickte er zusätzlich, was ihm ein neues Schwindelgefühl verursachte.

»Ich dachte, hier gäbe es keine Garan-Elfen.«

Recin setzte zu einer Antwort an, aber bevor er etwas sagen konnte, bemerkte er über sich eine Bewegung, und eine in schwarze, weite Gewänder gehüllte Gestalt landete mit einem fast lautlosen Satz neben ihm. Mit schmerzhaften Griff schloß sich eine Hand um seinen Oberarm.

»Der hier wollte einen Bolzen durch Euch hindurchjagen«, erklärte die dunkle Gestalt, deren Stimme durch die tief über das Gesicht gezogene Kapuze gedämpft wurde.

Der blonde Mann starrte Recin so durchdringend an, wie es noch nie jemand getan hatte.

»Ich glaube kaum, daß dieser Junge jetzt noch irgendwen verletzen wird«, sagte er.

Der Dunkelgekleidete hob die Hand und zog die Kapuze zurück, unter der lockiges, braunes Haar und ein fein geschnittenes Gesicht zum Vorschein kamen.

»Das sollten wir sicherstellen«, sagte er mit ausdrucksloser Stimme.

Recin starrte ihn an, und war ebenso betroffen, wie durch den Sturz von der Mauer. Das war ein Garan, der erste, den er, außer seiner eigenen Familie, je zu Gesicht bekam. »Du bist ...«, begann er. Dann schüttelte er den Kopf und sah zu dem blonden Mann hinüber. »Ihr seid hier nicht willkommen. Es tut mir leid, aber Ihr seid hier unerwünscht.«

Die herumstehenden Soldaten lachten. »Daran sind wir gewöhnt«, meinte einer von ihnen.

»Wir sollten ihn töten«, beharrte der Garan. Die gefühllose Stimme ließ die Worte noch unheimlicher klingen. »Oder wenigstens dafür sorgen, daß er uns nicht ins Gehege kommt.«

Der Blonde schüttelte den Kopf. »Nein, Rael, laß ihn laufen. Ich finde es gut, daß er hier aufgetaucht ist.« Er wandte sich Recin zu. »Weißt du, wo der Palast ist?«

»Der Palast?« fragte Recin.

»Das Haus des Beys. Der Ort, von dem aus die Stadt regiert wird.«

Recin wollte verneinen, aber der Blick des Mannes ließ ihn nicken. »Ich weiß es. Man nennt ihn die ›Prunkhalle‹.«

»Gut. Dann wirst du uns hinführen.« Er legte die Hand um Recins Schulter, und sein Griff war bedeutend sanfter als der des Garan. »Wie heißt du, Junge?«

»Recin.«

»Nun, Recin, ich bin Tagard. Ich nehme an, du hast von mir gehört.«

Recin nickte.

Tagard lächelte, und das ernste Gesicht nahm einen deutlich freundlicheren Ausdruck an. »Recin, wir wollen heute nacht zu dieser Prunkhalle gehen. Jetzt sofort. Wir möchten diese Sache ein für allemal hinter uns bringen. Du kannst uns hinführen, oder aber wir werden uns den Weg suchen. Doch wenn wir erst selbst herumsuchen müssen, könnten sich daraus viele Schwierigkeiten ergeben. Verstehst du das?«

»Ich kann es nicht …«

Noch eine Gestalt trat aus den Reihen der Soldaten. Diesmal handelte es sich um eine Frau mit einem dunklen, strengen Gesicht, die eine schwere, grauschwarze Rüstung trug. »Wenn du es uns nicht sagen willst, fragen wir jemand anderes«, sagte sie barsch.

»Und wenn der es nicht sagen will, müssen wir ihn wohl töten. Und sein Haus in Brand stecken. Und vielleicht auch noch ein paar Häuser mehr.«

»Karelon«, sagte der Blonde leise.

»Wir müssen es wissen«, wandte sich die Frau ihm zu. »Wenn die Viashino aufwachen, bevor wir unsere Plätze eingenommen haben, könnte es mehr als nur ein paar Leben kosten, und nicht nur Viashinoleben. Da wäre es schon besser, jetzt ein paar Hütten anzustecken.«

Recin zögerte noch. Er wollte kein Verräter sein, aber er erkannte, daß es weder Berimish noch Bey Lisolo nützen würde, wenn er sich weigerte, den Fremden den Weg zu zeigen.

»Ich zeige Euch, wo Ihr den Bey findet«, sagte. »Folgt mir.«

Er drehte sich um und ging die Straße hinunter auf die Prunkhalle zu, das Heim des Viashino-Beys. Er wußte nicht, ob er den Tod über die Stadt brachte, oder weiteren Schaden verhinderte. In zu kurzer Zeit war einfach zuviel geschehen. Er wußte nicht mehr, was er denken sollte. Recin schritt einfach drauflos, überquerte eine Straße nach der anderen, in denen überall bewußtlose Viashino lagen. Tagard und seine Armee folgten ihm.

Die ganze Prozession war überraschend leise. Die Soldaten lachten, scherzten und sangen nicht, wie Recin es von den Viashino-Soldaten kannte. Die Stille verstärkte noch das Gefühl, daß – trotz der Schmerzen, die ihm der Sturz eingebracht hatte – dies alles nicht wirklich geschah; morgens würde er in seinem Bett auf dem Dach der Bäckerei erwachen, die Stadtmauern unversehrt vorfinden und Bey Lisolo würde mit fester Hand die Stadt regieren.

Endlich erreichten sie den Platz, der die Prunkhalle umgab.

Im Mondlicht sahen die weißen Steinmauern kühl

und erhaben aus. Recin war schon mehrmals hier gewesen. Seine Mutter sandte dem Bey häufig warmes Brot und Süßspeisen; Geschenke, zum Dank für die Güte des Herrschers, der die Garan in die Stadt gelassen hatte. Meist wurde Recin mit dem Überbringen der Gaben betraut.

Im Gegensatz zu den meisten Gebäuden in Berimish, standen die Tore der Prunkhalle nicht offen. Hohe, eisenbeschlagene Türen aus dunklem Holz verschlossen den Eingang. Recin kämpfte noch immer mit Schuldgefühlen, ergriff aber die Türknäufe und zog daran. Die schweren Tore bewegten sich nicht.

Eine Woge der Erleichterung überlief ihn. »Sie sind versperrt. Ich kann nicht hinein.«

»Keine Bange«, meinte Tagard. »Wir machen das schon.«

Er gab einer Soldatin ein Zeichen, und sie trat vor. »Die Scharniere sind innen.« Sie fuhr mit der Hand über das Holz. »Messingholz. Wird eine Weile dauern.«

»Beeilt euch«, befahl Tagard. Er wandte sich an das hellhaarige Mädchen. »Nimm dir ein paar Leute und geh um das Gebäude herum. Es muß...«

Bevor Tagard den Satz beenden konnte, hörte man auf der Innenseite der Tür ein lautes Poltern. Mit einem durchdringenden Quietschen öffnete sich das Tor, hinter dem völlige Dunkelheit herrschte.

»Zurück!« brüllte Tagard. »Sie sind wach!«

Recin stand wie erstarrt, als die Hände aller Menschen zu den Waffen fuhren.

Im Türspalt bewegte sich etwas. Dann erschien ein rosenfarbener Schlapphut, und darunter sah man ein schmales, bärtiges Gesicht. Der eigenartige Mensch betrachtete die vor ihm stehenden Leute, und sein Blick blieb auf dem blonden Anführer hängen.

»Ah«, seufzte er. »Ihr müßt Tagard sein.«

»Und wer seid Ihr?«

Der Mann trat durch die Türöffnung und ließ eine

Tunika sehen, die noch bunter als die Kopfbedeckung war. Sogar im schwachen Licht schienen die farbenfrohen Streifen zu blenden. »Ich bin Ursal Daleel«, stellte er sich vor. »Botschafter von Suderbod. Ich nehme an, Ihr sucht Bey Lisolo?«

Tagard nickte. »Ist er da drinnen?«

»Ja«, antwortete Daleel, »aber er schläft gerade.«

»Könnt Ihr uns zu ihm führen?«

»Natürlich.« Der Suderboder kehrte in die dunkle Halle des Palastes zurück, und die Menschen folgten ihm. Recin wurde herumgeschubst und gedrückt, während er den Anführern der feindlichen Armee nachging. Sie schritten durch unzählige Gänge und große Räume, aber Daleel führte sie durch den Wirrwarr der Korridore und Innenhöfe, bis sie schließlich den Flur erreichten, der zum Audienzraum des Beys führte.

Der Raum war groß und rund. Durch Glasplatten in der Decke strömte das kalte Licht des großen Mondes. Bewaffnete Viashino, die gespannten Armbrüste noch in den Händen, lagen überall auf dem Steinboden. Andere lagen übereinander auf einem Podium, das mit Kissen bedeckt und von einem gepolsterten Handlauf umgeben war.

Auf dieser erhöhten Plattform konnte sich der Bey an den Handlauf lehnen, oder – selten – auf den Kissen liegen, sich Beschwerden und Bitten anhören und seine Regierungsgeschäfte ausüben. Jetzt lag der Herrscher ausgestreckt in den Kissen, die Krallenfüße baumelten über den Rand des Podiums, und der lange Hals hing schlaff auf der Seite.

»Da ist der Bey«, verkündete Daleel.

Gefühle, für die er keinen Namen fand, durchströmten Recin. Der Bey war der Herrscher von Berimish. Ihn hier hilflos vor diesen Menschen liegen zu sehen, war schlimmer als alles andere, was bisher geschehen war.

Tagard schritt an seinen Leuten vorbei, ging durch den Raum und näherte sich dem Viashino. Recin erwartete, daß Tagard sein Schwert ziehen und den Bey töten würde. Statt dessen kniete er neben Lisolo nieder und legte seine Hand mit einer überraschend sanften Geste auf die glatten Nackenschuppen.

Tagards Tochter stellte sich neben Recin. »Es ist wunderschön hier«, sagte sie.

Recin blickte auf die Schnitzereien und Bilder, die den Raum schmückten. »Es ist das Haus des Beys«, erklärte er.

»Ich meine nicht nur dieses Zimmer«, sagte das Mädchen. »Ich meine alles, die ganze Stadt. Es ist ganz anders, als ich mir vorgestellt habe.«

»Danke«, murmelte der Garan. »Das glaube ich gern.«

König Tagard legte die Hand auf die kostbare Halskette des Beys. Er hob Lisolos Kopf an und nahm ihm die Kette ab. Dann stellte er sich auf das Podium und blickte in die Runde.

»Der Kampf ist vorbei«, sagte er.

Er hatte nicht laut gesprochen, aber in diesem stillen Raum im Mittelpunkt einer stillen Stadt, drangen die Worte zu allen, die hören konnten. Er hob die Kette hoch und hielt sie über dem Kopf.

»Das Tal ist vereint«, sagte Tagard. Die Soldaten seiner Armee brachen das Schweigen und brüllten so laut, daß es überall in der Stadt widerhallte.

Recin schloß die Augen und wunderte sich, daß plötzlich alles ganz anders geworden war.

An jeder Viashino-Hand befinden sich vier Finger: zwei in der Mitte, und zwei ›Daumen‹ an jeder Seite. Alle vier haben jeweils eine scharfe Kralle. Man möchte meinen, da sie nur acht Finger haben, zählen die Viashino auch in Achtergruppen, aber sie benutzen – wie alle anderen Talbewohner – die Zehnerrechnung.

Hin und wieder erscheint jedoch die Acht. Ein Gran hat acht Einheiten. Kalas, die große Feierlichkeit, mit der sie den Frühlingsregen begrüßen, hat acht Tage: Pres, Salas, Atas, Kwes, Cas, Lul, Shuss und Liss. Es gibt acht Straßen, die von dem großen Platz, auf dem die Prunkhalle steht, wegführen. Es ist möglich, daß diese Zeichen Überbleibsel einer vergangenen Zeit sind, ein langer Schatten aus einer Vergangenheit, bevor sich die Sprachen und Gebräuche aller Rassen von Tamingazin unlösbar vermischten.

Vielleicht zählen sie in der Tempelsprache noch immer in Achtern – unbeeinflußt von ihren fünffingrigen Nachbarn. Aber kein Mensch spricht die Tempelsprache der Viashino. Sie versuchen nicht, die Menschen von ihren heiligen Orten fernzuhalten. Da ich weiß, wie wichtig es für unsere Mission ist, diese Kreaturen zu verstehen, habe ich stundenlang in den Tempeln geweilt, mich gegen den Handlauf gelehnt und den Gebeten und Litaneien gelauscht. Und doch gelang es mir nicht, auch nur ein einziges Wort oder die Bedeutung einer einzigen Geste zu begreifen. Und hierbei wollen sie mir auch nicht helfen.

In diesem Bereich halten sie sich fern von uns. Und ich habe keine Ahnung, ob sie dort mit Acht oder Achtundachtzig zählen.

– Aus einem Brief des Ursal Daleel, Botschafter des Hofes von Hemarch Solin, des Eroberers von Suderbod, über seinen Aufenthalt im Tal Tamingazin.

KAPITEL

3

Aligarius Timni langweilte sich. Es erschien ihm seltsam, daß er sich, nachdem er ein Leben lang sinnend in seinem kahlen Zimmer gesessen oder wochenlang in der großen Bibliothek des Institutes studiert hatte, inmitten einer großen Menschenmenge im Herzen einer Stadt, schon nach ein paar Tagen langweilen sollte. Aber so war es.

»Das ist unglaublich«, sagte Tagard. Er pochte mit dem Finger auf das Papier, das vor ihm auf dem Tisch lag. »Ein Wunder. So etwas habe ich noch nie gesehen.«

Lisolo nickte dem Mann zu, der seine Stadt erobert hatte.

»Mit diesem Abwasserverfahren haben wir viele Seuchen aus Berimish verbannen können.«

Aligarius seufzte in sich hinein. Abwasserkanäle. Eine Besprechung über Abwasserkanäle.

Seit der Nacht, in der er Tagards Armee mit Magie nach Berimish gebracht hatte, war eine Besprechung nach der anderen abgehalten worden. Tagard traf Lisolo, den Viashino-Bey. Tagard traf Rael Gar und Karelon. Er traf den komischen Botschafter aus Suderbod, den dicken, behaarten Gesandten aus Skollten, riesige Abgesandte der En'Jaga und Delegationen der Geschäftsleute von Berimish. Er redete morgens, mittags, abends. Und von Aligarius wurde erwartet, bei jedem Treffen anwesend zu sein, um seinen Rat und die Meinung des Institutes anzubieten.

Leider war es so, daß Aligarius gar nicht wußte, welcher Meinung das Institut war. Oder besser gesagt, er wußte es allzu gut. In Wahrheit hatte das Institut gar keine Meinung. Es war viel zu groß und ungeordnet, um jemals nur eine einzige Ansicht zu vertreten. Der Zauberer legte also bloß seine eigene Meinung dar, und er war nicht sicher, ob die überhaupt den Atem wert war, den er verschwendete.

Aligarius war der Fachmann der Artefaktsammlung des Instituts. Niemand sonst konnte sein Wissen übertreffen, wenn es um die Kugeln von Le'Teng, das Zentrum der magischen Mauer oder das Amulett von Kroog ging. Über all diese Dinge hätte er stundenlang sprechen können. Aber danach fragte ihn niemand. Statt dessen erkundigten sie sich nach politischen Bündnissen, militärischen Schachzügen, Abwasserkanälen und hundert anderen Dingen, von denen er nichts wußte. Alles, was er tun konnte, war, zu nicken und nicht wie ein grenzenloser Narr dazustehen.

Er haßte das Gefühl, nichts zu begreifen. Mehrmals täglich erwog er, zurück zum Institut zu gehen, wo er seine Studien fortführen konnte und man ihm die gebührende Achtung entgegenbrachte, ohne daß er Besprechungen und dumme Fragen erdulden mußte. Aber drei Dinge hielten ihn zurück: das Essen, der Wein und die Betten.

In den letzten zehn Tagen hatte er mehr gegessen, als in dem ganzen Monat vorher. Seine Gier beschämte ihn ein wenig, aber die Feierlichkeiten, die Tagards Sieg folgten, bestanden aus gewaltigen Festmahlen, von denen ein jedes ausschweifender war, als das vorhergehende. Das Essen war viel besser als jenes, das er vom Institut her gewohnt war. Es gab Fleischsorten, die er nie zuvor gekostet und Gewürze, von denen er nie gehört hatte. Er war unbeschreiblich froh, daß sein Gewand weit genug war, um die Speckrolle zu verbergen, die sich schnell um seinen ehemals flachen Bauch legte.

Das Essen war bereits eine Versuchung, aber da

war auch noch der Wein. Am Institut gab es keine Regel, die das Weintrinken untersagte, doch das schwache Gebräu, das aus den vergorenen Beeren gewonnen wurde, hatte Aligarius nie geschmeckt. Jetzt entdeckte er, daß es ein ganzes Getränkeuniversum gab, das aus jeder eßbaren Frucht oder Beere gewonnen werden konnte.

Die Mahlzeiten bildeten einen regelmäßigen Bestandteil im Alltag des Instituts, als etwas, das zwischen Studien und Schlaf geschoben wurde. Aber in Berimish ertappte sich Aligarius dabei, daß er jede Mahlzeit fast schmerzlich herbeisehnte. Er freute sich nicht auf die Gespräche mit dem König oder dessen Ratgebern, sondern auf Speisen und Getränke.

Und auf den mit Essen und Trinken beladenen Tisch folgte ein richtiges Bett, das mit Abexfellen gepolstert und weichen, gewebten Laken bedeckt war. Wenn er da an die harte Holzpritsche dachte, auf der er im Institut geschlafen hatte...

Plötzlich wurde Aligarius bewußt, daß ihn Tagard und der Viashino-Führer erwartungsvoll anstarrten. Offenbar hatte man ihm wieder einmal eine Frage gestellt.

»Ja«, sagte er eilig und hoffte, daß die Frage, wie auch immer sie lauten mochte, ein Ja oder Nein als Antwort erforderte. »Ich denke, wir könnten euch bei dieser Angelegenheit behilflich sein.«

Tagard lächelte. »Seht Ihr«, sagte er zuversichtlich, »mit der Hilfe des Institutes können wir die Methode noch verbessern.«

Aligarius stöhnte innerlich. Er war nicht sicher, was er bejaht hatte, befürchtete aber, daß er das Institut dazu verpflichtet hatte, für eine magische Abwasserentsorgung aufzukommen. Tagard schlug ihm die Hand auf die Schulter.

»Fühlt Ihr Euch wohl, Zauberer?« erkundigte sich der König.

»Ich bin etwas müde«, antwortete Aligarius. »Vielleicht wäre es am besten, wenn ich mich ein wenig ausruhen könnte?«

»Natürlich«, stimmte Tagard zu. »Es tut mir leid, wenn wir Euch über Gebühr beansprucht haben.«

Lisolo trat mit hoch erhobenem Kopf vor. »Ich kann Euch den Medicus aufs Zimmer schicken, wenn Ihr Euch nicht wohl fühlt«, schlug er vor. »Ich versichere Euch, daß er sich gut auf Menschen versteht.«

»Nein, nein«, beteuerte Aligarius. »Ich denke, eine kleine Ruhepause wird mir gut tun.« Er lächelte Tagard und den Viashino an, erhob sich und verließ, so schnell er konnte, den Raum. Sobald sich die Tür hinter ihm geschlossen hatte, verschwand das Lächeln von seinen Lippen.

Er hatte eine Entscheidung getroffen. Essen oder kein Essen – er würde auf der Stelle ins Institut zurückkehren.

Die Korridore der Prunkhalle quollen über von Angehörigen aller Rassen. Tagard hatte erklärt, daß er eine Regierung bilden wollte, die das ganze Tal vereinen werde, und zur allgemeinen Überraschung war ihm dies gelungen. In den Fluren besprachen menschliche Offiziere mit Viashino-Beamten die Versorgungsprobleme. In den Räumen, in denen Viashino-Soldaten an Schlafbretter gelehnt an der Wand ruhten, rollten auch die menschlichen Soldaten ihre Schlafdecken aus. Innerhalb der Stadtmauern schienen sich keine Garan aufzuhalten, aber soweit Aligarius wußte, bewachten sie – Seite an Seite mit den Viashino – die Grenzen von Tamingazin.

Kaum hatte Aligarius einen Schritt in Richtung seiner Gemächer getan, tauchte der Botschafter von Suderbod auf und schloß sich ihm an. »Erstaunlich, nicht wahr?« fragte er. Er trug ein braun-rot und grün-gelb gestreiftes Gewand. Die Kleidung des Mannes war, verglichen mit Aligarius', geradezu schreiend, aber dem Magier fiel auf, daß sie zugleich kostbar und gut geschnitten war. Wie der Botschafter auch sein mochte, er war ganz sicher wohlhabend.

Aligarius räusperte sich. »Was sagtet Ihr?«

»Ich sagte, es wäre erstaunlich. Besser, als irgendwer erwarten konnte. Wirklich hervorragend.«

»Hervorragend«, murmelte Aligarius. Der Mann sprach über Politik. Davon hatte Aligarius schon mehr als genug gehört. Jetzt, da er sich entschlossen hatte, abzureisen, eilten seine Gedanken heimwärts. Er beschleunigte seine Schritte in der Hoffnung, den Botschafter abzuhängen.

»Ein vereintes Tamingazin«, sagte Daleel. »Welch ein Gedanke.« Er schüttelte den Kopf. »Ich kann Euch sagen, wir haben es nicht für möglich gehalten.«

»Nein, sicher nicht.« Aligarius hatte die Tür seines Gemaches erreicht und wollte eintreten, aber der Botschafter kam ihm zuvor und versperrte den Weg.

»Ihr müßt von diesem Ort langsam genug haben«, sagte der schmächtige Mann. »Laßt mich Euch hier herausbringen.«

»Herausbringen?« Es überraschte Aligarius, wie sehr die Gedanken des Botschafters den seinen ähnelten. »Wo sollen wir denn hingehen?«

»Uns die Stadt ansehen!« Der Mann drehte sich herum und riß die Arme in einer Geste hoch, die ganz Berimish einzuschließen schien. »Natürlich sind wir nicht in Groß-Sudalen. Aber es gibt hier Dinge, die Ihr Euch nicht vorstellen könnt. Unterhaltung. Speisen und Getränke, die den Speisezettel des Palastes verblassen lassen.«

Der Magen des Zauberers knurrte vernehmlich. Besseres Essen, als er hier bekommen hatte? Im Speisesaal würde eine Abendmahlzeit aufgetragen werden, vielleicht auch ein weiteres Festmahl. Doch das würde noch Stunden dauern.

»Essen?«

Das Lächeln des Botschafters vertiefte sich. »Selbstverständlich«, sagte er. »In dieser Stadt gibt es Gasthäuser, Bäckereien und Eßwarenverkäufer im Überfluß. Kommt mit mir, und wir werden nur vom Besten kosten. Denkt nur, ich kenne ein Gasthaus, da bereiten sie so köstliche und ungewöhnliche Leckerbissen, daß ...« Er tat so, als nehme er einen Bissen zu sich und schmatzte dann mit übertriebenem Wohlbehagen. »Wer einmal davon gekostet hat, ist nie mehr derselbe.«

Aligarius lockerte den Griff um die Türklinke. »Wird es lange dauern? Ich möchte nicht fort sein, wenn Tagard meiner bedarf.«

»Eurer bedürfen? Wofür? Um mit magischer Hilfe Unrat zu beseitigen?« Der Suderboder beugte sich vor und senkte die Stimme zu einem vertraulichen Flüstern. »König Tagard hat Eure kostbare Zeit schon viel zu sehr beansprucht und die große Macht des Institutes für Nichtigkeiten benützt. Er kann auch einen Nachmittag ohne Euch auskommen.«

Die Worte brachten eine Saite in Aligarius zum Klingen. Nach allem, was er bereits getan hatte, würden ein paar Stunden in der Stadt nicht schmerzen. Wenn er morgen abreiste, war dies die einzige Gelegenheit, die Stadt außerhalb der Mauern der Prunkhalle zu sehen.

»Ich werde Euch begleiten«, sagte er entschlossen.

Der Botschafter lächelte und führte ihn durch das Gewirr der Flure zu einer Seitentür. Aligarius blinzelte in die Nachmittagssonne. Es war das erste Mal, seit der Nacht, in der sie nach Berimish gekommen waren, daß er den Palast des Bey verließ. Es überraschte ihn, daß der Alltag der Stadt anscheinend wie gewöhnlich verlief. Viashino-Mengen drängten sich in den Gassen. Die Stände der Händler, sowohl Menschen als auch Viashino, säumten den Platz, der die Prunkhalle umgab.

Als Aligarius und der Botschafter von Suderbod über den Platz schlenderten, wandten sich ihnen viele Kaufleute zu.

»Gold«, rief ein zernarbter, dunkelhäutiger Mensch, der Ringe und Armbänder hochhielt. »Kostbares Gold aus Acapiston!«

An einem anderen Stand schwenkte ein junger Viashino eine verdrehte, dunkle Baumwurzel. »Urbak!« schrie er mit lauter Stimme. »Ein Gewürz, eine Farbe, eine Medizin, ein mächtiger Totem! Urbak!«

Während die beiden Männer an ihm vorüberschritten, fuhr er fort, die Wurzel anzupreisen und herumzuschwenken. Aligarius starrte neugierig auf das dunkle Holz und zupfte sich den Bart. Eine magische Wurzel namens Urbak war ihm nicht bekannt. Er erwog, sie zu kaufen, um sie von den Botanikern des Institutes untersuchen zu lassen, aber er vermutete, daß es sich nur um ein nutzloses, beim Volk beliebtes Heilmittel handelte.

Sie schritten an anderen Ständen vorbei, und man bot ihnen alle Arten von Schmuck, Stoffen und Handarbeiten an. Die Anzahl und Verschiedenartigkeit verblüffte Aligarius, und die schreienden Händler und das Gewühl der Menge beunruhigten ihn sehr. Er war äußerst erleichtert, als der Botschafter einen Vorhang beiseite schob und Aligarius winkte, ihm zu folgen.

Ein Schritt, und er hatte die heiße, überfüllte, laute Straße hinter sich gelassen und einen kühlen, schattigen Innenhof betreten. Große Bäume standen dort, in deren Ästen sich zahlreiche Vögel tummelten. Hohe, weiße Mauern versperrten den Blick nach außen. Von dem einfachen Eingang aus führte ein glatter Steinpfad durch den Hof zu einer bedeutend eindrucksvolleren Pforte.

»Was für ein Ort ist denn dies?« erkundigte sich

Aligarius. Er hatte wenig Vorstellungen von einem Gasthaus, aber dieser Ort entsprach keiner davon.

»Das ist ein ganz besonderer Platz«, erklärte der Suderboder. Er ging an Aligarius vorbei und hieb mit der Handfläche gegen eine polierte Bronzeplatte, die neben der Tür hing.

Noch bevor das metallene Geräusch verklungen war, wurde die Tür geöffnet, und ein Viashino mittleren Alters trat heraus. Er ähnelte keinem der Viashino, die der Magier bis jetzt gesehen hatte. Er war außergewöhnlich mager – so dünn, daß sich die Hals- und Schulterknochen spitz unter der schuppigen Haut abzeichneten – und seine Schuppen waren mit hellgrünen Flecken übersät.

Sobald der seltsame Viashino den Botschafter erblickte, hob er das Kinn und streckte freudig die Krallenhände aus. »Daleel!« Er fuhr eine Kralle aus und tippte den Suderboder leicht auf die Schulter. »Ich hatte gehofft, daß Ihr heute kommen würdet!«

»Aber natürlich«, erwiderte der Botschafter. »Hätte ich Euch enttäuschen können?« Er drehte sich um und wies auf Aligarius. »Habt Ihr Platz für einen neuen Gast?«

Der Viashino legte den Kopf schräg und blickte den Magier an. »Wer ist das?«

»Dies«, stellte der Suderboder vor, »ist der berühmte Abgesandte des Institutes für Arkane Studien – der große Zauberer Aligarius Timni.«

»Der Zauberer«, wiederholte der Viashino langsam. »Ihr seid der, der die ganze Stadt verzaubert hat.«

Aligarius fühlte sich unbehaglich. Er hatte nicht überlegt, wie die Einwohner von Berimish über ihn dachten. Tausende von Viashino mochten ihm die Schuld geben, daß die Stadt erobert worden war. Er trat einen halben Schritt von dem dünnen Viashino zurück. Aber die Kreatur griff nicht an, sondern musterte ihn mit einem Gesichtsausdruck, den der Magier nicht zu deuten wußte.

»Nun, Ohles«, sagte der Botschafter, »laßt Ihr uns ein?«

Der Viashino gab die Tür frei. »Natürlich, kommt herein. Kommt herein.«

Der Botschafter lotste Aligarius durch einen Vorraum, der mit bunten Tüchern geschmückt war. Von dort gingen sie einen leicht abfallenden Gang hinunter, der in einen großen, runden Raum führte. Es gab keine Fenster, und das einzige Licht wurde von brennenden Dochten gespendet, die in Schüsseln mit Duftöl schwammen. In dem Raum befanden sich mehrere Viashino, die von vielfarbigen Schüsseln speisten. Zur größten Überraschung des Magiers lehnten sie nicht gegen eine Wand oder einen Tisch, wie es alle anderen ihm bekannten Viashino taten, sondern ruhten auf Kissen, die überall auf dem Boden verteilt lagen.

»Laßt uns dort hinüber gehen«, meinte der Botschafter und wies auf einen freien Teil des Raumes. »Dort können wir uns ungestört unterhalten.«

Aligarius wollte eigentlich vorschlagen, wieder zu gehen. Dieser Ort erschien ihm zu seltsam und beunruhigend. Doch da stieg ihm ein Geruch in die Nase. Zuerst schien es nur der Duft von Fleisch zu sein, das über einem Holzkohlefeuer briet, aber dann mischte sich noch etwas Außergewöhnliches hinein, etwas wahrhaft Köstliches. Aligarius merkte, wie ihm das Wasser im Mund zusammenlief. Verlegen wischte er sich mit dem Ärmel über die Lippen und folgte dem Botschafter durch den runden Raum.

Kaum hatten sie auf den Kissen Platz genommen, tauchte der dünne Viashino mit einer großen Schüssel auf.

»Ahh«, schnalzte der Botschafter genüßlich. »Hier kommt etwas von dem, das Ihr versuchen müßt.« Er faßte in eine flache Schüssel, zog eine Scheibe einer gelben Frucht heraus, von der noch goldfarbener Saft tropfte, und reichte sie Aligarius.

»Ich danke Euch, Botschafter«, sagte der Magier. Er war ein wenig enttäuscht. Der Suderboder hatte ihm ungewöhnliche Gerichte versprochen, aber dies sah nicht anders aus als eine Scheibe Sumpfkugel.

»Daleel«, sagte der schmächtige Mann. »Nennt mich Daleel.«

Aligarius nickte. »Daleel.« Er steckte die Frucht in den Mund.

In jenem Augenblick entdeckte Aligarius, daß die Dinge, die an Tagards Tafel aufgetragen wurden, nicht besser als Schlamm schmeckten. Und die Nahrung, die er in seinem bisherigen Leben zu sich genommen hatte, war nicht einmal gut genug für Maden. Dies war wirkliche Nahrung. Dies war die einzige Speise, die es wert war, gegessen zu werden.

»Schmeckt es Euch?« erkundigte sich der dürre Viashino.

»O ja«, erwiderte Aligarius. Er griff in die Schüssel und fischte noch ein Stück heraus. Wenn es überhaupt möglich war, war dieser Happen noch besser als der erste. »So etwas habe ich noch nie gegessen«, sagte er kauend.

Der Botschafter – Daleel – schüttelte sich vor Lachen. »Natürlich nicht. Auch wenn ihr in eurem Turm denkt, ihr wißt, was Magie ist, dann sage ich Euch, daß die wahre Magie des Kochens einzig Ohles zu eigen ist.«

Der Viashino blinzelte vor Verlegenheit mit den Augenlidern. »Ihr schmeichelt mir.« Er stellte die Schüssel auf den Tisch und entfernte sich.

Aligarius griff zu und nahm noch ein Fruchtstück. Und noch eins. Er aß gierig, zermalmte Stück für Stück mit den Zähnen und genoß die Kühle des Saftes, der ihm durch die Kehle strömte. Als er wieder in Schüssel griff und sie leer fand, verursachte ihm die Enttäuschung fast körperlichen Schmerz.

»Noch hungrig?« wollte Daleel wissen. »Nun, keine Angst. Dies ist nur der erste von vielen Gängen.«

»Gut«, sagte Aligarius. »Sehr gut.« Eigentlich fühlte er sich noch hungriger als vorher.

Der Suderboder lehnte sich gegen einen Kissenstapel und verschränkte die Hände hinter dem Kopf. »Das Essen ist wirklich köstlich hier«, stellte er fest. »Schade, daß es so teuer ist.«

»Teuer?« Aligarius hatte überhaupt nicht daran gedacht, daß er die Mahlzeit vielleicht bezahlen müsse. Es beschämte ihn zutiefst, daß ihm diese eigentlich selbstverständliche Tatsache völlig entfallen war.

»O ja.« Der Botschafter schüttelte den Kopf. »Was Ihr bisher gegessen habt, kostet mehr, als manch einer im halben Monat verdient.«

Daleel zog eine Goldmünze aus der Gürteltasche und drehte sie im Schein der Lichter hin und her. »Aber ich bin sicher, daß Tagard Euch gut für Eure wertvollen Dienste entschädigt.«

»Nun, eigentlich…« Aligarius starrte auf den Tisch und spürte, wie sich sein Magen vor Verlangen zusammenzog. »Eigentlich bin ich überhaupt nicht bezahlt worden.«

»Nicht bezahlt worden!« Der Suderboder Botschafter fiel in die Kissen zurück und schlug die Hände über dem Kopf zusammen. »Tagard hat den mächtigsten und klügsten Zauberer der Welt an seiner Seite und zeigt sich nicht erkenntlich?«

»Was ich hier getan habe, geschah aus Gründen der Gerechtigkeit«, antwortete Aligarius. Zwar bemühte er sich, es zu verbergen, doch das Lob des Botschafters erwärmte ihn.

Daleel lächelte. »Sicher, sicher.« Er wedelte mit der Hand über den Tisch. »Ihr müßt Euch keine Gedanken über die Kosten des heutigen Abends machen. Heute seid Ihr mein Gast. Eßt, soviel Ihr möchtet.«

»Ich danke Euch.«

Der Botschafter machte eine abwehrende Geste. »Keine Ursache.« Er beugte sich vor und senkte die Stimme zu einem Flüstern. »Und denkt daran, daß es Leute gibt, die wissen, daß ein Talent wie das Eure gebührend gewürdigt werden sollte.« Bevor Aligarius etwas erwidern konnte, lehnte sich der Mann zurück und lächelte ihm zu. »Ich glaube, unser Freund Ohles kehrt zurück. Wollen wir doch einmal sehen, was er uns bringt.«

Der Viashino trug eine Platte, die mit Scheiben gebratenen Attalos bedeckt war. Das rosige Fleisch war ebenfalls mit der goldfarbenen Soße bestrichen, die auch die Früchte geziert hatte. Während sie das Fleisch verzehrten, plauderte Daleel unentwegt, aber falls er etwas Wichtiges gesagt hatte, so war es Aligarius entgangen. Er widmete sich ausschließlich dem Essen.

Nach dem Fleisch wurden Klöße aus geröstetem Brot aufgetragen, die mit Fisch- und Gemüsestückchen gefüllt waren. Wie alles andere, so waren auch sie unvergleichlich gut. Aligarius hatte erst einige gegessen, als er sich gesättigt fühlte, aber dennoch kämpfte er sich durch diesen und die beiden folgenden Gänge. Erst als sein Magen so schmerzlich angefüllt war, daß er sich sterbenselend fühlte, ließ die Gier nach den Speisen nach.

»Habt Ihr genug?« erkundigte sich Daleel.

Der Zauberer schaute auf die Reste der Mahlzeit. Trotz des schrecklichen Völlegefühls hätte er gern noch einen Bissen in sich hineingestopft, aber schon der Gedanke daran drehte ihm den Magen um.

»Ja«, sagte er. »Es reicht.«

Der Suderboder erhob sich und reckte die Glieder. »Nun, mein Freund, es wird Zeit, zum Palast zurückzukehren. Es ist spät, und ich denke, König Tagard wird sich Sorgen machen, wenn man Euch vermißt.«

»Spät?« Aligarius schaute umher, aber die flackernden Öllichter gaben keinen Anhaltspunkt über die Tageszeit. »Sicher ist es nicht später als Sonnenuntergang.«

»Der Abend ist weit fortgeschritten«, sagte Daleel. Er bückte sich und streckte dem Älteren die Hand entgegen. »Die Sperrstunde, die König Tagard am Tag der Eroberung erlassen hat, besteht noch immer. Wenn wir die Prunkhalle erreichen wollen, ohne einer Patrouille Rede und Antwort stehen zu wollen, müssen wir jetzt gehen.«

Aligarius nickte und nahm die Hand von Daleel, der ihm beim Aufstehen behilflich war. Hatte er tatsächlich mehrere Stunden in diesem Raum zugebracht und die ganze Zeit gegessen? Nur wenige Augenblicke schienen vergangen zu sein. Sein Magen war so voll, daß er hin- und herschwankte, als er den Gang hinaufschritt, auf die Eingangstür des seltsamen Lokals zu. An der Tür blieben die beiden stehen, und der Botschafter reichte Ohles, dem dürren Viashino, einen großen Stapel Münzen.

»Hat Euch die Mahlzeit gemundet?« fragte der Viashino und starrte Aligarius mit großen, dunklen Augen an. Wie die gefleckte Haut, so waren auch die Augen anders, als die Augen aller Viashino, die der Zauberer je gesehen hatte.

»Es war köstlich. Nie zuvor habe ich so gut gegessen.«

Ohles seufzte leise. »Natürlich, natürlich.« Er warf den Kopf hoch und ging den Gang hinab, zurück in den runden Raum.

Plötzlich kam Aligarius ein Gedanke. Den ganzen Abend über, während er eine Speise nach der anderen verzehrt hatte, konnte er sich nicht erinnern, gesehen zu haben, daß der Botschafter auch nur einen Bissen zu sich nahm. Er blickte den kleinen Mann an, sah dann über die Schulter zu den anderen Gästen hinunter, die noch immer auf den weichen Kissen lagen und langsam Früchte und Fleisch verspeisten. Trotz der schmerzlichen Überfüllung im Inneren seines Körper verspürte Aligarius plötzlich erneut das Verlangen nach weiteren Köstlichkeiten und der goldenen, delikaten Soße.

»Seid Ihr sicher, daß Ihr genug habt?« fragte Daleel.

»Ja.« Der Magier verdrängte den Hunger und klopfte sich auf den prallen Bauch. »Genug für eine ganze Woche«, behauptete er.

Der Suderboder lachte. »Es ist seltsam, aber wieviel man auch von Ohles' gutem Essen zu sich nimmt, man ist kurz darauf schon wieder hungrig.«

Er stieß die Tür auf, und Aligarius folgte ihm in die Dunkelheit.

»Hunderte sind für Euch gestorben. Wozu? Wir haben das ganze Tal erobert, und jetzt wollt Ihr es wieder weggeben!« Karelon beugte sich über den polierten Steintisch; das schwarze Haar fiel ihr über die Schultern und das Gesicht war vor Aufregung leicht gerötet.

Tagard setzte sich in seinem Stuhl zurecht. »Das habe ich gar nicht gesagt.«

Der besorgte Ausdruck auf Karelons Gesicht vertiefte sich. Sie schlug mit den Händen auf den Tisch, wandte sich um und stürmte aus dem Zimmer. Tagard sah ihr stirnrunzelnd nach.

Ein Gefühl der Verzweiflung durchzuckte Talli, als sie die Führerin der Truppen gehen sah. Seitdem sie nach Berimish gekommen waren, waren die herzlichen Gefühle zwischen ihrem Vater und Karelon in einem Meer von Meinungsverschiedenheiten untergegangen. Es hatte Monate gedauert, um sie einander näher zu bringen, aber nur Tage, um alles zunichte zu machen. Und nicht nur Tagards ureigenste Verbindungen litten. Das Bündnis, das sie während der Kriegsjahre gestützt hatte, wurde an allen Ecken und Enden schwächer.

Talli schaute im Raum umher. Ihr Blick kreuzte sich mit dem Rael Gars, der auf einer langen Bank neben dem Magier saß. Sein Gesicht blieb, wie immer, ausdruckslos, aber die wechselnde Augenfarbe verriet den Sturm der Gefühle.

Tagard wandte sich um und blickte von einem zum anderen. »Gewiß seht ihr ein, daß es so geschehen muß?« fragte er.

Rael Gar schüttelte den Kopf. »Nein. Daß Ihr ihn nicht töten wollt... noch nicht. Das verstehe ich schon. Aber ich kann nicht gutheißen, daß er irgendeine Machtstellung einnehmen soll.«

»Zauberer«, sagte Tagard, »was denkt Ihr?«

Aligarius ließ sich mit der Antwort Zeit. Talli war aufgefallen, daß er schon den ganzen Morgen über abgelenkt wirkte. Schließlich sah er Tagard an und schüttelte den Kopf. »Ich weiß es nicht«, sagte er. »Ich glaube kaum, daß sich das Institut einmischen sollte.«

Tagard runzelte die Stirn. »Aber hat sich das Institut nicht eingemischt, damit die Völker des Tales sich Tamingazin teilen?«

Wieder saß Aligarius eine Weile schweigend da, bevor er antwortete. »Ich weiß es nicht.«

»Ihr wißt es nicht«, wiederholte Tagard. In seiner Stimme klang ein ungeduldiger Unterton mit. Er wandte sich Talli zu. »Nun, laß es mich hören. Was denkst du?«

»Ich...« Talli zögerte, stand dann auf und schüttelte den Kopf. »Es tut mir leid, Vater, aber Rael Gar und Karelon haben recht. Wir kämpften, um zu gewinnen. Warum sollen wir abtreten, was wir erobert haben?«

»Ich gebe nichts ab«, sagte Tagard. Er ballte die Faust und schlug auf den Tisch. »Lisolo kennt diese Stadt, und die Leute hier kennen ihn. Wenn wir ihn zu einem gleichberechtigten Ratsmitglied machen, kommt es uns allen zugute.«

»Wenn Ihr ein Ratsmitglied aus ihm macht, werden uns hundert Männer verlassen«, sagte Talli. »Vielleicht sogar noch mehr. Und wenn Karelon uns verläßt...«

»Karelon wird uns nicht verlassen«, erwiderte Tagard wütend.

Talli blickte ihm in die Augen. »Wenn Karelon geht, wird die Hälfte unserer Männer mit ihr gehen.«

Tagard hielt ihrem Blick einen Moment lang stand,

wandte sich dann ab. »Ich habe euch von Anfang an erklärt, was ich vorhabe. Dieser Kampf war für das Recht aller Talbewohner. Ich habe es schon tausend Mal gesagt. Hat mir denn keiner von euch zugehört?«

»Niemand glaubte, daß Ihr die Viashino zu Ratsmitgliedern machen wolltet«, sagte Talli.

Rael Gar richtete sich auf dem Stuhl auf. »Seit Jahren lebten wir auf den rauhen Hochebenen, wo das Wild von Jahr zu Jahr spärlicher wurde«, sprach der Garan. »Während wir litten, lebten die Viashino von den Früchten des Talgrundes und dem Handelsreichtum von Berimish.« Er tastete über das dunkle Holz des Stuhls und sah sich im Zimmer um. »Es ist gerecht, wenn die Reihe jetzt an uns ist.«

»An uns?« wiederholte Tagard. »Wir sind an der Reihe, uns jetzt so schlecht zu benehmen, wie sie es jahrelang getan haben?«

Der Garan nickte. »Wenn Ihr es so sehen möchtet. Die Viashino, und die Verräter, die mit ihnen gelebt haben, müssen für das, was sie getan haben, bezahlen.«

»Das wäre gerecht, Vater«, meinte auch Talli.

Tagard schloß die Augen und preßte die Fäuste gegen die Stirn. »Das ist nicht gerecht. Das Leben ist nie gerecht.« Er wandte ihnen den Rücken zu.

»Laßt mich allein«, sagte er. »Ich muß nachdenken.«

Rael Gar stand sofort auf und verließ den Raum, ohne einen Blick zurück zu werfen. Aligarius erhob sich bedächtig und folgte dem Garan.

Talli biß sich auf die Unterlippe und schaute ihren Vater an.

Im Verlauf des bitteren Krieges, selbst nach dem Tod ihrer Mutter, hatte sie ihn nicht so leiden sehen wie jetzt, nach dem Sieg.

»Jeder weiß doch, daß, wenn man einen Krieg gewinnt, der Verlierer einen Preis zahlen muß«, sagte sie. »Die Viashino haben verloren. Sie sind die Feinde, Vater.«

Der König wandte sich mit einem grimmigen Lächeln zu seiner Tochter um. »Sie waren unsere Feinde, Talli. Der Krieg ist vorbei.«

»Aber ...«

»Möchtest du jeden Tag deines Lebens den Krieg weiter kämpfen?« Mit schnellen Schritten trat er zu ihr und legte ihr die Hände auf die Schultern. »Ich weiß, daß du den Tod deiner Mutter rächen willst«, sagte er. »Aber Tausenden von Lebewesen zu schaden ist kein Gedenken, daß sie schätzen würde.«

»Wir dürfen sie nie vergessen«, erwiderte Talli leidenschaftlich.

Tagard schüttelte den Kopf. »Hier geht es nicht um Vergessen. Hier geht es darum, das Richtige zu tun.« Er sah kurz zur Seite, dann wieder in Tallis Augen. »Komm hier herüber, vielleicht wird dir dies helfen, alles zu verstehen.«

Er führte Talli zum Tisch, wo große Blätter die glänzende Oberfläche bedeckten. Auf dem obersten Blatt konnte man breite, in matten Farben gemalte Flecke ausmachen. Mit großen, eindrucksvollen Buchstaben standen die Namen der umliegenden Länder und der von Tamingazin darauf. Bevor Talli mehr als einen kurzen Blick auf das Blatt werfen konnte, schob Tagard es zur Seite, um ein noch größeres zu enthüllen. Die Zeichnung war in bunten Farben gehalten; viele feine Linien zogen sich über das Papier. Überall standen Worte, die so klein geschrieben waren, daß man sie kaum entziffern konnte.

Talli legte den Kopf auf die Seite und studierte das Papier, aber es ähnelte weder den Schriftrollen noch den Ernteberichten, die sie von daheim kannte.

»Was ist das?« wollte sie wissen.

»Das ist Berimish.«

»Wie kann das Berimish sein?« fragte Talli. »Berimish ist eine Stadt, dies ist nur Papier.« Neugierig blickte sie ihren Vater an und fragte sich, ob ihm vielleicht noch etwas anderes fehle als nur die Fähigkeit, die Viashino für ihre Taten büßen zu lassen.

Tagard deutete auf eine der dunklen Linien. »Das ist eine Straße, und zwar die Straße hier draußen.« Er fuhr mit dem Finger entlang der hellblauen Linie, welche die erste kreuzte. »Und dieser Gang führt unter ihr hindurch.«

Talli runzelte die Brauen, als sie auf die Striche starrte.

»Wie ...«

»Es ist eine Landkarte, Talli«, erklärte ihr Vater. »Das ist wie ein Schlachtplan. Man zeichnet nur keine Truppen und Waffen ein, sondern Straßen, Gebäude, Kanäle und Abflüsse. Hier, schau dir das an.« Er blätterte den Papierstapel durch und stieß auf das Blatt, das vorhin ganz oben gelegen hatte. Talli fiel auf, daß es – außer den Worten – mit Zeichnungen winziger Berge, Bäume und Schiffe versehen war.

»Hier siehst du Tamingazin und die umliegenden Ländereien«, sprach Tagard. »Sieh nur, hier im Norden ist Skollten, und hier unten, hinter den Sümpfen, liegt Suderbod.«

»Ich glaube, ich verstehe es jetzt«, stimmte Talli nach einer Weile zu. Sie drehte das Papier zu sich herum und tippte mit dem Finger auf den rechten Rand. »Hier müßte Farson sein.«

»Stimmt.« Ihr Vater zog das größere Papier wieder hervor und legte es obenauf. »Und diese Karte ist genauso, sie zeigt nur ein kleineres Gebiet in viel größeren Einzelheiten.«

Talli wies auf ein großes, graues Viereck. »Wenn der Strich die Straße ist, muß das die Prunkhalle sein, wo wir uns jetzt befinden.«

»Stimmt.«

Sie überlegte. »Aber wieso sind die anderen Striche

Tunnel? Wie können wir Dinge sehen, die unterirdisch verlaufen?«

»Wir können sie nicht sehen, nur zeichnen.«

»Ich ...« Talli blinzelte und starrte angestrengt auf die Linien. Schlachtpläne waren einfach zu verstehen, bestanden für gewöhnlich nur aus ein paar Symbolen, die auf den Boden gemalt wurden, und auch die Karte von Tamingazin sah aus wie ein Bild, das jemand von einem sehr hohen Berg aus gezeichnet hatte. Aber dieses Viashino-Ding, mit seinen Tausenden verworrenen Strichen, reichte aus, um sie schwindlig zu machen. »Ich weiß nicht, ob ich das begreife.«

Ihr Vater seufzte. »Nun, du verstehst es schon besser als Rael Gar oder Karelon. Und ich muß gestehen, daß Lisolo eine Weile gebraucht hat, bevor ich ihn verstand.«

Das Gefühl, etwas besser zu können als andere, munterte Talli auf. In letzter Zeit hatte sie sich nur nutzlos gefühlt. Im Feld draußen hatte sie Überfälle geleitet, die ihnen wertvolle Vorräte sicherten. Sie hatte Viashino-Stellungen ausgekundschaftet. Sie hatte eigene Truppen in den Kampf geführt und sich wacker mit dem Schwert geschlagen. Aber nun, da der Krieg beendet war, waren auch diese Aufgaben verschwunden, und Talli blieb mit dem Gefühl zurück, ebenso wertlos zu sein wie der Ohrring der Viashino.

Sie betrachtete das Gesicht ihres Vaters. »Was ich nicht verstehe, ist, warum wir wegen dieser Papiere die Viashino anders behandeln sollen.«

»Wie weit ist es von hier bis zum Westtor?« fragte Tagard.

Talli zuckte die Schultern. »Das weiß ich nicht.«

»Lisolo weiß es. Wenn ein Feuer in der Prunkhalle ausbricht – woher holen wir Wasser, um den Brand zu bekämpfen?«

»Weiß ich…«

»Oder was ist, wenn wir Truppen von der Südmauer zur Nordmauer schicken wollen? Welcher ist der kürzeste Weg?«

Talli schüttelte den Kopf. »Ich weiß es nicht.«

»Lisolo weiß alle diese Dinge und noch hundert mehr«, erklärte Tagard. »Er kann diese Karten lesen und weiß, was zu tun ist.« Er ging zum Fenster hinüber. Sonnenlicht strömte durch die geöffneten Läden und fing sich in dem hellen Haar des Königs. »Das hier ist kein winziges Bergdorf oder eine Bauernschaft. Dies ist eine richtige Stadt. Wenn wir die beherrschen wollen, benötigen wir die Hilfe jener, die ihre Geheimnisse kennen.«

»Aber wir haben doch schon den Krieg gewonnen«, beharrte Talli. »Niemand kann uns die Stadt wegnehmen.«

Ihr Vater schüttelte den Kopf. »Wir haben die Stadtwachen besiegt – und das nur mit Aligarius' Hilfe. Aber unsere Armee hat kaum zweitausend Leute. In dieser Stadt leben mehr als vierzigtausend. Was wird wohl mit uns geschehen, wenn sie sich erheben?«

Talli sah über die Dächer in Tagards Rücken. »Sie würden uns töten.«

Tagard nickte. »Und sie würden die Stadt unregierbar machen.«

Talli runzelte die Stirn. »Aber genau das haben Rael Gar und Karelon gesagt, ich habe es auch gesagt: Wir müssen die Viashino mit Verboten daran hindern, uns zu stürzen.«

»Nein«, stellte Tagard fest. »Nicht einmal in tausend Jahren könnten wir uns sichern, indem wir Strafen erlassen. Wir müssen sichergehen, daß sie uns gar nicht stürzen wollen. Und das ist bedeutend schwieriger.«

Er ging zum Tisch zurück und nahm ein paar Karten auf. »Ich habe eine neue Aufgabe für dich.«

»Welche?«

»Ich möchte, daß du die Stadt für mich kennen-lernst.« Er reichte ihr das Papierbündel. »Nimm dir einen Ortskundigen und suche jeden Ort in dieser Stadt auf. Lerne, die Karten zu lesen. Wenn ich dich das nächste Mal etwas über Berimish frage, erwarte ich eine Antwort.«

Talli fühlte einen Funken Hoffnung in sich aufkei-men. Vielleicht konnte sie im Rat neue Achtung ge-winnen und gleichzeitig ihren Vater daran hindern, diesen Wahnsinn mit dem Viashino durchzuführen. »Wenn ich alles über die Stadt weiß, werdet Ihr dann Lisolo beiseiteschaffen?«

»Lerne die Stadt kennen«, befahl Tagard, »aber Li-solo wird dennoch Ratsmitglied.«

»Ihr werdet hundert Männer verlieren«, sagte Talli. »Vielleicht mehr.«

Der König nickte. »Lisolo ist mir jetzt mehr wert als hundert Männer.«

»Und wenn Ihr Karelon oder die Garan verliert?«

Tagard seufzte. »Ich werde noch einmal mit ihnen reden. Jetzt finde einen Führer, der sich auskennt, und erkunde die Stadt.«

Talli schwankte mit dem unförmigen Papierhaufen in den Händen hinaus. Sie hatte eine neue Aufgabe. Zwar war sie nicht sicher, ob ihr Vater die Angelegenheit für wirklich wichtig hielt, oder nur versuchte, sie irgend-wie zu beschäftigen. Wenigstens mußte sie so nicht mehr dauernd an Lisolo, Karelon und den Rat denken.

Gerade, als ihr Karelons Name durch den Kopf zuckte, erblickte Talli die Kriegsherrin, die an einer Ecke stand, an der sich zwei Korridore trafen. Talli starrte die Frau an und biß sich auf die Lippen. Sicher war es noch nicht zu spät, den Riß zu kitten, der zwi-schen Karelon und Tagard entstanden war. Während Talli sich die Worte zurechtlegte, die sie zu der dun-kelhaarigen Frau sagen wollte, ging sie weiter.

Aber als sie näher kam, bemerkte sie, daß die Kriegsherrin nicht allein war. Neben ihr stand der Botschafter von Suderbod. Die Stimmen der beiden hallten von den Steinwänden wider, aber Talli konnte kein Wort verstehen. Worum auch immer es gehen mochte, es regte den Suderboder anscheinend auf, denn er fuchtelte wild mit den Armen.

Seitdem sie in Berimish einmarschiert waren, hatte der Botschafter um eine Audienz nach der anderen gebeten. Vermutlich beklagte er sich darüber, daß Tagard nicht genug Zeit für ihn hatte.

Talli zog sich zurück. Später war noch Zeit genug, um mit Karelon zu sprechen. Vielleicht hatte sie bis dahin auch die richtigen Worte bereit.

Sie gelangte an das Ende des Flures und hielt an, um die Karten zu einem handlichen Bündel zusammenzurollen. Vor ihr lag einer der Innenhöfe, und sie schaute eine Weile zu, wie einige von Karelons Leuten eine Wagenladung reifer Sumpfkugeln ausluden. Der klebrig-süße Geruch der gelben Früchte hing in der Luft. Talli atmete tief durch.

Es klang zunächst wie ein guter Gedanke, aus der Prunkhalle herauszukommen – Talli hatte noch nie Gefallen daran gefunden, tagelang im Haus herumzusitzen – aber ausgehen bedeutete in diesem Fall, daß sie sich inmitten vieler Viashino bewegen mußte. Damit nicht genug, sondern Tagard hatte auch noch darauf bestanden, daß sie sich einen ortsansässigen Führer suchte. Bei dem Gedanken rümpfte sie die Nase.

Dann durchfuhr sie eine Idee, die ihr ein Lächeln aufs Gesicht zauberte. Tagard hatte nur gesagt, der Führer müsse ortskundig sein. Von einem Viashino war nicht die Rede gewesen. Sie würde sich einen Menschen suchen.

Talli wußte, daß in Berimish angeblich Hunderte von Menschen leben sollten, aber sie schienen nicht in der Nähe der Prunkhalle zu wohnen. Jedenfalls hatte sie noch keine gesehen. Jemand mußte wissen, wo sie zu finden waren. Gerade wollte sie die Männer ansprechen, die den Wagen abluden, als die Lösung ihres Problems den Innenhof betrat.

Der junge Garan, der sie in der Nacht der Eroberung von Berimish zur Prunkhalle geführt hatte, überquerte, mit einem Bündel in den Armen, den Innenhof. Er ging um den Wagen herum und betrat einen dämmrigen Gang auf der anderen Seite des Hofes.

So schnell sie sich mit dem Kartenbündel bewegen konnte, eilte Talli ihm nach und tauchte in die Schatten ein. Beinahe hätte sie den Jungen in den endlosen, verworrenen Fluren aus den Augen verloren, aber da er noch schwerer beladen war als sie selbst, konnte sie ihn einholen.

»Du da!« rief sie. »Garan!«

Der Junge drehte sich um und sah sie mit großen, braunen Augen an. »Ich?«

Talli kam näher und nickte. »Du bist doch derjenige, der uns hierher geführt hat, nicht wahr?«

Der junge Garan schluckte verunsichert. »Ja, das war ich.« Aus der Nähe gesehen, war er dünner und größer, als Talli ihn in Erinnerung hatte – sogar noch größer, als die meisten Garan, fast so hochgewachsen wie sie selbst. Außerdem sah er älter aus. Die großen Augen wirkten wie flüssiges Gold, nicht wie Rael Gars harte, silbrige Augen. Er hatte das unverkennbar scharf geschnittene Gesicht und die großen Augen der Garan, aber in dieser bunten, städtischen Umgebung wirkte er ungewöhnlich und – wie Talli fand – recht anziehend.

»Ich dachte mir, daß du es sein mußt«, bestätigte sie. »Seit wann lebst du in Berimish?«

»Mein Leben lang«, antwortete der Junge. Anscheinend machte es ihn unruhig, mit Talli zu reden. Sie hatte die violetten Fäden der Besorgnis, die das Gold durchdrangen, noch nie in Rael Gars Augen gesehen, aber dieser Garan hier konnte seine Empfindungen nicht besonders gut verbergen.

»Dann kennst du die Stadt bestimmt sehr gut«, meinte Talli.

Der Garan zuckte die Schultern. »Ich glaube schon. So gut wie jeder andere auch.«

»Wunderbar«, sagte Talli. »Ich brauche einen Führer, der mir Berimish zeigt. Würdest du das tun?«

Seine Augen öffneten sich noch weiter, und die Farbe wechselte von Gold zu Indigo. »Ich weiß nicht«, antwortete er nach einer Weile. »Ich meine, ich würde schon, aber meine Mutter und meine Tante haben Arbeit für mich.«

Talli runzelte die Stirn. Wahrscheinlich könnte sie ihn zwingen, ihr zu gehorchen, aber das war wohl nicht die beste Art, jemand kennenzulernen, mit dem sie tagelang zusammensein mußte.

»Ich könnte dich bezahlen«, schlug sie vor.

Er nickte. »Wenn das so ist, lassen sie mich bestimmt gehen. Auf jeden Fall werde ich sie fragen.«

»Dann los jetzt«, sagte Talli. Sie hielt die Kartenrolle hoch. »Nach diesen Papieren zu urteilen, haben wir viel vor uns liegen.«

Der Garan blickte den Gang hinab und deutete dann auf das Bündel in seinen Armen. »Ich muß erst diese Wecken abliefern«, erklärte er. »Meine Mutter hat sie ganz besonders gebacken.«

»Für wen?«

»Für den b …« Er brach ab und wurde dunkelrot. Es war das erste Mal, daß Talli einen solchen Gefühlsausbruch bei einem Garan erlebte. »Ich meine, für Lisolo.«

Talli preßte die Lippen zusammen. »Mein Vater ist der einzige Herrscher hier«, sagte sie fest.

»Ich weiß«, stimmte der Junge zu. »Es ist nur

schwierig, wenn man solange an etwas anderes gewöhnt war.« Wieder sah er auf das Bündel hinunter. »Ist es denn in Ordnung? Kann ich Lisolo die Wecken bringen?«

»Die Leute meines Vater geben dem Viashino zu essen«, erklärte Talli mit wachsendem Ärger. »Er hungert nicht.«

»Das glaube ich«, meinte der Garan. Seine Gesichtsfarbe und sein Benehmen beruhigten sich allmählich. Die Augen hatten wieder die goldene Farbe angenommen. »Aber Lisolo hat meiner Familie einst einen großen Dienst erwiesen, uns wahrscheinlich das Leben gerettet. Deshalb schickt ihm meine Mutter gern ein paar Leckereien.«

Talli spürte, wie ihr Ärger langsam verrauchte. »Nun, das kann ich verstehen. Dann geh und bring ihm die Wecken.«

Sie hielt sich im Hintergrund, als der Garan zu den Gemächern am Ende des Ganges schritt und den Männern, die Lisolo bewachten, die Wecken übergab. Man hatte dem Viashino gestattet, in seinen Räumen wohnen zu bleiben – noch eine von Tagards Ideen, die bei vielen Leuten auf Widerspruch stießen. Talli wußte nicht einmal, wie die Gemächer des Viashino aussahen.

Der Garan wechselte ein paar Worte mit den Wachen und kehrte dann zu Talli zurück. Hinter ihm wickelte ein Soldat die Tücher von den Backwaren, und zog eine Wecke heraus. Sie fragte sich, ob Lisolo je etwas davon bekommen würde.

»Unsere Bäckerei befindet sich nahe der Nordostmauer«, erklärte der Garan, als sie die Prunkhalle verließen. »Wir müssen zuerst dorthin gehen, damit ich meiner Mutter sagen kann, was ich vorhabe.«

»Das klingt überzeugend«, stimmte Talli zu, »aber bevor wir uns auf den Weg machen, würde ich gern deinen Namen wissen.« Sie lächelte ihn an. »Wenn ich mich dann verirre, weiß ich wenigstens, wem ich die Schuld geben kann.«

Der Junge lächelte ebenfalls – auch etwas, das kein Garan je getan hatte. »Ich heiße Recin.«

»Recin. Und weiter?«

Er schüttelte den Kopf. »Es gibt keinen zweiten Namen. Nur Recin.«

»Ich habe noch nie einen Garan mit nur einem Namen getroffen«, sagte Talli. Dieser Stadtgaran war völlig anders, als sie erwartet hatte. »Nun, ich heiße Tallibeth Tarngold, aber du kannst mich Talli nennen.«

»Ich weiß«, antwortete Recin. »Jeder hier weiß, wer du bist.«

Der Gedanke behagte Talli keineswegs. Da sie die Viashino nicht mochte, war sie sicher, daß auch einige der Schuppenwesen sie nicht leiden konnten. »Meinst du, daß mich alle erkennen, wenn wir durch die Stadt gehen?« erkundigte sie sich.

»Du bist kaum zu übersehen«, sagte Recin. »Ich meine, weil du nicht wie eine Bewohnerin von Berimish aussiehst.«

Der Gedanke, die Prunkhalle zu verlassen, erschien ihr plötzlich immer weniger anziehend. »Weißt du, wo ich die hier übliche Kleidung kaufen kann?« wollte Talli wissen. »Vielleicht würde ich nicht so auffallen, wenn ich mich so kleide wie die Frauen hier.«

»Wir werden bestimmt etwas finden.« Er sah sie von oben bis unten abschätzend an. »Aber wir müssen unbedingt etwas wegen deines Haares unternehmen. In ganz Berimish gibt es niemanden, der solches Haar hat wie du. Vielleicht könnten wir einen Hut kaufen.«

Talli faßte sich in die ungebärdige, flachsfarbene Lockenpracht.

»Gut«, sagte sie zustimmend. Dann reichte sie dem

Jungen die eine Hälfte des Kartenbündels. »Laß uns die Karten teilen. Sonst falle ich noch vornüber.«

Sie traten ins Sonnenlicht und gingen die Rampe hinunter, die von der Prunkhalle zur breiten Hauptstraße von Berimish führte. Auf der anderen Straßenseite befand sich ein kleines Wasserbecken, das von weißen Steinmauern eingefaßt war. Eine Gruppe junger Viashino planschte im blauen Wasser herum, während ein älterer zusah. Ganz in der Nähe legte ein junges Menschenmädchen gerade ihre Kleidung ab und sprang ins Wasser.

»Dies ist einer meiner Lieblingsplätze«, erklärte Recin. »Wenn es ganz heiß ist, komme ich her, um zu schwimmen.«

Mißtrauisch beäugte Talli das Wasser. Das Becken war klein, aber es sah tief aus. »Ich kann nicht schwimmen«, sagte sie.

»Wirklich nicht?« fragte Recin erstaunt. »Vielleicht kann ich es dir beibringen.«

Diesmal war es an Talli, zu erröten. Selbst wenn es in Berimish Sitte war, hatte sie keineswegs vor, sich vor diesem Garan zu entkleiden – und ganz sicher nicht vor den Augen der ganzen Stadt.

Sie wanderten an dem Schwimmbecken vorbei, die Straße hinunter. In regelmäßigen Abständen begegneten sie kleinen Gruppen von Soldaten. Viele nickten Talli grüßend zu, und ein alter Veteran brachte ihr förmlich den Salut dar. Außer den Soldaten befanden sich zumeist Viashino auf den Straßen. Angesichts der Masse der Schuppenwesen legte Talli eine Hand auf den Schwertknauf. In den Straßen von Berimish gab es viel mehr von diesen Kreaturen, als sie je auf dem Schlachtfeld gesehen hatte. All ihre Instinkte schrien ihr zu, sich zu verteidigen. Nur die beruhigende Gegenwart der Soldaten half ihr, die Angst niederzukämpfen.

Die meisten Schuppenwesen waren nicht größer als

Talli, auch wenn sie hin und wieder an einem alten Viashino vorüberkamen, der hoch über die Menge hinausragte. Schnell begriff Talli, daß sie ein gutes Stück Abstand zu gehenden Viashino halten mußte, wenn sie nicht von den langen Schwänzen geschlagen werden wollte. Die Wesen, an denen sie vorüberschritten, sahen schnell weg oder senkten bei Tallis Anblick die langen Hälse. Keines der gelben Augenpaare wollte ihrem Blick begegnen.

»Hassen sie uns?« flüsterte sie Recin zu. »Hassen sie mich?«

»Anfangs haben sie das vielleicht getan«, erwiderte er. »Ich jedenfalls habe euch gehaßt.«

Talli warf ihm einen überraschten Blick zu. »Und jetzt?«

Recin zuckte die Achseln. »Bevor ihr die Stadt erobert habt, sagte man, ihr würdet alles plündern und in Brand stecken, die Leute umbringen und die Überlebenden versklaven.« Er wies auf das lebhafte Treiben. »Aber nichts geschah. Alles geht fast so weiter wie vorher, und die Soldaten sind nicht halb so grob, wie man erwartet hat.«

Talli nickte. Wenn sie die mit Viashino bevölkerten Straßen ansah, erschien ihr die Idee ihres Vaters, sie zufrieden zu stellen, gar nicht mehr abwegig. Vielleicht hatte Tagard doch nicht ganz unrecht mit seinen Plänen.

Viele der Gebäude, die entlang der Hauptstraße standen, waren zwei- oder dreigeschossig. Erstaunt beobachtete Talli, wie sich die Viashino mit Hilfe von Seilen und Kletterstangen von einem Stock zum anderen bewegten. Alles – Fenster, Eingänge, Wände – war von anderer Größe, als sie es gewohnt war. Die Form der Viashino-Gebäude machte sie ein wenig schwindlig, als würde sie in einen schlechten Spiegel sehen.

Sie rief Recin zu, er möge anhalten und versuchte, ihren Standort auf der Karte zu finden. Aber sie hatten die unmittelbare Umgebung der Prunkhalle bereits hinter sich gelassen, und ohne diesen Anhaltspunkt fand sich Talli nicht mehr zurecht.

»Weißt du, wie man diese Karte liest?« fragte sie Recin.

Der Garan blickte ihr über die Schulter und schüttelte den Kopf. »Ich habe schon einmal Landkarten gesehen«, sagte er, »aber diese ist wirklich schwer verständlich. Vielleicht sollten wir sie ganz ausrollen, wenn wir in der Bäckerei sind.«

Während sie weitergingen, beschrieb Recin die Gebäude und wies auf Häuser hin, wo mit kostbaren Metallen gehandelt wurde, wo man Schiffe mieten konnte, die flußabwärts zum Meer fuhren.

»Da drüben sind die Zollgebäude«, sagte er und deutete auf ein paar flache Bauten, nahe der Mauer. »Das große Haus gehört dem Hafenmeister. Wenn ein Schiff aus Suderbod oder von den Inseln kommt, legt es dort an, um anzugeben, was es geladen hat.«

Talli spähte zu den Gebäuden hinüber und überlegte, ob sie noch immer Viashino beherbergten, oder ob die Leute ihres Vaters die Ämter übernommen hatten. Aber niemand kam heraus oder trat ein. Vielleicht hatte man sie einfach geschlossen.

An einem langen Uferstück hinter dem Kai standen unzählige Viashino Schulter an Schulter und warfen Leinen in die grünen Fluten des Nish.

»Was fangen sie dort?« fragte Talli.

»Attalos.«

»Ist das ein Fisch?«

»Viel schlimmer«, sagte Recin. »Attalos werden so groß wie Ruderboote und haben einen Kopf, so groß wie ein Mensch. Ihr Panzer hält jedem Armbrustbolzen stand, und sie können ein Ruder mit einem Biß durchtrennen. Der Fang ist nicht gerade die sicherste Art, sich den Lebensunterhalt zu verdienen. Der Haufen, da links, besteht aus den Panzern, die den Attalos abgezogen werden, wenn sie gefangen sind.«

Talli beobachtete die Viashino, sah aber nicht, daß jemand eines der Tiere fing. »Schwimmen die Leute auch im Fluß?«

Recin lachte. »Hast du schon einmal einen Attalo gesehen?«

»Nein.«

»Wenn du sie kennen würdest, hättest du gar nicht erst gefragt, ob jemand im Fluß schwimmen will.«

Je nördlicher sie in die Stadt vordrangen, um so mehr Menschen bekamen sie zu Gesicht. In den Seitenstraßen hatten die Händler Stände errichtet. Kinder rannten lachend durch die Menge. Die Häuser in diesem Teil von Berimish waren nicht so gut gepflegt und sahen viel älter aus. Die Türen aus Holz oder Metall waren Vorhängen aus Leder oder Tuch gewichen. Anstelle der Schindeldächer sah man hier geteerte Baumrinden.

Als sie an ein paar Nebenstraßen vorüberkamen, meinte Talli, ein graues Gewand und silbriges Haar in der Menge zu erkennen. Sie blieb stehen und versuchte, über die Köpfe der Menge zu sehen.

»Was gibt's?« wollte Recin wissen.

Talli schüttelte den Kopf. Die Gestalt war verschwunden. Aligarius, wenn es Aligarius gewesen sein sollte, mußte in einen Hauseingang geschlüpft sein. »Nein«, sagte sie langsam. »Ich glaube kaum.« Sie sagte sich, daß es wahrscheinlich gar nicht der Zauberer gewesen war. Viele Leute in Berimish trugen solche Gewänder, und mit Sicherheit waren einige davon grau.

»Leben hier die Menschen?« erkundigte sich Talli.

»Die meisten«, erhielt sie zur Antwort. »Der Nordmarkt liegt gerade vor uns, und dort verkaufen die Menschen ihre Waren.«

Talli brannten die Augen, als sie an einer Gerberei

vorbeigingen, aber ein paar Schritte weiter blieb sie stehen und schaute bewundernd zu, wie ein Glasbläser zierliche Trinkschalen aus einer flüssigen, orangenen Glasmasse formte. In Farson war Glas eine Seltenheit, aber in Berimish war es so verbreitet, daß sogar die Fenster damit verdeckt wurden. Eine Gruppe Kinder hatte sich versammelt, um dem Mann zuzusehen, wie er seine schimmernden Waren herstellte. Talli und Recin gesellten sich zu ihnen. Der Glasbläser formte und drehte das zähflüssige Glas mit sowohl sparsamen, als auch fließenden Bewegungen, die so geschmeidig wirkten wie das Material, mit dem er umging. In Tallis Augen kam diese Zauberei der des Aligarius gleich.

Plötzlich lief eine Frau an Talli vorbei, packte einen kleinen Jungen am Arm und zerrte ihn hastig beiseite. Talli wandte den Blick von dem Glasbläser und bemerkte, daß sich die Menschenmenge von ihr zurückgezogen hatte. Auf der anderen Straßenseite standen Frauen, die hinter vorgehaltenen Händen tuschelten, und ein Kind, das seinen Vater am Ärmel zupfte, deutete auf Talli. Ein vorübergehender Viashino blickte zur Seite, aber Talli sah noch das Aufblitzen seiner scharfen Zähne.

Wieder überfiel sie die Furcht, allein und ungeschützt in der feindlichen Stadt zu sein, und es juckte sie in den Händen, das Schwert zu ziehen. »Ich glaube, wir sollten weitergehen«, sagte sie zu Recin.

»Gute Idee«, bestätigte er. »Wenn wir zu mir nach Hause kommen, werden wir etwas unternehmen, damit du wie eine Einheimische wirkst.«

Nach einer Weile erreichten sie einen großen Platz, der von Ständen und Buden jeder Art gesäumt und beinahe überfüllt mit Menschen und Schuppenwesen war. Gerade wollte Talli zu einer Frage ansetzen, als sie plötzlich stehenblieb und nach Luft schnappte.

Im Mittelpunkt des Platzes stand eine Gestalt,

gegen die ein erwachsener Viashino wie eine kleine Feldechse wirkte. Das Wesen war doppelt so groß wie ein Mensch und redete mit zwei Frauen, die ihm bis an die Knie reichten. Der schuppige Hals und Kopf hatten die schmutzig-graue Farbe alten Metalls, die Zähne waren so lang wie Tallis Hand. Obwohl sie noch nie eine solche Kreatur gesehen hatte, hatte sie ausreichend Geschichten gehört, um zu wissen, um welches Wesen es sich handelte.

»Ein En'Jaga«, flüsterte sie.

Recin nickte. »Sie kommen hierher, um zu handeln. Die meisten leben in den westlichen Bergen, oder jenseits der magischen Mauer, im Großen Sumpf. Aber alle paar Tage erscheint einer hier in der Stadt.«

Der En'Jaga drehte sich um, und Talli schien es, als sehe er sie an. Im Gegensatz zu den goldgelben Augen der Viashino waren die des En'Jaga völlig schwarz. Eine dicke, gezackte blaue Zunge fuhr blitzschnell über die Lippen und verschwand wieder. Talli schüttelte sich.

Plötzlich wandte sich der En'Jaga ab und stürmte davon, wobei er die Menge aus Menschen und Viashino einfach beiseite pflügte. Er bewegte sich sehr schnell, und nach wenigen Sekunden verschwand der graue Kopf hinter einem Haus.

»Ich habe noch nie einen gesehen«, sagte Talli benommen. Es war eine Sache, Geschichten über die En'Jaga zu hören, aber eine andere, ihnen plötzlich gegenüberzustehen. Es schien unglaublich, daß die Viashino anscheinend mehrere Angriffe der riesigen Bestien zurückgeschlagen haben sollten.

»Du wirst noch viele sehen, wenn du hierbleibst«, meinte Recin.

Er führte sie über den belebten Marktplatz in eine ruhigere Straße. An einer Ecke befand sich die Abzweigung zu einer gewundenen Gasse, in der die Bäckerei lag, die für den Lebensunterhalt der Familie

Recin sorgte. Es war ein zweistöckiges, sehr schmales Haus. Die Wände waren – wie bei den meisten Bauten in Berimish – weiß getüncht, aber im Gegensatz zu den Viashino-Häusern führte eine Treppe an der Seite empor, und die Tür hatte eine Form, die Talli bekannt war.

»Wir wohnen oben«, erklärte Recin, als er zur Tür ging. »Dadurch haben wir im Sommer ein wenig Wind, und im Winter halten uns die Öfen warm.«

»Es sieht richtig nett aus«, stellte Talli fest. Selbst hier draußen war der Geruch nach frischem Brot so stark, daß ihr das Wasser im Mund zusammenlief.

Als sie eintraten, fanden sie eine Garan-Elfe über ein Blech mit Wecken gebeugt vor. Sie war klein und, trotz des Mehlflecks im dunkelbraunen Haar, sehr hübsch. Ihre Züge waren, wie die der meisten Garan-Frauen, fein und gleichmäßig geschnitten. Mit ihren großen Augen und der glatten, blassen Haut erinnerte sie Talli an die Puppen, mit denen die Kinder in Farson spielten. Sie sah viel zu jung aus, um Recins Mutter zu sein, aber den Garan sah man selten ihr Alter an.

Die Frau blickte auf, sah Recin an und ihre Augenfarbe wechselte von metallischem Gold zu warmem Braun. Dann richtete sie den Blick auf Talli, und aus dem Braun wurde eisiges Grau. »Was hat die hier zu suchen?« fragte sie.

»Sie heißt Tallibeth«, stellte Recin vor.

Die Frau umklammerte die Teigrolle so fest, daß die Fingerknöchel weiß hervortraten. »Ich weiß, wer das ist. Ich frage mich, was du mit ihr zu schaffen hast.« Das Garan-Gesicht mit dem spitzen Kinn blieb ausdruckslos, doch sie machte sich nicht die Mühe, den Ärger in der Stimme zu verbergen.

Talli war bestürzt über die heftige Abneigung der Frau – besonders, da es sich um eine Garan handelte. »Ich habe ihn um Hilfe gebeten«, erklärte sie.

»Nein.« Die Frau nahm die Hand von der Teigrolle, um sich das Haar aus dem Gesicht zu streichen und fügte damit der ersten Mehlspur noch eine weitere hinzu. »Hier bekommt Ihr keine Hilfe.«

»Aber Tante Getin …«, setzte Recin an.

»Kein ›aber‹«, unterbrach ihn die Frau. »Was würde deine Mutter sagen, wenn sie dich mit diesem Mädchen zusammen sehen würde?«

»Ich würde sagen, was ist denn hier für ein Lärm?« ertönte eine Stimme aus dem Hinterzimmer der Bäckerei. Eine zweite Garan-Elfe betrat den Raum. Gleich Recin war auch sie größer und schlanker als die meisten ihrer Rasse. Die natürliche Kantigkeit des Garan-Gesichtes war bei ihr gemildert, wirkte beinahe menschlich, aber die Augen waren riesig. In ihnen spiegelten sich der Raum und die Gestalten Tallis und Recins. Zarte Linien rahmten die goldenen Augen ein und zeigten sich in den Mundwinkeln; ein paar graue Strähnen durchzogen das dunkelbraune Haar. Getin war hübsch, aber diese Frau war unbeschreiblich, überirdisch schön.

Niemand sprach, als sie durch den Raum schritt und Getin die Teigrolle fortnahm. Dann wandte sie sich zu Talli um und neigte höflich grüßend den Kopf.

»Ich bin Janin. Seid willkommen in unserem Haus, Tallibeth Tarngold«, sagte sie mit ruhiger, sanfter Stimme. Genau wie Rael Gar verbarg auch Janin ihre Gefühle hinter einer starren Maske. Der Garan-Führer vermittelte den Eindruck kalter Berechnung, aber die Reglosigkeit dieser Frau ließ auf Gelassenheit schließen.

»Ich danke Euch«, sagte Talli. »Es tut mir leid, wenn ich für Ärger gesorgt habe.«

Getin starrte sie noch immer böse an. »Es gibt keinen Grund, freundlich zu ihr zu sein. Ich habe keine Angst vor denen.«

»Es gibt auch keinen Grund, unhöflich zu sein«, gab die hochgewachsene Elfe zurück. Sie legte die Teigrolle vor Getin auf den Ladentisch.

»Und ebenso wenig muß man sich seiner Angst schämen, wenn sie berechtigt ist.«

»Ich bin nicht hierhergekommen, um jemandem Angst einzujagen«, erklärte Talli.

Recin näherte sich seiner Mutter. »Sie möchte mir Arbeit anbieten«, sagte er.

»Für die Feinde arbeiten!« schrie Getin.

»Sch, Getin«, mischte sich Janin ein. Ihr goldener Blick wanderte von Tallis Kopf zu den Füßen und wieder zurück. Obwohl die Garan-Frau nur eine Bäckerin war und Talli zu den Herrschern der Stadt zählte, ließ die Musterung sie zusammenschrumpfen. Selbst in diesen einfachen Kleidern hatte Janin ein königlicheres Gehabe als jede der Frauen an Tagards Hof. »Was für eine Arbeit habt Ihr meinem Sohn angeboten?« erkundigte sie sich.

»Mein Vater möchte, daß ich die Stadt kennenlerne«, erklärte Talli. »Ich glaube, Recin könnte mir dabei helfen. Ich werde ihn bezahlen.«

Die Garan nickte. »Ihr habt eine gute Wahl getroffen. Ich denke, daß kaum jemand die Gassen und Winkel der Stadt so gut kennt wie mein Sohn. Und wir können das Geld gut gebrauchen.« Sie hielt inne und legte einen langen Finger auf die Lippen. »Aber Getin hat recht«, fuhr sie kurz darauf fort. »Unsere Familie hat geschworen, Bey Lisolo zu unterstützen und zu schützen. Ich selbst habe den Eid geleistet. Eurem Wunsch Folge zu leisten, hieße unter Umständen, den Schwur zu brechen.«

Talli runzelte die Stirn. Sie hatte Recin zwar nur während des Weges durch die Stadt um sich gehabt, mochte ihn aber bereits gut leiden. Der Gedanke, einen anderen Führer zu finden, war ihr verhaßt. »Mein Vater möchte Lisolo in seinen Rat berufen«, sagte sie und hoffte, damit die Zustimmung der Frau zu gewinnen.

Recins Mutter sah sie durchdringend an. »Aber das möchtet Ihr nicht, oder?«

»Nein«, gab Talli zu. Sie fühlte, wie sie errötete und blickte auf den Steinboden des Ladens.

»Fürchtet Ihr Euch nur vor dem Bey, oder vor allen Viashino?«

Talli hob schnell den Kof. »Wer sagt, daß ich mich fürchte?«

»Ihr selbst«, erklärte Janin. »Euer Ton und die Art, wie Ihr Euch gebt, drücken es aus.«

Ärger durchfuhr Talli. »Ein Viashino hat meine Mutter umgebracht«, stieß sie hervor. »Ich habe ein Recht, sie nicht leiden zu können.«

Recins Mutter nickte. »Ich weiß, was es heißt, jemanden zu verlieren und was es bedeutet, zu hassen. Vor vielen Jahren wurde mein Mann getötet, und an manchen Tagen möchte ich Rache an dem üben, der ihn mir nahm.«

»Wer war das?« fragte Talli.

»Ich war es«, kam eine Stimme von der Tür her. Rael Gar trat ein und schob Talli zur Seite. Er blickte Janin an und hielt Hände und Füße so, wie es Talli auf Dutzenden von Kampfplätzen gesehen hatte. Es war die Stellung, die ein Garan einnahm, wenn er sich aufs Töten vorbereitete.

»Wenn du deine Rache willst«, sagte er, »ist jetzt der Zeitpunkt gekommen, sie zu nehmen.«

Von meinem Platz hier in Berimish aus gesehen, bleiben die Garan die rätselhafteste aller Rassen von Tamingazin.

In der Stadt gibt es nur wenige – nur einen einzigen Haushalt – und die Abgesandten aus den Bergen waren erst einmal, innerhalb sehr langer Zeit, in der Stadt, um Handel zu treiben. Wenn die Handvoll Garan, die ich gesehen habe, für den Durchschnitt des Volkes stehen, dann handelt sich um wahrhaft schöne Leute, mit großen Augen, dunklem Haar und blasser Haut. Aber sie wurden nicht wegen ihrer Schönheit bekannt.

Die wechselnde Augenfarbe, das kalte Hochland, die nachtschwarze Kleidung, die tödlichen Hiebe der Hände und Füße – das sind die Eigenschaften, die man erwähnt, wenn man über die Garan spricht. Als ich noch ein Kind war, lebte ich im tiefen Süden in Cresino, und Asham, mein Fechtlehrer, erzählte mir von dem Volk, das keine Klingen benutzt, dessen Körper aber tödlicher als jede Waffe ist. Es war eines seiner Lieblingsthemen.

Asham konnte mir nicht sagen, warum die Garan keine Waffen tragen, doch die Viashino erzählen hier eine Geschichte. Vielleicht liegt darin ein Wissen, das uns weiterhilft.

»Die Garan kommen aus dem Norden, von einem Ort, der hinter den Skolltenbergen und noch jenseits des Umber liegt. Sie sind ein sehr altes Volk und es gibt sie seit Anbeginn der Zeit; sie gehören zur Wurzel der

Elfenrasse. Manche behaupten, sie hätten menschliches Blut in sich, denn ihr Aussehen ähnelt den Menschen sehr. Aber auch ein Attalo sieht einer Schildkröte sehr ähnlich und ist doch hundertmal gefährlicher.

Sie haben nicht von jeher den Waffengebrauch verachtet. Bevor sie nach Tamingazin kamen, waren sie großartige Schwertkämpfer. Sie konnten ein Langschwert mit solcher Geschwindigkeit durch die Luft zischen lassen, daß die Spitze wie eine Peitsche knallte. Nichts und niemand konnte ihnen Widerstand leisten.

Aber ihre Kampfeslust wandte sich gegen sie selbst. Voller Wut und Inbrunst bekämpften sie sich untereinander, Garan gegen Garan, und nur wenige überlebten.

Die Überlebenden entsagten allen Waffen und unterdrückten jene Kampfeslust, die dahin geführt hatte, das eigene Volk anzugreifen. Sie verließen die uralten Heimstätten und zogen in die Berge, die an der Grenze von Tamingazin liegen, um dort zu leben. Dort entstand der Brauch, einander im Kampf mit Händen und Füßen zu unterrichten. Von Geburt an lehren sie die Kinder die schmerzhafte Kunst des waffenlosen Kampfes, und es kommt vor, daß einige sterben, bevor sie noch wissen, wie man sich verteidigt. Die Garan unternahmen dies alles, damit das Töten nicht zu leicht oder zu schnell geschehen kann. Und sollten sie vernichtet werden, würde es nicht durch eigene Hand geschehen.«

Die Geschichte geht noch weiter, und es gibt viele unterschiedliche Fassungen. Aber ich weiß nicht, ob sie auf der Wahrheit beruht.

Doch vielleicht zeigt sich hier ein Weg, der uns hilft, diese Leute für unsere Zwecke zu benutzen.

– Aus einer Botschaft des Ursal Daleel, Botschafter des Hofes von Hemarch Solin, des Eroberers von Suderbod, während seines Aufenthaltes im Tal Tamingazin.

Recin ballte die Hände zu Fäusten. Blut rauschte ihm in den Ohren, und seine Haut schien zu glühen. Als er noch jünger gewesen war, hatten seine Mutter und Tante über den Mann, der seinen Vater tötete, gesprochen. Seitdem Recin volljährig war, redeten sie in seiner Gegenwart nicht mehr darüber. Das hatte den Jungen jedoch nicht davon abgehalten, an ihn zu denken.

Nun stand ebendieser Mann in ihrem Laden, eine Armlänge von Recins Mutter entfernt, die Hände zum Kampf erhoben. Der Mörder war klein, einen ganzen Kopf kleiner als Recin oder seine Mutter, aber das hieß nicht, daß er unscheinbar war. Die Schultern des Mannes waren sehr breit, und jede seiner Bewegungen verriet die beherrschte Kraft. Das Gesicht wurde durch die Kapuze verdeckt, doch Recin sah das Funkeln der kalten, silbrigen Augen. Angetan mit weichen, schwarzen Kleidungsstücken, wirkte er nicht weniger gefährlich als ein tobsüchtiger En'Jaga.

Recin kochte vor Wut, während seine Mutter den Eindringling betrachtete. Wenn das plötzliche Auftauchen des Garan sie überrascht hatte, ließ sie sich jedoch nichts anmerken.

Auch ihre Augen behielten die ruhige, glänzend goldene Farbe. Sie machte keine Anstalten, sich zu verteidigen oder zu fliehen.

»Ich wußte, daß du uns früher oder später einen Besuch abstatten würdest«, sagte sie. »Du hast dich schon immer gern am Unglück anderer geweidet.«

Der Mann schob die Kapuze zurück. Sein Blick war

aufgewühlt und verriet, daß es in seinem Inneren brodelte wie in einem Topf mit kochendem Blei. Es fiel Recin nicht schwer, den Krieger zu erkennen. Es war derselbe Mann, den Recin in der Nacht der Eroberung gesehen und der ihn geschlagen und von der Mauer geworfen hatte – der ihn hatte töten wollen.

»Ich weide mich nicht an eurem Unglück«, erwiderte der Krieger mit einer Stimme, die kaum mehr als ein Flüstern war. »Es ist meine Pflicht, hier zu sein.« Er machte eine seltsame, schnelle Handbewegung. »Aber diese Dinge waren deiner Familie immer fremd, nicht wahr? Pflicht. Ehre.«

»Wir verstehen es, Opfer zu bringen«, antwortete Janin.

Tante Getin, die neben ihr stand, sah blasser aus als der Teig, der auf dem Tisch ausgerollt lag. Obwohl es ihr gelang, das Gesicht unbewegt zu halten, hatten die Augen eine furchtsame, graue Farbe angenommen. Sie griff nach der Teigrolle, doch die trommelte in ihrer zitternden Hand gegen den Tisch.

»Rael Tak«, flüsterte sie heiser.

»Was geht hier vor?« Talli stellte sich in die Mitte des Raumes und schob sich so zwischen Rael Gar und Recins Mutter. Recin hatte die Anwesenheit des Mädchens fast vergessen. »Was sucht Ihr hier?«

Ein rötlicher Schimmer überschattete die Augen des Kriegers.

»Dies ist eine ganz persönliche Angelegenheit.« Er ging um Talli herum, auf Recins Mutter zu.

Recin hatte nie die Ausbildung erhalten, welche die Garan der Berge zu gefürchteten Kämpfern machte, aber jetzt stand er der Person gegenüber, die seinen Vater getötet hatte. Nun bedrohte diese Person auch den Rest seiner Familie. Er würde nicht tatenlos zusehen. Er holte tief Luft und setzte zum Sprung an.

Mit einem Rascheln der Gewänder stand der Mann plötzlich vor ihm und drückte die kräftige Hand gegen Recins Brust. »Ich sehe, daß die Traditionen eurer Familie sich vielfältig fortsetzen«, flüsterte er mit eisiger Stimme. »Dieser Junge könnte sich nicht einmal an einen Stein anschleichen, und seine Gefühle sind so offenbar wie der Himmel an einem hellen Wintertag.«

»Laß ihn los, Rael Tak«, sagte Janin. »Er ist kein Kämpfer.«

Der Garan nickte. »Das sehe ich«, antwortete er. »Übrigens heiße ich jetzt Rael Gar, so wie ihr Euren Namen und Eure Stellung innerhalb des Garan-Reiches verloren habt.« Er nahm die Hand von Recins Brust und entspannte sich ein wenig.

Recin bemerkte, wie seine Mutter vor Überraschung eine Augenbraue hob. Für eine Frau wie sie bedeutete das ein außergewöhnliches Verhalten. »Rael Gar«, wiederholte sie langsam. »Meinen Glückwunsch.«

Rael Gar. Jetzt hatte Recin sowohl das Gesicht als auch den Namen des Mörders, der durch seine Träume geisterte.

Talli legte Rael Gar die Hand auf die Schulter. »Hört auf damit«, befahl sie. »Sagt mir, warum Ihr hier seid.«

Rael Gar schüttelte die Hand ab, ohne Talli auch nur anzusehen. »Das ist eine reine Garan-Angelegenheit«, zischte er. »Und was tut Ihr hier, Königstochter?«

Talli richtete sich auf und stellte sich vor den kleineren Garan. »Ich bin im Auftrage des Königs hier. Diese Leute werden mir helfen.«

Wenn Rael Gar verärgert oder eingeschüchtert sein sollte, so verbarg er es bestens. »Diese Leute sind Garan – meine Leute. Sie stehen unter meinem Befehl.« Er verschränkte die Arme über der breiten Brust und sah Talli an. »Ich bin um der Gerechtigkeit willen hier. Die Sache geht weder Euch noch Euren

Vater etwas an. Sicher gibt es auch noch andere Orte, an denen Ihr die Befehle des Königs ausführen könnt.«

Tallis Augen wechselten nicht die Farbe, wie es bei den Garan geschah, aber sie erblaßte unter der Sonnenbräune. »Bittet Ihr mich etwa, zu gehen?« Langsam tastete sich ihre Hand zum Schwertgriff vor.

»Bitten?« sprach Rael Gar. »Nein, es ist keine Bitte.«

Recins Mutter eilte herbei und zog Talli heftig zur Seite. »Getin«, sagte sie, »warum nimmst du unseren Gast nicht mit nach oben? Ich nehme an, sie würde gern sehen, wie die Bürger von Berimish leben.«

Talli schüttelte den Kopf. »Ich möchte wissen, was er hier zu suchen hat. Ich bin ebenfalls Mitglied des Rates. Was in dieser Stadt geschieht, geht mich ebensoviel an wie ihn.«

Rael Gar starrte Talli an und die geballten Fäuste öffneten sich zu Klauen. Recin hatte in den Augen seiner Mutter und seiner Tante schon viele Farben gesehen, aber bis zu diesem Augenblick hatte er nicht gewußt, daß Garan-Augen grellrot werden konnten. Der Haß in Rael Gars Blick war so greifbar, daß Recin sicher war, er werde Talli sofort angreifen.

Dann ließ der Garan die Hände sinken und deutete eine Verneigung an. Innerhalb einer Sekunde wechselte die Augenfarbe zu ausdruckslosem Stahlgrau.

»Ich bin zu weit gegangen«, sagte er leise. »Vergebt mir. Auch wenn Euer Vater der König ist und wir Verbündete sind, so gibt es doch Angelegenheiten, die nur die Garan betreffen. Dies ist eine solche.«

»Er hat recht«, mischte sich Janin ein. »Ich bitte Euch um den Gefallen. Bitte geht mit Getin.«

Einen Moment lang herrschte angespanntes Schweigen, dann nickte Talli. »Nun gut. Ich gehe.« Sie wies mit einem langen Finger auf Rael Gar. »Aber diese Leute stehen unter meinem Schutz. Wenn ihnen etwas geschieht, werde ich Euch zur Rechenschaft ziehen.«

Sekundenlang trat erneut der blutrote Schein in die Augen des Garan. »Wir werden sehen«, sagte er trocken.

Getin, deren Augen noch immer blaß vor Angst waren, kam hinter dem Ladentisch hervor und ging auf die Tür zu. Als sie an Rael Gar vorüberschritt, lief ihr ein merklicher Schauder über den Körper, und sie beschleunigte ihre Schritte. Talli warf noch einen Blick auf Recin, dann folgte sie Getin aus der Bäckerei hinaus.

»Ich möchte, daß auch du gehst, Recin«, sagte Janin.

Recin riß die Augen auf. »Warum?«

»Der Junge bleibt«, befahl Rael Gar. »Er soll alles mitanhören.«

Recin nahm eine Bewegung wahr, die so blitzschnell vonstatten ging, daß er nichts außer einem Lufthauch spürte. Schon stand seine Mutter vor Rael Gar, das Gesicht nur wenige Handbreit von den seinen entfernt. Die flache Seite ihrer Hand war gegen die Kehle des Kriegers gedrückt.

»Du bist jetzt der Gar«, sagte sie leise, »aber wir gehören nicht zu deinen Untertanen. Nicht mehr. Mein Sohn wird tun, was ich ihm sage.«

Recins Unterkiefer sank herab und er konnte nichts dagegen tun. Noch nie hatte er gesehen, daß sich seine Mutter so schnell bewegte – oder daß sich *irgendwer* so schnell bewegte – und niemals hatte er das feuerrote Leuchten in ihren Augen erblickt, wie jetzt, als sie Rael Gar anstarrte.

»Es spielt keine Rolle«, knurrte der Krieger. »Ich habe gesagt, was zu sagen ist. Ich weiß, wo ich dich finde.«

Er wich zurück, drehte sich um und verließ die Bäckerei mit schnellen Schritten. Recins Mutter sackte ein wenig zusammen. Ihre Augen hatten wieder die übliche, grüne Farbe angenommen, und sie lehnte sich gegen den Ladentisch.

Recin eilte zu ihr. »Geht es dir gut?«

Sie nickte. »Geh und kümmere dich um das Menschenmädchen und deine Tante. Wenn du nicht bei ihnen bist, könnten sie Streit bekommen und sich prügeln. Mir geht es gut.«

»Was ist, wenn er zurückkommt?« fragte Recin.

»Er wird zurückkommen«, antwortete Janin, »aber nicht so bald. Der Mittwintertag ist vorüber, und Mittsommer erst in einigen Monaten. Wenn Rael Gar eine Versammlung einberufen will, muß er sich bis dahin gedulden.«

»Eine Versammlung?« Recin überlegte angestrengt, aber er konnte sich nicht erinnern, den Ausdruck schon gehört zu haben.

»Ein Treffen der Gar und der niederen Ränge des Reiches … die Tak, die Kan, die Krieger.« Sie holte tief Luft und richtete sich auf. Sorgfältig glättete sie die Falten des blaßgrünen Kleides. »Es wird nur selten eine Versammlung einberufen, aber wenn Rael Gar der Tradition folgt, muß er es tun.«

Recin schüttelte den Kopf. »Welche Tradition?«

»Recin, Rael Gar hält mich für eine Verräterin. Uns alle, wahrscheinlich. Ich habe die Gesetze des Reiches nicht befolgt, und nun sollen wir dafür büßen.«

»Ich verstehe das nicht«, erklärte Recin. »Welches wichtige Gesetz hast du denn gebrochen?«

Janin seufzte. »Wir reden später darüber. Für die Garan sind wir Abtrünnige. Eine Gefahr.«

»Was wollen sie denn von uns?« erkundigte sich Recin.

Janin sah zu Boden, aber Recin hatte bemerkt, daß sich ihre Augen grau färbten. »Du solltest schnellstens zu dem Menschenmädchen gehen«, sagte sie hastig. »Wenn deine Tante nicht mehr an Rael Gar denkt, fällt ihr sicher ein, sich mit dem Mädchen zu streiten.«

Recin runzelte die Stirn. Es war offensichtlich, daß der Garan-Führer mehr wollte als nur mit ihnen reden, und genauso offensichtlich wollte seine Mutter nicht weiter darüber sprechen. »Bist du sicher, daß alles in Ordnung ist?«

Sie nickte. »Geh schon, bevor sie mit Gegenständen nacheinander werfen.«

Aus der engen Gasse drang der schwache Widerhall der Marktgeräusche und der Menge, die sich durch die Hauptstraße schob. Es kam Recin seltsam vor, daß dort draußen das rege Treiben weitergegangen war, während Rael Gar seine Familie bedroht hatte. Doch das Herz von Berimish stand nicht einmal still, wenn die Herrscher wechselten. Und sollte eine kleine Garan-Familie verschwinden, würde es nicht einmal langsamer schlagen.

Er kletterte die Stufen zur Wohnung, die im ersten Stock lag, empor. Als er den schweren Vorhang beiseite schob, der als Tür diente, wunderte er sich, Talli vor dem Spiegel im Wohnraum stehen zu sehen. Und noch mehr verwunderte ihn, daß die Tochter des Königs ihre schwere Kleidung abgelegt hatte und ein einfaches, orangefarbenes Gewand trug. Diese Art von Kleidung war in Berimish üblich, wirkte aber bei Talli alles andere als schlicht.

Tante Getin huschte um sie herum und zupfte das Kleid zurecht.

»Haltet still.«

Talli blickte an sich hinab und runzelte die Stirn. »Sind die immer so kurz?«

»Woher hast du das?« mischte sich Recin ein.

Das Mädchen wandte sich ihm mit ernster Miene zu. »Ist Rael Gar fort?«

Recin nickte. »Ja, er ist fort.«

Tante Getin hielt inne, schloß die Augen und

seufzte erleichtert. »Aber er wird wiederkommen«, stellte sie fest. »Da bin ich ganz sicher.«

»Das meint Mutter auch.« Er deutete auf Tallis Gewand. »Woher hast du das Kleid?«

Talli befühlte den orangenen Stoff und zog die Stirn in Falten. »Es gehört deiner Mutter. Ich sagte Getin, ich möchte hier nicht auffallen, und sie brachte es mir.« Sie blickte auf die nackten Beine und rümpfte die Nase. »Ich fühle mich gräßlich.«

»Haltet still«, befahl Getin. »Ihr werdet Euch noch gräßlicher fühlen, wenn Ihr eine Nadel im Bein habt.«

»Du siehst gut aus«, erklärte Recin. In Wirklichkeit fand er, daß sie wunderschön aussah. Die schwere Leder- und Wollkleidung hatte ihr ein wildes, ungewöhnliches Aussehen verliehen, das recht anziehend war. Aber nun, da sie wie eine Städterin gekleidet war, wirkte sie einfach unwiderstehlich. Ohne die dicke Mütze standen die goldenen Locken wie eine Wolke um ihren Kopf. Noch nie hatte er solches Haar gesehen.

Getin ging zu einem Tisch und holte einen Schal, der farblich auf das Kleid abgestimmt war. »Wenn wir damit die Haare bedecken …«

Tallis goldene Locken verschwanden unter dem Tuch. Nur bei genauem Hinsehen waren ein paar helle Strähnen zu entdecken. »Komme ich so durch?« fragte sie.

»Du siehst aus, als hättest du dein Leben lang hier gelebt«, stellte Recin fest. Er war enttäuscht, daß die Haare nicht mehr sichtbar waren, mußte aber zugeben, daß ansonsten die ganze Verkleidung nutzlos gewesen wäre.

Talli berührte den dünnen Stoff des Kleides. »Wenn ich so etwas in unserem Dorf tragen würde, müßte ich erfrieren.«

»Janin und ich haben auch eine Weile gebraucht, bevor wir uns daran gewöhnten«, sagte Getin. »Aber ihr seid jetzt nicht mehr in den Bergen. In Berimish ist es warm, und ihr werdet euch so wohler fühlen als in den schweren Wintersachen.« Sie beendete die Musterung von Tallis Ausstattung und nickte zufrieden. »So, wenn ihr zwei jetzt aufbrechen wollt, werde ich wieder nach unten gehen und Janin helfen, frisches Brot zu backen.«

Recin trat zur Seite, um sie vorbeizulassen, aber Getin faßte ihn beim Arm. »Paß auf dich auf«, flüsterte sie. »Dieses Mädchen hat Verbindung zu Rael Tak. Wenn du ihm auf der Straße begegnest...« Sie brach ab und schüttelte den Kopf. »Halt dich von ihm fern.« Dann ließ sie seinen Arm los und schlüpfte durch den Vorhang.

Recin warf Talli einen Blick zu. »Glaubst du, daß Rael Gar jetzt sofort etwas unternimmt?«

»Ich weiß es nicht«, erwiderte das Mädchen. »Er hat Samet Tak und die anderen Garan zur Grenze geschickt, damit sie dort Wache halten. Wenn er deine Mutter vor den Rat zerren will, müßte er sie doch eigentlich zurückholen, oder?«

Recin runzelte die Stirn. »Vielleicht.«

»Nun«, meinte Talli, »sehen wir uns jetzt die Stadt an?«

»Sicher.« Recin wollte ihr Berimish zeigen, aber er wollte auch nach unten gehen, um mit seiner Mutter zu reden. Es war offensichtlich, daß man ihm einiges verschwiegen hatte, was mit dem Tod seines Vaters zu tun hatte. Aber aus Erfahrung wußte er, daß weder seine Mutter noch seine Tante darüber sprechen würden.

»Na gut«, stimmte er zu. »Machen wir uns auf den Weg. Wie du bereits gesagt hast, haben wir eine Menge zu erkunden.«

»Ich habe das Gefühl, als ginge ich in einem Unterkleid spazieren«, bemerkte Talli.

»Wenn die Sonne erst richtig heiß brennt, wirst du

dafür noch dankbar sein.« Recin ging zur Tür und zog den Vorhang zurück. »Bist du fertig?«

Talli nickte. Sie schritt zum Tisch, auf dem ihre Kleidung lag und zog den Waffengurt heraus.

»Was hast du denn damit vor?« erkundigte sich Recin.

»Ich hole nur mein Schwert«, teilte ihm Talli mit. Sie begann, den Gürtel anzulegen.

Recin grinste. »Wenn du den trägst, siehst du unmöglich aus.«

»Was soll ich denn sonst tun?«

»Laß das Schwert hier«, riet er. »Du kannst es holen, wenn du zurück zur Prunkhalle gehst.«

Talli wirkte verblüfft. »Du möchtest, daß ich ohne Schwert in der Stadt herumlaufe?«

»Das tut doch jeder«, bemerkte er achselzuckend. »Außer den Stadtwachen trägt keiner in Berimish eine Waffe.«

»Ich weiß nicht. Ich kann mich nicht erinnern, jemals ohne Waffe gegangen zu sein.« Talli ließ die Finger über den Schwertknauf gleiten.

Recin nickte. »Wenn du es mitnimmst, kannst du auch gleich deine alten Sachen wieder anziehen, denn dann brauchst du dich gar nicht erst zu verkleiden.«

Talli überlegte. »Na gut. Ich lasse das Schwert hier.« Sie legte die Waffe auf den Tisch zurück und nahm das Kartenbündel. Dann griff sie in die Tasche des zerknüllten Gewandes und zog ein kleines Messer heraus. Sorgfältig verstaute sie es hinter dem Gürtel, der das Kleid zusammenhielt. »Jetzt fühle ich mich nicht mehr ganz so nackt.«

Als sie auf die Straße traten, stand die Sonne fast über ihnen, und die sonst dämmrigen Gassen wurden vom Licht überschwemmt. Recin zögerte an der Tür zum Laden, aber drinnen standen ein paar Kunden, und seine Mutter und Getin waren eifrig damit beschäftigt, frisches Brot zu verkaufen. Seine Fragen mußten warten.

»Wohin möchtest du zuerst?« wollte er wissen.

»Ich weiß es nicht.« Talli wühlte in den Karten und starrte auf die wirren Linien. Dann rollte sie das Bündel erneut zusammen und schaute auf die umliegenden Gebäude. »Ich soll die Stadt kennenlernen. Leben in diesem Viertel nur Menschen?« Sie sah ihn lächelnd an. »Ich meine, Menschen und Garan?«

»Nein«, erklärte Recin. »Selbst hier leben mehr Viashino.« Er deutete auf das Haus neben der Bäckerei. »Da leben drei Viashino. Einer davon ist mein Freund.«

Talli betrachtete das schmale Gebäude. »Gehören sie zu einer Familie?«

Recin blickte sie überrascht an. »Familie? Viashino haben keine Familien.«

»Wie kann das sein?« fragte sie ungläubig. »Ich habe schon viel Seltsames über die Viashino gehört, aber jeder hat doch eine Familie. Auch Viashino müssen Eltern haben.«

»Das mag sein, aber ich habe noch nie welche gesehen.« Er blickte zum obersten Stockwerk des Hauses. »Ich weiß nicht, ob Heasos da ist, aber ich war schon hundertmal in seinem Zimmer. Ich glaube nicht, daß es ihn stören würde, wenn ich dich mal hineinschauen lasse.«

Talli wirkte nicht sehr begeistert. »Die Stadt kennenlernen heißt bestimmt nicht, in ein Viashino-Haus einzubrechen.«

»Wir brechen gar nicht ein«, sagte Recin. »Und wenn du etwas über diese Stadt lernen willst, müßtest du doch auch etwas über die Leute erfahren, die darin leben, nicht wahr?«

Das blonde Mädchen nickte. »Na gut, dann los.«

Recin ging auf die Vorderseite des Hauses zu und

ergriff das knotige Seil, das dort baumelte. »Die Viashino mögen keine Treppen.«

»Das ist mir schon aufgefallen«, sagte Talli. Sie starrte die rauhe Mauer empor. »Ich glaube, das Klettern wird mir keine Schwierigkeiten bereiten.«

»Möchtest du zuerst hinauf?«

Talli sah ihn mit hochgezogenen Brauen an. »In diesem Kleid? Nein, du zuerst.«

Recin lachte und machte sich an den Aufstieg. Während er kletterte, dachte er über Talli nach. Das Menschenmädchen war völlig anders, als er erwartet hatte. Er hatte gedacht, sie würde unentwegt ihr Schwert schwingen und nur eine Pause einlegen, um Befehle zu erteilen. In den Fluren der Prunkhalle hatte sie ziemlich einschüchternd gewirkt, aber jetzt, weit entfernt vom Palast und den Soldaten, konnte er sich viel besser mit ihr unterhalten. Recin fragte sich, ob die Veränderung bei Talli lag, oder durch seine eigene Unsicherheit bedingt war.

Er erreichte das Ende des Seils und trat auf den Vorsprung vor der breiten Tür. Talli war dicht ihm. Geschickt erklomm sie die Plattform und schaute auf den Vorhang.

»Gibt es denn keine Diebe in dieser Stadt?« fragte sie. »In diesem Viertel habe ich keine Tür gesehen, die den Namen verdient hätte.«

Recin lehnte sich grinsend gegen die Wand. »Erinnerst du dich an das hübsche Wasserbecken, an dem wir vorbeigekommen sind? Dort, wo die Kinder gespielt haben?«

»Ja.«

»Da ertränken die Stadtwachen an jedem Ruhetag alle Diebe. Wenn jemand etwas besonders Wertvolles stiehlt, werden ein paar Rostwürmer oder Attalos ins Wasser geworfen, bevor man die Diebe hineinstößt.« Recin machte ein langgezogenes, schlürfendes Geräusch. »Ich würde sagen, daß wir wenig Diebe haben, aber ganz besonders wenig alte Diebe.«

Jetzt war es an Talli, zu lachen. »Und wie klopft ihr, wenn ihr keine richtigen Türen habt?«

»Klopfen?«

»Wie laßt ihr jemanden wissen, daß ihr da seid?«

Recin zuckte die Schultern. »Nun, so.« Er ging zur Tür, beugte sich vor und rief: »Heasos! Bist du daheim?« Dann schob er den Vorhang zur Seite und steckte den Kopf hindurch.

»Heasos?«

Der Raum, der Heasos' Heim darstellte, enthielt nur wenige Möbelstücke. In einer Ecke stand ein großer, schwerer Tisch, und auf dem Boden lag ein Stapel Kissen, die von gepolsterten Seilen gehalten wurden. An einer Seite befand sich eine mit dunklem Holz eingefaßte Feuerstelle.

Ohne zusätzliche Beleuchtung, und mit nur zwei winzigen Fenstern, war es dämmrig und kühl im Zimmer. Wie in jedem Haus der Stadt, roch es auch hier nach dem Rauch eines Holzfeuers, aber zusätzlich lag noch ein anderer Geruch in der Luft, den Recin als Bronzepaprika erkannte. Bei dem Gedanken verzog er das Gesicht. Bronzepaprika wurde von den meisten Viashino gern gegessen, aber für Menschen und Garan waren sie viel zu bitter und zu scharf.

Talli schob sich an ihm vorbei und spähte in den Raum. »Ich dachte, Viashino schlafen im Stehen«, bemerkte sie und wies auf den Kissenstapel.

»Das tun sie meistens auch«, meinte Recin. »Aber wenn sie sich krank oder sehr müde fühlen, legen sie sich auf Kissen. Während der Überschwemmung zog sich Heasos eine Fußverletzung zu, die manchmal noch schmerzt. Ich glaube, er hat die Kissen aus diesem Grund hier.«

Das Mädchen nickte und ging zur Feuerstelle. Auf

dem Kaminsims standen verschiedene Dinge aufgereiht, die aber im Dämmerlicht nicht gut zu erkennen
waren. Talli nahm einen der Gegenstände in die Hand
und ging damit zum Fenster hinüber. Überrascht
blickte sie auf.

»Das ist die Figur einer Frau«, sagte sie. »Eine
menschliche Frau.« Sie hielt Recin die Statue entgegen. »Was macht denn ein Viashino damit?«

»Heasos mag Menschen«, erklärte Recin. »Ich
meine, er mag es, wie wir aussehen.« Er kam auf Talli
zu und nahm ihr die kleine Figur aus den Händen. Es
war die Gestalt eines jungen Mädchens, mit wallen-
dem Haar, aus einem einzigen Stück gefleckten
Sumpfholzes geschnitzt. »Das habe ich schon mal gesehen. Ich glaube, es ist seine Lieblingsfigur.«

Talli schüttelte den Kopf. »Das begreife ich nicht.
Die Viashino sind doch ganz anders als wir. Warum
sollten sie sich gern Statuen von Menschen ansehen?«

»Das habe ich Heasos auch schon gefragt«, meinte
Recin. Er brachte die Statue zurück zur Feuerstelle
und stellte sie behutsam an ihren Platz zurück. »Er
sagt, wir würden dieselben Dinge machen.«

»Das stimmt nicht«, widersprach das blonde Mädchen mit deutlich abfälliger Stimme. »Jedenfalls habe
ich nie gesehen, daß ein Mensch irgendeine Abbil-
dung eines Viashino aufhebt.«

»Vielleicht nicht die von einem Viashino, aber wie
steht es mit Reittieren, Berglöwen oder Raubvögeln?
Ich bin sicher, daß du schon einmal dergleichen gesehen hast.« Er zuckte die Achseln. »Viele Menschen
sehen sich gern Bilder von Tieren an. Vielleicht denken einige Viashino, daß es nett ist, sich Menschen anzusehen, das ist alles.«

»Aber das ist etwas ganz anderes«, beharrte Talli.

»Wieso denn?«

»Katzen und Vögel sind doch nur Tiere. Menschen
sind Leute.«

Recin nickte. »Ich wiederhole auch nur, was Heasos gesagt hat.«

Talli ging zurück zum Kamin und neigte sich vor, um die anderen Dinge zu betrachten. »Das sind alles Menschen.«

»Ein paar davon sind Garan, aber in diesem Licht kann man sie nicht unterscheiden.«

Die Bemerkung rief ein heftiges Gefühl bei Talli hervor. Sie richtete sich schnell auf und faltete die Arme vor der Brust. Dann sah sie Recin so böse an, daß die Unsicherheit, die er in der Prunkhalle verspürt hatte, ihn erneut überflutete.

»Was soll das heißen?« fragte sie.

»Es heißt ...«, begann Recin, holte tief Luft und versuchte es noch einmal. »Es heißt nur, daß es schwerfällt, die Statuen der Menschen von denen der Garan zu unterscheiden.«

Talli starrte ihn weiterhin an. »Ja«, sagte sie schließlich. »Das wird wohl so sein.« Sie deutete auf die Reihe der Figuren auf dem Sims. »Das sind nur Frauenstatuen.«

Recin nickte. »Heasos findet, daß weibliche Menschen viel anziehender sind als männliche.« Er wollte hinzufügen, daß er seinem Freund beipflichtete, entschied sich dann aber dagegen. »Bei den Viashino werden hauptsächlich Frauenfiguren hergestellt.«

Das Mädchen warf noch einen schnellen Blick auf die Gegenstände, dann schüttelte sie heftig den Kopf. »Das ist nicht richtig. Es stimmt etwas nicht, wenn ein männlicher Viashino herumsitzt und Figuren von Frauen anstarrt.«

»Oh«, stammelte Recin, »Heasos ist kein männlicher Viashino.«

Sie erwiderte seinen Blick voller Verblüffung. »Willst du damit sagen, Heasos wäre weiblich? Du sagtest aber immer ›er‹, wenn du über ihn geredet hast.«

»Ich sage ›er‹, weil Heasos es so möchte. Wenn man wissen will, wie man einen jungen Viashino anreden soll, muß man ihn höflicherweise fragen.« Recin streckte die Hände in einer vagen Geste aus. »Aber ich weiß nicht, ob er männlich oder weiblich ist.«

»Wie kannst du das denn nicht wissen?« fragte Talli. »Ich dachte, ihr seid Freunde.«

»Aber Heasos weiß das doch selbst noch nicht«, erwiderte der Junge. »Erst in drei oder vier Jahren ist er erwachsen, und bis dahin weiß es niemand.«

Talli drückte die Hände gegen die Schläfen und schüttelte den Kopf. »Die Viashino sind so eigenartig«, sagte sie. »Ich bezweifle, daß ich sie je verstehen werde.«

»Nun, ich will nicht behaupten, daß ich sie völlig verstehe«, meinte Recin, »aber ich weiß genug, um ein paar deiner Fragen zu beantworten.« Er schnippte mit den Fingern. »Möchtest du ein wirklich gutes Viashino-Kunstwerk sehen? Eines, in dem Menschen, Viashino, En'Jaga und alles andere vorkommen?«

Das Mädchen hob die Schultern. »Warum nicht«, sagte sie. »Bei uns in Farson gab es Bilder, die in Steine gehauen waren, aber die waren sehr alt. Ich habe auch Holzschnitzereien gesehen, die von den Garan-Soldaten im Lager angefertigt wurden. Die haben mir gefallen.«

»Meine Mutter schnitzt auch«, verkündete Recin. »Ich glaube, das tun die Garan, wenn sie besorgt oder gelangweilt sind.«

»Sehen die Viashino-Schnitzereien auch so aus?«

»Anders. Aber wenn du jene magst, dann wird dir auch das gefallen, was ich dir zeige. Komm mit.«

Sie verließen Heasos' Wohnstätte und rutschten das Seil hinunter. Recin, der zuerst unten ankam, widerstand der Versuchung, nach oben zu sehen, während Talli in ihrem kurzen Kleid nachfolgte. Das Ziel, das er ansteuerte, lag nahe der Westmauer, und er wanderte mit schnellen Schritten durch die Stadt. An der Mauer überquerten sie mehrere Marktplätze und nahmen die Abkürzungen durch ein paar Gassen, in denen sowohl Viashino als auch Menschen lebten.

»Ich glaube, die Kleidung deiner Tante wirkt«, flüsterte Talli, als sie um eine Viashino-Gruppe herumgingen, die eine Karrenladung Ellinbeeren untersuchte. »Niemand scheint mich zu beachten.«

Recin nickte. »Du paßt gut hierher. Es gibt so wenig Menschen in der Stadt, daß dich einige sicher ansehen werden, aber die meisten Viashino können einen Menschen nicht vom anderen unterscheiden, wenn sie gleich gekleidet sind.«

Als sie den Westplatz erreichten, hatten einige Händler Sonnendächer über den Ständen errichtet. Andere hatten die Buden geschlossen, um zu warten, bis die schlimmste Hitze vorüber war. Recin führte Talli zur Straßenmitte und zeigte auf ein hohes Gebäude mit einer Kuppel aus dunklem Stein.

»Dorthin gehen wir«, erklärte er.

»Was ist das?«

»Ein Tempel«, sagte Recin. »Es gibt auch noch kleinere Tempel und einen, der noch viel größer ist, im Südviertel. Aber dieser ist der schönste.«

Talli betrachtete das Gebäude. »Was für ein Tempel? Ich habe noch nie etwas über die Viashino-Götter gehört.«

»Nun, ich habe ja gesagt, daß ich nicht alles weiß, und dies ist eines der Dinge. Die Viashino gehen hinein und stehen herum. Manchmal reden sie mit denen, die dort arbeiten – Priester, glaube ich.« Er schüttelte den Kopf. »Aber kein Mensch weiß, was sie miteinander reden. Da drinnen wird eine andere Sprache gesprochen, und davon verstehe ich kein Wort. Ich weiß nicht einmal, wie der Tempel heißt.«

»Was ist mit Menschen?« fragte Talli. »Werden die Viashino nicht wütend, wenn wir hineingehen?«

Recin schüttelte den Kopf. »Ich gehe dauernd rein; viele andere Menschen auch. Es ist immer schön kühl, und die Schnitzereien sind wirklich hübsch. Es scheint den Viashino gar nicht aufzufallen, daß wir im Tempel sind.«

Die Türen des Tempels waren breit genug, um einen vollbeladenen Wagen hindurchzufahren. Wie meistens, wenn Recin hierherkam, lehnte ein Dutzend oder mehr Viashino an den Geländern im Vorraum. Sie murmelten Worte in der seltsamen, unverständlichen Tempelsprache, wandten aber nicht einmal den Kopf, als Recin und Talli eintraten. Die beiden gingen durch einen zweiten, kleineren Raum und kamen dann in einen Gang aus gelbbraunen Steinplatten, der von Tausenden von Füßen blankgetreten worden war.

»Wo ist dieses Kunstwerk, von dem du gesprochen hast?« forschte Talli.

Recin lächelte. »Zehn Schritte entfernt.«

Sie gelangten in einen Raum, der so groß war, daß beide Stockwerke von Recins Heim zweimal hineingepaßt hätten. Die Wände waren mit Streifen aus abwechselnd dunklem und hellem Holz verkleidet, die in der Kuppel über dem Raum zusammenliefen. Jeder Zoll des Holzes war mit zarten, erlesenen Schnitzereien bedeckt.

Talli rang hörbar nach Atem. »Das ist unglaublich.«

Armeen von daumengroßen Menschen marschierten gegen bedrohliche En'Jaga-Horden. Auf steilen Berghängen rangen Garan und Viashino miteinander. Monster und Tiere tanzten um die rauchenden Ruinen einer Stadt. Abgesehen von diesen Kampf- und Schreckensszenen gab es auch Bilder voller Harmonie und Schönheit: Flüsse, die durch Gärten strömten, Vogelschwärme, die über Feldern und Blumenwiesen dahinschwebten.

»Was soll das alles bedeuten?« fragte Talli. Langsam drehte sie sich immer wieder um sich selbst, um das ganze Bild betrachten zu können.

»Wenn du es weißt, dann erzähl es mir«, entgegnete Recin. »Seit Jahren versuche ich, es herauszufinden.«

Sie verbrachten den größten Teil des Nachmittags im Tempel und verließen ihn erst, als Recin Talli daran erinnerte, daß es bald dunkel würde. Noch nachdem sie das Gebäude verlassen hatten, redete das Menschenmädchen fortwährend über die Schnitzereien der Viashino.

»Ich habe noch nie so etwas gesehen«, erklärte sie. »In Farson gab es einige Steinbilder, aber dies ist viel besser. Ich frage mich, wer diese Schnitzereien angefertigt hat.«

»Viashino haben sie gemacht«, antwortete Recin. »Nicht weit von hier gibt es einen Markt, wo die Handwerker ihr Schnitzwerk und die Metallarbeiten verkaufen. Ich kann dich dorthin führen, wenn du möchtest.«

Talli blickte zum purpurnen Himmel empor. »Ein anderes Mal«, sagte sie. »Ich muß mich beeilen und meine Sachen holen, damit ich vor Einbruch der Dunkelheit in der Prunkhalle bin.«

Sie hielten kurz an einem kleinen Stand, und Recin holte eine Münze hervor, um süße, getrocknete Yuataras zu kaufen, die in winzige Würfel geschnitten waren. Während sie weitergingen, reichten sie den Becher hin und her.

»Ich bezahle das Essen, sobald wir dort sind, wo ich meinen Geldbeutel gelassen habe«, erklärte Talli kauend und biß in ein zähes Fruchtstückchen.

Sie betrachtete die Gebäude ringsumher und runzelte die Stirn. »Ich glaube, mein Vater hatte etwas anderes im Sinn als das, was ich jetzt mache. Weder habe ich die Genauigkeit der Karten überprüft, noch ein Regierungsgebäude gesehen.«

»Aber du hast einen Viashino-Tempel und eine Viashino-Wohnung kennengelernt«, stellte Recin fest. »Gar nicht zu reden von vielen Straßen und Häusern. Um die Stadt auszukundschaften, ist das ein guter Anfang.«

Talli hörte kurz auf zu kauen. »Ich glaube, mein Vater würde dir zustimmen. Er denkt ...«

»Tallibeth Tarngold!« rief eine Stimme von der anderen Seite des Platzes.

Recin schaute auf und erblickte eine kleine, dunkle Frau, die mit zielstrebigen Schritten auf sie zu kam. Dicht hinter ihr schoben sich zwei kräftige menschliche Soldaten durch die Menge.

»Karelon«, sagte Talli. »Was tust du hier?«

Die Frau blieb vor ihr stehen und sah das Mädchen unwillig an. »Du hast uns lange in die Irre geführt«, sagte sie. »Rael Gar erzählte uns, daß er dich bei der Garan-Familie getroffen hat, aber als wir dorthin kamen, warst du bereits fort. Wir haben uns Sorgen gemacht.«

Recin erinnerte sich, die Frau in der Nacht, als Tagard die Stadt erobert hatte, gesehen zu haben. Sie hatte betont kühl auf ihn gewirkt, aber nun war die hohe Stirn voll von Sorgenfalten.

»Mir geht es gut«, meinte Talli. »Weshalb sucht ihr mich?«

Die Frau atmete tief durch. »Es ist etwas geschehen. Du mußt sofort zur Prunkhalle kommen.«

»Was ist denn geschehen?«

»Ein Attentat auf deinen Vater. Er liegt verwundet in seinen Gemächern.«

Trotz der nachmittäglichen Hitze fühlte Talli, wie eine eisige Kälte durch ihren Körper lief. »Aber er ist am Leben?« fragte sie und hoffte, recht zu haben, fürchtete aber das Gegenteil.

»Ja«, sagte Karelon. »Tagard ist leicht verletzt. Aber das heißt nicht, daß der Anschlag harmlos war. Er möchte, daß du zum Palast kommst, falls dieser Meuchler nur Teil einer Gruppe ist, die uns alle umbringen will.«

Talli nickte. »Natürlich komme ich.« Sie wandte sich an Recin. »Ich werde zurückgehen. Kannst du die Sachen holen, die ich bei euch gelassen habe und mir bringen?«

Der junge Garan nickte. »Ich hole sie. Und ich hoffe, daß dein Vater außer Gefahr ist.«

Karelon drehte sich zu ihm um. »Stimmt das? Wem bist du ergeben, Garan?« Sie trat einen Schritt vor. Die dunklen Augen verengten sich, als sie ihn von oben bis unten musterte. »Rael Gar behauptet, deine Familie habe die Garan verraten. Hast du dich vielleicht darauf eingelassen, uns ebenfalls in den Rücken zu fallen?«

Recins Augen gerieten bei der Beleidigung seiner Familie in Aufruhr, aber seine Stimme klang ruhig. »Ich habe nur ausgeführt, worum sie mich gebeten hat.«

»Hast du das?« Die Frau streckte einen schlanken Finger aus und drückte ihn gegen Recins Brust. »Du hast viele Jahre bei den Schuppenköpfen verbracht. Denkst du wie ein Garan oder wie ein Viashino?«

»Karelon!« rief Talli. »Wir sollten uns sputen!«

Die Frau nickte. Sie zog die Hand zurück, wandte sich von Recin ab und ging die Straße hinunter. Talli warf Recin noch einen Blick zu, bevor sie ihr folgte.

Die Soldaten schlängelten sich eilig durch die Menge, aber doch nicht schnell genug für Tallis Geschmack. Am liebsten wäre sie zur Prunkhalle gerannt, um mit eigenen Augen zu sehen, daß ihr Vater lebte und atmete. Plötzlich stand das Bild ihrer Mutter, die tot am Boden lag, ihr so deutlich vor Augen, daß sie aufstöhnte. Obwohl Karelon gesagt hatte, die Wunden ihres Vaters seien nicht schlimm, konnte Talli es erst glauben, wenn sie ihn gesehen hatte.

Während sie über die Hauptstraße zum Palast eilten, fühlte Talli, wie sie von den vielen Viashino angestarrt wurde. In Recins Gegenwart hatte sie sich beinahe schon daran gewöhnt, inmitten der Schuppenwesen herumzuwandern. Und beim Betrachten der Schnitzereien im Tempel hatte sie geglaubt, daß die Viashino doch anders sein mußten, als sie bisher angenommen hatte. Aber nun, da ihr Vater verwundet worden war, sah sie die Schuppenleute wieder als das, was sie waren: Feinde. Die mordenden Tiere, die ihre Mutter umgebracht hatten.

Eine Schwadron Soldaten kam ihnen entgegen, und Karelon befahl ihnen, überall zu verkünden, daß Talli gefunden war. Vor der Prunkhalle standen die Soldaten Schulter an Schulter aufgereiht. Bekannte Gesichter wandten sich ihr voller Neugier zu, die sich schnell in Verblüffung verwandelte, als sie das Gesicht erkannten, das unter dem Schal hervorsah. Talli eilte die Rampe hinauf in das riesige Gebäude und drängte sich durch weitere Soldaten, die den Hauptkorridor verstellten.

Vor den Gemächern ihres Vaters lag eine zugedeckte Gestalt. Ringsumher waren verschmierte Flecken und Streifen von dunklem Blut. Beim Anblick des reglosen Körpers, der auf den kalten Steinen lag, schlug Talli das Herz in der Kehle. Sie kniete nieder und zwang sich, einen Zipfel des blutgetränkten Tuches anzuheben.

Es war ein Viashino. Nach der Größe zu urteilen, war der Angreifer sehr jung gewesen, kaum mehr als ein Kind. Die Augen waren gelb und glasig. Blut rann aus den Nasenlöchern am Ende der langen Schnauze, und mehr Blut hatte die Zähne in dem geöffneten Maul scheußlich rosa gefärbt. Er war mager, dieser tote Viashino, und so knochig, als habe er hungern müssen.

Talli hob das Tuch noch ein wenig höher und bemerkte, daß die Kleidung der Kreatur armselig und abgerissen aussah. Im großen und ganzen wirkte der Viashino eher wie ein bedürftiger Gossenbewohner als wie jemand, der einen Anschlag auf das Leben eines Königs wagte. Auf den Steinen, neben dem Körper, lag ein glänzendes Stahlmesser.

»War das der einzige?« erkundigte sich Talli.

Eine Soldatin, über deren Stirn eine dünne Narbe lief, trat vor. »Das ist der einzige, von dem wir wissen«, erklärte sie. »Wir suchen im ganzen Palast nach Mittätern.«

»Wir finden heraus, ob noch jemand dabei war«, mischte sich Karelon ein. »Darum werde ich mich selbst kümmern.«

Talli deckte das Tuch über den Toten. »Das Messer sieht aus wie die Messer, die in der Küche benutzt werden. Was ist mit den Dienern? Den Reinigungsleuten? Den Köchen? Hat jemand mit ihnen gesprochen?«

»Ich…«, setzte die Soldatin an. Dann warf sie einen unsicheren Blick auf Karelon und die kräftigen Wachen, bevor sie sich erneut an Talli wandte. »Ich weiß es nicht«, endete sie.

»Geh in die Küche und treib die Dienerschaft zusammen«, befahl Talli. Sie erhob sich und zeigte zum Ende des langen Ganges. »Bringt sie in den großen, runden Raum neben dem Brunnenhaus und haltet sie dort, bis ich sie befrage.«

»Warte!« rief Karelon. »Das geht nicht.«

Talli blickte sie überrascht an. »Was ist denn?«

Die dunkelhaarige Frau zögerte einen Moment lang, bevor sie antwortete. »Nichts. Gar nichts. Es ist nur so, daß dein Vater mich mit der Sicherheit in der Stadt betraut hat. Wenn du dich einmischst, ist er vielleicht verärgert.«

»Verärgert?« Talli schüttelte den Kopf. Ihr Vater bemühte sich, die Pflichten aller Offiziere klar festzulegen, damit keine Mißverständnisse eintraten, aber sicherlich war in diesem Fall zusätzliche Aufmerksamkeit nur hilfreich. »Ich denke, er wird verstehen, daß hier vielleicht besser zwei Leute zusammenarbeiten.«

Karelons Züge verhärteten sich. »Traust du mir etwa nicht zu herauszufinden, wer hinter dem Attentat steckt?« In ihrer Stimme lag eine Härte und Kälte, die Talli nicht zum ersten Mal bemerkte. Bisher hatte diese Schärfe aber niemals ihr gegolten.

Während der langen Kriegsjahre hatte sich Karelon als eine der wenigen Vertrauenspersonen in Tallis Leben erwiesen. Abgesehen von ihrem Vater empfand Talli für niemanden soviel Achtung wie für Karelon. Da die dunkelhaarige Frau bereits Meinungsverschiedenheiten mit Tagard ausfocht, wollte Talli unter allen Umständen vermeiden, einen Keil zwischen sich und Karelon zu treiben.

»Ich biete nur meine Hilfe an«, erklärte Talli langsam. »Es tut mir leid, wenn ich zu weit gegangen bin.«

Die Kriegsherrin nickte, und die scharfen Linien in ihren Mundwinkeln verschwanden. »Ich verstehe, daß dich dieser Anschlag auf deinen Vater bestürzt hat. Komm mit. Wir reden darüber, nachdem wir beim König waren.«

Sie setzten sich in Bewegung, wurden aber von der Soldatin aufgehalten, zu der Talli gesprochen hatte. »Was soll ich tun?« fragte die Frau. »Hier bleiben?«

»Nein«, sagte Karelon. »Geh und versammle die Dienerschaft. Wer auch immer die Leute befragt, es muß doch getan werden.«

Talli fiel noch etwas ein. »Was ist mit Lisolos Gemächern? Haben er oder seine Leute sie verlassen?«

Die Frau schluckte unsicher. »Ich weiß es nicht.«

»Ich finde, auch sie sollten befragt werden«, sagte Talli zu Karelon. »Ein Viashino hat den Anschlag verübt. Vielleicht weiß der Viashino-Führer, warum.«

Karelon nickte, blickte aber wieder ein wenig mißgestimmt drein.

»Die Leute des Bey sollen ebenfalls mit den anderen geholt werden. Es wird bald jemand von uns erscheinen.« Die Soldatin nickte und eilte davon. Karelon führte Talli in eine andere Richtung, fort von den Gemächern, in denen die Menschen untergebracht waren.

»Wir hielten es für das beste, Tagard anderweitig einzuquartieren, bis wir sicher sein können, daß der Anschlag nicht nur Teil eines großen Angriffs ist«, erklärte die Kriegsherrin. Als sie von einem Gang zum nächsten schritten, wedelte Karelon mit den Armen und zeigte auf die unzähligen Türen und Flure. »Wir sollten dieses Gebäude dem Erdboden gleichmachen und eine ordentliche Festung errichten. Es gibt viel zu viele Ein- und Ausgänge. Diese Prunkhalle ist ein nicht zu verteidigendes Durcheinander.«

»Das solltest du meinem Vater vorschlagen«, bemerkte Talli.

»Habe ich bereits«, antwortete die dunkelhaarige

Frau. »Er findet, dieses Haus sei ein wichtiges Symbol, genau wie die verdammte Echse, dieser Lisolo.«

Talli nickte, aber ihr Inneres befand sich im Aufruhr mit den unterschiedlichsten Gefühlen für die Viashino. Erst heute morgen hatte sie ihrem Vater gesagt, er solle die Schuppenwesen bestrafen. Dann hatte sie gesehen, wie die Viashino lebten, welche Kunstwerke sie anfertigen konnten. Jetzt hatte ein Viashino ihren Vater angegriffen – und einst war ihre Mutter von einem dieser Wesen getötet worden. Sie brauchte Zeit zum Nachdenken, Zeit, ihre Gefühle zu ordnen.

Schließlich erreichten sie eine Holztür, vor der ein Dutzend Soldaten in voller Rüstung standen. Alle neigten achtungsvoll die Köpfe, als sich Talli und Karelon näherten, doch es war nicht ersichtlich, welcher der beiden Frauen diese Geste galt. Talli legte die Hand auf die Tür und fühlte ihr Herz gegen die Rippen pochen. Einen Augenblick lang war sie sicher, daß sie ihren Vater auf dem Boden liegend vorfinden würde, so tot wie den mageren Viashino.

Aber als sie die Tür aufstieß, saß der König von Tamingazin an einem kleinen Steintisch und trank Schwarzdorntee. Tagard hob den Blick und lächelte Talli zu. »Wie ich sehe, hat Karelon dich heil nach Hause gebracht«, sagte er.

Tallis Erleichterung, ihren Vater zu sehen, wurde kurz von einer Woge Ärger überschwemmt. Den ganzen Tag lang war sie schutzlos durch die Stadt gelaufen. Sie war kein kleines Kind, das Karelons Schutz benötigte, um sicher heimzufinden. Dann verdrängten die freudigen Empfindungen den Ärger. Sie rannte auf ihren Vater zu und umarmte ihn fest.

»Ich hatte Angst, Ihr wäret tot.«

»Vorsichtig«, mahnte der König, der zusammengezuckt war. Er machte sich von ihr frei und zog einen Zipfel seines schwarzen Umhangs zurück, um einen groben, grauen Verband zu enthüllen, um den herum gelbe Salbe geschmiert worden war. Der Verband befand sich auf der Schulter, die Wunde saß nur wenige Zoll vom Hals und vom Herzen entfernt.

»Mein Angreifer konnte nicht gut zielen und war auch nicht besonders kräftig«, meinte Tagard. »Aber der Stich war sehr tief.«

»Wird alles gut werden?«

Er nickte. »Natürlich.« Er musterte seine Tochter von Kopf bis Fuß und lächelte erneut. »Sieh mal an. Du siehst wie eine Einheimische aus.«

Talli hatte fast vergessen, daß sie noch immer das kurze, leichte Kleid trug. Schnell zog sie den Schal vom Kopf und enthüllte das blonde Haar, das ihr über die Schultern fiel. »Ich hielt es für das beste, so wenig Aufmerksamkeit wie möglich zu erregen.«

»Klug von dir«, lobte Tagard.

Karelon trat ein und schloß die Tür hinter sich. »Es tut gut, Euch auf den Beinen zu sehen«, sagte sie. »Ist der Medicus fort?«

»Ja«, erwiderte Tagard. »Aber mein Retter ist noch da.« Er nickte zu einer Bank hinüber, die auf der anderen Seite des Zimmers stand.

»Retter?« Talli drehte sich um und sah, daß noch jemand anwesend war. In einer Ecke des Raumes saß der Botschafter von Suderbod. Der kleine, bärtige Mann trug eine leuchtend gelbe Jacke und einen weichen, rosenroten Hut mit hellen Streifen. Talli marterte ihr überanstrengtes Gehirn, um sich an seinen Namen zu erinnern.

»Ursal Daleel?« fragte sie.

Schnell erhob sich der Mann und nickte. »Ihr habt ein gutes Gedächtnis, Prinzessin.«

Talli wunderte sich über den ihr unbekannten Ausdruck. »Prinzessin?«

Daleel lächelte. »Das ist der Titel, den die Tochter des Königs in meiner Heimat trägt. Wie nennt ihr Euch?«

116

»Die Tochter des Königs«, antwortete Talli gleichgültig. »Wenn ich einen Titel habe, dann den eines Ratsmitgliedes.«

»Der Botschafter war gerade bei mir, als der Angriff erfolgte«, erklärte Tagard. »Und welch ein Glück das war.«

Der Suderboder legte die Hände gegeneinander und senkte den Kopf. »Ich konnte glücklicherweise sehen, was geschehen würde. Meine Hilfe war rein zufällig möglich.«

Tagard lachte. »Zufall oder nicht, hättet Ihr den jungen Viashino nicht kommen sehen, hätte er seine Klinge wahrscheinlich in mein Herz und nicht in meine Schulter gestoßen. Ich stehe tief in Eurer Schuld.«

»Ja«, stimmte Karelon zu. »Das ganze Tal sollte Suderbod Dankbarkeit erweisen.« Sie näherte sich dem bärtigen Mann. »Sicher gibt es etwas, was wir Euch zu Gefallen tun können.«

Daleel verneigte sich ein wenig. »Eure Gastfreundschaft ist mir Dank genug.«

Talli sah sich den Botschafter genauer an. Mit den auffallenden Kleidern, dem lappigen, rosig leuchtenden Hut und dem übertrieben zurechtgestutzten Bart hatte sie ihn immer als nutzlos abgetan. Er wirkte keineswegs beeindruckend. Doch wenn er so schnell gehandelt hatte, als der Attentäter nahte und mutig genug gewesen war, sich zwischen den König und die Klinge zu werfen, war er wohl doch nicht so unnütz, wie Talli vermutet hatte.

»Seit Tagen habt Ihr um eine Audienz gebeten«, sagte Tagard. »Was war Euer Begehr?«

»Nur eine Kleinigkeit«, meinte der Suderboder. Er griff in die Jackentasche und zog ein zusammengerolltes graues Pergament heraus. Dann entfernte er das Band, das die Rolle zusammenhielt und breitete sie auf dem Tisch vor dem König aus. »Wie Ihr wißt, ist Suderbod ein Land mit vielen Bewohnern und wenig fruchtbarem Boden. Wir möchten nichts weiter als die Erlaubnis, auf einem kleinen Stück von Tamingazin Nahrung anzubauen, um die hungrige Bevölkerung ernähren zu können.«

Tagard beugte sich über das Pergament und studierte es eingehend. »Ihr wollt Suderboder Bauern nach Tamingazin holen? Und Arbeiter, die dann die Ernte einbringen?«

»Nur ein paar hundert«, antwortete der Suderboder. »Derzeit kommt es Suderbod teuer zu stehen, daß wir die meisten Nahrungsmittel aus dem Ausland herbeischaffen müssen. Soviel ich weiß, hat auch Euer Volk den Mangel an Ackerland beklagt, daher bin ich sicher, daß Ihr gut verstehen könnt, daß wir uns besser versorgen möchten.«

»Ich glaube, wir müssen diese Angelegenheit einmal in Ruhe besprechen«, sagte der König.

»Selbstverständlich würden wir für dieses Anrecht auch bezahlen«, fügte der Botschafter hastig hinzu. Er lächelte strahlend. »Suderbod mag arm an Ackerland sein, aber unsere Schatztruhen sind gut gefüllt.«

»Wie schon gesagt, ich werde darüber nachdenken«, bekräftigte Tagard. Er erwiderte das Lächeln des Botschafters. »Für Eure unschätzbare Hilfe bin ich Euch zu tiefstem Dank verpflichtet.«

Talli beobachtete schweigend die beiden Männer, die miteinander plauderten. Jetzt, da sie wieder im Palast und sicher war, daß es ihrem Vater gut ging, merkte sie erst, wie müde und hungrig sie war. Wenngleich sie während des Kriegs oft weiter marschiert war, hatte der Gang durch die Stadt doch recht lange gedauert. Die Anspannung, Rael Gars Besuch bei Recins Familie und der Angriff auf ihren Vater, hatten den Tag mehr als anstrengend gemacht.

Nach einer Weile gelang es Tagard, die Unterredung mit dem Suderboder zu beenden, und Karelon brachte den kleinen Mann hinaus. Talli war mit ihrem Vater allein.

»Du siehst aus, als hätte man dich angegriffen«, stellte Tagard fest. »Was ist los?«

Talli schüttelte den Kopf. »Nichts. Es war ein langer Tag, und ich habe mir Sorgen um dich gemacht.«

Ihr Vater lachte. »Wir haben so viele Schlachten in den letzten Jahren geschlagen. Du solltest inzwischen wissen, daß es mehr braucht als einen halbwüchsigen Viashino mit einem Messer, um mich umzubringen.«

Die Tür schwang auf und Karelon kehrte zurück. »Der Suderboder möchte Euch morgen erneut sprechen«, verkündete sie. »Ich habe ihm erklärt, das würde von Eurem Befinden abhängen.«

Tagard seufzte. »Ich glaube, ich werde eine schlechte Nacht verbringen«, meinte er. »Eigentlich brauche ich ein paar Tage, um seinen Vorschlag zu durchdenken, bevor dieser Mann mich noch weiter bedrängt.«

»Ich kann mir vorstellen, daß die Dinge, die der Botschafter erläutern will, von Vorteil für uns sein können. Vielleicht solltet Ihr ihn doch morgen empfangen«, gab Karelon zu bedenken.

Talli starrte grüblerisch zur Tür. Der Suderboder hatte ihrem Vater schon zweimal geholfen, aber irgend etwas an dem Mann gefiel ihr nicht. Etwas, das bedeutend schwerwiegender war als seine seltsame Kleidung.

»Ich traue ihm nicht«, sprach sie. »Ich glaube, er sagt nicht, was er wirklich im Schilde führt.«

Karelon wandte sich Talli zu und starrte sie verärgert an. »Ich finde, wir sollten den Menschen mehr vertrauen als den Schuppenköpfen. Wo wir gerade davon reden, wolltest du nicht mit den Dienern sprechen?«

»Diener?« erkundigte sich Tagard. »Was ist mit den Dienern?«

Talli schaute noch immer Karelon an. Sie fragte sich, wieso die Frau plötzlich damit einverstanden war, daß sie bei der Befragung mithalf. »Ich möchte sichergehen, daß keiner von ihnen an dem Attentat beteiligt ist.«

Der König sah Karelon an. »Kümmern sich denn nicht schon längst ein paar Leute darum?«

»Doch«, antwortete sie. »Wie Ihr Euch gewiß erinnert, unterliegt die Einhaltung der Gesetze meiner Befehlsgewalt. Aber Eure Tochter hat sich erboten, mir behilflich zu sein.«

Der König nickte bedächtig. »Nun gut, redet mit den Dienern. Aber danach obliegt die Angelegenheit einzig und allein Karelon. Wenn ich einen Stein aus dem Fenster werfen würde, träfe ich einen Viashino, der mich gern tot sähe. Du hast genug zu tun, ohne dich nach zusätzlicher Arbeit umzusehen.«

Talli nickte ihrem Vater noch einmal zu und verließ den Raum. Sobald sie den Gang hinter sich gelassen hatte und außer Sichtweite der Soldaten war, hielt sie an, lehnte sich gegen eine Wand und atmete stoßweise ein und aus. So viele Dinge, die sie nicht einordnen konnte, waren geschehen. Rael Gar war darauf aus, eine geheimnisvolle Rechtsprechung wegen eines noch geheimnisvolleren Verbrechens über Recins Familie durchzuführen. Karelon benahm sich eigentümlich, und Talli hatte keine Ahnung, weshalb.

Während der Kriegsjahre hatte Talli von dem Tag geträumt, an dem alles zu Ende sein würde. Nun, da der Frieden eingekehrt war, entpuppte er sich als äußerst verwirrend. Noch vor einem Monat hatte Talli geglaubt, alle Armeemitglieder arbeiteten auf das gleiche Ziel hin. Nun war sie dessen nicht mehr so sicher. So beängstigend es auch gewesen war, sich unbewaffnet inmitten der Viashino-Massen zu bewegen, regte sich dennoch der Wunsch in Talli, die Prunkhalle und alle Leute, die dort weilten, zu verlassen.

Sie schloß die Augen und holte noch einmal tief Luft. Der Krieg hatte nicht nur eine Woche gedauert, also würde auch der Frieden Zeit beanspruchen, bevor er seine endgültige Form erreicht hatte. Sie richtete sich auf und ging zum Westflügel hinüber.

Ungefähr zwei Dutzend Viashino erwarteten sie. Talli hatte nicht geahnt, daß es so viele Diener in der Prunkhalle gab. Sie standen zusammengedrängt in einer Ecke, die Krallen kratzten über den Steinboden, während zwei menschliche Soldaten Wache hielten.

Talli richtete sich noch gerader auf und sah in die gelben Augen der Schuppenkreaturen. Jeder von ihnen konnte Anteil am Attentat auf ihren Vater haben.

»Bringt einen der Diener zu mir«, befahl sie einem Soldaten.

Der erste Viashino, den man zu ihr führte, war ein älteres Weibchen, das an der Laderampe unterhalb der Prunkhalle arbeitete. Sie beantwortete Tallis Fragen, behauptete aber, nichts über das Verbrechen zu wissen. Als nächstes wählten die Wachen eine kleine, grau-grüne Gestalt aus, die im Hintergrund gestanden hatte und schoben sie zu Talli hinüber.

Auf halben Wege schrie der Viashino plötzlich auf und warf die Hände über die Schnauze.

»Ihr werdet uns töten!« brüllte er. »Ihr werdet uns alle töten!« Er warf den Kopf auf die Seite und durchsichtige Lider bedeckten die starren Augen.

»Hast du irgend etwas mit dem Anschlag auf König Tagard zu tun?« fragte Talli.

Der Viashino schien sie nicht gehört zu haben. »Ihr werdet uns alle töten«, wiederholte er. Dann stöhnte er jämmerlich.

Talli knirschte mit den Zähnen. »Ich werde niemanden töten«, sagte sie. »Ich möchte nur ein paar Hinweise.«

Andere Viashino stimmten in das Stöhnen ein. Es

dauerte länger als eine Stunde, sie alle soweit zu beruhigen, daß die Untersuchung fortgeführt werden konnte und noch viele weitere Stunden, bis alle befragt worden waren. Als sie endlich den letzten Diener gesprochen hatte, war es bereits sehr spät, und Talli schlief fast im Stehen ein, während sie zu ihren Gemächern schritt. Selbst mitten in der Nacht herrschte in den Fluren der Prunkhalle reges Treiben. Soldaten kamen und gingen. Ein paar Diener, die ebenfalls befragt worden waren, eilten umher, um ihren Pflichten nachzukommen.

Talli sah Rael Gar, der die Haupthalle durchquerte, hinter sich ein paar Krieger, die er anscheinend zu einem späten Wachgang führte. Zuerst befürchtete Talli, der Garan-Anführer sei auf dem Weg, Recin und dessen Familie etwas anzutun, doch dann fiel ihr ein, daß die meisten Garan sich an der Grenze aufhielten, und die Männer, die er bei sich hatte, waren ausnahmslos Menschen. Wenn er tatsächlich ein Gesetz des Garan-Reiches erzwingen wollte, zweifelte sie daran, daß er dafür Menschen mitnehmen würde.

Nach einem Dutzend Schritte begegnete sie dem Zauberer Aligarius, der auch, mitten in der Nacht, irgendwohin rannte. Obwohl sie ihm einen Gruß zurief, eilte der alte Mann wortlos an ihr vorbei, den Flur entlang. Sie starrte ihm nach, erschrocken über sein Aussehen. Erst vor ein paar Tagen war ihr aufgefallen, daß Aligarius zugenommen hatte, aber jetzt wirkte er plötzlich noch magerer als bei ihrer ersten Begegnung.

Talli nahm eine Laterne von einem Tisch und entzündete sie an der großen Fackel in der Ecke der Halle. Mit der Lampe in der Hand ging sie zu ihren Räumen und schloß dankbar die Tür hinter sich.

Die Zimmer, die sie ausgewählt hatte, hatten einmal einem Höfling des Beys gehört, und noch immer lag der Duft des süßlichen Parfüms, das von vielen wohlhabenden Viashino getragen wurde, in der Luft. Abgesehen von dem allmählich verblassenden Geruch war wenig übrig, was an den vorherigen Bewohner erinnerte – Viashino-Möbel waren für Menschen ungeeignet.

Sie schritt durch den leeren Vorraum in das Schlafzimmer, wo sie zu ihrer Freude und Überraschung sowohl ihre Kleidung, als auch ihr Kurzschwert auf dem Tisch liegen sah. Recin hatte Wort gehalten.

Einen Moment lang wünschte sie, der junge Garan wäre hier und sie könnte mit ihm reden. Zwar hatte er während des Krieges nicht auf der Seite ihres Vater gekämpft und war eigentlich genauso ihr Feind, wie jeder Viashino, der in dieser Stadt lebte. Aber Recin hatte etwas an sich, das es leicht machte, mit ihm zu sprechen. Vielleicht lag es daran, daß er ungefähr gleichaltrig war. Oder daran, daß er die einzige Person zu sein schien, die sie kannte, die nicht irgendwelche versteckten Gründe für ihre Handlungsweise hatte.

Unter den wenigen Sachen, die in ihrer Reisetruhe lagen, befand sich auch ihr Nachthemd. Talli verzog das Gesicht, als sie den Deckel der recht mitgenommenen Kiste schloß. Seit mehr als zehn Tagen weilte sie in der Stadt und lebte noch immer aus der Truhe. Das Zimmer enthielt keine Möbel, bis auf einen Tisch und das Bett, und selbst die waren aus irgendeinem Lagerraum geholt worden.

Talli dachte an die Möbelstücke, die sie in Farson zurückgelassen hatte. Seit Jahren hatte sie keine Nacht mehr in ihrem eigenen Bett verbracht. Vielleicht konnte sie veranlassen, daß einige ihrer Besitztümer hergebracht werden konnten, wenn erst der Frühlingsregen vorüber war und das Leben in einigermaßen geregelten Bahnen lief. In der Zwischenzeit würde sie Recin dazu bringen, ihr einen Ort zu zeigen, an dem sie gutes Mobiliar erstehen konnte.

Lange genug hatte sie nur die Reisetruhe und die Schlafrolle gehabt. Ob es ihr nun gefiel oder nicht – es sah aus, als würde Berimish in den nächsten Jahren ihre neue Heimat sein.

Langsam zog sie sich das Kleid, das sie von Recins Mutter geborgt hatte, aus und lachte. Es war bedeutend dünner als ihr Nachthemd. In dem warmen Zimmer wäre es wahrscheinlich angenehmer, in dem Kleid zu schlafen.

Obwohl sie so erschöpft war, daß sie sich kaum auf den Beinen halten konnte, gab es noch etwas, das Talli erledigen mußte, bevor sie schlafen ging. Sie wandte sich erneut der Truhe zu und hob den Deckel. Unter dem Kleiderbündel zog sie eine Halskette hervor, an der sich ein silbernes Band um einen kleinen, glänzenden Stein wand. Sie nahm die Kette mit zum Tisch und hielt sie ins Lampenlicht. Alle Farben des Regenbogens leuchteten auf und erhellten den Raum. Die Halskette hatte Tallis Mutter gehört. Das Aufbewahren verstieß gegen die Tradition, denn sämtliche persönlichen Besitztümer eines Menschen mußten zusammen mit dem Körper vernichtet werden. Ansonsten war es möglich, daß der Geist des Toten in Verwirrung geriet und dem Pfad ins nächste Leben nicht folgen konnte.

Dennoch hatte Talli den Gedanken nicht ertragen, die Kette zerstören zu müssen. Sie war alles, was von ihrer Mutter geblieben war. Immer, wenn sie den Schmuck in Händen hielt, wurden die verblassenden Erinnerungen klarer, und auch der traurigste Tag ein wenig freundlicher. Und sollte die Kette den Geist ihrer Mutter tatsächlich in der Nähe halten, so war das, nach Tallis Ansicht, gar nicht so schlecht.

Sie starrte noch immer auf die Halskette, als es an der Tür klopfte. Mit einem Stöhnen verstaute sie den Schmuck eiligst in der Truhe und ging zur Tür. Zu ihrer Überraschung stand ihr Vater im Gang, begleitet von zwei Soldaten.

»Bist du in der Lage, noch ein paar Minuten mit mir zu reden?« fragte Tagard.

»Ja«, antwortete sie. »Ich wollte eigentlich zu Euch kommen, nachdem ich mit den Dienern fertig war, dachte aber, Ihr würdet bereits schlafen – insbesondere wegen Eurer Wunde.«

Tagard strich über den Schulterverband. »Das ist ein Grund, warum ich noch auf bin. Es zeigt, daß noch viel Arbeit vor uns liegt.« Er wandte sich den beiden Männern zu, die hinter ihm warteten. »Bleibt hier stehen. Ich bin gleich wieder da.«

Talli trat beiseite, um ihren Vater eintreten zu lassen und schloß die Tür. »Hat der Medicus Euch nicht empfohlen, Euch auszuruhen?«

»Heiler behaupten immer, daß man sich ausruhen muß«, erwiderte er wegwerfend.

»Nun, wie habt Ihr Euch wegen des Suderboder Botschafters entschieden? Werdet Ihr ihnen Ackerland in Tamingazin geben?«

Tagard lachte. »Nicht, solange noch zwei Monde am Himmel stehen.« Er fuhr sich mit der Hand über die Bartstoppeln. »Die Suderboder wollten dieses Tal schon immer besetzen. Ihr eigenes Land befindet sich in der Mitte eines Sumpfes. Trotz der magischen Mauer haben sie im vorigen Jahr davon geredet, in Tamingazin einzufallen, erzählte mir Lisolo. Ich glaube kaum, daß wir sie jetzt zu Hunderten ins Tal lassen sollten.«

Talli starrte zu Boden. »Denkt Ihr, daß der Botschafter etwas mit dem Viashino, der Euch töten wollte, zu tun hatte?«

»Ich weiß es nicht«, erklärte Tagard. »Aber ich habe daran gedacht. Dieser Daleel Ursal war ein wenig *zu* geschwind zur Stelle. Hast du etwas bei der Befragung der Dienstboten erfahren?«

»Nicht viel«, sagte Talli. »Der Tote hieß Thesil. Es scheint, daß er als Küchenhilfe arbeitete, aber wegen

Diebstahls entlassen wurde, kurz bevor wir nach Berimish kamen.«

»So dürr, wie er war, hat er sicher etwas Eßbares gestohlen«, vermutete Tagard.

Talli schüttelte den Kopf. »Nein, nichts Eßbares, sondern Wertgegenstände. Seine Aufgabe war es, Essen in die Räume der Botschafter zu tragen. Dabei versuchte er, einem Acapistani Schmuck zu stehlen. In einer Sache sind sich alle einig: Niemand sah ihn je etwas essen, nicht einmal, wenn alle Diener ihre Mahlzeiten einnahmen.«

Tagard rieb sich das Kinn. »Hast du irgend etwas erfahren, was erklären würde, warum mich dieser magere, kleine Dieb töten wollte?«

»Nein. Nichts.«

Der König nickte. »Was auch immer der Grund war, sein Betragen zwingt mich, die Behandlung der Viashino ein wenig zu verändern.«

»Das verstehe ich«, stimmte Talli zu. »Ihr könnt Lisolo auf keinen Fall in den Rat holen, wenn seine Leute versuchen, Euch umzubringen.«

»Da irrst du dich.« Der König lehnte sich gegen die Steinmauer. »Wir müssen jetzt einfach schneller vorgehen. Das erste, was ich morgen früh tun werde, ist, eine Ratssitzung einzuberufen. Und zwar mit Lisolo.«

Talli wünschte, sie hätte einen Stuhl, um sich niederzulassen. »Warum denn das?« fragte sie entgeistert.

»Inzwischen weiß die ganze Stadt, was heute geschehen ist«, erklärte Tagard. »Ein paar Leute werden wütend sein, ein paar peinlich berührt. Aber die wenigsten werden dem jungen Viashino die Schuld geben. Sie werden wütend sein, weil wir immer noch hier sind und peinlich berührt, daß sie nicht so mutig wie er waren. Wir haben Glück, wenn sich die Bevölkerung nicht erhebt und uns alle in den nächsten ein bis zwei Tagen umbringt.«

»Uns umbringen?« sagte Talli. »Wegen dieser Sache? Ihr habt doch den Viashino nicht angegriffen!«

Tagard nickte. »Das ist richtig, aber es wurden bereits zwei Patrouillen angegriffen und verwundet. Ich mußte die Anzahl der Wachhabenden verdoppeln.« Er legte die Hand auf die verbundene Schulter und zuckte zusammen. »Wir haben die Stadt ohne Blutvergießen erobert, und das haben sie weder uns, noch sich selbst vergeben.«

»Was sollen wir denn tun? Wird es ausreichen, Lisolo in den Rat zu berufen?«

»Ich denke, es wird uns helfen«, bekräftigte Tagard. »Sie werden uns nicht so leicht angreifen, wenn sie merken, daß ihr eigener König uns unterstützt. Außerdem habe ich noch einen anderen Plan.«

»Welchen?«

»Wir werden eine Zeremonie durchführen. Morgen mittag wird Lisolo mich zum Bey von Berimish und König von ganz Tamingazin ausrufen.« Tagard verneigte sich tief und lächelte seine Tochter an. »Wir werden es eindrucksvoll gestalten. Es wird dazu dienen, daß man an mich in Verbindung mit Lisolo denkt, und nicht mehr auf Unruhe aus ist.«

»Was ist mit Lisolo?« erkundigte sich Talli. »Warum sollte er mitmachen? Und was sagen Rael Gar und Karelon dazu?«

»Auch wenn Lisolo ein Viashino ist, handelt er sehr vernünftig. Er möchte ebensowenig wie wir, daß diese Stadt in Flammen aufgeht. Und die anderen…« Der König beugte sich vor und schob Talli eine Haarsträhne aus dem Gesicht. »In dieser Angelegenheit sind sie gegen mich. Aber das wird sich ändern. Ich möchte aber wissen, ob du mich unterstützt?«

Talli ergriff die Hand ihres Vaters. »Ich mag die Viashino nicht, aber Ihr seid derjenige, der uns durch den Krieg geführt hat. Wenn Ihr es nicht wißt, wer dann? Außerdem seid Ihr mein Vater. Ihr könnt immer auf mich zählen.«

Tagards Lächeln wurde breiter. »Das ist gut. Du bist beliebter bei den Truppen, als du denkst. Sie haben nicht vergessen, wie du die Überfälle geleitet hast, und wie mutig du im Kampf warst. Deine Unterstützung bedeutet mir viel.« Er stand auf und sah Talli lange an. Dann nickte er. »Jetzt ist es das beste, wenn wir ein wenig schlafen. Lange Zeremonien ermüden auch den kampferprobtesten Soldaten.«

Talli begleitete ihn zur Tür und streckte die Hand aus, um sie zu öffnen. Aber noch bevor sie den Knauf berührte, kam ihr ein neuer Gedanke. »Vater, ich weiß, daß Karelon und Ihr wegen Lisolo und der Viashino nicht einer Meinung seid, aber bitte laß diese Tatsache nicht dauernd zwischen euch stehen.«

Tagard legte Talli die Hand auf die Schulter. »Talli, ich weiß, wie sehr du es wünschst, aber ich werde Karelon nicht heiraten. Ich habe es ihr auch schon mitgeteilt.«

»Warum nicht?« fragte Talli. Ein Teil ihres Verstandes beharrte darauf, daß sie schon zuviel gesagt hatte, aber sie war zu müde, um darauf zu hören. »Du solltest nicht allein bleiben. Und ich brauche ...«

»Ahh, Tallibeth.« Der König umarmte seine Tochter und drückte sie fest an sich. »Es ist nicht der richtige Zeitpunkt«, erklärte er. »Jetzt nicht, denn es ist so viel zu tun. Später, wenn dieses Land wirklich Frieden gefunden hat, kann ich vielleicht über eine Heirat nachdenken.«

Talli verdrängte ihre Trauer und befreite sich aus seiner Umarmung. Sie hatten noch viele Jahre und viel Zeit vor sich, so daß ihr Vater seine Meinung ändern konnte. Mit einer Hand öffnete sie die Tür. Mit der anderen wischte sie sich die peinliche Feuchtigkeit von der Wange.

»Gute Nacht, Vater.«

Er wandte sich zum Gehen, hielt inne und drehte sich noch einmal um. »Ich habe mich gefreut, dich in der Tracht der Einheimischen zu sehen. Glaubst du, daß du dich für die Zeremonie entsprechend kleiden kannst?«

Talli verzog das Gesicht. »Muß das sein?«

»Ich glaube, es wäre hilfreich. Wenn wir die Sache hinter uns haben, möchte ich mit dir über die Dinge sprechen, die du gelernt hast, als du dich unters Volk mischtest.«

»In Ordnung«, stimmte sie zu. »Ich werde Recin fragen, wo ich festliche Kleidung kaufen kann.«

»Recin? Etwa der Garan-Junge?«

»Ja. Er ist der Führer, der mir Berimish gezeigt hat. Er lebt mit seiner Mutter und seiner Tante im Nordteil der Stadt.« Sie strich über den Ärmel des weichen Kleides. »Sie haben mir dieses geborgt.«

Ihr Vater trat wieder ins Zimmer und schloß die Tür. »Weiß Rael Gar, daß du sie kennst?«

»Er war dort, als ich in der Bäckerei weilte«, erwiderte sie. »Ich wollte es Euch noch erzählen. Warum ist das so wichtig?«

Tagard seufzte und legte die Hand an die Stirn. »Diese Stadtgaran werden von den anderen als Verräter angesehen. Rael Gar war gestern bei mir, um darüber zu sprechen. Er möchte sie vor Gericht stellen und für ein Verbrechen bestrafen lassen, das sie vor Jahren begangen haben.«

»Ich habe noch nie gehört, daß die Garan etwas anderes als die Todesstrafe verhängen«, bemerkte Talli.

»Zweifellos«, gab der König zu. »Und genau das hat Rael Gar im Sinn. Aus Gründen, die ich nicht kenne, haßt er diese Leute, besonders die Frau namens Janin. Wenn wir es ihm überlassen, wird er dafür sorgen, daß sie sterben. Dann verbrennt er ihr Haus und streut Salz auf den Boden, auf dem sie lebten.«

»Was haben sie denn Schlimmes getan?«

»Ich weiß es nicht genau. Aber ich glaube, Janin war einst Gar.«

»Sie war die Anführerin der Garan?« fragte Talli verblüfft.

»So sieht es aus, bis sie dann ein Verbrechen beging, das in den Augen der Garan unverzeihlich ist.« Tagard schüttelte den Kopf. »Es wäre am besten, wenn du dich von diesen Garan fernhalten würdest. Unsere Beziehung zu Rael Gar ist angespannt genug.«

»Wenn er sie eines Verbrechens gegen das Volk der Garan anklagen will, müßte er sie doch ins Garan-Reich bringen, nicht wahr? Warum sollten wir etwas damit zu tun haben?«

»Er sollte sie in sein Reich bringen«, stimmte Tagard zu. »Aber Rael Gar möchte die Angelegenheit schnell regeln, und ich habe mein Einverständnis gegeben, daß er tun kann, was er für richtig hält.«

»Das geht nicht«, widersprach Talli. »Ich habe ihnen meinen Schutz zugesichert.«

Tagard brummte unwillig. »Das hättest du nicht tun dürfen.«

»Ich gab mein Wort, wir haben ...«

»Nein. Diesmal nicht«, unterbrach sie ihr Vater. »Die Garan-Truppen verteidigen in dieser Stunde die Grenzen von Tamingazin. Wenn wir statt dessen Menschen aus Berimish und den Dörfern abziehen, um sie zu vertreten, können wir die Stadt nicht halten.«

Talli riß die Augen weit auf. »Denkst du etwa, daß Rael Gar deswegen das Bündnis verlassen würde?«

»Ich denke es nicht nur, Rael Gar hat es mir selbst gesagt.« Tagard schüttelte bedrückt den Kopf. »Es gefällt mir zwar nicht, aber diese Garan sind der Preis für die Unterstützung durch seine Leute.«

»Also sehen wir zu, wie er sie tötet?« fragte Talli. Sie ging auf ihren Vater zu und blickte ihm ins Gesicht. »Recin hat mir sehr geholfen, und seine Familie auch. Was ist, wenn Rael Gar lügt?«

»Das mag sein. Aber das ist Teil des Preises, den wir für den Frieden zahlen.«

Talli schloß die Augen. Sie war zu müde, um gegen ihren Vater anzukämpfen, zu müde, um noch klar zu denken. »Kann ich wenigstens zu Recin gehen, um ihn zu warnen? Vielleicht kann die Familie dann fliehen.«

»Nun gut«, willigte Tagard zögernd ein. »Aber beeil dich damit und versuche, Rael Gar nicht wütender zu machen, als unumgänglich ist.« Er wandte sich um und ging wieder zur Tür.

»Vater?«

Tagard, die Hand bereits am Knauf, hielt inne. »Ja?«

»Wenn wir damit beginnen, Leben für den Frieden zu opfern, wie kann es dann besser sein als der Krieg?«

Der König seufzte. »Ich weiß es nicht. Ich glaube, daß wir noch keinen wahren Frieden gefunden haben.« Damit verließ er den Raum und schloß die Tür hinter sich.

Talli ging in das Schlafgemach zurück und setzte sich auf die Bettkante. Ihr Vater würde Karelon nicht heiraten. Wenigstens jetzt noch nicht. Recins Familie würde getötet werden, und anscheinend gab es nichts, was sie dagegen tun konnte.

»Ich kann sie warnen«, sagte sie zu sich selbst. »Wenn sie wissen, daß mein Vater sie nicht schützen wird, können sie vielleicht rechtzeitig entkommen.«

Sie schlüpfte aus dem leichten Kleid, das Janin gehörte und faltete es sorgfältig zusammen. Dann legte sie das schwere Nachthemd an und sank in einen kurzen, unruhigen Schlaf.

Lange bevor Tagard mit den Überfällen auf die Viashino-Städte begann, hörte ich bereits von ihm.

In Berimish gibt es Hunderte von Menschen, die alle Bey Lisolo den Treueeid geschworen haben, genau wie die Viashino. Aber wie immer ist nicht alles so einfach, wie es zuerst aussehen mag.

Im Nordviertel von Berimish, wo die meisten Menschen leben, gibt es eine Redewendung, die Euch sicher gefallen wird...

Gesetze sind Gesetze, aber es gibt viele dunkle Gassen.

Auch wenn die Stadtbewohner viel Aufhebens darum machen, wie sehr sie ihre Viashino-Nachbarn lieben, so wehren sie sich jedoch dagegen – wie alle Menschen – anzuerkennen, daß sie nicht besser sind als andere Rassen. Bis zu dem Tag, an dem die Stadt fiel, hätte jeder Mann, der auf der Straße herumlief, lauthals behauptet, sein Bey sei einzig Lisolo. Aber daheim hatte eben jener Mann nur Tagards Namen auf den Lippen. Mehr als nur ein wenig ungesetzlicher Handel wurde zwischen den Stadtmenschen und ihren wildere Vettern aus den Bergen getrieben.

Seitdem sich die Menschen unter seiner Flagge zusammengeschlossen haben, lieben die Stadtleute Tagard. Als er die Stadt eroberte, waren sie so stolz, als hätten sie selbst die Tat vollbracht.

Es war einfach, Tagard und Bewohner der Berge von Tamingazin nicht zu beachten. Ich habe sie –

ebenso wie alle anderen – völlig unterschätzt. Mit ihrer schweren Kleidung und den schweren Waffen wirkten sie so anmutig und würdevoll wie die En'Jaga. Ihre ›Städte‹ sind nichts als ein zusammengewürfelter Haufen alter Steine, und ihre Äcker sind so ausgelaugt, daß es ein Wunder ist, daß sie sich noch ernähren können.

Sie halten sich für überlegen, beweisen dies aber weder durch Handlungen noch Denkweisen. Ich habe hier noch keinen einzigen Menschen getroffen – weder in der Stadt, noch außerhalb – der genügend Selbstzucht aufbringt, um den geringsten Posten in Suderbod zu bekleiden.

Doch was dieser Tagard getan hat, muß beachtet werden. Wenn seine Regierung versagt, könnten sich uns neue Möglichkeiten eröffnen. Und wenn er Erfolg hat – um so besser.

– *Aus einer Botschaft des Ursal Daleel, Botschafter des Hofes von Hemarch Solin, des Eroberers von Suderbod, während seines Aufenthaltes im Tal Tamingazin.*

Die morgendlichen Auslieferungen begannen lange
vor Sonnenaufgang. Während ein feiner Sprühregen
durch die leeren Straßen fuhr und zischend über den
Fluß strich, trug Recin warme, knusprige Brotlaibe zu
den Gasthöfen in der Nähe des Hafens. Dann eilte er
wieder zur Bäckerei, wo Getin gerade die Bleche mit
den stark gewürzten Fladenbroten aus dem großen
Ofen zog. Erst, als sich die Säcke des duftenden Brotes bereits bei den Straßenhändlern am Südplatz befanden, erschien der erste Schein des jungen Morgens
am östlichen Himmel.

Recin legte am Schwimmbecken eine Pause ein und
blickte über die Wasseroberfläche zur Prunkhalle hinüber. Es würde ein heißer Tag werden. Schon jetzt
verzogen sich die dünnen Regenwolken, und Dampf
stieg aus den Sümpfen empor, die sich jenseits der
Stadtmauern befanden. Die aufgehende Sonne lugte
durch die Wolken und erhellte die Mauern der Prunkhalle, die in allen Farben leuchteten – von hellem Gelb
bis hin zu düsterem Blutrot.

Die Farben schienen der Stimmung in Berimish zu
entsprechen. Kurz nachdem Talli mit den Soldaten gegangen war, kamen Recin Gerüchte über das Attentat
auf den König zu Ohren. Teilweise wurde behauptet,
daß nur ein Viashino der Täter war, teilweise hieß es,
eine ganze Bande Rebellen habe den Palast gestürmt.
Er hörte, der König sei tot. Er hörte, der König sei un-
verletzt. Alle Gerüchte besagten jedoch einheitlich,
daß ein edler Viashino dem menschlichen Eroberer
entgegengetreten war.

Als Recin wieder daheim anlangte, waren bereits Kämpfe zwischen Menschen und Viashino ausgebrochen, die ihr Leben lang friedlich Seite an Seite gelebt hatten. Patroullierende Soldaten wurden mit Steinen beworfen und von aufgebrachten Horden bedroht. Ein paar Viashino-Stadtwachen tauchten in ihren alten Uniformen auf und forderten Unterstützung.

Janin befahl, daß die Vorhangtüren der Bäckerei mit Brettern verstellt und die Fensterläden geschlossen wurden. Sie dämpften das Licht und blieben im Erdgeschoß, da sie im Notfall von dort aus leichter fliehen konnten. Die erste Hälfte der Nacht war von Geschrei und dem Geräusch rennender Füße durchdrungen worden.

Dann, um Mitternacht, war ein Bote durch die Straßen gewandert, der Lisolos Berufung in den Rat und Tagards bevorstehende Krönung zum Bey ausgerufen hatte. Allmählich hatte sich das Geschrei verändert, und eine unnatürliche Stille trat ein.

Die Stille hielt an, aber Recin fühlte die überall herrschende Anspannung. Die Hälfte der Händler, die er gesprochen hatte, wollten gern feiern, da sie sich von der Krönung bessere Geschäfte erhofften. Die andere Hälfte sorgte sich, daß man jeden Augenblick ihre Stände und Läden anzünden könnte. Recin hatte keine Ahnung, wem er recht geben sollte.

Während er beobachtete, wie das Sonnenlicht über die Mauern der Prunkhalle glitt, dachte er an Talli. Selbst in den schrecklichsten Stunden der Nacht hatten seine Gedanken bei dem blonden Mädchen geweilt. Oft hatte ihn seine Mutter gewarnt, sich nicht mit den Menschenmädchen in Berimish einzulassen. Da es keine Garan in der Stadt gab, hatte sie gewußt, daß die Versuchung groß war. Vereinigungen, sogar Ehen, zwischen Garan und Menschen kamen vor. Aber nach den Worten seiner Mutter waren sie dazu verdammt, kinderlos und unglücklich zu sein. In der

Vergangenheit hatte es Recin nicht weiter gekümmert. Jetzt aber beherrschte es seine Gedanken.

»Sie steht über dir«, sagte er sich laut. »Sie ist die Tochter eines Königs, und du bist der Sohn einer Bäckerin. Sie ist ein Mensch; du bist ein Garan.« Sein Verstand stimmte den Worten voll und ganz zu, aber sein Herz war keineswegs überzeugt.

Als er Tallis Kleidung zurückgebracht hatte, war sie nicht zu sehen gewesen. Wegen der bevorstehenden Zeremonie und den Unruhen in der Stadt zweifelte er daran, daß sie ihn heute aufsuchen würde. Er wollte sie sehen, mußte sich aber gedulden. Wenn möglich…

Von Westen her fegte ein Windstoß über den Platz, brachte die Wasseroberfläche des Beckens in Aufruhr. Recin blickte über das Wasser, hielt eine Hand vor den Mund und versuchte, ein Gähnen zu unterdrücken. Anspannung und Verlangen waren starke Antriebskräfte, aber dennoch forderte die schlaflose Nacht ihren Tribut. Er reckte die Glieder und entsann sich, daß sein Frühstück daheim auf ihn wartete – mit neuen Pflichten. Er mußte seine Träume von Talli verschieben.

Aber gerade, als er sich abwenden wollte, schlüpfte eine schlanke, blondhaarige Gestalt aus einer der vielen Palasttüren und eilte die Straße entlang. Recin rannte um das Schwimmbecken herum und mühte sich, sie einzuholen. Sie trug die dunkle, wollene Kleidung der Berge, und die bronzenen Schulterstücke tanzten im Takt ihrer schnellen Schritte. Recin mußte sich anstrengen, um ihr näher zu kommen. Zu sehr außer Atem, um sie anzurufen, streckte er die Hand aus und tippte sie auf die Schulter.

Tallis Benehmen erschreckte ihn. Mit ungeheurer Schnelligkeit drehte sie sich um, ließ das Bündel, das sie im Arm trug, fallen und zog das Schwert aus dem Gürtel. In den Augen des Mädchens brannte ein Feuer, das Recins Herzschlag aussetzen ließ.

Talli blinzelte, und ihr Gesichtsausdruck entspannte sich. »Ich dachte, es wäre Rael Gar«, sagte sie. Mit einem leisen Zischen fuhr das Schwert zurück in die Lederscheide.

»Nein«, erwiderte Recin. Er bemühte sich, ausreichend Luft zu holen, um seine Stimme wiederzufinden und die Angst zu bekämpfen. »Ist Rael Gar hinter dir her?« stieß er endlich hervor. »Würde er etwa versuchen, dich anzugreifen?«

Sie schüttelte den Kopf und bückte sich, um das Bündel wieder aufzuheben. »Ich glaube kaum, daß er mir etwas antun würde – er weiß, daß er niemals ungeschoren davonkäme – aber er könnte versuchen, mich zu erschrecken, und da will ich ihm zuvorkommen.«

»Nun, mich hast du sehr erschreckt«, erklärte Recin, legte die Hand auf die Brust und rollte die Augen. »Ich habe geglaubt, mein Herz würde stillstehen.«

»Das kann bald schon geschehen«, verkündete Talli. »In Wirklichkeit ist Rael Gar hinter dir her. Hinter dir und deiner Familie.«

»Ich weiß, daß er uns haßt, aber meine Mutter sagt, ich soll mir darüber keine Gedanken machen. Sie meint, daß er uns hier nichts tun kann und bis Mittsommer warten muß, bevor er den Garan-Rat versammeln kann.«

»Sie irrt sich«, sagte Talli ernst. »Er will euch hier in Berimish vor Gericht stellen.« Ihre blauen Augen schauten zu Boden. »Er will euch alle töten.«

Recin brauchte eine Weile, um ihre Worte richtig zu begreifen. Noch bevor er den Namen des Kriegers gekannt hatte, war er bereits durch seine Träume gegeistert. Nun war der Mörder zurückgekehrt und würde nicht eher ruhen, als bis er Recins Familie ausgelöscht hatte.

»Wir müssen es meiner Mutter sagen. Sie wird wissen, was zu tun ist.«

»Das hoffe ich«, meinte Talli. »Ich war die halbe Nacht wach, aber mir ist nichts eingefallen.«

Beide wandten sich um und gingen mit schnellen Schritten die Straße hinunter. Die meisten Läden, an denen sie vorübereilten, öffneten gerade ihre Türen. Es waren erst wenige Leute auf den Straßen, aber die Viashino, denen sie begegneten, schenkten Talli bedeutend mehr Aufmerksamkeit als am Vortag. Einige starrten sie nur an, aber andere machten unverhohlen Drohgebärden. Talli schien die Bedeutung der gesenkten Hälse und pendelnden Köpfe nicht zu verstehen, Doch Recin kannte sie gut genug, um unruhig zu werden. Er war dankbar, als sie endlich die Bäckerei erreichten.

Tante Getin kam aus der Küche. »Gut, daß du endlich zurück bist. Ich habe zwei Bleche mit ...« Die goldenen Augen richteten sich auf Talli, und sie brach mitten im Satz ab.

»Wo ist Mutter?«

Die Farben, die Getins Augen leuchten ließen, zeugten sowohl von Ärger als auch von Enttäuschung. »Ich habe Euch gestern zugehört«, sagte sie zu Talli. »Ich dachte, Eure Leute stehen zu dem, was Ihr sagtet. Aber nun ist diese Stadt soweit, sich selbst zu vernichten.«

»Mein Vater gibt sein Bestes«, erklärte das Mädchen. »Es ist nicht seine Schuld, daß ihn jemand umbringen wollte.«

Recin trat zwischen die beiden. »Es gibt etwas Schlimmeres, um das wir uns sorgen müssen. Wo ist Mutter?«

»Hier«, rief eine Stimme aus der Küche. Janin betrat den Raum, während sie sich die Hände an einem Tuch abtrocknete. »Schön, Euch so bald wiederzusehen«, sagte sie gelassen. »Ich hoffe, dieser Besuch wird nicht so aufregend wie der letzte.«

»Leider kann ich das nicht versprechen«, antwortete Talli.

138

»Rael Gar kommt«, mischte sich Recin ein.

Seine Mutter nickte. »Ich sagte dir doch, daß dies geschehen wird. Doch da wir nicht länger zum Garan-Reich gehören, kann er uns nichts befehlen.«

Talli schüttelte den Kopf. »So denkt er aber keineswegs. Er will Euch vor Gericht stellen und töten lassen.«

»Nun, das kann er planen, wie er mag, aber dank Eurem Schutz…«

»Mein Schutz ist wertlos«, gestand Talli. Sie schluckte und starrte zu Boden. »Es tut mir leid, aber mein Vater hängt zu sehr von der Hilfe der Garan ab. Die einzigen, die zur Zeit innerhalb der magischen Mauer gegen Eindringlinge wachen, sind Rael Gars Truppen. Vater kann nichts tun, was dazu führen könnte, Rael Gar aus dem Bündnis zu verlieren.«

Recin wartete auf eine Erwiderung seiner Mutter, aber Janin stand schweigend da. »Was sollen wir tun?« fragte er. »Können wir fortgehen?«

»Wohin denn?« fragte Getin. »Alles, was wir besitzen, befindet sich innerhalb dieser Mauern.«

Janin erhob die Hände. »Ich weiß noch nicht. Wir müssen nachdenken.«

»Aber was ist, wenn er heute kommt?« wollte Recin wissen.

»Das wird er nicht tun«, erwiderte seine Mutter. »Er will ein Gerichtsverfahren, und er will es selbst abhalten. Das bedeutet, daß er warten muß, bis Tagards Zeremonie vorüber ist.«

Talli hob den Kopf und strich sich das dichte Haar aus dem Gesicht. »Es tut mir leid«, beteuerte sie. »Ich wußte nicht, was ich tun kann, außer es Euch mitzuteilen.«

»Das ist besser, als wenn Ihr es nicht gesagt hättet«, erwiderte Janin.

»Rael Gar hilft meinem Vater seit vielen Jahren«, erklärte das Mädchen. »Er wirkt immer so besonnen.

So, als würde er sich über nichts und niemand ärgern oder aufregen.«

»Menschen glauben häufig, daß die Garan keine Gefühle haben«, meinte Janin. »Aber die Empfindungen sind vorhanden, wie ruhig der Gesichtsausdruck auch bleibt.«

»Rael Gar ist aber nicht ruhig, wenn er über Euch redet. Warum haßt er Euch so sehr? Was ist geschehen, was ihn so in Wut zu bringt?«

Recin beobachtete seine Mutter genau. Obwohl er die Geschichte in groben Zügen kannte, hatte Janin immer vermieden, Einzelheiten zu erzählen.

»Alles liegt lange zurück«, sagte Janin. Sie wandte sich um und ging langsam zum Fenster hinüber. »Ich war die Gar«, erklärte sie mit leiser Stimme, »die Anführerin des Garan-Reiches. Mein Gemahl, Ranas, war ein Tak. Es war ein bitterkalter Bergwinter. Von den Skolltenbergen fegten eisige Winde herab, die Schnee und Frost mit sich brachten. Täglich wurden die Jagderträge geringer. Die Alten hungerten, und die Kinder froren.« Sie hielt inne, und obwohl der Morgen warm und dunstig war, schlang sie beide Arme um den Körper und fröstelte, als befände sie sich in den schneebedeckten Bergen.

»Ich führte die Garan in die westlichen Hügel«, fuhr sie fort, »um nach Nahrung und Schutz zu suchen.« Wieder schwieg sie eine Weile und seufzte. »Das war ein Fehler. Ein En'Jaga-Stamm war durch die magische Mauer gedrungen und hatte sich vor uns dort niedergelassen.«

Getin eilte zu ihr. »Du mußt nicht darüber sprechen. Nicht jetzt.«

Als sich seine Mutter umdrehte, sah Recin, daß ihre Augen in schmerzlichem Silber glänzten. »Ich finde, ich sollte es erzählen. Wahrscheinlich hätte ich es schon vor langer Zeit sagen müssen.«

Die Qual in ihren Augen entsetzte Recin. Er wollte

nichts lieber, als die Geschichte hören, jedoch nicht, wenn es ihr solchen Schmerz bereitete.

»Du mußt nicht reden«, sagte er. »Ich muß es nicht wissen.«

Janin sah ihren Sohn an und nickte ihm zu. »Warte, bis du alles gehört hast, dann kannst du urteilen.«

Sie griff an ihren Kopf und löste das Band, mit dem sie das braune Haar zurückhielt, wenn sie in der Küche arbeitete. Die dunklen Locken umrahmten ihr Gesicht und betonten die feinen, elfischen Züge. Wieder wandte sie sich ab und schritt langsam im Raum hin und her, während sie mit der Geschichte fortfuhr.

»Es waren mindestens zweihundert En'Jaga. Wären es weniger gewesen, hätten wir sie besiegt, aber zweihundert... Hände und Füße können nur bedingt gegen die gepanzerte Haut der En'Jaga vorgehen. Die große Zahl der Feinde wäre nicht einmal vom ganzen Garan-Reich zu fällen gewesen.« Sie schüttelte den Kopf und Recin sah, daß ihre Hände wieder die starre, tödliche Haltung angenommen hatten, die er auch bei der Begegnung mit Rael Gar beobachtet hatte. »Jedesmal, wenn wir kämpften, starben für jeden einzelnen En'Jaga drei oder vier Garan. Oben in den Bergen tobte ein Sturm, der uns hinderte, zurückzukehren. Wir versuchten, nach Süden zu gehen, aber die En'Jaga schnitten uns den Weg ab.«

Plötzlich schlug Getin mit der Faust auf den Ladentisch. Sie lief an den Regalen mit den Backwaren vorbei und rannte in die Küche. Recin vermeinte, etwas zu hören, das wie entferntes Schluchzen klang.

»Was hast du dann getan?« fragte er Janin.

Seine Mutter blieb wieder am Fenster stehen und starrte auf die Straße. »Ich tat gar nichts. Es war dein Vater, der etwas unternahm. Jede Nacht ging er fort. Ich glaubte, er würde jagen, aber mehrmals kam er ohne Beute zurück. Ranas Tak war ein hervorragender Jäger. Selten ging er bei der Jagd leer aus. Diesmal versagte er dreimal hintereinander. Ich wußte, daß etwas nicht stimmte, aber ich ahnte nicht, was es war, bis er eines Abends wegging und nicht zurückkam.«

Sie schwieg und verharrte eine Weile reglos.

»Was geschah?« brach Talli das Schweigen. »Kam er jemals zurück?«

»O ja, schließlich war er wieder da. Er wollte nicht sagen, wo er gewesen war und was er getan hatte. Zum ersten Mal in unserer Ehe – zum ersten Mal in unserem Leben – hatte er ein Geheimnis vor mir. Bald nach seiner Rückkehr verschwanden die En'Jaga.« Janin wandte sich Recin und Talli zu, aber ihr Blick weilte auf Bildern, die viele Jahre und Meilen entfernt lagen. »Zuerst ahnte niemand, warum. Ich wußte nur, daß die En'Jaga ins Tal zogen, und wir blieben zurück, um unsere Wunden zu verbinden. Ich vermutete, daß sie nur weiterzogen, aber Rael Tak entdeckte den Grund. Er fand Leichen und Ranas Fußabdrücke.«

»Euer Gemahl, Recins Vater, tötete die En'Jaga?« fragte Talli. »Aber wie hat er das vollbracht?«

»Ich bemühte mich, es herauszufinden, aber er wollte nicht mit mir reden. Er bestritt, etwas mit dem Tod der En'Jaga zu tun zu haben.« Janins Blick kehrte in die Gegenwart zurück und ruhte auf Recin.

»Aber eines Nachts folgte ihm Rael Tak und berichtete mir, was er beobachtet hatte. Er hatte gesehen, wie Ranas die En'Jaga mit einer Viashino-Armbrust tötete.«

Talli holte tief Luft. »Er benutzte eine Armbrust? Eine Waffe?«

Janin nickte.

»Aber wie ist er gestorben?« fuhr Recin dazwischen. Jenen Teil der Geschichte hatte er nie verstanden. »Haben ihn die En'Jaga angegriffen?«

Seine Mutter schüttelte langsam den Kopf. »Er benutzte eine Waffe.«

Recin zuckte die Achseln. »Ich weiß, daß die Garan keine Waffen führen sollen, das hast du mir erzählt, aber er tat es ja nur, um sein Volk zu retten. Niemand würde ...« Er bemerkte den Silberglanz in den Augen der Mutter und brach ab.

»Ihn töten?« Sie nickte. »Aber genau das verlangt das Gesetz. Jeder Garan, der eine Waffe benutzt – ob während der Jagd oder beim Kampf – muß sterben. Seitdem wir dieses Tal betraten, ist das ein Gesetz.«

»Aber du warst Gar«, beharrte Recin.

»Rael Tak ertappte deinen Vater, wie er die Armbrust gebrauchte und kämpfte mit ihm. Dann kam er ins Lager, und Getin und ich folgten ihm in die Nacht. Als wir Ranas fanden, war er bewußtlos, fast schon tot. Rael Tak forderte mich auf, meine Pflicht zu erfüllen und Ranas zu töten. Ich weigerte mich.« Sie blickte zu Boden, die Haare fielen ihr über das Gesicht. »Ich kannte meine Pflicht, bestand aber darauf, daß die Sache von der Ratsversammlung entschieden werden müsse. Während Getin und ich uns um Ranas kümmerten, rannte Rael Tak wieder zum Lager und redete mit den anderen. Er kehrte mit dem Todesurteil zurück, aber es war zu spät – Ranas war bereits gestorben.«

Recins Kehle brannte wie Feuer. Er konnte sich nur zu gut vorstellen, was seine Mutter geschildert hatte. Sein Leben lang hatte er die Geschichte hören wollen, doch nun bereute er es bitterlich.

»Obwohl ich nur wenige Tage vor der Entbindung stand, sollte ich ebenfalls sterben. Ich hatte meine Pflicht als Gar vernachlässigt, und der Rat entschied, daß ich daher mein Leben lassen mußte.

Aber ich konnte nicht zulassen, daß auch mein Kind sterben sollte. Getin, die selbst kaum mehr als ein Kind war, stand mir zur Seite. Sie half mir, ins Tal zu fliehen. Wir brauchten Tage, um durch den Wald zu gelangen, weil wir sowohl Garan als auch En'Jaga meiden mußten. Endlich erreichten wir flaches Land und kamen hierher.«

Sie schaute ihren Sohn an und breitete die Hände aus. »So sind wir nach Berimish gekommen. Und deshalb verfolgt uns Rael Gar noch immer.«

Recin wußte nicht, was er sagen sollte. Es war eine Sache, zu wissen, daß man seinen Vater getötet hatte. Es war eine ganz andere Sache, zu hören, daß er geschlagen und liegengelassen worden war, um im Schnee zugrunde zu gehen. Er spürte, daß er zu ihr gehen sollte, sie trösten sollte. Aber der Schmerz saß so tief verwurzelt in der Vergangenheit, daß er ihn nicht ausreißen konnte.

»Das ist aber nicht alles«, bemerkte Talli plötzlich.

Recins Mutter wandte sich ihr zu. »Nicht alles? Es ist alles, was ich zu sagen habe.«

Talli runzelte die Stirn und schüttelte den Kopf. »So meine ich es nicht. Ich bin auch nicht ganz sicher, was ich ausdrücken will, aber ich glaube kaum, daß Rael Gar Euch verfolgt, nur weil Ihr eine Garan-Tradition gebrochen habt.«

»Warum sollte er es sonst tun?« erkundigte sich Recin.

»Ich weiß es nicht«, sagte das Mädchen. Denkfalten zeichneten sich auf ihrer Stirn ab. »Seitdem die Garan sich uns anschlossen, war ich mit ihm zusammen – seit über zwei Jahren –, aber ich würde nicht behaupten, daß ich ihn verstehe. Doch ich weiß, daß ich ihm nicht traue.«

Draußen ertönten laute Geräusche. Ein Wagen zwängte sich durch die schmale Gasse. Dahinter marschierten menschliche Soldaten in ihren Festuniformen.

Talli ging ans Fenster und sah hinaus. »Ich muß gehen«, stellte sie fest. »Die Zeremonie, bei der mein Vater zum Bey ernannt wird, findet in wenigen Stunden statt, und ich habe versprochen, schnell zurück zu sein.«

»Ihr habt uns gewarnt«, sagte Janin. »Das ist mehr, als Ihr uns schuldig wäret.«

»Was werdet Ihr jetzt unternehmen?«

»Wie ich bereits sagte: nachdenken und es besprechen. Rael Gar kann heute noch nicht gegen uns vorgehen, und ich fühle mich noch nicht bereit, einfach zu fliehen.«

Recin schritt auf das blonde Mädchen zu. »Wenn du möchtest, begleite ich dich zum Palast. In der Stadt laufen viele wütende Viashino herum.«

Sie schüttelte den Kopf. »Du bleibst hier. Mir ist lieber, ich begegne einem Viashino, als daß ich dich Rael Gar in die Hände fallen lasse.« Sie drehte sich zu Janin um. »Wenn ihr nach der Zeremonie noch hier seid, werde ich wiederkommen. Wenn nicht – dann: Viel Glück!«

Sie machte kehrt und eilte aus dem Laden.

»Sie ist ein bemerkenswertes Mädchen«, stellte Janin fest. »Wenn ihr Vater so ähnlich ist, wundert es mich nicht, daß ihm das ganze Tal folgt.«

»Aber sie kann uns nicht schützen. Was sollen wir tun?« fragte Recin. »Werden wir fliehen?«

»Ich weiß es nicht.« Seine Mutter fuhr mit der Hand über das mehlbestäubte Holz des Ladentisches. »Es gab einmal eine Zeit, in der ich nichts besaß und gedankenlos von Ort zu Ort zog. Aber hier haben wir uns ein Heim errichtet.« Sie blickte sich im Raum um. »Wenn wir fliehen, werde ich es sehr vermissen.«

Getin rief aus der Küche, und Janin verließ den Laden, um ihr zu helfen. Recin blieb zurück und fragte sich, wie es sein würde, wenn sie Berimish verließen.

Außer gelegentlichen Ausflügen zum Beerensuchen, am Rande des Großen Sumpfes, hatte er den sicheren Schutz der Stadtmauern nie verlassen. Er wußte, daß andere Garan in den eisigen Bergen am Rande des Tals lebten und hatte gegrübelt, wie es sein mochte, dort zu hausen. Aber er hatte kein Verlangen, es zu versuchen. Garan-Blut floß in seinen Adern, doch er hatte sein ganzes Leben in der Stadt verbracht, nie im Freien gewohnt, immer in einem Bett geschlafen.

Er vermutete, daß er sich wegen der rauhen Berge keine Gedanken machen mußte. Wenn sie fortgingen, dann ganz sicher nicht dahin, wo andere Garan lebten. Vielleicht würden sie nach Süden fliehen, in die Sümpfe Suderbods. Oder noch weiter, in den Dschungel von Acapistan, wo es angeblich immer Sommer war. Oder auf die Inseln, wo die Menschen vom Fischfang lebten und in ihren Booten über das blaue Meer segelten. Alles hörte sich ungewöhnlich und aufregend an, aber nichts klang so gut wie der Gedanke, in Berimish bleiben zu können.

Draußen hasteten drei Viashino vorüber. Die vertraute Stimme Heasos', der über Tagard und die Zeremonie redete, drang durch das Fenster. Sekunden später erschienen ein gelb-grauer Kopf und ein langer Hals im Eingang.

»He, Garan!« rief der Viashino. »Kommst du mit – zusehen, wie der Bergmensch zum Bey gemacht wird?«

»Ich weiß nicht«, sagte Recin. Er versuchte, den Gedanken an Rael Gar abzuschütteln und lächelte seinem Freund zu. »Was trägst du denn da?«

Heasos trat vollends in den Raum. Er trug ein dunkelblaues Gewand mit roten Borten. »Man sagte, wir dürfen unsere Uniformen tragen«, erklärte er. »Lisolos Ehrenwache hat sogar die Waffen zurückbekommen.«

»Und danach?«

Ein S-förmiger Schauder lief über Heasos' Hals – das Zeichen der Ungewißheit. »Wenn Lisolo wirklich in den Rat kommt, gehören die Viashino, genau wie die Menschen und Garan, zum Bündnis. Warum sollten wir dann nicht das Recht haben, Waffen zu tragen?«

»Denkst du, er wird Wort halten?«

»Du bist derjenige, der ihn gesehen hat«, meinte Heasos. »Was denkst du?«

Recin dachte nach. Tagard war nicht eingeschritten, um Rael Gar von seiner Familie fernzuhalten, aber Recin konnte das Zusammentreffen mit dem König, in der Nacht der Eroberung von Berimish, nicht vergessen. »Ich glaube, er wird Wort halten.«

Janin kam aus der Küche, und Heasos hob grüßend das Kinn. »Guten Morgen, Mutter Recins«, sagte er. Da er nichts über seine eigene Mutter wußte, schien es ihn immer wieder zu begeistern, daß Recin und Janin tatsächlich unter einem Dach lebten.

»Du siehst heute morgen sehr gut aus, Heasos«, grüßte ihn Janin. »Gehst du zur Zeremonie?«

»Ja«, antwortete der junge Viashino. »Meine Truppe hat einen Platz ergattert, der ganz vorn liegt. Wir können genau sehen, wie Lisolo dem Menschen die Kette umhängt.« Er öffnete den Mund zu einem breiten Grinsen. »Wir haben gewettet, daß sie ihm bis auf die Füße rutschen wird.«

Recin lachte mit seinem Freund, aber Janin ging ans Fenster und beobachtete die immer größer werdende Menge Menschen und Viashino, die sich auf den Weg zur Zeremonie machten.

»Warum begleitest du ihn nicht?« fragte sie.

»Zur Zeremonie?« Recin sah sie überrascht an. »Aber soll ich denn nicht hierbleiben, damit wir uns unterhalten können?«

Janin schüttelte den Kopf. »Wir sprechen später. Ich möchte, daß du jetzt mit Heasos gehst. Wenn ihr euch beeilt, werdet ihr einen guten Platz bekommen.«

»Wir müssen uns sputen«, mischte sich Heasos ein. »Meine Patrouille wird sich jetzt aufstellen.«

Recin ging ungern fort, doch er hatte noch nie etwas umgehen können, worauf seine Mutter bestand. »Na gut, gehen wir.«

Heasos nickte Janin noch einmal zu und ging dann durch den Vorhang. Recin wollte ihm nach, aber seine Mutter bewegte sich mit unglaublicher Schnelligkeit durch den Laden und packte ihn beim Arm. »Du gehst nicht nur dahin, um Lisolo und Tagard zu betrachten. Ich möchte, daß du Rael Gar im Auge behältst. Wenn er fortgeht, dann kommst du hierher. Schnellstens. Er wird bis nach der Zeremonie warten, aber es drängt ihn, uns aus dem Weg zu räumen.«

»Gut«, sagte Recin zustimmend. Wieder wollte er gehen, aber Janins Griff hielt ihn fest.

»Und paß auf deine Freundin Tallibeth auf«, meinte sie. »Wenn Rael Gar etwas vorhat, von dem sie weiß, dann ist auch sie in Gefahr.«

»Aber woher sollte er das wissen? Talli wird ihm nicht verraten, daß sie ihn verdächtigt.«

»Rael wird es wissen«, sagte Janin. »Er weiß es immer.«

Sie ließ ihren Sohn los, und er eilte hinaus auf die Straße.

Talli starrte sich im polierten Stahlschild an und runzelte die Stirn. Sie hatte die Bitte ihres Vaters, die in Berimish übliche Kleidung zu tragen, vergessen; wie sie auch vergessen hatte, sich bei Recin zu erkundigen, wo sie jene Kleidung kaufen konnte. Ihr Vater aber hatte es nicht vergessen.

Nun mußte sie das tragen, was die Diener der Prunkhalle in einem staubigen Lagerraum ausgegraben hatten. Es handelte sich um ein hellgrünes Gewand, das fast bis auf Tallis Knöchel reichte. Es störte sie nicht, daß die Beine bedeckt waren – nachdem sie gestern das kurze Kleid getragen hatte, war sie sogar erfreut darüber – aber die Körperteile, die *nicht* bedeckt waren, bereiteten ihr Kopfzerbrechen.

»Warum versucht man in dieser Stadt, die Menschen halbnackt herumlaufen zu lassen?« murrte sie und bemühte sich, das Gewand ein wenig über die Schultern zu ziehen.

»Es ist die Hitze«, erklärte der Viashino, der das Kleid gebracht hatte. »Für Menschen ist es sonst zu heiß hier.«

»Das behaupten alle«, erwiderte Talli. Wieder zerrte sie an dem Kleidungsstück. »Ich würde lieber schwitzen.«

Der Viashino lachte zischend und stach mit einer Nadel in die lockeren Falten. »Wir müssen ein paar Änderungen vornehmen, damit es richtig paßt.«

Talli stöhnte, nickte aber zustimmend. Der Viashino schritt um sie herum und veränderte hier und da Kleinigkeiten am Gewand. Sie bezweifelte, daß irgendeine Änderung ein wenig mehr der entblößten Haut bedecken würde.

Der Viashino war schon älter, und Kopf und Hals waren von dem feinen Netzwerk gelb-grüner Linien durchzogen, die ihn als weibliches Wesen kennzeichneten. Talli war nicht sicher, ob sie das tröstete. Noch nie war sie so lange mit einem Viashino allein gewesen. Trotz allem, was sie in der Stadt gesehen hatte, und trotz den Erfahrungen mit den Dienern in der vergangenen Nacht fühlte sie sich unsicher.

Es klopfte. Bevor sie noch antworten konnte, öffnete sich die Tür, und Tagard trat ein.

»Es ist Zeit«, erklärte er. »Wir müssen gehen.«

Talli blickte noch einmal unwillig auf ihr Spiegelbild. »Na gut«, seufzte sie, »aber ich fühle mich unmöglich.«

Ihr Vater lächelte. »Du siehst gut aus. Ich bin sicher, daß die Einheimischen deine Anstrengungen begrüßen werden.«

»Das hoffe ich«, murrte Talli und zog noch einmal am Oberteil des Kleides. Dann folgte sie Tagard aus dem Zimmer und achtete sorgfältig darauf, nicht auf den Saum des langes Gewandes zu treten.

Tagard trug dieselbe glänzende Rüstung, die er auch an dem Tag getragen hatte, als sie zum Institut emporgeklettert waren, um Aligarius zu treffen. Talli fiel ein, wie mißbilligend sie sich geäußert hatte, als die Rüstung angefertigt wurde. Gegenüber den eisernen Waffen wirkten die Messingplatten wie Papier, und die zeremonielle Rüstung war viel zu dünn, um den schwächsten Hieb abzufangen. Tagard hatte behauptet, diese Rüstung sei ein reines Schaustück, nicht für den Kampf gedacht. Während einer Schlacht trug er den gleichen, gepolsterten Stahlhelm und den Panzer aus Stahlplättchen wie alle anderen Menschen seiner Armee. Wenn aber Wortgefechte anstanden, zählte auch das äußere Erscheinungsbild. Talli mußte zugeben, daß ihn der glänzende Brustpanzer aus Messing, zusammen mit dem schwarzen Gewand, ausgezeichnet kleidete.

Rael Gar und Karelon warteten gemeinsam in der Halle. Talli starrte dem Garan in das unbewegte Gesicht und erwartete, daß er eine Bemerkung über die Ereignisse in Recins Haus fallen lassen würde, aber Rael Gar ließ sich nicht einmal anmerken, daß er sich daran erinnerte.

Karelons Gesicht war nicht annähernd so ausdruckslos. Beim Anblicks des Königs und seiner Tochter hob die dunkelhaarige Frau überrascht die Augenbrauen. »Wo hast du diese Kleidung her?« fragte sie Talli.

Das Mädchen strich über das Kleid. »Die Diener haben es irgendwo aufgetrieben.«

»Ich fand, es wäre angebracht, wenn sie sich gemäß der Sitte von Berimish kleiden würde«, erklärte Tagard. »Wenn dies unsere Heimat wird, sollten wir den Gepflogenheiten offen gegenüberstehen.«

»Ja«, meinte Karelon. »Sicher.« Trotz ihrer Worte gab ihr Gesichtsausdruck klar zu verstehen, daß sie nicht mit ihm übereinstimmte. Talli wünschte verzweifelt, sie hätte etwas – irgend etwas – um das freizügige Kleid zu bedecken.

»Ist alles bereit?« erkundigte sich der König.

»Ich habe ein Podest für die Zeremonie errichten lassen«, sagte Karelon. »Ich mußte es am Ende der Ostrampe aufstellen lassen, damit die Zuschauer alles sehen können.«

Ein Raunen lief durch die Wachen am anderen Ende der Halle. Talli drehte sich um und sah, wie Menschen und Garan beiseite traten, um den herannahenden Lisolo durchzulassen. Anders als Menschen, wuchsen Viashino ihr Leben lang, und Lisolo war ein sehr alter Viashino. Seine rot gefleckte Kehle mit der Halskrause aus übergroßen Schuppen ragte hoch über die Köpfe der Menschen hinaus, und der längliche Kopf berührte fast schon die Decke. Keiner der Viashino, denen Talli auf der Straße begegnet war, war auch nur annähernd so groß wie der Bey gewesen. Hinter ihm gingen drei kleinere Viashino, die aussahen wie junge Wasserschnäbel, die ihrer Mutter nachliefen. Der Viashino-Führer hielt vor Tagard und neigte den Kopf. Talli wußte, daß dies bei den Viashino als Ausdruck von Ärger galt, aber Lisolo führte die Geste so langsam und formvollendet aus wie ein Mensch, der sich graziös verbeugt. Dann hob er den Kopf und bildete mit dem Hals eine zierliche S-Kurve.

»König Tagard«, sprach der Viashino mit einer Stimme, so dunkel und tief wie das Wasser, das durch eine finstere Höhle fließt. Die kleineren Viashino hatten sich um ihren Anführer geschart.

»Lisolo«, erwiderte Tagard schlicht. »Seid Ihr bereit, Euren Platz im Rat einzunehmen?«

Lisolo nickte. »Das bin ich.« Er wandte den Kopf zur Seite und Talli fröstelte, als seine goldfarbenen Augen einen Augenblick lang auf ihr ruhten. »Wie wir vereinbart haben.«

»Gut«, nickte Tagard. »Dann ist es Zeit, hinauszugehen und den Bürgern der Stadt zu zeigen, daß wir Verbündete sind.«

Talli atmete erleichtert auf, als sich Lisolos Aufmerksamkeit wieder dem König zuwandte. Hinter seinem von einem Gewand bedeckten Rücken erblickte sie die Köpfe von Karelon und Rael Gar, die nebeneinander auf der gegenüberliegenden Seite der Halle standen und den Viashino anstarrten. Karelons Gesicht war von Abscheu verzerrt. Tagards Bemühungen, ihren Haß auf die Viashino und besonders auf Lisolo zu verringern, hatten nicht gefruchtet.

»Es ist beinahe Mittag«, stellte Tagard fest. »Fehlt nur noch Aligarius, dann können wir beginnen.«

»In den letzten Tagen war der Zauberer sehr unzuverlässig«, erklärte Rael Gar. »Ich habe bereits einen Soldaten ausgesandt, um ihn holen zu lassen.«

Kurz darauf taumelte Aligarius heran, auf jeder Seite von einem Soldaten gestützt. Er sah noch schlechter aus, als bei der letzten Begegnung. Tiefe Falten zogen sich über seine bleiche Stirn, die Augen wirkten ausgetrocknet und lagen tief in den Höhlen. Schließlich stand er vor ihnen und starrte stumpf in die Luft, als sähe er die Anwesenden nicht.

Talli streckte die Hand aus und berührte den alten Mann sanft am Arm. »Geht es Euch gut?« fragte sie.

Aligarius wandte sich ihr zu und blinzelte. »Ja. Eigentlich schon. Es geht mir wirklich sehr gut.« Er lächelte ein wenig, und Talli erwiderte sein Lächeln. Aber sie sorgte sich um den Alten. Der Zauberer war ein wichtiger Teil von Tagards Macht. Wenn Aligarius krank war, würde das jene ermutigen, die den neuen König aus Berimish vertreiben wollten.

»Laßt uns gehen«, verkündete Tagard. »Die Leute warten schon seit über einer Stunde. Die Sonne ist so heiß, daß die Hälfte der Zuschauer ohnmächtig werden wird, wenn wir noch lange zögern.«

»Einen Augenblick«, sagte Aligarius. »Ich habe etwas für Euch.« Der Magier wühlte in den Falten seines Gewandes und zog einen kleinen Anhänger an einer Kordel hervor. Er streckte ihn Tagard entgegen, zog die Hand aber gleich wieder zurück.

Tagard blickte Aligarius verwundert an. »Möchtet Ihr, daß ich es trage?« fragte er.

»Ja«, nickte der Zauberer. »Ihr solltet es tragen.« Wieder streckte er die Hand aus. »Es wird hilfreich sein.«

Der König nahm den Talisman entgegen und zog sich die Kordel über den Kopf. »Ich danke Euch.« Auf dem Brustpanzer von Tagards Rüstung hing nun ein winziger Anhänger, der aus einer roten Feder und einem schwarz geäderten Kupferstückchen bestand.

Der König wandte sich den Soldaten zu, die an der Rampe warteten. »In Ordnung«, rief er, »wir gehen!«

Tagard gab den Männern draußen ein Signal, und Talli hörte den Klang von hundert Aldehörnern, deren hallende Töne die warme Luft durchdrangen. Als die ersten Laute verklangen, fingen hundert andere Männer an, mit polierten Stäben aus dunklem, schwerem Holz einen gleichmäßigen Rhythmus zu schlagen. Das Geräusch brachte Talli einen Hauch von Wehmut, erinnerte sie an die ersten Kriegstage, an die Steinmauern von Farson, und an ihre Mutter, die an Tagards Seite stand.

Der König warf ihr einen Blick zu und lächelte.

»Du wirst vorausgehen«, sagte er.

Talli nickte. Während sie die Halle durchquerte, merkte sie plötzlich, daß sie aufgeregter war, als sie geahnt hatte. Der draußen wartenden Volksmenge gegenüberzutreten schien ein ebenso schlechtes Vorhaben zu sein, wie das Erklettern des Turmes, um zum Institut der Arkanen Studien zu gelangen. Das Sonnenlicht war so hell, daß sie das Ende der Rampe kaum ausmachen konnte. Als sie endlich nach draußen trat, erscholl so lautes Jubelgeschrei, daß sie einen Augenblick lang völlig verwirrt war. Sie hob die Hände, um die Augen abzuschirmen und blickte auf die versammelten Bewohner von Berimish.

In unmittelbarer Nähe der Prunkhalle standen zumeist die Menschen, die unter Tagards Flagge marschiert waren. Doch auch einige Viashino-Gruppen standen in den ersten Reihen. Sie trugen dunkle Kleidungsstücke, die sich von denen der meisten Viashino unterschieden. Sofort vermutete sie, daß es sich um eine Uniform handeln mußte. Hinter jenen Reihen drängten sich Tausende von Viashino und Menschen – so viele, daß Talli annahm, alle anderen Stadtteile von Berimish würden verlassen daliegen. Um Plätze zu finden, von denen man einem guten Überblick hatte, waren die Leute überall auf die umliegenden Hausdächer geklettert und standen sogar im Wasser des Schwimmbeckens.

Am Ende der Rampe befand sich das hastig zusammengezimmerte Podest, auf dem zahlreiche Stühle und ein Handlauf für Lisolo aufgestellt waren. Der Jubel ließ nach, als Talli auf einem der Stühle Platz nahm, erscholl dann aber aufs neue.

Talli blickte über die Schulter und sah Rael Gar ins Sonnenlicht treten. Der Garan eilte die Rampe hinab und blickte nicht nach rechts oder links. Er hatte darauf bestanden, daß alle Garan außerhalb der Stadt stationiert wurden, daher waren seine Leute nicht anwesend, um ihm zuzujubeln. Allerdings war Talli auch nicht sicher, ob die Selbstbeherrschung der Garan das zugelassen hätte.

Die menschlichen Soldaten begrüßten ihn lautstark genug, um die Abwesenheit der Garan zu übertönen. Rael Gar erreichte das Podest und nahm Platz.

Kurz darauf galt das erneute Jubeln Karelon, die aus dem Palast trat. Talli trug das leichte Kleid, Tagard die Prunkrüstung, aber Karelon trug die schwere Schlachtrüstung und wollenen Gewänder ihrer Heimat. Ein alter, abgetragener Umhang wehte im warmen Wind von ihren Schultern. Sie hob eine Hand in einem schwarzen Lederhandschuh den Truppen entgegen und führte das Zeichen zum Angriff aus. Ihr Anblick löste stürmisches Geschrei aus. Soldaten, die Dutzende von Schlachten an ihrer Seite gefochten hatten, brüllten vor Freude und schwangen die Schwerter über den Köpfen.

Als nächster erschien Aligarius. Er ging mit schnellen Schritten die Rampe hinunter und wurde von Rufen begrüßt, die weniger freudig als die vorhergegangenen klangen. Die Viashino stießen leise Pfeifgeräusche aus. Niemand mußte Talli erklären, daß es sich keineswegs um Laute des Beifalls handelte.

Sobald Aligarius auf seinen Stuhl gesunken war, veränderte sich der Lärm. Diesmal verharrten die Soldaten fast schweigend, aber die Menge brach in durchdringendes Rufen aus. Lisolo war aus der Halle getreten. Langsam ging der große Viashino die Rampe hinab, gab kleine Zeichen mit Kopf und Hals, die der Viashino-Menge etwas bedeuten mochten, Talli aber unverständlich blieben. Die klauenbewehrten Hände hielten ein Bündel, um das ein blaues Tuch geschlungen war. Die Planken des Podestes knarrten unter seinen Tritten, als er sich zu dem Handlauf begab und schwer dagegen lehnte.

Langsam verhallte der Jubel, und alle Augen richteten sich auf das obere Ende der Rampe. Im Gegensatz zu den anderen erschien Tagard nicht sofort, nachdem Lisolo seinen Platz eingenommen hatte. Die Soldaten traten unruhig von einem Bein aufs andere, und die Viashino flüsterten miteinander, während alle gespannt auf den neuen König warteten.

Talli lächelte vor sich hin. Es sah ihrem Vater ähnlich, die trockene Zeremonie dieses heißen Tages ein wenig aufregender zu gestalten.

Plötzlich trat Tagard aus dem Schatten der Prunkhalle in das gleißende Sonnenlicht. Die Strahlen der Sonne blitzten auf der polierten Rüstung und fingen sich in seinem goldenen Haar. Talli und ihre Gefährten erhoben sich von den Stühlen. Die Soldaten erhoben ihre Stimmen, dann die Viashino, und schließlich auch alle Zuschauer. Talli brüllte, so laut sie konnte, aber ihre Rufe ertranken in dem ohrenbetäubenden Tumult.

Tagard rannte beinahe die Rampe entlang und sprang in die Mitte des Podestes. Als er die Arme über Kopf hob und der Menge zulächelte, nahm das Jubelgeschrei noch zu, bis Talli sich fragte, ob die

Stadtmauern vielleicht einstürzen würden. Endlich verstummte der Lärm, und Tagard ging zu Lisolo und legte ihm die Hand auf die schuppige Schulter – worauf das Toben aufs neue einsetzte.

Schließlich ertönten nur noch vereinzelte Rufe, und Tagard trat an den Rand des Podestes. »Bewohner von Tamingazin«, rief er. »Ihr alle wißt, wer wir sind, und ich möchte euch nicht in der Hitze herumstehen lassen, um euch zu erzählen, warum wir hier sind.«

Allein diese Bemerkung reichte aus, um neuen Jubel auszulösen, insbesondere von den Menschen, denen die Hitze mehr ausmachte als den Viashino. Talli warf einen Blick auf Karelon und sah, daß der Frau der Schweiß in Strömen über das Gesicht lief und die dunkle Wollkleidung tränkte. Talli grinste ein wenig. Karelon hatte geschickt ihre Verbundenheit mit den Truppen gezeigt, aber in der schweren Rüstung mußte es bei dieser Hitze wie in einem Backofen sein.

Tagard wartete, bis sich die Menge beruhigt hatte, bevor er weitersprach. »Heute sind wir hier, um zu zeigen, daß wir gehalten haben, was wir versprachen. Tamingazin ist die Heimat der Menschen, der Garan-Elfen und der Viashino. Und ebenso verhält es sich mit dem Rat.« Er trat noch einen Schritt vor, und das Lächeln verschwand. »Aber eine Person wird dem Rat vorstehen. Nur einer wird eurer Bey und König sein.«

Wieder hielt er inne und stand solange mit geschlossenen Augen da, daß Talli befürchtete, irgend etwas wäre nicht in Ordnung. Endlich aber öffnete er die Augen und hob den Kopf. Auf seinem Gesicht lag ein Ausdruck grimmiger Entschlossenheit.

»Ich bin nicht hier, um mich selbst zum König von Tamingazin auszurufen«, erklärte er.

Fragen und Ausrufe erschollen aus der Menge. Karelon zuckte so heftig zusammen, daß sie um ein

Haar vom Stuhl gefallen wäre. Talli fühlte ihr Herz in der Brust flattern. Nach allem, was sie durchgestanden hatten, würde Tagard doch wohl nicht alles fortgeben wollen?

»Ich werde mich nicht selbst zum König ausrufen«, wiederholte Tagard. »Wenn ich der König sein soll, müßt *ihr* mich dazu ernennen.«

Er drehte sich zu Lisolo und nickte. Der Viashino entfaltete das blaue Tuch und enthüllte die Kette, die jeder Herrscher von Berimish getragen hatte, seitdem es die Stadt gab. Talli erblickte den Schmuck zum ersten Mal bei Tageslicht und war von den winzigen Bildern, die in die dunklen Steine und das Band aus poliertem Metall geschnitten waren, gebannt. Die Figuren, die denen im Tempel ähnelten, waren nicht leicht zu erkennen, aber sie strahlten eine Macht und Eindringlichkeit aus, die besagte, daß dieser Gegenstand mehr als nur eine Kette aus Stein und Metall war.

Tagard nahm Lisolo die Kette aus den Händen und hielt sie hoch, damit jeder sie sehen konnte. »Euer ganzes Leben lang habt ihr mit Königen und Bey gelebt, die von anderen gewählt wurden. Jetzt werdet ihr selbst wählen!« Er hielt die Kette noch höher. »Wer wird euer König sein?« brüllte er.

Einen Augenblick lang herrschte beunruhigende Stille, dann rief eine Gruppe Soldaten, die in der ersten Reihe standen: »Tagard!« Der Name wurde aufgegriffen und wiederholt, bis Hunderte von Kehlen ihn wieder und wieder riefen. Und es waren nicht nur Menschen. Auch Viashino stimmten ein. Bald herrschte ein solcher Lärm, daß der vorhergegangene Jubel nicht mehr gewesen war, als ein Flüstern in der Nacht.

Wortlos gab Tagard die Kette an Lisolo zurück. Der Viashino-Herrscher hob den dunklen Schmuck und legte ihn Tagard um den Hals. Der Kreis, der eigentlich für den dicken Hals eines erwachsenen Viashino gedacht war, war für einen Menschen viel zu groß. Aber dennoch wirkte die Kette, als sie auf den Schulterstücken der glänzenden Rüstung ruhte, sehr eindrucksvoll.

»Menschen und Garan!« brüllte der Viashino mit seiner tiefen Stimme. »Hier ist euer König! Viashino! Hier ist euer Bey!«

Während des folgenden Tumultes bemerkte Talli, daß ihr Tränen über die Wangen liefen. Es erschien unglaublich, daß nur wenige Stunden zuvor Rebellion und Streit in Berimish geherrscht hatten. Ihr Vater hatte recht behalten: Menschen, Viashino und Garan – alle gehörten zusammen. Sie wurde von einem so starken Gefühl überwältigt, daß sich ihr Blick kurz trübte.

Sie blickte von ihrem Vater auf die jubelnde Menge, dann wieder zu ihrem Vater. Was sie dort sah, erschien so seltsam, daß ihr Verstand sich zuerst weigerte, es zu begreifen. Eiserne Spitzen ragten aus dem Rücken von Tagards glänzender Rüstung. Talli runzelte die Stirn. Sie konnte sich nicht erinnern, daß die Zeremonienrüstung derartige Verzierungen aufwies, und es sah auch nicht aus wie etwas, das zur Kette des Bey gehörte.

Dann erschien eine weitere Spitze neben den anderen, und Talli erkannte, um was es sich handelte. Armbrustbolzen.

Sie sprang vom Stuhl auf und erreichte den König gerade rechtzeitig, bevor er von dem Podest fiel. Die blauen Augen waren geschlossen, das Gesicht schmerzverzerrt.

Talli zog ihren Vater zurück und sank auf dem rauhen Holzboden in die Knie. Einer der Bolzen war in Tagards Rücken eingedrungen und hatte sich mit der Spitze durch den Brustpanzer gebohrt – genau an der Stelle, an der Aligarius' Talisman ruhte. Neben den

Schäften strömte Blut hervor, das in der tropischen Sonne unwahrscheinlich rot und hell leuchtete.

Talli nahm kaum wahr, was um sie herum vorging. Wie aus weiter Entfernung hörte sie, wie das Freudengeschrei der Menge sich in Entsetzens- und Wutschreie wandelte. Soldaten kletterten auf das Podest, und mit ihrer Hilfe trug Talli den König die Rampe hinauf, in die Prunkhalle. Das Mädchen bemühte sich, die Hände um die Bolzen herum zu legen, während sie gingen, aber Tagards Blut strömte in heftigen Stößen hervor, ergoß sich über Tallis Finger und tropfte auf den weißen Steinboden der Rampe.

»Der Medicus!« schrie sie den Soldaten zu. »Holt den Medicus! Und sucht Aligarius! Vielleicht hat er einen Zauber, der uns helfen kann!« Einer der Männer rannte los, um ihre Befehle auszuführen.

Sie versuchten gar nicht erst, die Gemächer des Königs zu erreichen, sondern legten Tagard auf den Hallenboden, außer Reichweite der Sonnenstrahlen. Talli schob den blutgetränkten Talisman zur Seite, legte die Finger um die Eisenschäfte der Bolzen und zog sie heraus. Der erste war leicht zu entfernen und brachte einen Strom dunklen Blutes hervor, der das Innere der Rüstung füllte und Tagard über den Hals und die Arme lief. Der Bolzen, der die Brust des Königs durchbohrt hatte, war kaum von der Stelle zu bewegen, und letztlich mußte Talli ihn zurückschieben und rückwärts herausziehen.

Während ihrer Bemühungen standen die Soldaten herum, die gepolsterten Helme unter den Arm geklemmt. Sie traten unruhig von einem Bein aufs andere und sahen aus, als habe sie jemand vor den Schädel geschlagen.

»Helft mir, seine Rüstung abzulegen!« brüllte Talli die Männer an. »Wir müssen die Blutung aufhalten!«

Die Lederschnüre, die den Brust- und Rückenpanzer miteinander verbanden, waren schlüpfrig vor

Blut, und Tallis Finger fühlten sich taub und nutzlos an. Als die Verschnürung endlich gelöst war, quoll soviel Blut aus dem Inneren der Rüstung hervor, daß auch die Soldaten entsetzt aufschrien. Es floß über den Boden der Prunkhalle und benetzte die Füße der Umstehenden.

Der Mann, der hinausgelaufen war, um Tallis Anweisungen zu gehorchen, kehrte eiligst zurück. »Der Viashino-Medicus kommt«, keuchte er. »Aber ich finde niemanden, der weiß, wohin Aligarius gegangen ist.«

Tallis Hände schlossen sich über der Brustwunde ihres Vaters, um den Blutstrom aufzuhalten. Blut- und Luftblasen quollen zwischen ihren Fingern hervor. Das dünne Kleid war blutbesudelt. Sie fühlte die Feuchtigkeit durch den leichten Stoff hindurch. Auf ihren Armen war Blut. Auf ihren Beinen. In ihrem Haar. Auf dem Steinboden. Auf den dunklen Steinen der Kette.

Tagard öffnete die Augen. »Talli«, stöhnte er. Seine Stimme klang wie ein leises Pfeifen. Seine Finger streckten sich aus und griffen in das blonde Haar seiner Tochter. »Laß sie es nicht zerstören. Laß sie nicht alles rückgängig machen.«

»Seid still«, bat Talli. »Der Medicus kommt gleich.«

Der König schüttelte den Kopf. »Laß sie es nicht zerstören«, wiederholte er. »Alles andere ist nicht so wichtig.«

»Vater ...«

»Versprich es mir«, sagte Tagard.

Talli nickte, und ein Gemisch aus Tränen und dem Blute Tagards tropfte auf den Boden. »Wir führen aus, was du gewollt hast«, versprach sie. »Wir alle gemeinsam.«

Tagard nickte. Einen Augenblick lang sah es so aus, als wolle er sich aufsetzen. Dann stöhnte er, und sein Kopf fiel auf die Steine zurück.

Stunden schienen vergangen zu sein, bevor der Viashino-Medicus erschien, obwohl es sich nur um Minuten gehandelt hatte. Talli nahm die Hand von den Wunden ihres Vaters und trat zur Seite, als sich der Viashino bückte und die Verletzungen untersuchte.

»Schlimm«, meinte er. Er zischte durch die zusammengepreßten Zähne. »Sehr schlimm.«

»Rettet ihn.«

Der Medicus machte sich an die Arbeit. Zum ersten Mal richtete Talli den Blick auf die Rampe, wo sie noch vor kurzer Zeit gestanden hatte. Eine Spur getrockneten Blutes führte zum Podest hinunter. Der Platz, auf dem sich die Menge gedrängt hatte, lag verlassen da. Ein umgestürzter Karren war zu sehen, viele Papierschnipsel und Tuchfetzen waren auf dem Boden verstreut. Die Stühle auf dem Podest waren leer. Rael Gar und Karelon waren verschwunden. An der Tür stand eine Reihe Soldaten, die den Eingang zur Prunkhalle versperrten. Außer diesen Uniformierten war keine Seele zu sehen.

In der Stille der Halle fiel Talli allmählich auf, wie pfeifend der Atem ihres Vaters klang. Das Geräusch war beängstigend und unheimlich und schien von Sekunde zu Sekunde lauter zu werden. Der Medicus erhob sich und schüttelte den langen Hals.

»Der Bolzen ist durch die Lunge gegangen«, erklärte der Viashino. »Und der Beutel, der das Herz hält, ist zerschnitten.«

Talli glaubte, ihr eigenes Herz werde stillstehen. »Was bedeutet das?«

Der Medicus sah zu Boden. »Es bedeutet, daß er sterben wird«, sagte er leise. »Es tut mir leid.«

Talli wollte glauben, daß der Medicus unrecht hatte. Er war ein Viashino – vielleicht versuchte er gar nicht, ihnen zu helfen. Aber die Atemgeräusche ihres Vaters reichten aus, um die Worte der Kreatur zu bestätigen.

Tagards Atem setzte einen Moment lang aus, und Talli fiel auf die Knie. »Vater«, flüsterte sie.

Der König stöhnte und holte erneut pfeifend Luft. Die Lippen bewegten sich, aber die Augen blieben geschlossen. Das Pfeifen wurde schriller und schriller, bis Talli nichts mehr außer dem Sprudeln des Blutes hörte, das aus Tagards Brust strömte.

Und schließlich herrschte Stille.

Sie beugte sich über ihren Vater, ohne den scharlachroten Strom zu beachten und drückte das Gesicht auf seine kurzen, blonden Locken. Sie verharrte in dieser Stellung, bis laute Schritte den Gang entlang kamen.

»Ist er tot?« fragte eine Stimme.

»Ja«, antwortete eine andere, tiefere. Lisolos Stimme.

Talli sah auf und erblickte den großen Viashino, der wenige Schritte entfernt stand. Sie fragte sich, wie lange er wohl schon hier war. Neben ihm standen Karelon und eine Gruppe Soldaten.

»Wo warst du?« fragte Talli.

Karelon sah sie mit überraschend strengem Gesichtsausdruck an. »Ich habe mich um die Stadt gekümmert. Jemand mußte schließlich handeln, sonst wären Unruhen ausgebrochen.«

»Du hast recht.« Talli berührte die Wange ihres Vaters und erhob sich.

Der Viashino-Medicus trat vor und legte ein grobes Tuch über Tagards Körper. Schmerzlich durchzuckte Talli die Erinnerung an den Viashino, der erst gestern versucht hatte, den König zu töten. Das hatte ihr Furcht eingejagt, jetzt aber lag tatsächlich ihr Vater auf den kalten, blutbesudelten Steinen.

Sie schob sich das wirre Haar aus dem Gesicht und bemühte sich, so würdevoll, wie es die blutbefleckte Kleidung zuließ, auszusehen. In der kühlen Halle fühlte sich das Kleid kalt und klebrig an. »Ich bin sicher, mein Vater hätte genau das gewollt.«

»Ja«, stimmte die dunkelhaarige Frau zu. »Da bin ich sicher.«

Talli holte tief Luft. »Wir müssen eine Ratssitzung einberufen. Wir müssen entscheiden, was zu tun ist.«

»Vielleicht sollten wir damit beginnen, herauszufinden, wer dies getan hat«, schlug Karelon vor.

»Ja«, nickte Talli. »Daran hätte ich denken sollen.«

Karelon lächelte, aber niemand hätte das Lächeln als gutes Zeichen deuten können. »Wir haben den Mörder bereits gefangen«, erklärte sie. Dann gab sie den Soldaten ein Zeichen, und man zerrte eine sich wehrende Gestalt durch die Halle. Ein Körper landete zu Tallis Füßen, die Hände glitten durch Tagards Blut.

»Ich glaube, du kennst ihn schon«, sagte Karelon.

Talli blickte nach unten ... in Recins Gesicht.

Während ich diese Zeilen schreibe, ist es Nacht – eine dunkle Winternacht, in der nicht einmal der kleine Mond die Finsternis erhellt – und meine Gedanken sind so schwarz wie der Himmel.

Weniger als ein Jahr ist vergangen, seitdem Deine Mutter von uns ging. Der bittere Kampf um Vindicant hat mir wenig Zeit zum Nachdenken gelassen, und tagsüber beschäftigen mich die Sorgen unseres eigenen Dorfes so sehr, daß ich keine Zeit zum Trauern habe. In den Nächten, und besonders in kalten Nächten wie dieser, vermisse ich die Wärme ihres Körpers neben dem meinen und den Trost ihrer Stimme an meinem Ohr. In diesen Stunden nähern sich die Gedanken an Tod und Verderben. Ich hoffe, daß Du, ob deiner Jugend, nicht von diesen Schreckensbildern heimgesucht wirst.

Eigentlich hätte ich diesen Brief an dem Tage schreiben sollen, an dem Deine Mutter starb. Wenn unserer Familie im vergangenen Jahr noch mehr Unglück widerfahren wäre, hätte ich Dich ohne die Bestätigung Deines Erbes zurückgelassen.

Noch bist Du ein Kind, aber ohne jeden Zweifel bist Du mein ganzer Stolz. Bei meinem Tode gehört Dir unser ganzes Land, unsere Tiere und unser Haus, sowie auch mein Platz am Ratstisch des Dorfes. Ich kann Dir die Herrschaft über das Dorf nicht vererben – diese Stellung mußt Du Dir selbst verdienen. Aber wenn Du sie willst, denke ich, daß Du sie auch bekommst. Du hast die Willenskraft Deiner Mutter. Dein Erbe wird so groß sein wie Dein Ehrgeiz.

Ich übergebe Dir meinen Körper, denn ich weiß, daß Du dafür sorgen wirst, daß meine Anweisungen ausgeführt werden. Die meisten Dorfbewohner lassen sich verbrennen, aber weder Deine Mutter noch ich halten das für richtig. Zerreiß meinen Körper, wie es der Tradition entspricht, damit nach meinem Tod kein Geist in mich fahren kann. Mach tiefe Schnitte und brich mir die Beine.

Wenn ich in der Nähe von Farson sterbe, leg mich den Berglöwen vor. Wenn es ein anderer Ort ist, wirf meinen Körper auf ein Feld oder in einen Wald. Solltest Du später Knochen finden, sorge dafür, daß sie zerschmettert und verstreut werden.

Es fällt mir nicht leicht, über meinen Tod zu schreiben. Gern würde ich sagen, ich hoffe, daß Du diese Wünsche nie ausführen mußt, aber ich glaube kaum, daß ich die andere Möglichkeit ertragen könnte. Es ist nur recht, daß die Eltern vor dem Kind gehen. Obwohl Deine Mutter tot ist, leben wir in Dir fort. Solltest Du sterben, bevor mein Ende naht, wäre das mehr, als ich ertragen kann.

Einer der Späher an der Westmauer ruft meinen Namen. Ich muß mich beeilen. Nun, da ich mich dieser Aufgabe zum ersten Mal gestellt habe, wird sie mir in Zukunft sicher leichter fallen. Beim nächsten Mal werde ich Dir von meinen Hoffnungen für Deine Zukunft erzählen.

– *Brief von Tagard Tarngold an seine Tochter Tallibeth. Sechs Jahre vor seinem Tode verfaßt. Es wurden keine anderen Briefe gefunden.*

Als Recin Heasos zur Zeremonie folgte, sah er bald, daß die Plätze, die dem Podest am nächsten lagen, bereits mit Leuten gefüllt waren, die sich viel früher hierherbegeben hatten. In weniger als einem Monat würden die Acht-Tage gefeiert werden, das größte Viashino-Fest des Jahres. Viele Zuschauer trugen bereits die leuchtend bunten Gewänder und glitzernden Schmuckstücke, die sonst nur für jenes Fest aufbewahrt wurden. Man konnte im Umkreis von hundert Schritt nicht einmal einen Fußbreit freien Boden entdecken.

»Ich sehe ein paar Stadtwachen nahe der Rampe stehen«, verkündete Heasos. »Ich denke, ich sollte mich ihnen anschließen.«

Recin nickte. »Sieht so aus, als müsse ich von hier hinten zusehen.«

»Du kannst doch nicht über die großen Leute hier sehen, kleiner Garan.« Heasos deutete auf ein Gebäude zur Linken. »Vielleicht solltest du denen folgen.«

Recin schaute in die Richtung, in die Heasos' Klaue wies und erblickte mehrere Viashino, die an einem Seil zum Dach hinauf kletterten. »Das scheint eine gute Idee zu sein«, stimmte er zu. »Sehen wir uns nach der Zeremonie?«

»Natürlich«, sagte sein Freund. »Aber nur, wenn das heißen soll, daß wir zum Laden deiner Mutter gehen und etwas essen.«

Mit einem flüchtigen Gruß trennten sich die Freunde. Schnell lief Recin zum Seil und wartete, bis er an der Reihe war, nach oben zu klettern. Viele Leuten hatten den gleichen Gedanken gehabt, um dem überfüllten Platz zu entkommen. Hunderte von Viashino und eine Handvoll Menschen säumten die umliegenden Dächer, starrten auf die versammelte Menge und unterhielten sich über die bevorstehende Zeremonie.

»Gehörst du zu denen?« fragte ein junger Viashino, kurz nachdem Recin das Dach betreten hatte.

»Nein. Ich habe mein Leben lang in Berimish gewohnt.«

»Oh«, seufzte der Viashino enttäuscht.

Recin schritt am Rand des Daches entlang und sprang über den schmalen Spalt, der das Haus vom Nachbargebäude trennte. Es handelte sich um ein dreistöckiges Haus, und im zweiten Stock befand sich ein schmaler Vorsprung, auf dem man stehen konnte. Hier herrschte kein solches Gedränge wie an anderen Stellen, und nachdem Recin um ein paar Viashino herum gegangen war, fand er einen Platz, an dem er sich setzen konnte.

Es war unbeschreiblich, wie sehr sich die Stimmung in Berimish während der letzten Stunden gewandelt hatte. Nachts schien es, daß Rebellion und Aufstände greifbar nahe lagen. Jetzt herrschte Feierstimmung. Unten auf der Straße schob ein Mensch einen mit Früchten und Salzgebäck beladenen Handkarren vor sich her. Er machte ausgezeichnete Geschäfte, und Recin bedauerte, daß er nicht auch daran gedacht hatte. Das nächste Mal, wenn Tagard eine Volksmenge versammelte, würde er vorbereitet sein.

Dann fiel Recin ein, daß es kein nächstes Mal geben würde, wenigstens nicht für ihn und seine Familie. Rael Gar würde kommen und sie vor ein Gericht schleppen, und wenn sie das überleben würden, mußten sie Berimish verlassen. Das Lächeln verließ sein Gesicht. Dieser Tag mochte für die Stadt die Feier eines Neuanfangs bedeuten, aber für ihn war es der Anfang vom Ende.

Wieder blickte er nach unten. Es war einfach, die menschlichen Soldaten in ihren dunklen, schweren Kleidungsstücken zu erkennen. Inmitten der buntgekleideten Viashino wirkten die Menschen wie Steine, die in einem Blumenbeet verstreut wurden. Soweit Recin sehen konnte, befand sich Rael Gar nicht unter ihnen. Angst durchzuckte ihn. Vielleicht war Rael Gar bereits in der Bäckerei, um Recins Mutter und Tante Getin zu holen. Aber nein, der Gar mußte während der Zeremonie anwesend sein. Recin konnte seine Sorgen auf später verschieben.

»Recin!«

Er drehte sich um und erblickte einen dicken Viashino, angetan mit grellgelber Robe, der sich den Vorsprung entlang tastete. »Isalus«, begrüßte er ihn, als er das Muster dunkler Flecken an der Schnauze erkannte. »Wer paßt auf deinen Stand auf?«

Der gefleckte Viashino warf ihm ein breites Lächeln zu. »Ist nicht nötig. Alle sind hier. Es ist keiner übrig, der vom armen Isalus gefüllte Brötchen kaufen möchte.«

Er drehte sich ein wenig und hockte sich dann hin; ein Bein hing in der Luft, und der Schwanz stützte sich auf den Mauervorsprung.

Der Händler gehörte nicht zu Recins Freunden. Isalus schien der geschwätzigste Viashino der ganzen Stadt zu sein. Das Überbringen einer Lieferung konnte zu einem langen, langweiligen Erlebnis werden, weil der Händler jedes einzelne Stückchen Tratsch, das seine langen Ohren vernahmen, weitererzählte. Recin achtete sorgfältig darauf, Isalus immer als letzten zu beliefern, damit er nicht zu spät zu den anderen Kunden kam.

»Kein besonders leicht zu erreichender Ausguck«, bemerkte der Händler. Er streckte den Hals vor und blickte nach unten. »Ich mag keine hochgelegenen Plätze.«

»Warum bist du dann hier?«

»Weil ich zu klein bin. Genau wie du.«

Ein Stück Mauerwerk fiel auf den Vorsprung, zwischen Recin und den Viashino. Staub und kleine Steinchen bedeckten Recins Beine. Der Junge lehnte sich gegen die Wand und verdrehte den Hals, um nach oben zu schauen. Einen Augenblick lang erspähte er eine dunkle Gestalt, die sich gegen den hellen Himmel abhob. Dann zog sich die Person ein Stück zurück und verschwand.

»Sieht aus, als sei da oben ein Mensch«, stellte Recin leise fest. »Oder vielleicht ein Garan.«

»Wer auch immer das ist«, murrte Isalus, »ich wünschte, er würde besser aufpassen. Es ist schon schlimm genug, in der Luft zu hängen, ohne daß auch noch irgendwer Steine auf mich wirft.«

Recin starrte noch immer zu der Stelle hinauf, an der die Gestalt gestanden hatte. »Was ist denn im dritten Stock?« fragte er. »Vielleicht gibt es dort oben einen besseren Sitzplatz?«

Isalus stieß das eigentümlich Viashino-Lachen aus. »Das habe ich schon versucht. Aber dieses Haus gehört einem wichtigen Menschen. Er möchte nicht, daß jemand da oben herumtrampelt.«

»Nun, jetzt ist aber jemand dort.«

Ein heulendes Geräusch scholl über den Platz. Recin blickte über die Köpfe der Zuschauer und sah, wie die menschlichen Soldaten in seltsame, hölzerne Instrumente bliesen. Andere schlugen lange Stäbe gegeneinander, deren lauter Klang sich mit den anderen Tönen vermischte.

»Ein gräßlicher Lärm«, fand Isalus. »Ich hätte nie gedacht, diese wilde Musik einmal in den Straßen von Berimish zu hören.«

Plötzlich brachen die Soldaten in Jubelrufe aus.

Eine schlanke, grün gekleidete Gestalt trat am oberen Ende der Rampe ins Sonnenlicht. Blonde Locken glänzten im Sonnenlicht. Talli.

Mit großer Neugierde streckte Isalus den Hals nach vorn. »Es ist das Menschenmädchen«, stellte er fest. »Auf dem Markt erzählt man, sie wäre sehr hübsch.«

»Das stimmt«, bemerkte Recin. Er hob die Hand vor die Augen, um gegen die Sonne sehen zu können und beobachtete, wie Talli die Rampe hinabschritt und auf dem Podest Platz nahm. Ihre bloßen Schultern und das offene Haar waren geradezu schmerzlich schön.

»Die Holzschnitzer fertigen bereits Statuen von ihr an«, teilte ihm Isalus mit. Er legte den Kopf auf die Seite und starrte Talli an. »Vielleicht werde ich eine kaufen.«

Recin fragte sich, wie Talli sich wohl verhalten würden, wenn sie hörte, daß die Viashino kleine Figuren von ihr verkauften. Wenn er davon ausging, wie sie über die Statuen in Heasos' Raum gedacht hatte, war anzunehmen, daß sie nicht besonders erfreut sein würde.

Bald nachdem Talli ihren Stuhl erreicht hatte, erschien Rael Gar auf der Rampe. Es war gut zu wissen, wo sich der Krieger befand, aber Recin überfiel eisige Kälte, als er zusah, wie der Garan-Führer, begleitet vom Jubel der Soldaten, auf seinen Platz schritt. Seine Familie würde um ihr Leben rennen müssen, während dem Mörder gehuldigt wurde. Es mußte einen Weg geben, alles in Ordnung zu bringen – wenngleich Recin keine Lösung einfiel.

Als nächstes trat eine Frau aus dem Palast, deren Rüstung ebenso dunkel war wie ihr Haar. Recin erkannte die Kriegerin, die in der Nacht der Eroberung gedroht hatte, einen Viashino zu töten. Die gleiche Frau hatte ihn einen Verräter genannt. Wenn er ihren

Namen vernommen haben sollte, so erinnerte er sich nicht daran.

»Von der machen sie keine Statuen«, erklärte Isalus.

»Warum nicht? Sie ist recht hübsch.«

»Aber nicht da, wo es zählt«, erwiderte der Händler. »Tagard hat ihr die Stadtwache übertragen, und es heißt, daß sie Viashino nicht leiden kann.«

Nach der dunklen Frau erschien der Zauberer, Aligarius. Recin schwieg, aber Isalus stimmte in das mißbilligende Pfeifen der Viashino ein. In Berimish wurde offen darüber geredet, daß die uneinnehmbare Stadt niemals gefallen wäre, wenn dieser bärtige, kleine Mann vom Institut nicht mit seiner Magie gekommen wäre.

Schnell wandelte sich das Pfeifen zu lautem Freudengeschrei, als Lisolo ins Sonnenlicht trat. Beim Anblick des alten Bey verengte sich Recins Kehle. Schon vor seiner Geburt war Lisolo der Herrscher der Stadt gewesen. Die riesige Gestalt und die bedächtigen Bewegungen des großen Viashino strahlten etwas Tröstliches aus.

Nachdem Lisolo das Podest erreicht hatte, entstand eine lange Pause, in der Recin spürte, wie die Spannung in der Menge wuchs. Dann verließ Tallis Vater die Prunkhalle, eilte die Rampe hinab, sprang auf das Podest und riß die Arme hoch, um die Huldigungen des Volkes entgegenzunehmen. Etwas umgab diesen Mann in der glänzenden, goldfarbenen Rüstung, etwas, das sowohl Menschen als auch Viashino beeindruckte. Nur selten schnitzten die Viashino-Künstler männliche Menschen, aber Recin vermutete, daß Tagards Statuen schon bald auf allen Märkten zu finden sein würden.

Als der König zu sprechen begann, fesselte seine Stimme die Aufmerksamkeit aller Anwesenden, und alle Augen waren auf ihn gerichtet. Als Lisolo die Königskette enthüllte, stöhnten alle Viashino auf. Dann legte der große, alte Viashino das Würdenzeichen um Tagards Hals, und die Menge wurde wie von einem Feuer ergriffen. Trotz all seiner Sorgen konnte Recin nicht umhin, in das dröhnende Jubelgeschrei einzustimmen.

Mitten im ohrenbetäubenden Lärm vernahm er das Geräusch.

Es war ein hoher, klarer Ton – fast wie ein Kreischen. Recin wandte den Blick vom Podest und verdrehte den Hals, um nach oben zu sehen. Diesmal konnte er deutlich die dunklen Ärmel des traditionellen Garan-Gewandes erkennen. Und er sah noch etwas: den blassen Umriß einer Viashino-Armbrust.

Wieder ertönte das Kreischen, als der Bolzen abgefeuert wurde.

Blitzschnell wandte sich Recin um und sah, wie Tagard stolperte. Talli sprang vor, um ihren Vater aufzufangen und vom Rand des Podestes zurückzuziehen. Er sah das hellrote Blut, das über das Kleid des Mädchens sprudelte.

»Nein!« brüllte er. Hastig sprang er auf. Ohne daran zu denken, welche Schmerzen er dem anderen zufügte, stellte er einen Stiefel genau auf Isalus Schnauze und den zweiten auf den breiten Nacken des Viashino. Von dort aus sprang er in die Höhe und schaffte es, sich mit den Fingern an die rauhe Mauerkante über seinem Kopf zu klammern. Er vernahm Isalus' Schreie und spürte, wie die Klauenhände nach seinen Beinen packten. Mit ein paar kräftigen Tritten befreite er sich vom Griff des Händlers und stemmte sich mit großer Anstrengung hoch, bis es ihm schließlich gelang, halb liegend auf dem Boden des dritten Stockwerks zu landen.

Er sah gerade noch rechtzeitig, wie eine dunkle Gestalt auf der gegenüberliegenden Seite des Gebäudes auf das Dach des nächsten Hauses sprang. Recin schwang die Beine über den Rand der Mauer. Als er auf den Füßen stand, verwandelte sich der Jubel der Menge in Schreckensgeschrei und Ausrufe der Verzweiflung. Mit drei schnellen Schritten hatte er das Dach überquert und flog mit einem Satz zum Dach des Nachbarhauses hinüber.

Die dunkel gekleidete Gestalt war bereits am anderen Ende des Gebäudes, und bevor Recin sich wieder aufgerichtet hatte, war der Fremde erneut gesprungen. Der Junge rannte los, hielt aber urplötzlich an. Der Zwischenraum zwischen diesen Dächern war nicht nur ein Spalt, der Platz für Kletterseile oder Stangen bot, sondern unten lag eine Straße, die mit Viashino verstopft war, die versuchten, den Platz zu verlassen.

Recin sah in die Tiefe, dann wieder nach vorn. Die Gestalt befand sich auf dem gegenüberliegenden Dach, sprang aber noch nicht herüber. Recin nahm Anlauf, biß die Zähne zusammen und sprang.

Sobald er sich in der Luft befand, erschien ihm die Entfernung doppelt so groß, und plötzlich war er ganz sicher, daß er es nicht schaffen würde, doch dann landete er auch schon auf der anderen Seite. Dabei fiel er auf die Knie und schürfte sich die Haut ab. Es dauerte eine Weile, bis ihm das Herz nicht länger gegen die Rippen schlug. Er holte tief Luft und richtete sich auf. In dem Moment traf ihn der schwere Griff der Armbrust am Kopf.

Er riß die Hände hoch, und der nächste Hieb wurde von Recins Arm abgefangen. Er rollte zur Seite und erhielt einen Schlag gegen die Hüfte. Recin stöhnte vor Schmerz. Einen Augenblick erschien der Anblick seiner Mutter, die eine Kampfstellung einnahm, vor seinen Augen. Recin hatte sich nie im Kampfsport geübt. Wenn sein schwarzgekleideter Gegner wirklich ein Garan-Krieger war, dann wäre es Selbstmord, ihn zum Kampf zu fordern. Aber herumzuliegen und Hieb für Hieb hinzunehmen, schien auch keine gute

Lösung zu sein. Noch einmal rollte er sich ein Stück beiseite, um ein wenig Abstand zwischen sich und seinen Angreifer zu legen.

Der Fremde setzte ihm nach und hob die Armbrust zum nächsten Schlag. Recin trat mit einem Bein nach der Gestalt. Schmerzliches Aufstöhnen drang an sein Ohr, als der Fuß gegen das Bein des Unbekannten traf. Dann sprang der Fremde vor, erhielt aber noch einen Tritt. Diesmal stolperte er und landete auf einem Knie.

Recin stand auf, bemüht, seinen Vorteil zu wahren. Als er auf den Fremden zutrat, sah dieser auf. Die schwarze Kapuze bedeckte den Kopf, aber die Augen glänzten im Sonnenlicht. Grüne Augen.

»Du bist kein Garan«, stellte der Junge fest. Er trat nach dem verborgenen Gesicht.

Der Dunkle packte seinen Fuß und zerrte ihn nach vorn. Recin verlor den Halt und fiel auf den Rücken. Der Schmerz trieb ihm die Luft aus den Lungen, und er lag keuchend auf dem heißen Steindach.

»Nein, ich bin kein Garan«, sagte der Mann in Schwarz. »Aber du bist auch keiner.«

Die Armbrust pfiff so schnell heran, daß Recin nicht ausweichen konnte. Sie krachte mit solcher Gewalt gegen seinen Schädel, daß er den Schmerz bis in die Fußspitzen fühlte. Roter Nebel tauchte vor seinen Augen auf; dicht gefolgt von Finsternis.

Stöhnend wachte er auf. Einen Moment lang glaubte er, er sei wieder auf der Krone der Stadtmauer, zusammen mit Heasos und den Wachen und alles, was seit dem Erscheinen des magischen Feuerballs geschehen war, sei Teil eines verworrenen Traums gewesen. Doch als er die Augen öffnete, stand die Sonne hoch am Himmel, und die Stadtmauer lag mehrere Häuserblocks entfernt.

Es dauerte etwas, bevor sein Kopf und der Magen sich soweit beruhigt hatten, daß er sich auf die Knie hocken konnte. Zu seiner großen Überraschung fand er die Armbrust neben sich auf dem Dach liegen. Noch immer benommen von dem Hieb, streckte er die Hand danach aus und hob die schwere Waffe auf.

»Leg die Armbrust weg.«

Recin schaute auf und sah einige Soldaten, die gerade dabei waren, das Dach zu erklimmen. »Wo ist er?« fragte Recin. Er blickte über die Nachbardächer, aber der Mann in Schwarz war verschwunden.

»Habt ihr ihn gesehen?«

Der erste Soldat, der das Dach betrat, zog sein Kurzschwert.

»Leg die Armbrust weg. Sofort.«

Die Waffe rutschte aus Recins Händen und fiel krachend auf das Dach. »Habt ihr ihn gesehen?« wiederholte er.

»Wen gesehen?« fragte der zweite Soldat.

»Da war ein Mann, wenigstens glaube ich, daß es ein Mann war«, erklärte Recin. »Er trug Garan-Kleidung.«

»Ich sehe einen Garan«, ertönte eine Stimme vom anderen Ende des Daches. Noch ein Kopf erschien am Rand des Gebäudes. Diesmal erkannte Recin die Frau, die er vorhin neben Talli und Tagard auf dem Podest gesehen hatte. Trotz ihrer Größe und dem Gewicht der Rüstung, die sie trug, kletterte die Frau mit größerer Leichtigkeit das Seil hinauf, als die Soldaten vor ihr. Sie sprang auf das Dach und kam schnellen Schrittes auf Recin zu, der schwankend abwartete.

»Da war ein Mann«, sagte der Garan noch einmal. »Er hatte diese Armbrust bei sich ...«

Die Faust der Frau traf Recins schmerzenden Kopf. Er taumelte zurück, sein Fuß trat ins Nichts. Die Hand der Bewaffneten schoß vor. Sie packte Recins Hemd, zog ihn vom Rand des Daches fort und warf ihn zu Boden. »Fesselt den Attentäter!« befahl sie den

Soldaten. »Wir bringen ihn zur Hinrichtung in die Prunkhalle.«

»Ich bin kein...«

Ein Tritt des schweren Stiefels landete auf Recins Rippen und ließ ihn verstummen.

»Schweig!« befahl die Frau. »Sonst könnten wir uns entschließen, deine Hinrichtung jetzt gleich durchzuführen.«

Recin fühlte sich viel zu schlecht, um zu widersprechen. Bei der Jagd auf den Unbekannten und dem anschließenden Kampf hatte er sich zahlreiche Verletzungen zugezogen, zu denen nun auch die Grobheiten der Frau kamen. Sein Körper schmerzte von Kopf bis Fuß. Die beiden Soldaten drehten ihn um und banden ihm die Hände mit Lederschnüren auf den Rücken. Dann ließen ihn die drei Menschen an einem Seil auf die Straße hinab, wo er von anderen Soldaten in Empfang genommen wurde. Sobald die dunkelhaarige Frau den Boden erreichte, wurde Recin zur Prunkhalle gezerrt.

Über Berimish lag eine unheimliche Stille. Soldaten hasteten vorbei, aber sonst waren die Straßen wie leergefegt. Dort, wo Holztüren angebracht waren, hatte man sie geschlossen; überall sonst waren Fenster und Eingänge mit Tüchern verhängt. Karren und Verkaufsstände standen verlassen an den Straßenecken, und auf dem Platz, auf dem die Zeremonie stattgefunden hatte, lagen an der Stelle des Podestes nur noch Holzstücke und Papierfetzen.

»Was ist hier geschehen?« fragte Recin.

Als Antwort stieß ihn einer der Soldaten mit der Speerspitze gegen den Bauch. »Schweig«, knurrte der Mensch. »Du hast nur zu reden, wenn du gefragt wirst.«

In der Prunkhalle hatte sich eine große Menge Menschen, Garan und sogar einige Viashino versammelt. Als sie sahen, wie Recin hereingeführt wurde, sprangen ein paar Männer vor. »Ich will ihn umbringen«, rief ein junger Soldat mit sonnengebräuntem Gesicht.

Ein alter Soldat drängte ihn beiseite. »Ich folge Tagard seit zwanzig Jahren, daher möchte ich diesen Bastard an die Würmer verfüttern.«

»Haltet euch zurück«, sagte die Frau befehlend. »Ihr alle werdet die Gelegenheit bekommen, euch mit diesem hier zu beschäftigen.« Sie packte Recin bei den Haaren und riß ihn grob herum. »Aber zuerst bin ich an der Reihe.«

Dann schob sie den Jungen vor sich her, quer durch die Halle. Als sie sich einer Stelle näherten, an der die dunklen Bodenplatten von gedämpftem Sonnenlicht erhellt wurden, gab die Frau den Soldaten ein Zeichen, anzuhalten, und trat vor.

»Ist er tot?« rief sie aus.

Eine riesige Gestalt bewegte sich in den Schatten, und Recin bemerkte, daß sich Lisolo nur wenige Schritte entfernt befand. »Ja«, antwortete der Viashino-Führer. Seine zu allen Zeiten tiefe Stimme klang abgrundtief traurig.

Die Frau schritt an Lisolo vorbei, und die Wachen stießen Recin nach vorn. Jetzt erblickte er Talli, die auf dem Steinboden neben ihrem toten und blutüberströmten Vater saß. Noch nie im Leben hatte Recin soviel Blut gesehen. Überall auf dem Boden waren Spritzer und Blutlachen. Er hätte nie geglaubt, daß ein einziger Mensch soviel Blut in sich haben konnte.

Talli sah auf und blickte die Frau an. »Wo warst du?« fragte sie.

Recin hörte die Antwort nicht. Er konnte die Augen nicht von Tagards Leiche und Tallis blutbedeckten Armen abwenden. Sobald er gemerkt hatte, was geschah, verstand er, daß Tagard Ziel des Anschlag war, doch auch als er dem Fremden über die Dächer nachsetzte, rechnete er nicht damit, daß der neue König tot sein würde.

Plötzlich packte Karelon seinen Arm und stieß ihn nach vorn. Er rutschte mit dem Fuß in einer Blutlache aus und fiel vornüber, auf die schmerzenden Hände und Knie.

»Ich glaube, du kennst ihn schon«, sagte Karelon.

Talli stand da und sah zu Recin hinunter. Das Kleid klebte ihr am Körper. Sie wirkte wie eine aus blutrotem Stein gemeißelte Statue. Die Empfindungen, die sich auf ihrem Gesicht widerspiegelten, waren noch dunkler als das vergossene Blut. »Hast du es getan?« fragte sie mit einer Stimme, die so kalt war wie die Berge, aus denen sie stammte.

Recin schüttelte den Kopf. »Nein. Ich habe …«

Die dunkel gekleidete Frau trat ihn gegen die Rippen. »Wir fanden ihn, mit der Armbrust in Händen. Ich selbst sah ihn auf dem Dach, von dem die Bolzen gefeuert wurden. Andere haben beobachtet, wie er von Dach zu Dach sprang, um zu entkommen.«

»Ich habe den Mörder gejagt«, mischte sich Recin ein. Er redete sehr schnell, in der Hoffnung, seine Geschichte erzählen zu können, bevor ihm die Frau wieder einen Tritt verpaßte. »Ich hörte, wie die Bolzen abgefeuert wurden und setzte dem Schützen nach. Aber er schlug auf mich ein, und als ich wieder zu mir kam, waren die Soldaten da.«

Karelon schnaubte verächtlich. »Du hörtest, wie die Bolzen verschossen wurde, beim Lärm der Zeremonie? Das kann ich kaum glauben.«

Aus Tallis Gesichtsausdruck schloß Recin, daß auch sie ihm nicht glaubte. »Der Mann schoß von dem Dach aus, das sich genau über mir befand«, erklärte er. »Sobald ich das Geräusch hörte, kletterte ich hinauf und verfolgte ihn.«

Die Frau wollte etwas sagen, aber Talli sprach zuerst. »Du sagst ›der Mann‹. Hast du gesehen, wer auf meinen Vater geschossen hat?«

»Es war ein Mensch«, antwortete Recin. »Er war wie ein Garan gekleidet – er trug die schwarze Ithi – aber er kämpfte nicht wie ein Garan.«

Tallis Blick glitt über sein Gesicht. Ihre Stimme klang kalt und beherrscht. »Es gibt Garan, die sich nicht an die Traditionen halten.«

Eine Mischung aus Ärger und Scham wallte in dem Jungen auf. »Es war ein Mensch«, beharrte er.

»Als wir dort eintrafen, fanden wir nur diesen Garan«, mischte sich Karelon ein. Sie beugte sich vor und starrte Recin in die Augen. »Wieso haben wir diesen Mann in Schwarz nicht gesehen?«

»Das weiß ich nicht. Er hat mich mit der Armbrust bewußtlos geschlagen. Bevor ich wieder zu mir kam, ist er geflohen. Deshalb habt ihr ihn nicht gesehen.«

Die Frau lächelte, aber es war kein freundliches Lächeln. »Als wir die Armbrust fanden, war ein Bolzen eingespannt. Wenn du mit jemanden gekämpft hast, warum hat er dann nicht auf dich geschossen? Ein Schütze, der quer über den ganzen Platz einen Mann treffen kann, hat sicher keine Schwierigkeiten, einen Garan aus nächster Nähe zu töten.«

Recin schüttelte den Kopf. »Ich weiß es nicht.«

»Du weißt nicht, wie er entkam. Du weißt nicht, warum du noch lebst. Ich denke, daß du nichts weißt, weil außer dir niemand auf dem Dach war.« Karelon wandte sich an Talli. »Dies ist der Mörder deines Vaters. Wir sollten ihn sofort hinrichten, damit die Leute verstehen, daß jene, die sich gegen den Herrscher stellen, schnell ihrer gerechten Strafe zugeführt werden.«

Hinrichten. Das Wort dröhnte ihm durch den Kopf, wie vorhin die Schläge, die ihm der Attentäter verabreicht hatte. Sie glaubten ihm nicht, und nun würde man ihn hinrichten.

Tallis Lippen waren zu einer dünnen, weißen Linie

zusammengepreßt. »Noch nicht.« Sie schaute sich um. »Lisolo, gibt es einen Ort in der Prunkhalle, an dem Gefangene eingesperrt werden können?«

Der große Viashino trat vor. »Ja. Ein Arm des Nish fließt unterirdisch, und unterhalb der westlichen Lagerräume befindet sich eine Anlegestelle. Schiffe, die zur Prunkhalle wollen, steuern sie an. Dort kann man Gefangene festsetzen.«

»Garan können schwimmen«, warf Karelon ein. »Also könnten sie leicht entkommen, oder?«

»In unserem Fluß kann niemand schwimmen«, sagte Lisolo. »Jedenfalls nicht, wenn er am Leben bleiben möchte.«

»Bringt ihn dorthin«, befahl Talli dem neben ihr stehenden Soldaten. »Und bewacht ihn gut.«

Als der Mann auf Recin zuging, kam dem Jungen ein Gedanke. »Isalus!« rief er.

»Was?«

»Isalus.« Der Soldat umklammerte seinen Arm mit eiserner Faust, und Recin zuckte zusammen. »Er saß während der Zeremonie neben mir. Er wird euch sagen, daß ich es nicht getan habe.«

»Wer ist dieser Isalus?« fragte Talli.

»Er ist ein Händler, der am Südmarkt wohnt«, erklärte Recin. »Dort hat er auch einen Stand. Jeder kennt Isalus. Findet ihn, und er wird euch berichten, daß ich versucht habe, den König zu retten und nicht, ihn zu töten.«

»Südmarkt?« fragte Karelon. »Er ist ein Viashino.« Ein Ausdruck tiefster Verachtung lag auf dem hageren Gesicht. »Du verstehst dich ziemlich gut mit den Viashino, was?«

»Findet diesen Isalus«, befahl Talli.

Karelon drehte sich zu ihr um. »Wozu soll es gut sein, einen Viashino zu finden, der für ihn aussagt? Wahrscheinlich ist der Tod Tagards Teil eines Plans, der Lisolo wieder zum Herrscher machen soll.«

»Findet Isalus, dann sehen wir weiter.« Talli wandte sich wieder dem Körper ihres Vaters zu und legte eine Hand sanft auf das durchweichte Tuch. Der Soldat riß Recin grob herum und zerrte ihn den Gang entlang. »Sucht Rael Gar und Aligarius und bringt sie ins Ratszimmer«, hörte er Tallis Stimme. »Wir müssen miteinander sprechen.«

Karelons Antwort war nicht zu verstehen, aber beim Klang ihrer Stimme war offensichtlich, daß sie wütend war. Recin versuchte, stehenzubleiben, um etwas hören zu können.

»Genau«, zischte der Mann, »versuch nur zu fliehen.« Er zog das Kurzschwert halb aus der Lederscheide. »Es wird meinem Ruf nicht schaden, wenn ich es bin, der Tagards Mörder tötet.«

»Ich habe ihn nicht umgebracht«, murmelte Recin.

»Das wird der neue Herrscher entscheiden«, knurrte der Mann. »Von mir aus sollen sie einen Garan oder einen Viashino aufhängen. Keiner von beiden ist eine richtige Person.« Er zog heftig am Arm des Jungen und zerrte ihn eine feuchte, steile Rampe hinab, an deren Ende das Geplätscher von Wellen zu hören war.

KAPITEL
10

Nie zuvor in seinem Leben hatte Aligarius Timni ein Schiff betreten. Und wenn es nach ihm ginge, würde er auch nie wieder den Fuß auf eines setzen. Noch hatte das suderbodische Handelsschiff, die Harra, die Fluten des Nish nicht hinter sich gelassen, und doch hatte der Zauberer sein Abendmahl schon den wogenden Wellen übergeben müssen.

Ursal Daleel, bis vor kurzem noch Botschafter des Hofes von Hemarch Solin im Tal Tamingazin, klopfte dem alten Mann auf den Rücken und lächelte. »Keine Bange, mein Freund. Die Reise wird kurz sein. Innerhalb einer Stunde erreichen wir die magische Mauer und damit den Golfstrom. Von dort aus dauert es nur ein paar Tage, um nach Groß-Sudalen und Solins Palast zu gelangen.«

»Ein paar Tage?« fragte Aligarius entsetzt. Bis dahin würde er längst tot sein. Kein Mensch konnte tagelang überleben, wenn er sich so elend fühlte wie er in diesem Moment.

Er schaute nach rechts, auf die Hügelketten von Tamingazin. Irgendwo dort lag das Institut, das im Nachmittagsdunst unsichtbar geworden war. Mehr als ein Jahrhundert hatte Aligarius dort gelebt, aber nun war er sicher, niemals mehr zurückzukehren. Er sah zur linken Seite hinüber und erblickte nichts als große Bäume, die über den Fluß hinausragten und finsteres Marschland, welches den Großen Sumpf mit Flußwasser speiste. Inbrünstig hoffte er, daß Suderbod freundlicher aussehen möge. Dieser Landstrich entlang des Flusses sah so aus, wie Aligarius sich fühlte.

Daleel hob eine der zahlreichen, kleinen Holzkisten, die auf dem Deck verteilt standen, auf und öffnete den kunstvoll verzierten Deckel. Ein zylinderförmiger Indigostein glänzte in der Nachmittagssonne. Bei seinem Anblick wurde Aligarius von einer Furcht ergriffen, die stärker als seine Seekrankheit war.

»Vorsichtig«, bat er. »Wenn Ihr ihn in den Fluß fallen laßt, werden wir ihn niemals wiederfinden.«

»Wäre das so schlimm?« fragte der Suderboder. »Vielleicht wäre dann das Problem, das vor uns liegt, beseitigt.« Daleel hob den Zylinder aus der mit weichem Fell ausgeschlagenen Kiste und drehte ihn hin und her. »Ich kann wirklich kaum glauben, daß dieser Steinbrocken Tamingazin jahrelang beschützt hat.«

Der Magier konnte die Augen nicht von dem glänzenden Stein abwenden. Er begriff, daß er an Tagards Tod Anteil hatte, aber daß er zum Institut gegangen war und diesen Schatz nebst anderen Kostbarkeiten entfernt hatte – das überstieg sein Fassungsvermögen. »Zweihundert Mitglieder des Institutes arbeiteten mehr als sieben Jahre, um die magische Mauer zu errichten«, erklärte er. »Kein Zufall kann diese Macht zerstören.«

Der Suderboder warf ihm einen abschätzigen Blick zu. »Und doch behauptet Ihr, diesen mächtigen Spruch in nur einem Tag zunichte machen zu können.«

Aligarius nahm Daleel den Stein aus den Händen und legte ihn behutsam in die gepolsterte Kiste zurück. »Nein, die Zerstörung des Spruches liegt außerhalb meiner Kraft …«

Sofort verzerrte sich Daleels Gesicht zu einer wütenden Maske. »Ihr sagtet …«

»Ich weiß, was ich sagte«, unterbrach ihn der Zauberer. Er hob die Hand, um den Botschafter am Weiterreden zu hindern. »Keine Bange, wir müssen den Spruch nicht beenden, sondern nur seine Form verändern. Dieser Stein belebt die Mauer nicht, denn sie erhält sich selbst und zieht ihre Kraft aus dem Erdboden. Der Stein gibt der Mauer Festigkeit, hält sie am gleichen Ort. Da ich die Mauer nicht zerstören kann, werde ich sie mit Hilfe des Indigos lenken und so verändern, daß sie das Tal nicht länger umgibt.«

»Und dann können unsere Truppen ohne Gegenwehr in Tamingazin einmarschieren?«

»Ohne auf den Widerstand der magischen Mauer zu stoßen«, berichtigte Aligarius, schloß die Kiste und legte sie auf ihren Platz zurück. »Ich habe keine Ahnung, welche Gegenwehr ihr von Tagards Armee zu erwarten habt.«

Die Wut schwand aus Daleels Gesicht, und er lachte herzhaft. »Tagard ist tot«, meinte er. Dann schlug er dem Zauberer auf die Schulter und grinste. »Und dafür schulden wir Euch Dank.«

Bei den Worten des Suderboders hatte Aligarius das Gefühl, als seien seine Innereien mit ekelerregenden, bissigen Rostwürmern gefüllt. Tagard hatte ihm vertraut, und er hatte das Vertrauen mit Verrat vergolten. Natürlich war Tagard eigentlich selbst schuld an seinem Tod. Hätte der König begriffen, was der Magier alles für ihn getan hatte und ihm die Ehrerbietung gezollt, die eines solchen Meisterzauberers würdig war, wäre sein Tod nicht notwendig gewesen. »Die anderen leben aber noch«, erwiderte er, »und die Armee gibt es auch noch.«

»Ich habe … zusätzliche Vorbereitungen getroffen«, erklärte Daleel. Er zuckte die Schultern. »Wenn wir zurückkehren, wird kaum noch etwas von der Armee übrig sein. Ich denke, daß wir uns darüber keine Sorgen machen müssen.«

Vom Bug des Schiffes ertönte ein Schrei, und zwei Viashino hasteten an ihnen vorüber. Aligarius blickte über die Reling und sah, daß die dunkelgrünen Fluten des Nish an die weiten, türkisfarbenen Gewässer des Südgolfs grenzten. Kurz darauf zuckte ein greller, gelber Blitz, als das Schiff sich in die magische Mauer bohrte. Weiße Feuerzungen leckten über die Schiffsplanken. Am Bug des Schiffes verschwand ein Viashino nach dem anderen im unsichtbaren Griff der magischen Mauer.

Obwohl er wußte, um welche Macht es sich handelte, zuckte Aligarius vor dem sich nähernden Feuer zurück.

Daleel schüttelte den Kopf. »Gleichgültig, wie oft...«

Dann verschluckte sie das Feuer.

Aligarius erschien es, als sei er plötzlich in einen See aus flüssigem Glas gefallen. Der Atem gefror ihm in den Lungen. Sogar sein Herz hörte auf zu schlagen. Die Luft nahm eine gelbliche Farbe an. Sein Denken verlangsamte sich auf die Geschwindigkeit eines wachsenden Baumes. Sein Herz tat einen schleppenden Schlag. Nach einer Weile, die ihm wie eine Stunde erschien, tat es einen zweiten Schlag. Die Viashino im Bug des Schiffes verschwammen ihm vor den Augen und bewegten sich mit unglaublicher Geschwindigkeit.

»...ich hasse es jedesmal«, schloß Daleel.

Aligarius taumelte, als sich der Druck der magischen Mauer hob. Die Bewegungen der Viashino wurden wieder langsamer. Einen Augenblick lang verhielt das Schiff reglos auf den Wellen, wurde von der Mauer mit festem Griff gehalten. Dann waren sie frei und trieben von der Küsten von Tamingazin fort.

»Es wird eine Erleichterung sein, das Ding endlich aus dem Weg zu haben«, stellte der Suderboder fest.

»O ja«, stimmte Aligarius zu, »das stimmt.«

Kurbeln drehten sich, Taue wurden durch Ringe aus angelaufenem Messing gezogen und breite, schwere Tuchbahnen auf dem Deck ausgebreitet. Langsam und knarrend erhob sich ein langer Mast.

Noch bevor er völlig aufrecht stand, schwärmten die Viashino in die Wanten, um die großen Segel aufzuhängen.

»Wart Ihr schon einmal auf See?« erkundigte sich Daleel.

Aligarius schüttelte den Kopf. »Nein. Jedenfalls nicht für längere Zeit und nicht auf einem Schiff.«

»Wenn wir bei Hofe sind, wird Hemarch Solin Euch vielleicht einmal zu einer Reise auf seiner königlichen Barkasse einladen.« Daleel hielt die Finger so, daß nur ein winziger Zwischenraum zu sehen war. »Daneben sieht dieses Schiff wie ein kleiner Korken aus, der auf dem Wasser treibt.«

»Ich glaube, ich habe genug von Seereisen«, erklärte der Magier. »Ich möchte meine Studien auf dem trockenen Land fortführen.«

Daleel packte ihn bei der Schulter. »Ihr werdet nicht viel trockenes Land in Suderbod finden, aber ich bin sicher, Solin wird Euch einen netten Platz zuweisen. Keine Angst, wenn er Euch auf seine Barkasse bittet. Ein großes Schiff gleitet sanfter dahin. Wenn Ihr erst der Hofmagier des Hemarchen seid, werdet Ihr sicher nie mehr in so einem kleinem Boot reisen müssen.«

»Seid Ihr sicher?« fragte Aligarius. »Daß Solin mich zum Hofmagus ernennt?« Er befühlte die glänzende, ärmellose Tunika, die ihm Daleel gegeben hatte, als sie Berimish verließen. »Wird ein Herrscher wie Solin nicht seine eigenen Magier haben?«

Der Suderboder wedelte abwertend mit der Hand. »Einige Zauberer gibt es, aber wer von denen ist Mitglied des Institutes für Arkane Studien? Euer Ruf reicht von den Einöden oberhalb der Skollten bis hin zu den Wüsten Acapistons.« Er hielt inne und lachte. »Ihr könnt sicher sein, daß Solin Eure Fähigkeit nicht mit unwichtigen Dingen wie Abwasserbeseitigung verschwendet.«

Aligarius nickte, aber die Worte, die in Berimish so

gut geklungen hatten, hörten sich mit jeder Meile, die sie zurücklegten, weniger tröstlich an. Er ließ sein bisheriges Leben und seine Studien hinter sich, und alles, was diesen Verlust gutmachen sollte, waren die Versprechungen dieses Mannes, den er erst seit kurzer Zeit kannte.

Die Viashino-Mannschaft benötigte nicht viel Zeit, um das Gefährt von einem Handelsboot in ein Segelschiff zu verwandeln. Der Mast wurde verkeilt. Lange, dünne Holzstreifen wurden auf der Rückseite der Tuchbahnen zu Schlaufen verwoben, um die Segel zu festigen. Das flache Ruder, mit dem das Schiff auf dem Fluß gesteuert worden war, wurde an Bord gezogen, und an seine Stelle trat eine kurze, aber breite Ruderpinne. Schon bald blähte der Westwind die Segel auf, und das Schiff neigte sich hart steuerbords, als es sich in südlicher und östlicher Richtung auf die Küste von Suderbod zubewegte.

Sie kreuzten über die Wellen, so daß die Gischt hoch aufsprühte. Blauköpfige Möwen kreisten am Himmel, stießen laute, krächzende Schreie aus. Allmählich verlor sich der modrige Geruch des Flusses und der Sümpfe und wurde durch eine frische, salzige Brise ersetzt. Zu seiner größten Überraschung fühlte sich Aligarius besser. Sein Magen wurde durch das Wogen des Meeres nicht annähernd so durcheinandergebracht, wie er befürchtet hatte.

Er drehte sich um und blickte zur Küste hinüber. Tamingazin – wo er sein ganzes Leben verbracht hatte – war nur noch ein grüner Streifen am Horizont. An der äußersten Grenze seines Blickfeldes konnte er eine dunkle Spitze in den silbrig blauen Himmel ragen sehen. Selbst aus dieser großen Entfernung vermittelte der schwarze, vulkanische Berg des Institutes den Eindruck von Macht und Bedeutsamkeit.

Plötzlich wurde Aligarius bewußt, was er getan hatte. Er hatte nicht nur Tagard verraten, sondern auch das Institut, das lebenslange Studium – und sich selbst. Niemals mehr würde er in der frischen Luft jenes magischen Berges sitzen und den Tag damit verbringen können, über die unschätzbar wertvollen Artefakte nachzusinnen. Sicher, viele der kostbaren Dinge begleiteten ihn, aber das vergrößerte seine Schuld noch. Fieberhaft ließ er seine Blicke in der Hoffnung über das Schiff gleiten, daß sich ihm eine Möglichkeit bieten würde, nach Tamingazin zurückzukehren, um alles, was er falsch gemacht hatte, wieder ins Lot zu bringen.

Aber er sah nur die Viashino-Mannschaft und das offene Deck des kleinen Schiffes. Tagard war tot, und es war längst zu spät, die eigene Ehre zu retten.

»Warum?« flüsterte er vor sich hin. Alles, was in den letzten Tagen geschehen war, erschien ihm wie eine schreckliche Einbildung, aus dämonischem Nebel entstanden. Die Reichtümer und die Stellung, die ihm als Mitglied von Solins Hof versprochen worden waren, kamen ihm jetzt wie Nichtigkeiten mitsamt einem leeren Titel vor. Er verstand nicht, warum er zum Verräter an allem, wofür er gelebt hatte, geworden war.

»Fühlt Ihr Euch besser?« fragte Daleel.

»Ja«, antwortete Aligarius. »Ich meine, nein. Das heißt …«

»Wenn sich Euer Magen beruhigt hat«, fuhr der Botschafter fort, »dann würde Euch vielleicht ein kleiner Bissen munden.« Er streckte die Hand aus und öffnete die Finger, um eine paar Scheiben getrocknete Fragarias zu enthüllen. Jedes der roten Fruchtstücke war mit einer goldenen Sirupschicht bedeckt.

Alle Erinnerungen an das Institut, alle Trauer über Tagards Tod, jedes Bedauern über die verlorene Ehre verschwand, als Aligarius die Früchte erblickte. Wie ein zahmer Häher, der Samenkörner aus der Hand seines Meisters pickt, riß er die Scheiben aus Daleels

Hand und stopfte sie alle auf einmal in den Mund. Der Saft, der ihm durch die Kehle rann, stillte seinen Hunger und beruhigte seinen Verstand. Sofort fühlte er sich selbstsicherer. Er hatte Tagard verraten, aber Tagard hatte ihn und seine Magie nur benutzt, um das zu bekommen, was er wollte. Jeder war sich selbst der Nächste, soviel war sicher. Jetzt, nach einem Leben der Entsagungen, würden Aligarius die Anerkennung und Bewunderung zuteil werden, die er ob seiner Fähigkeiten und Gelehrsamkeit verdiente. Er hatte nichts Schlimmeres getan, als viele andere vor ihm.

»Habt Ihr noch mehr?« fragte er.

»Natürlich«, nickte der Botschafter. »Bei Sonnenuntergang werden wir ein größeres Mahl einnehmen. Und, wie versprochen: Wenn wir am Hofe Solins weilen, werdet Ihr nach Herzenslust speisen können.«

Der Gedanke versetzte den Magier in gute Stimmung. Alles, was er getan hatte, war an die Versprechungen des Suderboders geknüpft gewesen, der für einen endlosen Vorrat köstlicher Speisen und eine angemessene Stellung sorgen wollte, damit er seine Studien fortsetzen konnte. Wenn er erst im Besitz dieser Dinge war, gab es keinen Grund, etwas zu tun, was ihm nicht gefiel. Er konnte die Artefakte, die er aus dem Institut mitgenommen hatte, untersuchen, oder aber neue Magie versuchen, die nach den Gesetzen des Institutes verboten war. Außerdem würde er Helfer haben, die ihm bei der Arbeit zur Hand gingen. Auch das hatte Daleel versprochen.

Der Golfstrom hatte nun eine dunkelblaue Frabe angenommen, da das Schiff über tieferes Wasser segelte. Die Küste von Tamingazin verschwand am Horizont. Aligarius lehnte an der Reling und sah den Viashino zu, die in den Wanten auf und nieder kletterten. Ein schlanker Schwertfisch tauchte in der Bugwelle des Seglers auf und huschte zu Füßen des Zauberers durch die Wogen. Er spielte und tanzte im Sonnenlicht.

Der Magier lächelte, während er dem großen Fisch zusah. Die Sonne schien ihm warm auf den Rücken, und das Auf und Ab des Schiffes war ein sanftes Schaukeln geworden. Langsam sank Aligarius' Kinn hinab, bis der silberne Bart auf der Brust ruhte. Eine Berührung an der Schulter ließ ihn hochschrecken.

»Seid Ihr bereit, mir nach unten zu folgen?« fragte Daleel.

Der Zauberer schüttelte den Kopf, um den Schlaf zu vertreiben. »Ich denke, ja.« Während er an der Reling gedöst hatte, hatte der Himmel sich violett verfärbt, und die See war dunkel geworden. Er folgte dem Botschafter durch die niedrige, breite Öffnung und über ein steil abfallendes Brett zur einzigen Kabine des Schiffes hinunter.

An einem Ende des langen, niedrigen Raumes schliefen zwei Viashino, deren Schwänze mit Riemen an der Wand befestigt waren. An der Decke baumelte eine Lampe, die den Raum in schwankende, unruhige Schatten tauchte.

Die Kabine war so niedrig, daß sich Aligarius hinhocken mußte, und es gab keinen einzigen Stuhl.

Daleel hockte sich auf den groben Bretterboden und klopfte auf den Boden neben sich. »Hier ist es nicht so bequem wie auf einem anderem Suderboder Schiff, aber morgen sind wir bereits im Hafen.«

Aligarius setzte sich mit gekreuzten Beinen hin. Diese gewohnte Stellung erinnerte ihn erneut an das Institut, aber das feuchte, übelriechende Innere der *Harra* war dem kühlen Raum, in dem er Tagard kennengelernt hatte, völlig unähnlich. Sein Magen knurrte, und Daleels Versprechen fiel ihm wieder ein. »Ihr sagtet, wir würden bei Sonnenuntergang essen.«

Der Mann nickte. Er griff in einen Beutel und zog noch ein paar Früchte und ein paar Streifen harten, getrockneten Fleisches hervor. »Das Essen ist so karg wie das Quartier«, sagte er. »Aber sobald wir Solin erreichen, wird sich das ändern.«

Die Handvoll Nahrung war kaum geeignet, Aligarius' wachsenden Hunger zu stillen. »Wie lange wird es noch dauern?« wollte der Zauberer wissen. Der Gedanke, länger als wenige Stunden mit den Resten, die der Botschafter ihm anbot, auskommen zu müssen, war mehr, als er ertragen konnte.

»Wie ich bereits sagte, bei Sonnenuntergang werden wir dort sein.« Daleel lehnte sich zurück und legte den Kopf gegen die gewölbte Schiffswand. »Hemarch Solin wird sich sehr freuen, Euch zu sehen.«

Aligarius bewegte die Beine. Als sie aus Berimish geflohen waren, hatte ihm der Suderboder die gestärkten Hosen gegeben, die zu der Tunkia paßten. Zwar war die Kleidung nicht so bunt wie die des Botschafters, aber sie war keinesfalls sehr bequem. »Der Hof Solins hört sich wie ein wunderbarer Ort an.«

»Das ist er auch«, stimmte Daleel bei. »Erzählt mir vom Institut. Bei unserem Besuch habe ich nicht viel gesehen. Wie ist es, dort drinnen zu leben?«

»Es ist ruhig, und für alle gibt es mehr als genug«, berichtete Aligarius.

»Und wie kommt man dort weiter?«

»Weiterkommen?«

»Wie wählt ihr eure Herrscher?«

Aligarius schüttelte den Kopf. »Wir haben keinen Herrscher. Jeder kann studieren, was er mag. Und alle arbeiten, um das Institut zu unterstützen.«

Der Suderboder lachte. »Natürlich. Und ein paar von euch erlangen mehr als genug, stimmt's? Und wieder andere tun nur die eigene Arbeit, ohne dem Rest zu helfen.«

»Nun, diejenigen, die seit vielen Jahren dort leben ...«

»In Suderbod reden wir offen über dergleichen«, erklärte Daleel. »Weiterkommen bedeutet mehr Macht, und Ihr müßtet lange suchen, bevor Ihr einen Suderboder findet, der davon genug haben wird.« Er stopfte sich Stücke des zähen Fleisches in den Mund und kaute, während er fortfuhr. »Der Pfad, der einen Mann zum Thron des Hemarchen führt, ist stark gewunden. Ihr müßt wissen, wem zu dienen, wem zu vertrauen und …« Plötzlich schwieg der Botschafter und lächelte. »Genug davon. Ihr werdet es bald sehen.«

Daleels Rede hatte Aligarius völlig verwirrt. »Nun«, meinte er, »es ist bestimmt wundervoll in Suderbod.«

»O ja«, stimmte Daleel zu. Dann neigte er den Kopf und seufzte auffallend laut. »Ich wünschte bloß, wir könnten länger dort verweilen.«

Aligarius riß die Augen auf. »Warum denn nicht? Ihr sagtet doch, wir würden dort bleiben.«

»Das stimmt, aber unsere Unterhaltung hat mich nachdenklich gemacht.«

»Welche Unterhaltung?«

»Über Tagards Armee«, sagte Daleel. »Ihr könntet recht haben. Trotz der Schritte, die ich eingeleitet habe, ist es möglich, daß mehr Soldaten übrig bleiben, als ich erwartet habe.« Er zuckte die Achseln. »Auf jeden Fall ist es von Vorteil, wenn wir vorbereitet sind.«

»Was hat das mit mir zu tun?« erkundigte sich der Magier.

»Als Hofmagus des Hemarchen müßt Ihr ihn natürlich bei seiner Mission begleiten. Er wird Euch täglich bei sich haben wollen, bis Tamingazin unterworfen ist.«

Der Magier runzelte die Stirn. Das klang wie seine Beziehung zu Tagard. Er hatte doch nicht alles, was er kannte, aufgegeben, um schon wieder hinter einem Herrscher herzulaufen. Außerdem hatte er während seiner kurzen Erfahrungen mit der Armee gelernt, daß die Unterbringung schlecht und die Mahlzeiten karg waren. Und er würde keine Zeit für Forschungen und das Erlernen neuer Magie haben, wenn er durch das Land reisen mußte.

»Was denkt Ihr, wie lange das dauern wird?« fragte er den Botschafter.

»Wie lange was dauern wird?«

»Tamingazin unter eure Herrschaft zu bringen? Ein paar Tage? Wochen?«

Daleel zuckte wieder mit den Schultern. »Tamingazin ist ein recht kleines Land. Ohne die schützende magische Mauer wird es vielleicht in ein paar Tagen eingenommen werden können. Außer Berimish natürlich.« Er seufzte. »Die Eroberung der Stadt könnte eine monate- oder jahrelange Belagerung erfordern.«

»Jahrelang?« Der Gedanke, Monate oder Jahre in einem Zelt zu verbringen, ohne seine Arbeit auszuüben, entsetzte Aligarius. »Tagard eroberte Berimish in einer Nacht«, stieß er hervor.

»Ja. Ja, das ist wahr.« Der Suderboder lächelte. »Ihr wart Tagard eine große Hilfe bei der Unterjochung der Stadt. Ich denke, Ihr werdet uns ebenso helfen können. Wenn Ihr die ganze Stadt noch einmal in Schlaf versetzt ...«

Aligarius nickte. »Ich könnte Euch helfen, wenn ich dann zurück an die Arbeit und zu meinen Helfern komme.«

»Und Euren Reichtümer und dem guten Essen«, fügte der Botschafter hinzu. »Natürlich. Ich kann Euch außerdem versichern, daß wir Tagards Fehler nach der Eroberung nicht wiederholen werden.« Heftig schüttelte er den Kopf.

»Haben wir die Stadt erst einmal in der Hand, werden wir nichts zu fürchten haben.«

»Warum nicht?«

»Nun, wenn Ihr sie erst einmal alle in den Schlaf

geschickt habt...« Daleel hielt inne und zog den Finger quer über die Kehle. »Es gibt keinen Grund, warum sie wieder aufwachen sollten, oder?«

Der Zauberer riß entgeistert die Augen auf. »Ihr wollt die ganze Stadt umbringen?«

Daleel wölbte die Lippen. »Erzählt mir bloß nicht, daß es Euch stört. Wenn Ihr wirklich Wohlstand und Ruhm sucht, müßt Ihr auch den Preis dafür zahlen. Ihr habt uns doch auch geholfen, Tagard loszuwerden. Alles Weitere ist doch ebenso einfach.«

Aligarius schloß die Augen. »Aber Tagard war nur ein Mann. Ihr wollt mich für den Tod der ganzen Bevölkerung verantwortlich machen.«

»Vielleicht tröstet Euch der Gedanke, daß nicht Ihr es seid, der ihnen die Kehlen durchschneidet«, bemerkte der Suderboder trocken.

Eine Weile hörte man nichts, außer dem Knarren der Taue und dem sanften Plätschern der Wellen. Aligarius öffnete die Augen wieder und blickte umher. Ein Großteil der Mannschaft schlief. Ursal Daleel lehnte mit dem Rücken gegen die Wand, die dunklen Augen funkelten im Licht der schwankenden Lampe.

Aligarius war dabei, der mächtigste Zauberer am Hofe des mächtigsten Herrschers des Kontinents zu werden. Endlich würden seine Fähigkeiten und seine Gelehrsamkeit anerkannt werden. Doch bereits jetzt meinte er, untermalt vom leisen Geräusch des Wasser und dem Knarren der Takelage, die Schreie Tausender Lebewesen hören zu können.

INTERMEZZO
EINE ERSCHLIESSUNG ALLGEMEINGÜLTIGER LEHRSÄTZE ZU THAUMATURGISCHEN ARTEFAKTEN WÄHREND DER ERSTEN STUDIENZEIT

In letzter Zeit wurde wiederholt darum gebeten, daß ich Mitleid zeigen solle mit den Studenten, die – wenngleich auf anderen Gebieten sehr beschlagen – noch keine Kenntnisse über die Artefaktensammlung des Institutes besitzen. Daher habe ich diese Schrift verfaßt, die einen kurzen Überblick über die wichtigsten Stücke, die wir in unseren Mauern beherbergen, gibt. Jede Eintragung in der Liste zeigt die Anhaltspunkte auf, die notwendig sind, um ausführliche Beschreibungen innerhalb der Bibliothek ausfindig zu machen.

1. Artefeakt: Die Kugeln von Le'Teng.
Zwei Kugeln, die aus Rhodium und Kupfer bestehen. Durchmesser: 32d. Gewicht: 522j. Die beiden Kugel stammen aus der Zeit...

24. Artefakt: Nabe der magischen Mauer.
Ein Zylinder aus poliertem Lazulit und Zyaninkristallen. Länge: 22d. Höhe: 47d. Gewicht: 217j. Dieser Gegenstand ist besonders schön und für Neuankömmlinge äußerst sehenswert. Sicherlich ist er es wert, ausgiebig besprochen zu werden, aber es gibt wenig Grund, weiter nachzuforschen, denn sowohl die Herkunft als auch der Gebrauch der Nabe sind bestens bekannt. Durch das Einwirken der magischen Mauer werden die Bewegungen all jener, die Tamingazin betreten wollen, für gewöhnlich auf weniger als $^1/_{25}$stel der üblichen Geschwindigkeit herabgesetzt,

wenn sie die 17Fd Grenze der Mauer erreichen. Die Stärke dieser Kraft ist von Region zu Region verschieden, sie nimmt jedoch zu, umso mehr Lebewesen die Mauer an derselben Stelle innerhalb kurzer Zeit überwinden wollen. Wenngleich die Nabe den Mittelpunkt des Schutzzaubers bildet, der von den Mitgliedern des Institutes um das Tal gewoben wurde, enthält die Nabe selbst keine Kraft und kann nur durch äußere Einwirkung betätigt werden. Wer den Wunsch nach der Erschaffung und Erhaltung der magischen Mauer hat, wird die betreffenden Zaubersprüche und Formeln in Bibliothek A, Stufe 4, finden.

25. Artefakt: Mühlstein.
Ein flacher Toroid aus dunklem Speckstein und Malachit. Durchmesser: 57d. Die Öffnung in der Mitte hat einen Durchmesser von 14d. Die Außenseite dieses Gegenstandes, dessen Gebrauch kaum bekannt ist, ist mit Runen bedeckt ...

– *Timni, Aligarius. »Eine Erschließung allgemeingültiger Lehrsätze zu den thaumaturgischen Artefakten während der ersten Studienzeit«, Schrift des Institutes, Band 17, Seite 123 bis 144.*

»Du willst sie doch nicht etwa alle umbringen?«
schrie Talli.

Karelons Gesicht wirkte stahlhart. »Und warum
nicht?« fragte sie. »Die Viashino sind die Wurzel allen
Übels, das die Menschen im Tal befallen hat. Jetzt
haben wir die Möglichkeit, die Bedrohung endgültig
zu beseitigen.«

Talli schüttelte den Kopf. »Das hat mein Vater nicht
gewollt.«

»Vielleicht nicht«, gab die dunkelhaarige Frau zu.
»Entschuldige, wenn ich es sage, aber wo ist denn
dein Vater jetzt?«

»Meinst du, wir sollten alles, wonach er gestrebt
hat, in den Wind schlagen, nur weil er tot ist?« Talli
schlug mit den Händen auf den großen Tisch. »Gut,
mein Vater ist nicht mehr hier, aber ohne ihn wäre
keiner von uns in Berimish. Seine Vorstellungen
haben uns hierhergebracht.«

Die Kriegsherrin nickte. »Ich stimme dir zu, aber
woher sollen wir wissen, was Tagard jetzt getan
hätte? Wenn er den Anschlag überlebt hätte...« Ihr
Gesicht verzerrte sich vor Enttäuschung und sie
zeigte mit dem Finger auf Talli. »Du. Was wäre, wenn
es dich getroffen hätte? Hätte er Gnade walten lassen,
wenn seine Tochter umgebracht worden wäre?«

»Ich weiß es nicht«, sagte Talli mit zusammengepreßten Lippen. »Aber er wurde schließlich nicht von
den Viashino getötet.«

Ein gequälter Ausdruck huschte über Karelons Gesicht. »Ich dachte, wir wären uns einig. Oft genug hast

du über deinen Haß auf die Viashino gesprochen, und ich habe dir beigepflichtet. Warum ändern sich deine Gefühle jetzt, nach dem Tod deines Vaters?«

»Meine Gefühle haben sich nicht geändert«, erklärte Talli. »Ich versuche nur, das zu tun, was mein Vater gewünscht hätte.«

»Er hätte sich Gerechtigkeit gewünscht«, stellte Karelon fest. »Auch wenn kein Viashino die Waffe gehalten hat, gehe ich jede Wette ein, daß sie alles geplant haben. Immer stecken Viashino dahinter. Erinnere dich daran.« Sie drehte sich um und schritt mit klirrender Rüstung aus dem Zimmer.

Rael Gar erhob sich von dem Stuhl, von dem aus er dem Wortwechsel gelauscht hatte. »Auf eine Art hat sie recht«, erklärte er. »Wenn Euer Vater uns die Strafen hätte verhängen lassen, die wir vorschlugen, wäre uns viel Schmerzliches erspart geblieben. Wir müssen mit dieser Garan-Familie abrechnen, die sich als Verräter meines und Eures Volkes gezeigt haben. Wenn wir schnell handeln, werden die anderen nachdenken, bevor sie einen Angriff wagen.«

Talli beachtete ihn nicht. Sie stand auf und ging zum Fenster, um den Hauch des kühlenden Windes einzuatmen. Noch war die Sonne nicht aufgegangen, und schon mußte sie sich mit den Schwierigkeiten eines neuen Tages plagen – Schwierigkeiten, die sich mit jeder Stunde seit dem Tod ihres Vaters zu verdoppeln schienen.

Als die Sonne über die Stadtmauer stieg, füllte sich das Ratszimmer mit rotem Licht. Innerhalb weniger Minuten klärte sich der Morgendunst; Berimish war von klarer Luft umhüllt. Vom Fenster aus konnte Talli die schneebedeckten Gipfel der Berge sehen. Zwar handelte es sich nicht um die abgerundeten Kuppen, die Farson umgaben, aber sie konnte sich vorstellen, wie der Wind dort oben roch – kalt, sauber und nach Schnee.

Mehr als andere auf der Welt wünschte sich Talli, jene Berge erklimmen zu können, um die Arme dem eisigen Wind entgegenzustrecken. Sie wollte die kalten Sturmböen auf dem Gesicht fühlen, bis die warme, schwere Luft von Berimish aus ihren Lungen gewichen war und eine willkommene Taubheit in Geist und Körper hinterlassen hatte. Der Körper Tagards war hinaufgetragen worden, um entkleidet und zerrissen zu werden. Inzwischen hatten Raubtiere sein Fleisch in Stücke gerissen. Die Knochen würden überall verteilt liegen. Sein Geist war von dieser Welt befreit. Er war jetzt bei ihrer Mutter ...

Eine unwillkommene Berührung am Arm brachte sie in das Ratszimmer und zu den unangenehmen Pflichten zurück, die vor ihr lagen.

»Ihr habt Karelon gebeten, den Wünschen Eures Vaters Folge zu leisten«, sagte Rael Gar. »Nun bitte ich Euch, seiner Entscheidung beizupflichten.« Der Garan-Führer kreuzte die muskulösen Arme vor der breiten Brust. »Laßt mich die Entscheidung in die Tat umsetzen. Laßt mich den Jungen und seine Familie töten.«

Talli seufzte. »Es scheint mir ein armseliges Andenken an meinen Vater zu sein, eine Familie auszurotten.«

»Es sind Verräter«, erklärte der Garan. »Mehr als ich solltet Ihr die Notwendigkeit einsehen, diese Leute entsprechend zu behandeln. Hätten wir uns früher um sie gekümmert, könnte Euer Vater noch leben.«

»Na gut.« Talli nickte zögernd. »Dann handelt, und laßt die Frauen herbringen, bis wir eine Hinrichtung vorbereitet haben.«

Rael Gar nickte. »Ich habe sie bereits zur Prunkhalle bringen lassen. Diese Verräter verdienen keine Garan-Zeremonie. Wir können sie sofort töten.«

Hätte Talli es nicht besser gewußt, hätte sie angenommen, ein Lächeln auf Rael Gars Gesicht zu sehen. »Dann sollen die Wachen sich um sie kümmern. Sobald wir eine Ratssitzung abgehalten haben, könnt Ihr sie hinrichten.«

»Wir brauchen keine Ratssitzung. Wenn Ihr zustimmt, und ich ebenfalls, haben wir jede Abstimmung gewonnen.«

»Wir müssen aber den Gebräuchen folgen. Es muß eine Sitzung abgehalten werden.«

Ein Anflug von Ungeduld trat in die Augen des Garan. »Na gut, dann muß der Rat zusammentreten. Hauptsache, es geht schnell.«

Talli nickte. »Was ist mit den Reitern, die wir zum Institut geschickt haben?« erkundigte sie sich. »Sind sie zurück?«

»Seit einer Stunde. Einige Magier haben sie begleitet.«

»Aligarius?«

»Nein«, antwortete Rael Gar. »Er ist noch immer verschwunden.«

»Er ist jetzt seit drei Tagen fort. Wir hätten die Stadt auf den Kopf stellen sollen.«

»Das haben wir getan«, antwortete der Garan. »Trotzdem haben wir den Zauberer nicht gefunden.«

»Seid Ihr sicher, daß er die Stadt nicht verlassen hat?«

»Karelons Wachen haben ihre Posten nicht im Stich gelassen. Sie berichten, daß nach der Zeremonie niemand Berimish verlassen konnte.«

Talli tastete nach dem Amulett, das sie um den Hals trug. Sie hatte es ihrem Vater abgenommen und seither immer getragen. Wie das Bewahren der Halskette ihrer Mutter, bedeutete auch dies einen Traditionsbruch, einen möglichen Anreiz für den Geist ihres Vaters. Aber Talli brauchte ein Andenken, um den eigenen Geist, ohne Tagards Anleitung, am Leben zu halten. »Sucht weiter«, befahl sie. »Und schickt mir die Leute vom Institut.«

Sobald der Garan das Zimmer verlassen hatte, ließ sich Talli auf einen der Stühle fallen, die neben dem Tisch standen und legte den Kopf auf den Stapel Pergamente, der auf der polierten Oberfläche lag. Sie fühlte, wie ihr die Macht über das Tal unter den Füßen weggezogen wurde. Ihr Vater war der unangefochtene Herrscher gewesen; jetzt gab es keinen Herrscher mehr. Doch das mußte sich bald ändern.

Talli bemerkte eine der Karten, die Tagard ihr gezeigt hatte, auf dem Tisch. Sie streckte die Hand aus und schob die anderen Papiere beiseite, um die Karte besser sehen zu können. Linien und Schriftzeichen waren zu erkennen. Neben den Worten waren Zeichen abgebildet, die zu keinem Gebäude und keiner Straße zu passen schienen, die sie gesehen hatte. Wie lange Talli auch auf die Abbildungen starrte, die Karte ergab keinen Sinn. Wie in vielen anderen Dingen auch, war ihr Vater der einzige gewesen, der die Zeichnung verstanden hatte – jetzt war sie wertlos.

»Sie zeigt, wie das Wasser nach dem Regen abläuft«, ertönte eine tiefe, dröhnende Stimme.

Talli drehte sich um und erblickte Lisolos riesigen Körper in der Türfüllung. Bevor sie noch etwas sagen konnte, trat er ein und tippte mit der Klaue auf die Karte.

»Das ist sehr wichtig«, erklärte er.

Talli wich unwillkürlich vor ihm zurück, bis ihre Beine das Holz des Tisches berührten.

»Was wollt Ihr hier?«

Wieder tippte der Viashino auf die Karte. »Es ist bald Zeit für die Zeremonie der Acht-Tage, und dann beginnt die Regenzeit.« Seine Kralle kratzte über das Papier. »Diese Tore müssen geöffnet werden, sonst wird der Südteil der Stadt überschwemmt.« Lisolo blickte auf und richtete die gelben Augen auf Talli.

»Aber Ihr müßt daran denken, sie auch wieder zu schließen. Im Frühling steigt der Fluß, und dann dienen die Tore dazu, ihn auszusperren.«

Talli hatte Viashino-Gesichter immer für noch ausdrucksloser als die der Garan gehalten, aber etwas in der Art, wie Lisolo den Kopf hielt, verriet ihr mehr über seine Gefühle als viele menschliche Gesichter. »Seid Ihr deshalb gekommen?« fragte sie. »Um mir von den Fluttoren zu erzählen?«

Der Viashino schüttelte bedächtig den Kopf. »Ich bin gekommen, um mit Euch über den Jungen zu sprechen.«

»Welchen Jungen?«

»Recin.« Lisolo ging zur Wand hinüber und lehnte den massigen Körper gegen den Stein.

Talli schob die Karte beiseite und stapfte ans Fenster. »Da gibt es nichts zu besprechen.«

»Das sollte es aber«, widersprach Lisolo. »Jemand muß sprechen, bevor der Junge für etwas getötet wird, das er nicht getan hat.«

»Er hat meinen Vater umgebracht.«

Lisolo stieß ein Grollen aus, das Talli kalte Schauer über den Rücken jagte. »Ihr wißt, daß es nicht stimmt. Glaubt Ihr denn wirklich, daß er so etwas getan hat?«

»Es gab Zeugen.«

»Zeugen, die ihn über die Dächer rennen sahen, aber niemand hat beobachtet, daß er die Bolzen abfeuerte, die Euren Vater töteten.« Lisolo stieß sich von der Wand ab und näherte sich Talli ein wenig. »Recin behauptet, daß ein Händler seine Unschuld bezeugen kann, und er nannte Euch den Namen. Habt Ihr mit ihm gesprochen?«

»Ja.«

»Und was sagt er?«

»Er sagt, daß Recin bei ihm war, daß sie die Zeremonie von einem Gebäude gegenüber der Prunkhalle beobachtet haben. Außerdem sagte er, Recin sei erst auf das Dach geklettert, nachdem auf meinen Vater geschossen wurde.«

»Wenn Euch dieser Zeuge von Recins Unschuld erzählt hat, warum haltet Ihr ihn dann noch immer fest?« Der große Viashino stand nun dicht vor Talli, der große Kopf schwebte hoch über ihr. Sie reckte die Schultern und sah ihm in die Augen. »Weil der Zeuge ein Viashino ist«, sagte sie dann.

»Und einem Viashino kann man nicht trauen?«

»In diesem Fall nicht«, erklärte Talli grob. »Wir wissen, daß einige Viashino den Tod meines Vaters wollten. Man konnte ihre Rufe in der Nacht vor seinem Tod in den Straßen hören. Dieser Händler könnte zu den Viashinos gehören, die alle Menschen umbringen möchten. Warum sollten wir glauben, was Euer Volk sagt?«

»Wenn der Junge hingerichtet wird, gibt es Ärger. Seine Familie ist bei den Menschen und Viashino gut bekannt.« Die alten Augen sahen an Talli vorbei auf die Straße. »Alle halten ihn für unschuldig.«

Wut flammte in Talli auf. »Es ist völlig gleichgültig, was alle denken. Wenn wir entscheiden, ihn zu töten, dann tun wir das auch.«

Der Viashino-Führer schien zusammenzuschrumpfen. Ein dumpfes, langgezogenes Geräusch drang aus der schuppigen Kehle. Es hörte sich wie ein Stöhnen an. Dann ging er schleppenden Schrittes zur Tür. »Blutige Zeiten liegen vor uns. Ein trauriges Ende der Träume Eures Vaters.«

Talli biß die Zähne so fest zusammen, daß ihr Kiefer schmerzte.

»Was wißt Ihr über die Träume meines Vaters?«

»Ich weiß, was er mir erzählt hat. Er glaubte, wir könnten alle miteinander leben.«

»Und das wünscht Ihr auch? Daß Menschen, Viashino und Garan zusammen regieren?«

»Nein. Ich möchte, daß ihr alle verschwindet und

niemals zurückkehrt«, sagte Lisolo. »Aber statt dessen entscheide ich mich für den Frieden.« Er schob sich durch die Tür, deren breite Flügel sich hinter seinem Rücken schloßen.

»Ich wünschte, wir *könnten* fortgehen«, murmelte Talli vor sich hin. Sie fragte sich, was Karelon sagen würde, wenn sie ihr vorschlug, alles zusammenzupacken und nach Hause zurückzukehren, um Berimish den Viashino zu überlassen. Bestimmt würde der Gedanke nicht besonders freudig aufgenommen werden.

Es klopfte, und ein Soldat, der nur ein oder zwei Jahre älter war als Talli, steckte den Kopf durch die Tür. Talli erinnerte sich daran, daß sie daheim in Farson oft mit ihm gespielt hatte, aber seit dem Tod ihres Vaters sah er sie mit anderen Augen und einem beunruhigenden Blick an – so wie viele andere Soldaten auch.

»Ihr wolltet die Magier sehen?« fragte er.

Talli nickte. »Schick sie herein.«

Die Tür öffnete sich weit und zwei Personen traten ein. Die eine war ein Viashino – noch so jung, daß er nicht größer war als ein Mensch – die andere ein junges Mädchen mit rabenschwarzem Haar und blasser Haut. Zu ihrer Überraschung erkannte Talli beide.

»Oesol?« fragte sie zögernd. »Und … Kitrin?«

Der Viashino nickte. »Ihr habt ein gutes Gedächtnis.«

Das Menschenmädchen war weniger förmlich. Sie ging auf Talli zu und umarmte sie heftig. »Es tat mir so leid, vom Tod deines Vaters zu hören. Vor ein paar Jahren verlor ich meinen Vater, daher weiß ich, wie fürchterlich das ist.«

Talli fühlte einen Kloß in der Kehle. Sie hatte wenig Zeit gehabt, um Tagard zu betrauern. Erst als das Mädchen hereinkam, bemerkte sie, wie viele Tränen sie zurückgehalten hatte. Aber noch konnte sie es sich nicht leisten, diese Tränen zu weinen, denn noch wartete viel Arbeit auf sie. Sie löste sich aus Kitrins Umarmung.

»Ich freue mich, euch zu sehen«, sagte sie, »aber leider habe ich schlechte Nachrichten. Aligarius Timni ist seit dem Tod meines Vaters verschwunden.«

Oesol und Kitrin wechselten einen Blick. »Wir haben ihn gesehen«, erklärte der Viashino. »Er war vor zwei Tagen im Institut.«

»Er war bei euch? Was soll das heißen?«

»Vor drei Tagen erschien er kurz nach Sonnenuntergang – am Todestag des Königs«, berichtete Kitrin.

Sie trat an Oesols Seite. »Er war von Kopf bis Fuß mit Staub bedeckt und völlig erschöpft.«

»Dann ist er jetzt im Institut?« fragte Talli.

Das blasse Mädchen schüttelte den Kopf. »Er ging wenige Stunden später wieder fort.«

»Aber das verstehe ich nicht. Was wollte er denn?«

»Er sagte uns, du hättest ihn geschickt.«

»Ich?« Talli schüttelte den Kopf. »Wir haben ihn überall gesucht. Wir wußten nicht, daß er zum Institut gegangen ist.«

Oesol zischte böse. »Ich ahnte es. Wir hätten ihn nicht gehen lassen sollen.«

Kitrin legte ihm die Hand auf die schuppige Schulter. »Was hätten wir denn tun sollen? Es ist gegen die Regeln des Institutes, jemand zurückzuhalten. Du bist derjenige, der immer behauptet, die Regeln müßten befolgt werden.«

»Diesmal hätten wir eine Ausnahme machen sollen«, meinte Oesol. »Dann hätte er die Artefakte nicht mitnehmen können.«

»Artefakte?« fragte Talli.

»Aligarius war der Fachmann für das Studium magischer Gegenstände«, erläuterte Kitrin. »Davon gibt es im Institut recht viele. Die meisten sind machtlose Überbleibsel uralter Sprüche. Wir studieren sie, um mehr über die Magie zu lernen, durch die sie entstanden, und Aligarius war der größte Fachkundige auf diesem Gebiet.«

»Und er hat die Artefakte gestohlen?«

»So sieht es aus«, sagte das Mädchen. »Als wir heute morgen nach ihm sahen, war er fort – und die Artefakte ebenfalls.«

Talli schüttelte den Kopf. »Das verstehe ich nicht. Wenn er doch nichts anderes tut, als diese Gegenstände zu studieren, dann kann er das doch im Institut tun.«

»Ich sagte, daß die meisten machtlos sind, aber natürlich nicht alle. Einige besitzen große Fähigkeiten.« Kitrin zog ein kleines Pergamentstück aus der Tasche. »Hier ist eine Aufstellung der fehlenden Dinge.«

Talli starrte auf den Papierfetzen, aber die Namen sagten ihr nichts. »Was kann er denn mit diesen Dingen anfangen, außer sie zu studieren?«

Kitrin fuhr mit dem Finger über die Liste. »Dieses kann die Untoten herbeirufen. Dieses hat Gewalt über verschiedene Tiere. Dieses – nun, wir wissen nicht genau, was dieses erreichen kann. Aligarius muß es aber für wertvoll gehalten haben.« Eilig deutete sie auf einen Namen in der Mitte. »Dies hier macht uns die meisten Sorgen.«

»Die Nabe der magischen Mauer«, las Talli. Sie sah auf und schüttelte den Kopf. »Ich weiß, was die magische Mauer ist, aber was hat dieses Ding damit zu tun?«

»Alles«, stieß Oesol hervor.

»Aber die magische Mauer gibt es seit Jahrhunderten«, meinte Talli. »Aligarius kann ihr doch nichts anhaben, oder?«

»Jene, die etwas über die Nabe wissen, behaupten, daß Aligarius die Mauer nicht zerstören kann«, erklärte Oesol. »Aber er kann sie verändern, so daß Tamingazin nicht länger beschützt wird.«

Talli spürte ein Würgen in der Kehle, das nichts mit dem Tode ihres Vaters zu tun hatte. Obwohl Tagard und Karelon über die Auswirkungen der Mauer geklagt hatten, stand zweifellos fest, daß sie seit Jahrhunderten zwischen Tamingazin und den feindlichen Nachbarländern gelegen hatte. Wenn jemand Aligarius beschwatzt hatte, die Mauer zu entfernen, war der Grund offensichtlich.

»War denn jemand bei Aligarius, als er zurückkehrte?«

»Ich selber habe niemanden gesehen«, antwortete Oesol. »Aber einer der Akoluthen berichtete, daß in jener Nacht ein Mann am Fuß des Turms gewartet habe.«

»Ein Mann? Hat Euch dieser Akoluth erzählt, wie der Mann aussah?«

»Nein. Er konnte ihn nicht genau erkennen.« Oesol spreizte die Klauen. »Und für Viashino sehen die meisten Menschen gleich aus.«

Talli seufzte. »Na gut. Jetzt wissen wir, daß Aligarius vor zwei Tagen Artefakte aus dem Institut gestohlen hat, und daß sich darunter der Gegenstand befand, den wir brauchen, um das Tal zu schützen. Aber wir wissen nicht, wo er sich befindet, oder was er vorhat.«

Wieder griff Kitrin in die Tasche und zog ein Stück eines blauen, glitzernden Kristalles heraus. »Wir wissen nicht, was Aligarius tut, aber wir können feststellen, wo er ist.«

»Der Stein soll Aligarius finden?« fragte Talli ungläubig.

»Nun, Aligarius nicht«, erklärte das schwarzhaarige Mädchen, »aber er wird uns zeigen, wo sich die Nabe der magischen Mauer befindet.« Sie befestigte eine Lederschnur um die Mitte des Kristalls und streckte die Hand aus. Ein paar Sekunden lang pendelte der Stein wild hin und her, bewegte sich dann aber regelmäßig vor und zurück. Endlich hielt er an und stand fast waagerecht vor Kitrins Hand.

»Süden«, verkündete das Mädchen. »Das deutete der Kristall auch beim ersten Versuch, den ich unternommen habe, an. Aber diesmal ist sie schon weiter entfernt.«

Talli nickte. »Also hat Aligarius die Nabe und reist nach Süden damit. Nach Süden …« Sie rannte zur Tür und riß sie auf. Der junge Soldat blickte sie überrascht an. »Geh und hole den Botschafter von Suderbod«, befahl Talli. »Bring ihn sofort zu mir.«

Der junge Mann nickte und eilte davon. Talli kehrte ins Ratszimmer zurück.

»Kannst du feststellen, wie weit fort die Nabe ist?« fragte sie.

Kitrin schüttelte den Kopf. »Ich sehe nur, daß sie sich stündlich weiter entfernt.«

»Wenn Aligarius nach Süden gezogen ist …« Talli ging zum Tisch und zog die Karte, auf der die Fluttore eingezeichnet waren, hervor, dann die darunter liegende Karte, dann die nächste. Zuunterst lag die Landkarte, die ihr schon einmal aufgefallen war: Tamingazin und die umliegenden Länder.

Kitrin und Oesol traten näher und blickten Talli über die Schulter, als sie auf die eingetragenen Namen deutete.

»Er könnte sich auf den Inseln befinden«, erklärte sie, »aber die liegen im Südosten. Ich wette, er ist auf dem Weg nach Suderbod.«

»Ich war schon mal in Suderbod«, erklärte Kitrin. »Ich möchte nicht behaupten, daß es mir gut gefallen hat.«

»Ich glaube, nicht einmal die Suderboder fühlen sich wohl«, berichtete Talli. »Mein Vater erzählte mir, daß es dort feucht, armselig und ungemütlich ist.«

»Das kann ich nur bestätigen«, nickte Kitrin. »Gar nicht zu reden von den En'Jaga, die von den Suder-

bodern als Jäger und Soldaten beschäftigt werden.«
Sie rümpfte die Nase. »Es gibt nichts Gutes über das
Land zu berichten. Warum sollte Aligarius dorthin
gehen?«

Talli fiel der En'Jaga ein, den sie auf dem Markt gesehen hatte. Es war kein angenehmer Gedanke, sich
vorzustellen, gegen Hunderte dieser Kreaturen zu
kämpfen, die zur Armee Suderbods zählten. Sie
starrte auf die Karte. Sie war gut gezeichnet, und die
Absichten des Schöpfers waren leicht zu erkennen,
wenn man sich ein wenig Mühe gab. Der dunkel-
graue Fleck zwischen Tamingazin und Suderbod be-
zeichnete den Großen Sumpf. Suderbod selbst war
von vielen Mooren und Morasten durchzogen. Wie
man ihr berichtet hatte, erhob sich im ganzen Land
der Boden nirgendwo mehr als ein paar Fuß über die
Wasseroberfläche. Die Entfernung zwischen diesem
feuchten Gebiet und Berimish betrug nicht mehr als
ein paar Tagesmärsche, oder einen Tag mit dem
Schiff.

»Die Suderboder wollten Tamingazin schon immer
einnehmen. Sie haben es trotz der magischen Mauer
ein paarmal versucht«, erzählte Talli. »Erst vor wenigen Tagen versuchte der Botschafter Suderbods, meinen Vater zu überreden, einen Teil seines Volkes im
Tal siedeln zu lassen.«

»Die Bedrohung des Institutes durch die Suderboder ist mehrfach in unseren Schriften erwähnt worden«, sagte Oesol. »Sie waren der Hauptgrund, aus
dem die magische Mauer errichtet wurde.«

Kitrin schob sich an ihrem Viashino-Gefährten vorbei und beugte sich mit Talli über die Karte. »Also,
wenn Aligarius die Nabe hat und nach Suderbod
reist, bedeutet es, daß die Suderboder Tamingazin
überrennen wollen.«

»Genau.« Talli umfaßte das Amulett und ließ die
Finger über das kühle Metall gleiten. »Und ohne die

Mauer, die ihre Bewegungen verlangsamt, reichen unsere Streitkräfte nicht aus, sie aufzuhalten.«

»Kann ich das mal sehen?« fragte Kitrin.

»Was?«

Das blasse Mädchen nahm Tallis Hand und entzog ihr das Amulett. Sie sah es nur eine Sekunde lang an, bevor sie Talli einen entsetzten Blick zuwarf. »Woher hast du das?«

»Ich nahm es meinen Vater ab, am Tag seines Todes. Aligarius gab es ihm. Schau.« Talli drehte das Amulett um und zeigte ihr einen hellen Streifen auf der Rückseite. »Einer der Bolzen traf auf diese Stelle, bevor er in den Körper meines Vater eindrang. Hätte das Amulett ein wenig anders gelegen, hätte es ihn vielleicht gerettet.«

Kitrin schüttelte den Kopf. »Dieses Amulett schützte deinen Vater nicht.« Sie drehte den Anhänger noch einmal um und deutete auf die winzigen Zeichen, die in die Rückseite geritzt waren. »Dieser Spruch zieht Geschosse an, lenkt sie auf sich.«

Ein seltsames Pfeifen klang Talli in den Ohren, und sie fühlte sich von Kopf bis Fuß von einer prickelnden Welle umspült. »Du behauptest, daß Aligarius meinen Vater getötet hat«, sagte sie. Sie hörte die eigene Stimme kaum. Das Herz schlug dröhnend und ihre Finger zuckten und verkrampften sich ganz von allein. Während vieler Schlachten hatte sie Soldaten erzählen hören, wie diese von einem kalten, wilden Wind erfaßt wurden – ein Wind, der sie über den Schmerz und die Vernunft hinaus vorantrieb. Noch nie hatte Talli diesen tödlichen Wind verspürt.

Doch jetzt tobte ein Wirbelsturm in ihr.

»Aligarius hat die Bolzen sicher nicht selber abgefeuert«, erklärte Kitrin, »aber wenn er dieses Amulett deinem Vater umgelegt hat, konnte der schlechteste Schütze des ganzen Tales den König aus hundert Schritt Entfernung treffen.«

Es klopfte. Dann öffnete sich die Tür und der junge Soldat streckte den Kopf hindurch. »Wir konnten den Botschafter nicht finden«, meldete er. »In den letzten Tagen scheint ihn niemand gesehen zu haben.«

Talli nickte. »Ich dachte mir schon, daß es schwierig sein würde, ihn ausfindig zu machen. Sucht weiter.« Der Mann hob die Faust zum Gruß und schloß die Tür.

»Nun«, wandte sich Talli an die beiden Magier, »ich glaube, es ist so gut wie sicher, daß Aligarius und der Botschafter von Suderbod zusammengearbeitet haben, um meinen Vater zu töten. Und bestimmt sind sie noch immer zusammen.«

Sie riß an der Schnur, die das Amulett hielt, und das Lederband riß entzwei. Mit einem wütenden Knurren schleuderte sie das Metallstückchen auf den Boden.

»Suderbod hat uns den Krieg erklärt, und mein Vater war das erste Opfer. Aber er wird nicht das letzte sein.«

»Was sollen wir tun?« fragte Kitrin.

»Wir bereiten uns auf den Krieg vor«, verkündete Talli. Eine Weile starrte sie reglos vor sich hin, die Augen auf einen Punkt außerhalb der Steinmauern des Ratszimmers gerichtet. Als sie erneut zu sprechen begann, war ihre Stimme ausgesprochen sanft. »Aber zuerst muß ich dafür sorgen, daß nicht ein Unschuldiger hingerichtet wird.«

Sie rannte eiligst aus dem Raum, und die beiden Zauberer folgten ihr.

Das Plätschern des Wassers gegen die Steine war zwar ein sanftes Geräusch, aber nach drei Tagen und ebenso vielen Nächten hatte Recin das Gefühl, davon wahnsinnig zu werden. Abgesehen vom *plitsch-platsch* der kleinen Wellen war in dem dunklen Raum nichts außer den Schritten der Wachen zu hören, die am oberen Ende der Rampe umhergingen und dem zeitweiligen Plätschern, wenn ein Fisch im dunklen Wasser emporhüpfte.

Das einzige Licht stammte von zwei Sumpfleuchten, die schon vor vierzehn Tagen hätten fortgeworfen werden sollen. Das dumpfe, orangefarbene Licht erhellte kaum die Wasseroberfläche und reichte nicht aus, um Helligkeit in die Ecken der riesigen, unterirdischen Höhle zu bringen.

Tante Getin hatte Recin einmal eine lange Geschichte über einen heldenhaften Tak erzählt, der ins Totenreich eingedrungen war, um den verschwundenen Gar zu suchen. In jener Erzählung war das Totenreich dunkel, warm und feucht gewesen. Eine Anlegestelle und ein Fluß voller Attalos waren nicht vorgekommen, doch nach drei Tagen überlegte Recin, ob er nicht vielleicht schon hingerichtet worden war, ohne es zu wissen.

Als er das Stimmengewirr auf der Rampe vernahm, dachte er anfangs, die Wachablösung sei gekommen. Wenn es ihnen in den Sinn kam, warfen sie ihm Beleidigungen zu. Aber kurz darauf näherten sich die Stimmen, und ein gelblicher Schein von Lampenlicht war zu sehen.

»Zeit für das Essen«, sagte er sich. Selbstgespräche wurden allmählich zu einer Gewohnheit.

Zu seiner Überraschung erblickte er drei Lampen an Stelle von einer, und der Anblick ließ sein Herz wie rasend klopfen. Es bedurfte nicht dreier Wachen, um ihm die karge Mahlzeit zu bringen, aber vielleicht waren drei geschickt worden, um ihn zur Hinrichtung zu holen. Die drei Tage Dunkelhaft hatten ihn schlecht auf diesen Augenblick vorbereitet. Er versuchte, aufzustehen, aber seine Beine waren steif geworden, und je näher die Lichter kamen, um so schwächer wurden ihm die Knie. Er setzte sich auf die kalten Steine und wartete darauf, daß er dem Tode zugeführt wurde.

Schließlich mußte er die Augen mit der Hand gegen das Licht abschirmen. »Was bringt ihr mir?« rief er, aller Vernunft zum Trotze hoffend, daß es sich nur um eine gut bewachte Mahlzeit handeln möge. Die Frage wurde vielfach von den Wänden zurückgeworfen. Eine Antwort bekam er nicht.

Die Lampen hielten ein paar Schritt entfernt an. Im flackernden Lichtschein erkannte Recin voller Staunen, daß es sich um zwei Frauen und einen Viashino handelte. Er konnte sie nicht genau sehen, aber keiner der drei schien die schwere Kleidung der menschlichen Soldaten zu tragen.

»Ich möchte dir eine Frage stellen«, sagte eine Stimme. Durch das Echo und die Weite des Raumes mußte Recin eine Weile nachdenken, um die Sprecherin zu erkennen.

»Talli?«

Das Mädchen trat vor. Sie setzte ihre Lampe auf die feuchten Steine und hockte sich daneben. Das Licht der Lampe umgab ihr goldenes Haar mit einem Leuchtschimmer. »Kanntest du Ursal Daleel?« fragte sie. Der Name hallte in der warmen Luft der dunklen Höhle wieder und wieder.

»Daleel?« Recin dachte kurz nach. »Ich glaube, ich habe den Namen schon einmal gehört, kann mich aber nicht erinnern, wo es war.«

»Er war der Botschafter von Suderbod.«

Recin nickte. »Er war es, der euch in die Prunkhalle gelassen hat. Jetzt erinnere ich mich.«

»Hast du ihn bei anderer Gelegenheit schon einmal getroffen?«

»Nein.«

»Kannte ihn deine Mutter?«

»Ich …« Recin schüttelte den Kopf. »Ich glaube nicht.«

»Was ist mit Aligarius Timni?« fragte Talli.

»Der Zauberer? Ich denke, jeder in Berimish kennt seinen Namen.«

»Aber hast du ihn jemals getroffen?«

»Ich sah ihn während der Zeremonie und an dem Abend, als ihr die Stadt gestürmt habt«, erklärte Recin, »aber ich habe nie mit ihm gesprochen, wenn du das meinst.« Er blinzelte ins Licht. »Ich verstehe das nicht. Warum fragst du danach?«

Talli sah ihn an und runzelte die Stirn. »Ich wünschte, ich könnte dir glauben.«

»Das wünsche ich auch«, murmelte Recin.

»Ich habe einen Vorschlag«, meldete sich das Mädchen, das ein Stück weiter oben auf der Rampe gewartet hatte. Sie kam näher und bückte sich, um die Lampe abzusetzen. Als sie ihr Kleid anhob, um sich auf dem Boden niederzulassen, erblickte Recin nachtschwarze Haare, die ein ihm unbekanntes Gesicht umgaben. Das Mädchen griff in einen Beutel und zog eine Handvoll grün-blauer Kristalle hervor. »Halte sie über seinen Kopf und frag ihn noch einmal«, sagte sie. »Dann weißt du, ob er die Wahrheit sagt.«

Recin beugte sich vor, um die Kristalle besser sehen zu können, aber Talli zog sie zurück. »Kitrin kommt vom Institut für Arkane Studien«, sagte sie ernst. Dann wandte sie sich um und wies auf den Viashino. »Oesol ebenfalls. Sie verfügen, genau wie Aligarius, über große Macht und viel Wissen. Jetzt kann ich diese Macht benutzen, um das Richtige zu tun.«

Talli hob die Hand mit den Kristallen über Recins Kopf, aber Kitrin packte sie beim Handgelenk. »Sei vorsichtig«, warnte sie. »Wenn er lügt, könnte die Magie auch dich verbrennen.«

»Verbrennen?« sagte Recin ängstlich. Er wich ein Stück zurück, aber sofort landete er mit einer Hand im dunklen Wasser.

»Genau«, nickte das Mädchen vom Institut. Das Lampenlicht malte dunkle Ringe unter ihre Augen, und das Gesicht wirkte geisterhaft blaß im Gegensatz zu dem tiefschwarzen Haar. »Wenn du in Gegenwart des Wahrheitskristalls lügst, wird dich das Feuer bei lebendigem Leib verbrennen. Auch die kleinste Unwahrheit setzt die Kristalle in Brand.«

Recin starrte die kleinen, grünen Steine an. »Ich nehme an, mein Wort reicht euch nicht?«

Langsam hob Talli die Hände in die Höhe. Recin mußte sich zusammenreißen, um nicht zurückzuzucken.

»Kennst du Ursal Daleel?«

»Nein. Ich glaube nicht.«

»Hast du je mit ihm gesprochen?«

»Nein.«

»Hast du je mit dem Magier Aligarius geredet?«

»Nein.«

Talli drückte die Kristalle fest gegen Recins Stirn. Obwohl sich die Steine kühl anfühlten, hätte er schwören können, die flammende Kraft zu spüren, die darauf lauerte, ihn zu rösten und zu töten.

Das Mädchen beugte sich so weit vor, daß sie beinahe mit den Nasen aneinanderstießen. »Hast du meinen Vater getötet?« fragte sie.

Recin schüttelte langsam den Kopf. »Nein«, antwortete er. »Ich versuchte, ihn zu retten.«

Er schloß die Augen und wartete darauf, daß sich entweder Tallis Hand bewegen, oder aber der Tod kommen würde, doch nichts geschah. Noch immer fühlte er die scharfen Kanten der Steine an der Stirn. Langsam öffnete er die Augen wieder. »Ich habe es nicht getan. Und ich weiß auch nicht, wer es war. Es tut mir leid.« Das letzte Wort wurde von den Wänden zurückgeworfen und schallte vielfach durch die Dunkelheit.

Talli nahm die Kristalle fort und gab sie Kitrin zurück. »Ich glaube dir«, sagte sie zu Recin.

Er nickte dem Mädchen zu, das die Kristalle in den Beutel zurücksteckte. »Ich lebe noch. Also sage ich die Wahrheit.«

Die junge Magierin lächelte. »Nun, vielleicht wärst du nicht *wirklich* gestorben, wenn du eine Lüge ausgesprochen hättest.«

Er sah von einer zur anderen. »Wollt ihr etwa sagen, daß es keine Magie ist?«

»Es ist schon Magie«, antwortete das Mädchen. »Aber keine Wahrheitsmagie.«

Recin spürte keinen Ärger, denn die Erleichterung war einfach zu groß. »Guter Trick«, meinte er.

»Komm schon«, sagte Talli. Sie stand auf und streckte Recin die Hand entgegen, um ihm auf die Beine zu helfen. »Laßt uns aus der Dunkelheit gehen, um einen besseren Platz zum Reden zu finden.«

Glücklich stolperte Recin hinter ihnen die Rampe hinauf, hinaus aus der Finsternis. Die Wachen, die am oberen Ende der Rampe standen, hielten sie an, befolgten aber Tallis Befehle und ließen sie durch. Als sie das obere Stockwerk erreichten, bemerkte er zu seiner Überraschung, daß die Stadt im hellen Licht des Tages dalag. In den paar Tagen der Dunkelhaft hatte er sein Zeitgefühl völlig verloren.

Talli hielt vor der Tür des Ratszimmers und sprach mit dem dort wachenden Soldaten. »Irgendwo in der Prunkhalle hält Rael Gar zwei Garan-Frauen gefangen«, sagte sie.

»Warum sind sie…«, begann Recin, aber Talli hob die Hand und schnitt ihm das Wort ab.

»Ich will, daß sie gefunden und sofort hierhergebracht werden. Und sorge dafür, daß jeder begreift, daß diese Frauen Gäste und keine Gefangenen sind. Ich möchte nicht, daß ihnen etwas geschieht.«

Der Soldat schlug die Faust gegen das harte Leder der Uniform und eilte davon, um Tallis Befehl auszuführen.

»Die Frauen, über die du gesprochen hast, müssen meine Mutter und meine Tante sein«, sagte Recin.

Talli nickte. »Stimmt. Rael Gar hat sie hierher gebracht, damit ihr alle gemeinsam hingerichtet werdet.«

Die Angst, die beim Verlassen der Finsternis von Recin gewichen war, senkte sich erneut über ihn. »Das wirst du doch nicht zulassen, oder?«

Talli sah ihm fest ins Gesicht. »Mein Vater sagte, daß dies eine Garan-Angelegenheit sei und daß Rael Gar tun könne, wie es ihm beliebe.« Sie verschränkte die Arme vor der Brust, und plötzlich sah Recin Tagards Spiegelbild im Gesicht der Königstochter. »Aber ich glaube, daß diese Entscheidung falsch war.«

Recin atmete hörbar aus, obwohl ihm nicht aufgefallen war, daß er die Luft angehalten hatte. »Du wirst nicht zulassen, daß er sie tötet?«

»Nein, noch nicht.« Talli hob den Finger. »Er darf dich oder sie nicht in Berimish töten, aber ich gestatte ihm, euch am Mittsommertag ins Garan-Reich zu bringen.«

Recin wollte widersprechen, hielt sich aber rechtzeitig zurück und nickte. Mittsommer war noch Monate entfernt. Also blieb noch Zeit, einen Weg zu finden, um Rael Gar aufzuhalten.

Talli schritt ihnen voran in das Ratszimmer. Der Anblick eines richtigen Stuhls reichte aus, um Recin erleichtert aufseufzen zu lassen. Er ließ sich hineinfallen und tastete mit den Händen über seine schmerzenden Beine. Wenngleich er drei Tage im Dunkeln gesessen hatte, war er nicht zur Ruhe gekommen. Jetzt, da die drohende Hinrichtung nicht länger vor ihm lag, erschien es ihm, als würde er im Stuhl einschlafen und einen Monat lang nicht aufwachen.

»Wir müssen uns beeilen«, verkündete Talli.

Recin bemühte sich, die Schläfrigkeit abzuschütteln. »Ich verstehe gar nichts«, sagte er. »Warum hast du all die Fragen über den Zauberer und diesen Dall gestellt?«

»Daleel«, verbesserte Talli. Sie zog einen Stuhl heran und warf sich ebenso plump hinein, wie Recin es getan hatte. Das dunkelhaarige Mädchen folgte ihrem Beispiel, während Oesol – der in Recins Beisein noch kein einziges Wort gesprochen hatte – sich ein Stück von den anderen entfernt an eine Wand lehnte. Auch ohne Worte vermittelte der Viashino einen überlegenen und ruhigen Eindruck.

»Daleel«, wiederholte Recin. »Warum ist er so wichtig?«

»Wir können ihn nicht finden«, erklärte Talli. »Es scheint, daß er an dem Tag, an dem mein Vater umgebracht wurde, verschwand.«

»Denkst du, daß er etwas damit zu tun hat?«

»Ich bin dessen ganz sicher.« Sie hob ein kleines Bronzeamulett auf. »Und ich bin völlig sicher, daß Aligarius daran beteiligt war.«

»Woher weißt du das?«

»Wegen diesem Gegenstand«, sagte Talli. Sie hielt dem Jungen das Amulett entgegen. Er untersuchte das Metallstück, während Talli berichtete, was sie über den Tod des Königs und die Zusammenarbeit des Suderboders und des Magiers erfahren hatte.

»Aber warum sollte sich der Zauberer gegen deinen Vater wenden?« erkundigte sich Recin. »Was hat ihm der Suderboder denn geboten?«

Talli zuckte die Achseln. »Wir wissen noch längst nicht alles. Wir wissen nur, daß wir etwas unternehmen müssen, bevor Aligarius die magische Mauer versetzt und die Suderboder die Grenze überschreiten, um Tamingazin zu stürmen. Wir sollten zurück zum Institut gehen. Vielleicht kann man dort die Mauer erneuern, oder weitere Magie herausgeben, damit…«

Plötzlich schlug Oesol den langen Schwanz gegen die Wand. Das laute Klatschen ließ Recin und Talli zusammenschrecken. »Nein«, sagte er. »Es gibt keinen Grund, zum Institut zu gehen.«

»Warum nicht?« wollte Talli wissen. »Habt Ihr Magie bei Euch, die Aligarius besiegen kann?«

»Leider nicht«, sagte der Viashino. »Ich besitze keine nennenswerte Magie. Und ich befürchte, daß die magische Mauer nicht ohne die jahrelangen Studien und Bemühungen erneuert werden kann, die in der Nabe stecken.«

»Dann müssen wir doch zum Institut eilen und die Hilfe mächtigerer Magier suchen«, meinte Talli. »Aligarius selbst hat gesagt, daß er nicht der mächtigste Zauberer des Institutes war.«

»Das stimmt, und ich glaube, im Institut gibt es jene, die über die Macht verfügen, die Ihr braucht.« Wieder schlug er krachend mit dem Schwanz gegen die Wand. »Aber Ihr braucht nicht dorthin zu reisen, denn ich bin ganz sicher, daß keiner von ihnen seine Kraft einsetzen wird, um Euch zu helfen.«

»Wollen sie denn, daß die Suderboder einmarschieren?« mischte sich Recin ein.

Oesol schüttelte den Kopf und den Hals. »Nein,

aber sie werden nicht gegen die Regeln des Institutes verstoßen.« Er ließ das Kinn sinken, und die schuppigen Lider senkten sich über die gelben Augen. »Wie edel der Grund auch klingen mag, die Magie, die man uns lehrte, darf den Berg nicht verlassen. Diese Lektion haben wir am Beispiel des Aligarius gelernt.«

»Aber dies ist doch etwas anderes«, beteuerte Recin. »Ihr sollt Magie benutzen, um Aligarius aufzuhalten. Damit könnt Ihr das ganze Tal retten und den Schaden, den er angerichtet hat, wiedergutmachen.«

»Nein. Nicht einmal, wenn es das Ende des Institutes bedeuten würde«, erklärte der Viashino. »Um unser aller willen können wir nicht zulassen, daß noch weitere Magie in die Welt getragen wird.«

Lange Zeit herrschte Stille im Raum. So erleichtert Recin war, die Dunkelheit verlassen zu haben, so unerfreulich war es, trotzdem drohendem Unheil gegenüber zu stehen. Ganz Berimish konnte dem Verderben so ausgeliefert sein, wie er selbst es noch vor wenigen Stunden gewesen war. Tagards Armee hatte sich bei der Eroberung des Tals als mächtig erwiesen, aber Tamingazin war nur ein kleines, abgeschlossenes Land. Verglichen mit riesigen Staaten wie Suderbod und Acapistan, stellten die Menschen und Garan, die unter Tagards Banner marschiert waren, eine recht kleine Armee dar. Auch wenn es einen Weg gab, Aligarius und den Suderboder dieses Mal aufzuhalten, würden sie doch nicht unendlich Widerstand leisten können.

»Wir müssen die magische Mauer erneuern«, flüsterte er.

»Was?« fragte Talli.

Recin räusperte sich und sprach lauter. »Ich bin kein Soldat und kann euch nicht sagen, wie man diesen Krieg gewinnt. Aber selbst wenn wir erreichen, daß alle zusammenhalten, wird es wahrscheinlich nicht ausreichen. Die Suderboder werden immer wieder angreifen, bis sie uns alle umgebracht haben.«

»Was schlägst du also vor?« fragte Talli. »Aufzugeben?« Ihre Stimme klang ärgerlich.

»Nein«, erwiderte der Junge. »Das können wir nicht. Wir brauchen die magische Mauer, die uns Schutz bietet. Dann können die Suderboder umkehren und heimgehen.«

Der wütende Ausdruck auf Tallis Gesicht verwandelte sich in Enttäuschung. »Was redest du denn da? Die magische Mauer ist fort, und du hast gehört, wie Oesol sagte, daß wir sie nicht erneuern können.«

»Er sagte, sie kann nicht ohne die Nabe erneuert werden«, verbesserte Recin. Er wandte sich an den Viashino. »Wenn Ihr die Nabe hättet, könntet Ihr die Mauer erneuern?«

»Ohne Schwierigkeiten. Aligarius hat Dutzende von Artikeln über die Nabe verfaßt, und die Sprüche, die man zum Beeinflussen der Mauer benötigt, sind wohlbekannt und einfach.«

»Gut.« Recin beugte sich vor. Die Müdigkeit und die Verzweiflung waren von ihm gewichen. Jetzt erfüllte ihn die Gewißheit, den richtigen Weg einzuschlagen. »Wir müssen Aligarius verfolgen und ihm die Nabe entwenden. Wenn wir sie haben, ist alles in Ordnung.«

Talli sah ihn mit offenem Mund an. Sie wandte sich um und blickte zu Oesol hinüber. »Ist das wahr? Würde das Entwenden der Nabe ausreichen, um Aligarius' Pläne zu vereiteln?«

»Wenn er noch keine Veränderungen vorgenommen hat, wird es ausreichen«, bestätigte Oesol. »Aber sollte Aligarius bereits etwas unternommen haben, muß Magie angewandt werden, um die Mauer wieder in den ursprünglichen Zustand zu versetzen.«

»Dann müssen wir ihn fangen, bevor es zu spät ist«, sagte Recin.

»Es wird schwer sein, ihn zu fangen, bevor er Suderbod erreicht«, stellte Talli fest. Sie stand auf und schritt um den mit Karten bedeckten Tisch herum. »Wenn er erst einmal dort ist, ist alles verloren. Wir würden nie ein Schiff an der Flotte von Suderbod vorbeisteuern können.«

»Dann sollte ich durch den Großen Sumpf gehen«, schlug Recin vor.

»Du?« Talli schüttelte den Kopf. »Wieso du?«

»Weil ich nichts anderes tun kann.« Recin erhob sich ebenfalls und ging auf sie zu. »Sieh mal, ich weiß nichts über Kriegsführung. Ich kann euch hier nicht helfen. Aber ich war oft genug tief im Sumpf, um Zutaten für meine Mutter zu sammeln. Laß es mich versuchen.«

Das Mädchen schüttelte heftig den Kopf. »Es handelt sich nicht um einen Tagesausflug, um Beeren zu pflücken.« Sie griff über den Tisch und zog eine große Landkarte herüber. »Der Große Sumpf ist breiter als die Strecke von hier bis zum Institut. Sogar daheim, in den Bergen, hörten wir Geschichten über die Biester, die dort hausen.«

»Das sind nur Geschichten«, meinte Recin. »Es ist halb so schlimm, wie du denkst.«

»Was ist mit den En'Jaga? Leben denn nicht einige Stämme im Sumpf?«

»Hm, ja.« Recin starrte auf die Karte. Auf dem Papier wirkte der graue Fleck nicht besonders bedrohlich. »Ich habe schon En'Jaga getroffen, sie sind auch nicht so schlimm, wie die Gerüchte sagen.«

Talli runzelte die Stirn und sah ihn an. »Du bist hundert Schritt in den Sumpf gegangen und hast den En'Jaga auf dem Markt Brot verkauft. Und du glaubst, daß dich das befähigt, den Großen Sumpf zu durchqueren, dich in Suderbod einzuschleichen und die Nabe der magischen Mauer von einem mächtigen Zauberer samt der ganzen Armee von Suderbod zu stehlen?«

Recin zuckte die Schultern. »Was wollt ihr sonst tun?«

Bevor Talli antworten konnte, sprang Kitrin auf. »Ich!« rief sie. »Ich bin auch noch da. Ich gehe mit.«

»Nein!« brüllte Oesol. »Wir dürfen...«

»... ihnen nicht mit unserer Magie helfen«, beendete Kitrin den Satz. »Ich weiß. Aber ich habe nicht gesagt, daß ich Magie anwenden werde. Wir holen die Nabe zurück. Das ist alles.«

»Ich glaube, ich sollte keinen von euch gehen lassen«, stellte Talli fest.

»Ich war bereits in Suderbod«, verkündete das schwarzhaarige Mädchen schnell. »Ich weiß, wie es dort zugeht. Und sollte Aligarius die Nabe benutzen, bevor wir dort ankommen, werde ich es wieder in Ordnung bringen.«

Recin ging um den Tisch herum und stellte sich neben die junge Magierin.

»Ich kenne den Sumpf, sie kennt Suderbod und die Magie. Wir beide werden alles tun, was getan werden muß.«

Oesol klatschte den Schwanz gegen die Wand. Dann stieß er sich ab, stampfte durch den Raum und legte Kitrin die Klaue auf die Schulter. »Seitdem du zu uns gekommen bist, fiel es dir schwer, dich dem Lernen und der Ruhe hinzugeben. Laß dich nicht von deiner Abenteuerlust in den Tod führen.«

Das Mädchen legte die Hand über Oesols Klaue. »Dies ist das einzig Richtige«, antwortete sie. »Wenn die Suderboder das Tal überrennen, werden sie das Institut nicht in Ruhe lassen, oder?«

Der Viashino grunzte leise. »Ich werde nicht versuchen, dich aufzuhalten, aber ich glaube, du begehst eine Dummheit.«

Kitrin lächelte. »Wenn ich wieder im Institut bin, kannst du dafür sorgen, daß ich einen Monat lang die Fußböden schrubben muß.«

Talli blickte von Recin zu Kitrin. »Denkt ihr zwei wirklich, daß es euch gelingt?«

»Ich denke, wir sollten es versuchen«, erklärte Recin. »Wenn es uns gelingt, halten wir die Suderboder auf. Wenn nicht…« Er zuckte mit den Schultern. »Wenn nicht, dann habt ihr auch nicht mehr verloren als jetzt.«

Talli biß sich auf die Lippen. »Na gut«, meinte sie dann. »Geht zum Westtor und sprecht mit dem Lagermeister. Sagt ihm, er soll euch alles geben, was ihr für die Reise braucht.«

Recin nickte. »Da ist aber noch etwas.«

»Was?«

»Wenn wir erfolgreich sind, möchte ich, daß meine Mutter und meine Tante vor Rael Gar geschützt werden.«

»Ich weiß nicht, ob ich dir das versprechen kann«, sagte Talli.

»Wir sprechen hier über das ganze Tal Tamingazin«, warf Recin ein. »Ist das nicht das Leben zweier Frauen wert, die niemandem etwas Böses getan haben?«

Talli dachte nur kurz nach, dann nickte sie zustimmend. »In Ordnung. Ich werde alles tun, damit sie in Ruhe gelassen werden. Aber denk daran, ich bin nur ein Ratsmitglied. Wenn Karelon und Rael Gar gegen mich stimmen, ist mein Versprechen nichts wert.«

»Mir ist es aber etwas wert«, antwortete der Junge. Er ging zur Tür, und Kitrin folgte ihm.

»Wann wollt ihr aufbrechen?« rief Talli ihnen nach.

»Sobald wir alles haben, was wir benötigen.«

Sie nickte. »Paßt gut auf euch auf und kommt so schnell wie möglich zurück.«

Recin öffnete die Tür und betrat die Halle. Sobald er das Ratszimmer verlassen hatte, begann seine Zuversicht zu schwinden. Glaubte er wirklich, er könne den Großen Sumpf durchqueren? Wenn sie bis nach

Suderbod gelangten, wie sollten sie an die Nabe kommen? Einen Moment lang erwog er, umzukehren und Talli mitzuteilen, daß er seine Meinung geändert hatte. Doch dann trat Kitrin neben ihn. Wenngleich das schwarzhaarige Mädchen nur wenige Jahre älter war als Recin, schien sie doch sehr viel Selbstvertrauen zu besitzen. Außerdem war sie ganz erpicht auf die Reise. Sie konnten Erfolg haben. Das war alles, was zählte.

Schweigend schritten sie zu einer Kreuzung, an der sich mehrere Gänge trafen. Recin wollte zum Westflügel hinübergehen, hielt aber inne, als er in der Ferne zwei vertraute Gestalten erblickte.

»Was ist?« wollte Kitrin wissen.

»Da kommt meine Familie.« Er nahm die junge Magierin bei der Hand und führte sie einen anderen Korridor entlang.

Kitrin verdrehte den Hals, um über die Schulter zu schauen. »Willst du nicht mit ihnen sprechen, bevor wir aufbrechen?«

»Ich glaube, das wäre keine gute Idee. Wenn meine Mutter herausfindet, was ich vorhabe, wird sie nicht gerade begeistert sein.«

»Dann sollten wir uns besser beeilen«, mahnte Kitrin, »denn sie wird es von Tallibeth erfahren.«

Recin verdoppelte sein Tempo. Als sie fast schon die Tür der Prunkhalle erreicht hatten, hörte er hinter sich Schritte, die über die Gangkreuzung führten. Er drehte sich um, aber wer auch immer es gewesen sein mochte, er war bereits nicht mehr zu sehen.

Erst in diesem Augenblick wurde ihm bewußt, daß er seine Mutter vielleicht nie mehr wiedersehen würde.

Ein Teil jeder Selbstbeherrschung ist die Fähigkeit, sich zu erinnern. Du mußt Dich erinnern, wie Du eine Pflicht erfüllst. Du mußt Dich erinnern, wie Du im Kampf einen Schlag ausführst. Du mußt Dich erinnern, welche Teile einer Pflanze eßbar sind. Du mußt Dich an Deine Vergangenheit erinnern, wenn Du die Zukunft erreichen willst. Wir Garan erinnern uns.

Die Menschen in ihren Steindörfern können Dir nicht sagen, woher sie stammen. Nach einer Handvoll Lebensspanne gehen die Namen ihrer Väter und Mütter verloren. Es ist ein Volk ohne Wurzeln.

Die Viashino, in ihren von Mauern umgebenen Dörfern und der großen Stadt, halten ihre Erinnerungen auf Pergament und Papier fest. Sie erzählen diese Dinge nicht untereinander weiter, und stärken sich nicht mit der Notwendigkeit, diese Dinge in ihrem Gedächtnis zu speichern. Ihre Geweihten erinnern sich für sie, und die Selbstbeherrschung ist lasch.

Ich kenne die Namen meiner Eltern, die Namen von deren Eltern, und deren Eltern und immer so weiter. Ich kann sie alle benennen, bis hin zu jenen, die das Eis verließen, als die Garan zu Garan wurden. In Deinem zehnten Jahr mußt Du diese Dinge ebenfalls lernen.

Du hast bereits gelernt, Dir keinerlei Ärger anmerken zu lassen und die Geheimnisse des Herzens vor fremden Augen zu verstecken. Das ist auch ein Teil unserer Disziplin.

Nun mußt Du etwas über Deine Vergangenheit erfahren. Benutze es, um Deine Zukunft zu finden.

– Traditionelle Unterweisung der Garan

Muskelstränge ballten sich an den Seiten von Rael Gars Kiefer. In seinen Augen brodelte es rot und grau. »Sagt mir, wo sie sind«, knurrte er.

»Warum?« fragte Talli. »Wenn Ihr sie nur bis zur Verhandlung gefangenhalten wollt, kann ich das ebenso gut erledigen.«

Die Hand des Garan zuckte durch die Luft und traf, nur einen Zoll von Tallis Nase entfernt, mit solcher Kraft auf die Steinwand, daß sich feine Risse ausbreiteten. »Wir haben uns nicht auf eine Verhandlung geeinigt, wir einigten uns auf eine Hinrichtung. Ich will diese Verräter. Und zwar sofort.«

Talli bemühte sich, nicht zurückzuzucken, aber ihr Herz klopfte so wild wie ein Stein, der bergab kollert. Irgend etwas stimmte mit dem Garan nicht. Nicht nur, daß er mehr Ärger zeigte als je zuvor, sondern auch seine Bewegungen schienen unsicher und ungleichmäßig geworden zu sein. Wenn Talli nicht gewußt hätte, daß es gegen die Garan-Tradition verstieß, hätte sie geglaubt, Rael Gar wäre betrunken.

»Bedroht mich nicht«, sagte sie fest. »Ich habe gesagt, wir müssen die Sache besprechen. Wenn Ihr etwas von mir wollt, könnt Ihr für morgen eine Ratsversammlung einberufen.«

Der Garan senkte die Hände, aber in Anbetracht der Schnelligkeit, mit der er sich bewegen konnte, fühlte sich Talli durch diese Geste nicht sicherer. »Es gibt keinen Grund, auf eine Versammlung zu warten«, sagte Rael Gar. »Der Junge ist bereits zum Tode verurteilt. Die Frauen auch. Sowohl Ihr als auch Euer Vater hatten dem zugestimmt.«

»Das war, bevor ich herausfand, daß der Suderboder und Aligarius die Schuldigen sind. Recin und seine Familie haben nichts mit dem Tod meines Vaters zu tun.«

»Das behauptet Ihr«, murrte der Garan. »Sagt mir, wo ich den Jungen finde, und wir können besprechen, was Ihr herausgefunden habt.«

»Ich bin nur ein Mitglied des Rates. Bevor ich eine Entscheidung treffe, möchte ich mit Karelon und Lisolo sprechen.«

Selbst in Tallis Ohren klang diese Aussage schwach. Aber ihr fiel kein besserer Grund ein, wie sie den Garan-Führer von der Suche nach Recin und seiner Familie abhalten konnte.

Rael Gar schüttelte den Kopf. »Dies ist eine Garan-Angelegenheit. Das hat Euer Vater begriffen, also solltet Ihr es auch begreifen.«

»Mein Vater begriff auch, daß die Rassen des Tales zusammenarbeiten müssen, wenn wir überleben wollen. Das heißt, daß sich die Garan, genau wie alle anderen, nach den Gesetzen richten müssen.«

Augenblicklich wechselte die Augenfarbe ihres Gegenübers von Grün zu tiefstem Schwarz. »Ich bin der Gar. Nur ich entscheide, was für die Garan gilt.«

»Diese Frauen leben seit Jahren in Berimish«, erläuterte Talli. »Sie empfinden sich dem Garan-Reich nicht länger zugehörig.«

»Es sind Verräter. Was sie sagen, spielt keine Rolle.«

»Tragt es dem Rat vor. Darum habe ich zuvor gebeten, und darum bitte ich jetzt.«

Der Garan-Führer schüttelte den Kopf. »Ihr erbittet zuviel.«

Talli knirschte mit den Zähnen und hob das Kinn. »Wenn Ihr eine Antwort wollt, ruft den Rat zusammen.« Sie blickte starr geradeaus und schob sich an

Rael Gar vorbei. Die Schulter des Garan fühlte sich hart wie Stein an, als sie sich an ihm vorüberdrängte.

Mit schnellen Schritten bog sie in einen anderen Korridor ein, öffnete eine Tür und betrat das Vorzimmer ihrer Gemächer. Sie schloß die Tür – dankbar, daß die Prunkhalle der Ort in Berimish war, wo die Türen aus echtem, festem Holz bestanden – und legte die Stirn gegen die kühle Steinwand. In dem Raum brannte keine Lampe, und es herrschte fast völlige Finsternis, doch das war Talli ganz recht. Sie war erschöpft. Sie brauchte Zeit zum Ausruhen, Zeit, ihren Vater zu betrauern und um nachzudenken, was als nächstes zu tun war. Aber niemand ließ ihr diese Zeit.

Die Tür des angrenzenden Schlafgemaches öffnete sich, goldenes Licht ergoß sich in die Kammer. »Seid Ihr es?« fragte eine sanfte Stimme.

Talli drehte sich um und nickte. »Ich bin es nur. Aber Ihr solltet vorsichtiger sein. Was, wenn es jemand anderes wäre?«

Recins Tante stand im Türrahmen und hielt eine kegelförmige Kerze in der Hand. Die flackernde Flamme spiegelte sich in den metallisch-goldenen Augen wieder.

»Tut mir leid. Aber Janin hat ein Ohr für diese Dinge.«

»Seid trotzdem vorsichtig.«

Talli ging in den Schlafraum hinüber; ihre Beine schien schwer wie Blei zu sein. Als sie an Getin vorbeiging, erblickte sie Janin, die an einem kleinen Ecktisch saß und ein Messer und ein Stück Holz in Händen hielt. Helle Holzsplitter lagen neben ihrem Stuhl auf dem Boden.

Die Garan-Frau erhob sich und nickte einen Gruß. »Habt Ihr etwas von meinem Sohn gehört?« fragte sie. »Ist es Euren Leuten gelungen, ihn an der magischen Mauer aufzuhalten?«

»Nein«, antwortete Talli kopfschüttelnd. »Ich

sandte ihnen den Viashino-Zauberer Oesol nach, damit er mit ihnen spricht, wie Ihr erbeten habt. Aber sie hatten die Mauer bereits hinter sich gelassen und den Sumpf betreten, bevor er dort ankam.« Sie ließ sich auf der Bettkante nieder und löste die geflochtene Schnur, die das Haar zusammenhielt. »Ehrlich gesagt bin ich ganz froh, daß Oesol zu spät kam. Kitrins und Recins Vorhaben ist die größte Hoffnung, die uns zur Rettung des Tals bleibt.«

»Wenn das die größte Hoffnung ist, dann ist sie nicht viel wert«, meinte Janin. »Mein Sohn ist weder zum Kämpfen noch zum Auskundschaften der dunklen Sumpfpfade ausgebildet.« Sie ließ die halbfertige Schnitzerei auf das Bett fallen und schritt im Zimmer auf und ab. »Könnt Ihr gar nichts tun, um sie zurückzuholen?«

»Es fiele mir schwer, jemanden durch die magische Mauer zu schicken«, erklärte Talli. »Die Armee steht unter Karelons Befehl. Zwar stört es sie nicht, wenn ich ein paar Soldaten herumkommandiere, aber sie würde Einspruch erheben, wenn ich Truppen in die Wildnis schicken würde.«

»Aber sein Leben ist in Gefahr«, widersprach Janin.

Talli schüttelte die Locken, stand auf und legte das Lederwams ab. »Wenn Karelon etwas dagegen hat, wird auch Rael Gar davon erfahren. Und wenn er es weiß, braucht Ihr Euch keine Gedanken darüber zu machen, wer den beiden folgen wird. Darum wird sich Rael Gar kümmern.«

Janin blickte zur Seite. Obwohl ihr Gesichtsausdruck so gleichmütig wie immer blieb, glänzten Tränen in den Augen. Die goldene Farbe war zu dunklem Blau geworden. »Ich kann nicht zu meinem Volk zurückgehen. Recin und Getin sind alles, was ich habe.«

Bevor Talli noch etwas erwidern konnte, klopfte es an der Tür zum Vorraum. »Bleibt hier«, flüsterte sie den beiden Elfen zu. Dann schlüpfte sie aus dem Schlafgemach und ging zur Tür.

Eine ältere Soldatin mit einer Narbe auf der Stirn wartete im Gang. Talli erkannte in der Frau eine der wenigen, die ihren Vater von Farson aus begleitet hatten.

»Es tut mir leid, Euch stören zu müssen«, sagte die Frau, »aber es wurde eine Sitzung einberufen. Irgendein Notfall. Alle warten bereits im Ratszimmer auf Euch.«

Talli nickte. »In Ordnung. Sag ihnen, ich komme gleich.«

Die Soldatin nickte, machte aber keine Anstalten, zu gehen.

»Gibt es noch etwas?« erkundigte sich Talli.

»Nein ...«, meinte die Frau. »Das heißt, ich bin nicht sicher.«

Sie runzelte die Stirn und strich sich das kurze, schwarze Haar aus dem Gesicht. »Es ist nur so, daß heute dauernd Besprechungen stattfanden, und wir wurden ausgeschlossen.«

»Was für Besprechungen? Und wer wird ausgeschlossen?«

»Die Armee. Den ganzen Tag über wurden Offiziere hergerufen und Kommandos fortwährend abgeändert. Viele Beförderungen sind vorgenommen worden. Aber niemand aus Farson ist aufgerufen worden.«

»Ich verstehe«, sagte Talli. »Und ihr glaubt, daß man euch, ohne meinen Vater, übergehen wird.«

Die Frau sah zu Boden. »Ich möchte nicht respektlos klingen, aber wir machen uns Sorgen. Einige von uns dienen jetzt seit sechs Jahren in der Truppe. Es tut nicht gut, wenn man mitansehen muß, wie grüne Jungs Befehle erteilen dürfen.«

»Nun, macht euch keine Sorgen.« Talli schenkte der Frau das selbstbewußteste Lächeln, das sie aufbrin-

gen konnte. »Versammle die Farsontruppen im Westflügel, im Speisesaal. Sobald die Ratssitzung vorbei
ist, komme ich zu euch und berichte, was ich erfahren
habe. Und ich werde mein Bestes tun, damit die Beförderungen auch dort landen, wo sie angebracht
sind.«

Die Soldatin nickte erfreut. »Mehr wollen wir auch
gar nicht.« Dann hob sie die Hand zum Gruß und
marschierte den Gang hinab.

Talli schlüpfte zurück ins Zimmer und betrat den
Schlafraum. »Es sieht aus, als hätte Rael Gar es ganz
besonders eilig, euch beide zu sehen.«

»Was ist denn geschehen?« fragte Getin.

»Ich habe ihm gesagt, er müsse eine Ratssitzung
einberufen, wenn er euch haben will. Sieht so aus, als
habe er keine Zeit verloren.« Talli ergriff ihren Waffengürtel und legte ihn wieder an. Dann überlegte sie
es sich anders. Sie würde die Prunkhalle nicht verlassen, und mit Hilfe der verstärkten Sicherheitsmaß-
nahmen würde es keinem Attentäter gelingen einzu-
dringen.

Janin trat vor. »Dieser Rat wird über uns abstim-
men?«

»Ja.«

»Und was ist, wenn man entscheidet, uns Rael Gar
zu übergeben?« Talli konnte im gedämpften Licht die
Augenfarbe der Garan-Frau nicht erkennen. »Werdet
Ihr uns ausliefern?«

»Das wird nicht nötig sein. Da Lisolo auch im Rat
sitzt, werden wir die Abstimmung ausgleichen können.«

»Und wenn es doch geschieht?«

»Nein«, sagte Talli. »Nein, ich liefere euch nicht
aus.«

»Was werdet Ihr ihnen erzählen?«

»Daß ihr die Stadt verlassen habt. Daß ich nicht
weiß, wo ihr euch aufhaltet.« Talli zuckte mit den

Achseln. »Ich weiß es noch nicht. Aber mir wird schon etwas einfallen.« Sie ging zur Tür. »Auch wenn der Rat nicht dafür stimmt, euch einzusperren, müssen wir einen anderen Aufenthaltsort für euch finden. Ihr dürft eure Tage nicht auf Dauer in einem dunklen Versteck verbringen.«

Janin trat in den Lichtkreis der Kerze. »Wir schulden Euch mehr, als wir je zurückzahlen können«, sagte sie.

»Euer Sohn setzt sein Leben ein, um dieses Tal zu retten. Das ist Lohn genug.« Talli legte das Lederwams an, ging durch den Raum und legte die Hand auf den Arm der älteren Frau. »Und ich hoffe, Ihr schenkt mir Eure Freundschaft. Es gibt nur wenig Leute in dieser Stadt, mit denen ich reden kann.«

Janin bedeckte Tallis Hand mit der ihren. »Ich hatte wenig Freunde in den letzten Jahren. Es wäre mir eine Freude, Euch dazuzählen zu dürfen.«

Noch einmal wiederholte Talli ihre Warnung, daß sich die Frauen versteckt halten sollten. Dann begab sie sich auf den Weg zum Ratszimmer und faßte noch einmal den Vorsatz, die beiden Elfen niemals an Rael Gar auszuliefern. Auf dem Weg hielt sie in der Küche an, um sich eine Tasse heißen Caltinos mitzunehmen. Während sie weiterging, nippte sie daran und hoffte, das brennende Gebräu würde sie in der Sitzung wach halten.

Eine große Ansammlung von Soldaten wartete vor der Tür des Ratszimmers. Talli fand, es sei eine übertriebene Anzahl von Sicherheitskräften, aber seit Tagards Ermordung hatte sich Karelon mit immer mehr Bewaffneten umgeben. Rael Gar und Karelon saßen bereits an dem langen Tisch. Zu Tallis Erleichterung lehnte Lisolo an der Wand. Erst vor wenigen Tagen hätte sie der Anblick des großen Viashino mit Abscheu erfüllt. Jetzt war Lisolo ihre einzige Hoffnung, um Rael Gar von seinem Vorhaben abzuhalten.

»Willkommen«, begrüßte Karelon sie freundlich. »Ich weiß, daß es spät ist. Deshalb hoffe ich, daß wir die Angelegenheit schnell hinter uns bringen.«

»Ich sagte Rael Gar, er solle eine Ratssitzung einberufen«, bemerkte Talli, »aber ich hätte nicht gedacht, daß sie mitten in der Nacht stattfinden würde.« Sie zog sich einen Stuhl an den Tisch und setzte sich. Dann nahm sie einen tiefen Schluck aus der Tasse und stellte sie auf die Tischplatte.

»Trotz Eurer Ansicht ist die Sache zwischen uns keine Ratsangelegenheit«, erklärte Rael Gar mit seiner ausdruckslosen Stimme. »Ich habe die Sitzung nicht anberaumt.«

»Wer denn?«

»Ich war es«, sprach Karelon. Die schlanke Frau lehnte sich im Stuhl zurück und lächelte. »Es müssen Entscheidungen getroffen werden, die nicht bis morgen warten können.«

»Welche Entscheidungen?«

»Entscheidungen über den Rat. Als Tagard noch lebte, war er der König, und alles war geregelt.« Karelon blickte von einem zum anderen. »Jetzt ist die Lage verworren.«

»Darüber habe ich auch schon nachgedacht«, stimmte Talli zu. »Aber hat das nicht Zeit? Jetzt, wo die Suderboder angreifen wollen, können wir es uns nicht leisten, uns um die Herrschaft zu streiten.«

Ein Klopfen unterbrach sie. Ein Soldat drückte die Tür auf und kam herein. In den Händen hielt er ein Tablett mit vier kleinen Tassen. »Eure Getränke.«

»Was für Getränke?« fragte Talli.

»Ah«, seufzte Karelon. »Ich dachte mir, daß die Sitzung vielleicht etwas länger dauern würde, daher bat ich, daß man uns Erfrischungen bringen möge.« Sie nahm dem Mann das Tablett ab und reichte es herum. Rael Gar und Lisolo nahmen gierige Schlucke zu sich.

Talli roch an der warmen Tasse. Der würzige Duft

war verführerisch, aber da sie den bitteren Caltinoge-
schmack noch im Mund hatte, wollte sie nichts anderes trinken. Sie setzte die Tasse nieder und nahm noch
einen Schluck Caltino. »Wir brauchen Einigkeit«, wiederholte sie. »Nur so können wir den Suderbodern
entgegentreten.«

»Wenn es stimmt, daß die Suderboder angreifen
werden, sollten wir noch schneller handeln«, verkündete Karelon.

»Aber was willst du tun? Du bist die Kriegsherrin,
die Armee steht unter deinem Befehl.«

Karelon legte die Hände auf den Tisch. »In diesem
Rat befinden sich zu viele Leute, und eine ordentliche
Herrschaft ist so nicht durchführbar.«

Talli hatte befürchtet, daß dieser Punkt irgendwann
zur Sprache kommen würde. »Mein Vater meinte, daß
es wichtig sei, Lisolo in den Rat aufzunehmen. Jetzt,
da er tot ist, ist es noch wichtiger geworden.«

»Das finde ich nicht«, erklärte Karelon. »Aber wir
müssen gar nicht mit Lisolo beginnen.« Sie schenkte
Talli ein strahlendes Lächeln. »Wir beginnen mit
dir.«

Ein bitterer, brennender Geschmack stieg Talli in
die Kehle. »Wovon sprichst du?«

»Es ist völlig unnötig, dich im Rat zu haben«, verkündete die Ältere. »Bei der Armee hast du nur Erfahrung mit Überfällen gesammelt, und die brauchen
wir nicht mehr. Du kannst also keine Gruppe vertreten.«

Talli lief dunkelrot an. Es kam ihr vor, als habe Karelon sie mit einer Keule geschlagen. »Das verstehe
ich nicht«, sagte sie heftig. »Warum sagst du das? Ich
dachte, du seiest meine ...«

»Freundin?« Karelon schüttelte den Kopf. »Oder
wolltest du sagen ›Mutter‹?« Die Kriegsherrin erhob
sich. »Tagard ist tot. Ohne seine Hilfe wärest du nie
aus eigener Kraft in den Rat gekommen. Nun, wo

dein Vater nicht mehr ist, gibt es keinen Grund, warum du noch hier sein solltest.«

Lisolos Knurren klang wie entferntes Donnergetöse. »Ich muß widersprechen«, grollte er. »Diese junge Frau war sehr hilfreich. Sie hat hart gearbeitet, um diesen Rat zu unterstützen.«

Karelons lächelte noch breiter. »Ich sagte, ich würde mit diesem greinenden Kind beginnen«, sagte sie, »aber das heißt nicht, daß ich mit ihr aufhöre.« Sie richtete sich auf und das Lächeln verschwand wieder, so schnell, wie es erschienen war. »Ich teile weder diesen Raum noch diesen Rat mit einer elenden, stinkenden Echse.«

Der Viashino öffnete das Maul und entblößte die Reihen der glänzenden, weißen Zähne. »Ihr sorgt Euch weder um den Rat, noch um die Stadt«, stellte er fest. »Ihr sorgt Euch nur um Euch selbst.«

Karelon machte eine Handbewegung, und plötzlich funkelte eine Klinge in ihrer Faust. Talli sprang auf die Füße, wobei ihr Stuhl zu Boden fiel. Aus den Augenwinkeln sah sie, wie Rael Gar aufstand und die Hände kämpferisch hob.

Talli fühlte, wie ihr das Blut in den Ohren rauschte und dröhnte, als stünde sie vor einer Schlacht. »Du willst gar keinen Rat!« keuchte sie. Ihre Stimme klang wie aus weiter Ferne. »Du willst allein herrschen.«

»Genau das werde ich auch tun«, sagte Karelon. »Dein Vater hatte die Möglichkeit, gemeinsam mit mir zu herrschen, aber er war gierig: Er wollte die ganze Macht für sich. Dieses Tal braucht nur eine Hand, die es leitet. Dieser Rat ist nutzlos.«

Rael Gar trat langsam einen Schritt vor. Die Farbe seiner Augen wechselte in seltsamen, unregelmäßigen Schüben. »Was ist mit den Garan? Tagard versprach uns, an der Regierung des Tals beteiligt zu werden. Wir werden …« Er hielt inne und schwankte unsicher. »Wir werden nicht zulassen, daß Menschen uns regieren.«

Karelon schüttelte den Kopf. »Nun, ich dachte mir, daß Ihr das nicht möchtet. Aber Eure Truppen sind überall verteilt, von Skollten bis hin zum Großen Sumpf. Wie viele Krieger befinden sich in der Nähe von Berimish? Hundert? Oder weniger?«

Rael Gars Augenfarbe wechselte nicht länger, sondern wurde zu einem tiefdunklen Violett, das Talli nie zuvor gesehen hatte. »Meine Leute bewachen die Grenzen des Landes!«

»Aber meine nicht«, erwiderte Karelon. »Wachen!« brüllte sie. »Jetzt!« Die Tür wurde aufgestoßen, und ein Dutzend Soldaten versuchte, sich gleichzeitig hindurchzuzwängen.

Rael Gar stieß einen hohen, schrillen Schrei aus und sprang. Die Bewegung war so schnell, daß er nur wie ein dunkler, verschwommener Schatten an Talli vorbeihuschte, während er über den Tisch sprang. Einen Moment lang schien er in der Luft zu stehen, dann stürzte er auf den Tisch. Der Kopf schlug wie ein Hammer auf der Tischplatte auf. Über die Vorderseite des schwarzen, weichen Gewandes sprudelte helles Blut, lief über den Tisch und benetzte die sorgfältig gezeichneten Karten. Die Tasse, die Karelon Talli gereicht hatte, fiel zu Boden und zersprang.

Langsam wandelte sich Rael Gars Augenfarbe zu Silber, verblaßte dann zu einem matten, leblosen Grau.

Karelon beugte sich vor und wischte ihre Klinge an dem Tuch, genau unterhalb dem Hals des Garan, ab. »Ich habe mich immer gefragt, wie schnell du bist«, murmelte sie. »Anscheinend bist du nicht schnell genug, wenn du genügend Amarit im Tee hast.«

Talli blickte auf den reglosen Körper des Garan. Seit Tagen hatte sie sich Sorgen gemacht, wie sie seine Pläne durchkreuzen konnte. Nun war er tot, doch sie fühlte nichts als Entsetzen.

»Du hast ihm Amarit gegeben, um seine Bewegungen zu verlangsamen«, sagte sie schleppend. »Du hast seinen Tod geplant.«

»Es war nicht notwendig, daß er starb«, erklärte Karelon, »aber es vereinfacht die Angelegenheit. Der Tee enthielt Amarit, und die Abendmahlzeit ebenfalls.« Mit einer Handbewegung sandte sie den Dolch über den Tisch, der sich in die Lehne von Tallis umgestürztem Stuhl bohrte. »Wie auch immer, ich hätte mein Vorhaben durchgeführt.«

Talli kam ein Gedanke, der eigentlich zu schrecklich war, um ihn zu Ende zu denken. Aber nun, da er sie durchzuckt hatte, wußte sie, daß er richtig war.

»Du hast auch Pläne für meinen Vater gemacht, nicht wahr? Du hast entschieden, wo das Podest stehen sollte. Du hast dafür gesorgt, daß es günstig für einen Attentäter plaziert war. Und deine Wachen standen an den Stadttoren. Du hast Aligarius und den Suderboder entkommen lassen.«

Karelon blickte sie fest und ungerührt an. »Ich bot deinem Vater hundert Gelegenheiten, meinen Wünschen Folge zu leisten, aber er bestand darauf, alles, wofür wir gekämpft haben, wegzuwerfen.«

Talli umklammerte die Tischkante so fest, daß das Holz unter ihren Fingern knarrte. Rael Gars warmes Blut tropfte ihr über die Hände. »Es war meine Schuld. Ich hätte niemals versuchen dürfen, dich und meinen Vater zusammenzubringen.«

Die Kriegsherrin lachte. »Du schmeichelst dir. Obwohl ich deine Hilfe begrüßt habe.«

»Du konntest nicht damit leben, meinen Vater als Herrscher zu sehen. Glaubst du denn, die Suderboder werden besser sein?«

»Die Suderboder werden hier nicht herrschen. Ich werde herrschen.« Karelon wedelte mit der Hand. »Ich werde gestatten, daß sich einige Suderboder Familien hier ansiedeln können, aber sie stehen unter meiner Herrschaft.«

»Und daran glaubst du wirklich?« fragte Talli. »Du denkst, die Suderboder werden nicht über uns herfallen, wenn die magische Mauer fort ist?«

Wieder lächelte Karelon, und diesmal lag aufrichtige Freude darin. »Ja. Ja, das glaube ich. Die Armee ist mir treu ergeben. Selbst wenn die Suderboder versuchen, mich zu hintergehen, werden sie mich vorbereitet finden. Und, was sie auch tun, wenigstens handelt es sich um Menschen.« Sie wandte sich an Lisolo. »Gemeinsam werden wir die Viashino für immer aus dem Tal jagen.«

Obwohl jeder Muskel ihres Körpers angespannt war, fühlte Talli das dringende Bedürfnis zu weinen. Ihr Vater war tot und sein Traum, Tamingazin den Frieden zu bringen, war in etwas umgewandelt worden, das viel schlimmer war als der frühere Unfrieden. »Du scheinst ja alles über Verrat zu wissen«, sagte sie mit erstickter Stimme. »Was geschieht jetzt?«

»Jetzt?« Karelon beugte sich hinab und strich über Rael Gars braunes Haar. »Jetzt werde ich allen erklären, daß unser Freund Rael Gar von dem verabscheuungswürdigen Viashino-König und von Tagards abtrünniger Tochter umgebracht wurde.«

»Du erwartest doch nicht, daß man dir glaubt?« Tallis Hand glitt zur Hüfte, und mit Schrecken fiel ihr ein, daß der Waffengürtel nicht da war.

»Vielleicht glauben mir nicht alle«, grinste Karelon, »aber auch darauf bin ich vorbereitet.« Sie sah an Talli vorbei, zu den Soldaten, die bei der Tür warteten. »Marschleiter, habt ihr euch um die Farson-Truppen gekümmert?«

Talli drehte sich um. Sie war blind für Karelons Ehrgeiz gewesen, und nun hatten die Soldaten, die ihrem Vater aus dem heimatlichen Bergdorf gefolgt waren, Tallis Fehler mit dem Leben bezahlen müssen.

Doch der Marschleiter schüttelte den Kopf. »Wir haben sie gesucht, aber die Quartiere sind leer.«

»Es scheint, als habe jemand etwas geahnt«, stellte Karelon fest. »Ein Grund mehr, der Sache schnell ein Ende zu machen.« Sie gab den Soldaten einen Wink. »Bringt sie ...«

Talli schleuderte Karelon die Tasse mit dem heißen Caltino ins Gesicht. Die schlanke Frau schrie auf und hob die Hände, um die verbrühte Haut zu schützen. Talli riß den Dolch von dem Stuhl neben ihr, drehte sich um und stieß dem am nächsten stehenden Soldaten die Waffe in die Brust. Die Klinge drang zwischen den Rippen des Mannes ein, und er fiel gegen sie.

Als der erste Soldat fiel, stürzten die anderen los. Ein hünenhafter Kerl mit hellrotem Bart näherte sich Talli. Er hob das Schwert zu einem Schlag, der sie unweigerlich in zwei Teile spalten würde.

Ein dunkler Schatten schoß vor, und scharfe Zähne umschlossen den Arm des Mannes vom Ellenbogen bis zur Schulter. Lisolo grunzte; Blut floß zwischen seinen Kiefern hervor. Mit der Leichtigkeit eines Kindes, das eine Puppe aufnimmt, hob der große Viashino den Mann in die Höhe, schüttelte ihn und ließ ihn zu Tallis Füßen auf den Boden fallen. Er drehte sich um die eigene Achse und schlug mit dem Schwanz zwei weitere Soldaten zu Boden.

»Haltet Euch fest«, knurrte er. Die Klauenhände packten Talli bei den Schultern, und mit einem einzigen Satz war er an den Soldaten vorbei und zur Tür hinaus. Rufe und Schreie folgten ihnen, als Lisolo Talli zum Mittelpunkt der Prunkhalle trug. Er bewegte sich unbeschreiblich schnell, und innerhalb weniger Sekunden war vom Ratszimmer nichts mehr zu hören und zu sehen.

Kleine Blutstropfen erschienen dort, wo sich Lisolos Klauen in Tallis Schultern gegraben hatte. »Setzt mich ab«, bat das Mädchen. »Ich kann jetzt alleine gehen.«

Lisolo stellte sie auf den Boden. »Wir müssen in meine Gemächer«, sagte er. »Dort befinden sich Offiziere der Stadtwache, und wir können gegen Karelon vorgehen.«

Talli betastete die schmerzenden Schultern. »Geht Ihr und sammelt Eure Leute. Ich glaube, ich habe auch eine Truppe, die uns helfen wird.«

»Wir treffen uns auf der Südseite der Prunkhalle, am Rand des großen Platzes.« Lisolo sprang mit großen Sätzen den Gang hinab.

Talli hastete zu ihren Gemächern. Es war gefährlich, sich dorthin zu begeben, aber sie wollte die beiden Garan-Frauen nicht im Stich lassen.

Als sie dort ankam, fand sie die Tür weit offen. Vorsichtig trat sie ein. Auf dem Boden lagen zwei von Karelons Soldaten. Der eine schien nur bewußtlos zu sein, aber der starre Gesichtsausdruck des anderen deutete darauf hin, daß er tot war.

»Sie kamen kurz nachdem Ihr gegangen seid.« Janin trat aus dem Dämmerlicht. »Leider haben sie uns so gründlich gesucht, daß wir nicht verborgen bleiben konnten.«

»Wir müssen gehen«, erklärte Talli. »Jeden Augenblick können weitere Soldaten auftauchen.« Sie rannte ins Schlafgemach und ergriff ihren Waffengürtel, eilte dann wieder in den Vorraum, wo Janin und Getin an der Tür auf sie warteten.

»Was ist geschehen? Warum sind Eure eigenen Soldaten hinter Euch her?« wollte Getin wissen.

»Es sind nicht meine Soldaten«, erwiderte Talli. »Jedenfalls jetzt nicht mehr.«

Sie rannte den Gang entlang, auf den Westflügel zu; die beiden Elfen folgten ihr auf dem Fuße. Als sie sich dem Speisesaal näherten, überkam sie die Furcht: Der Raum würde leer sein, oder aber angefüllt mit den Leichen der Soldaten aus Farson. Als sie die Tür aufriß, saßen die beinahe zweihundert Männer und Frauen essend und trinkend an den langen Tischen.

Die Frau mit der Narbe, die zuvor mit Talli geredet

hatte, erblickte sie und erhob sich. »Seid Ihr schon fertig? Werden wir unser Recht erhalten?«

»Nicht von Karelon«, keuchte Talli. Dann hob sie die Stimme und rief: »Karelon hat uns verraten!«

»Heißt das, daß wir nicht befördert werden?« fragte die Frau.

»Es ist noch viel schlimmer!«

Alle Köpfe wandten sich Talli zu, alle verstummten. Sie schritt zwischen den Tischreihen hindurch. »Rael Gar wurde von Karelon umgebracht. Ihr Verrat brachte meinem Vater den Tod. Jetzt will sie uns alle ermorden und das Tal den Suderbodern überlassen.«

Wütendes Stimmengewirr wurde laut. Wilde Flüche mischten sich mit entsetzten Ausrufen.

»Was sollen wir tun?« schrie ein junger Soldat. »Sollen wir fliehen?«

»Das liegt bei euch«, erwiderte Talli. »Wenn wir es versuchen, können wir uns vielleicht den Weg aus der Stadt erkämpfen und nach Farson zurückkehren.«

Zustimmendes Gemurmel lief durch die Anwesenden. Seit Jahrhunderten hatten sich die Menschen von Tamingazin auf die Steinmauern der Siedlungen und das unebene Gelände verlassen, wenn sie sich verteidigen mußten. Wenngleich sie sich seit einer Weile in Berimish aufhielten, so erschien ihnen die Stadt noch immer fremd und feindlich.

Ein hochgewachsener, grobknochiger Soldat stand auf und schwenkte das Schwert über dem Kopf. »Sollen sie nur nach Farson kommen!« brüllte er. »Dann werden sie etwas erleben!«

Neue Schreie der Zustimmung erschollen. Mehrere Leute erhoben sich und liefen zur Tür.

»Wartet!« schrie Talli. Sie wartete, bis sich der Lärm gelegt hatte, dann fuhr sie fort. »Wir können uns nach Farson zurückziehen, so daß die Feinde gegen die alten Steinmauern anrennen müssen. Aber dann haben wir es nicht nur mit Karelons Truppen zu tun.

Die Armee von Suderbod zieht mit Tausenden von Männern und fast ebenso vielen En'Jaga heran. Vielleicht können wir unsere Heimat verteidigen, vielleicht auch nicht.«

Wieder legte sie eine Pause ein und blickte auf die ihr zugewandten Gesichter. »Aber selbst wenn es uns gelänge, es wäre mir nicht genug. Wir haben mehr als sechs Jahre gekämpft, um dieses Tal zu vereinen. Wollt ihr es in einer einzigen Nacht verlieren?«

»Was sollen wir denn tun?« rief die Frau mit der Narbe. »Wir sind nicht mehr als zweihundert, Karelon aber hat fast tausend Leute.«

»Lisolo erwartet uns auf dem großen Platz, zusammen mit der Stadtwache«, sprach Talli. »Gemeinsam sollten wir in der Lage sein, Karelon entgegenzutreten.«

»Mit den Schuppenköpfen gegen andere Menschen kämpfen?« erwiderte die Frau. »Das hört sich nicht gut an.«

»Wie hört es sich denn an, das ganze Tal an Verräter auszuliefern?«

Die Soldatin überlegte, dann nickte sie. »Ich bin dabei.«

»Ich auch!« brüllte ein Mann.

Innerhalb von Sekunden hallte zustimmendes Geschrei durch den Saal. Talli führte die Soldaten aus dem Raum, den Gang hinunter und aus der Prunkhalle hinaus, ohne Karelons Truppen zu begegnen.

Auf den Straßen herrschte wüstes Durcheinander. Viashino rannten umher. Die Holzläden vor den Fenstern waren zertrümmert, die Stoffvorhänge der Türen abgerissen. Neben einem umgestürzten Karren lagen zwei tote Viashino.

Überall huschten dunkle Gestalten durch die Nacht; Schreie hallten durch die Gassen und Straßen.

Am Südrand des Platzes wartete Lisolo mit einer etwa dreihundert Köpfe zählenden Truppe.

»Ich freue mich, daß Ihr bis hierher gelangt seid«, begrüßte sie der Viashino-Führer.

Talli starrte die hinter ihm stehenden Viashino an. Viele waren mit Keulen oder Stöcken bewaffnet. Nur wenige der schweren Armbrüste waren zu sehen.

»Wo sind Eure anderen Leute?« erkundigte sie sich. »Ich dachte, die Stadtwache zähle tausend Köpfe.«

»Das stimmt«, sagte Lisolo, »aber seitdem ihr die Stadt erobert habt, entließ Karelon die meisten meiner Truppen und ersetzte sie durch ihre eigenen Leute.«

»Und die Waffen?«

»Wurden beschlagnahmt.«

Sie fluchte leise vor sich hin. Karelon hatte besser vorausgeplant, als Talli zugeben mochte. »Wir können nicht gewinnen, wenn wir nur fünfhundert Soldaten haben, von denen die meisten schlecht bewaffnet sind.«

Janin drängte sich durch die Menschen, die hinter Talli standen. »Halt! Die anderen Wachen wurden von Karelon entlassen, haben aber deshalb nicht aufgehört, in der Stadt zu leben. Wenn sie erfahren, was vorgeht, werden sie uns beistehen.«

Lisolo sah auf die Garan-Frau hinab. »Es sieht so aus, als hätten wir gemeinsame Freunde.«

Ein Schrei ertönte im Hintergrund, und Talli drehte sich um, in der Erwartung, Karelons Truppen herannahen zu sehen, doch der Platz war, bis auf ein paar hin- und hereilende Gestalten, leer. »Was ist los?«

»Da!« brüllte ein Soldat. »Seht nur!«

Aus dem Dach der Prunkhalle stoben rote Funken. Talli erinnerte sich, daß Karelon einmal gesagt hatte, sie würde Berimish niederbrennen.

Anscheinend machte sie mit der Prunkhalle den Anfang.

Kitrin schaute auf den grünen Kristall, der am Ende der Schnur hin und her pendelte.

»Er ist noch immer im Süden, aber viel näher.«

»Das sollte er auch«, antwortete Recin. Er hielt inne, um nach einer dicken schwarzen Fliege zu schlagen, die sich auf seinen Arm gesetzt hatte. »Wir marschieren immerhin schon seit Tagen.« Er hob die Hand und verzog beim Anblick des Geschmiers aus Blut und Insektenteilchen angewidert das Gesicht.

Das blasse Mädchen schüttelte den Kopf. »Er ist weiter weg, als du ahnst. Wir gehen doch gar nicht schnell genug.« Sie verstaute den Stein wieder in der Tasche und schritt weiter den kaum sichtbaren Wildpfad entlang, der sich zwischen den hohen Bäumen durchschlängelte.

Recin mußte ihr zustimmen. Der Marsch durch den Großen Sumpf ging alles andere als zügig vonstatten. Er verspürte einen brennenden Schmerz im Nacken. Empört schrie er auf und befühlte den neuesten Insektenstich. »Wenn diese Fliegen noch größer wären, könnten wir sie einfangen und auf ihnen nach Suderbod fliegen.«

»Fliegen?«

»Die Biester, die mich pausenlos stechen!«

»Oh«, seufzte Kitrin. »Mich stechen sie nicht.«

»Nein«, knurrte Recin vor sich hin. »Natürlich nicht.«

Seitdem sie den Schatten der uralten grauen Bäume erreicht hatten, waren sie einem Hindernis nach dem anderen begegnet. Tümpel mit schwarzem, morastigem Wasser versperrten den Weg und zwangen sie zu stundenlangen Umwegen. Schlamm reichte ihnen bis an die Knie. Frische Spuren einer Gruppe En'Jaga ließen sie eiligst in entgegengesetzter Richtung davoneilen. Wann immer sie einen vertrauenerweckenden Pfad entdeckten, drohte ihnen der Boden unter den Füßen wegzurutschen und sie bemerkten, daß es sich nur um eine dünne Schicht Lehm und Pflanzen gehandelt hatte, die das sumpfige Wasser bedeckten. Nach Recins Schätzung befanden sie sich nicht mehr als einen Tagesmarsch von der magischen Mauer entfernt.

Die Umwege hätten Recin nicht halb soviel ausgemacht, wenn sie Kitrin nicht so völlig unbeeindruckt gelassen hätten. Der Elf hatte sich immer für schnell und wendig gehalten. Er konnte die Seile und Pfosten in Berimish ebenso schnell emporklettern wie jeder Viashino. Er konnte die Bäckerei mit fünf Rädern Schlangenbrot verlassen und erreichte den Südmarkt mit noch immer warmen Broten. Aber im Großen Sumpf schien es, als sei jede Wurzel darauf aus, ihn zum Stolpern zu bringen, und jede Schlingpflanze versuchte, sich um seine Arme zu winden.

»Wir sollten weitergehen«, mahnte Kitrin. »Wir müssen vor Einbruch der Dunkelheit noch ein Stück vorankommen.«

»Natürlich.« Recin verscheuchte eine andere Fliege, die sich auf seinem Gesicht niederlassen wollte. »Gehen wir weiter, solange ich noch einen Tropfen Blut in mir habe.« Er tat einen Schritt, rutschte auf nassen Blättern aus und fiel, mit dem Kopf voran, in den zähen, breiigen Schlamm.

»Ist alles in Ordnung?« erkundigte sich Kitrin besorgt.

Recin wischte sich den Morast aus Mund und Augen. »Geh einfach weiter.«

Sie nickte und wanderte zwischen den Bäumen

hindurch. Nichts, was im Sumpf geschah, schien Kitrin etwas auszumachen. Immer schritt sie voran, bewegte sich leichtfüßig über den unebenen Boden. Niemals beschwerte sie sich über Recins Langsamkeit. Sie nahm alle Schwierigkeiten und Beschwernisse mit unfehlbar guter Laune hin. Sie lächelte, als sie Recin zeigte, wie man in den Baumästen ein Lager herrichtete und wie man Feuerholz trocknete. Sie lächelte, als sie erklärte, wie man die langen, gebogenen Dornen der Übelranke aus dem Fleisch entfernte.

Das Lächeln ging Recin allmählich auf die Nerven.

Als er angeboten hatte, nach Suderbod zu gehen, hatte er sich als tapferen, einsamen Helden gesehen, der den Gefahren des schrecklichen Sumpfes trotzt, um der schönen und anziehenden Tallibeth zu helfen. Nun war er nichts weiter als ein Anhängsel, das hinter einem Mädchen hertrottete, das viel besser als er wußte, wohin sie gehen mußten und was sie tun würden, wenn sie am Ziel waren. Er fühlte sich noch schlechter als nutzlos. Aber er krabbelte aus dem Schlamm, schulterte sein Bündel und folgte Kitrin.

Durch die dichten Baumkronen drang ein Netz aus Sonnenlicht. In den letzten Tagen hatten sie selbst zur Mittagszeit nicht mehr als ein graues Dämmerlicht gesehen, doch seit heute morgen hatten sich die Bäume etwas gelichtet. Pilze und Blumen wurden weniger. An ihrer Stelle sprossen wild wuchernde, braune Gräser aus dem grauen Morast. Echsen, auf deren Rücken gezackte Kämme wuchsen, huschten eiligst die Baumstämme hinauf, wenn die Reisenden vorbeigingen.

Bald schon verschwanden die Bäume ganz, und die beiden wanderten über eine lehmige Ebene, die von hohen Gräsern bedeckt war, die ihnen bis über die Köpfe reichten. Das träge Summen der Insekten umgab sie, und gelb-grüne Tierchen hüpften auf und davon, während sie durch das Gras schritten. Obwohl die Sonne heiß auf ihre Köpfe brannte und die scharfen Grashalme in Recins Arme schnitten, kamen sie zum ersten Mal, seitdem sie den Sumpf betreten hatten, schnell voran.

»Wenn das anhält, werden wir wirklich Fortschritte machen«, bemerkte Kitrin.

Recin nickte, doch plötzlich gerieten seine Füße an eine besonders schlüpfrige Stelle, und er fiel auf den Rücken, in das sumpfige Gras. Der Inhalt seines Bündels – zumeist zähe, runde Stücke getrockneten Attalofleisches und Scheiben harten Brotes – landete auf dem Boden. »Na fein«, stöhnte er. »Was soll ich denn jetzt essen?«

Kitrin kehrte um und half ihm, die verstreuten Nahrungsmittel aufzuheben. »Ich würde es an deiner Stelle trotzdem essen.« Sie wischte ein Fleischstück an ihrer braunen Hose ab. »Lieber würde ich etwas Lehm essen, als irgend etwas, was ich hier gesehen habe.« Sie reichte ihm das letzte Stück Brot und ging weiter.

Schnell erhob er sich und schulterte das Bündel aufs neue. Kitrin schritt schnell aus, und er wollte die Peinlichkeit nicht noch vergrößern, indem er sie im langen Gras aus den Augen verlor. Diesmal jedoch hatte sie, nur wenige Schritte entfernt, angehalten. Sie stand mit dem Rücken zu Recin, das lange Haar flatterte im warmen Wind. An der Art, wie sie dastand, erkannte er, daß etwas nicht in Ordnung war.

»Noch mehr En'Jaga-Spuren?«

Kitrin schüttelte den Kopf. »Sieht aus, als läge ein riesiger Umweg vor uns.«

Nach ein paar Schritten sah er, was ihm das hohe Gras verborgen hatte.

Rechts und links erstreckte sich – soweit Recin sehen konnte – eine riesige Wasserfläche. Anders als die Tümpel, denen sie bisher begegnet waren, war dieses Wasser blau und klar. Doch es war ungeheuer breit. Das andere Ufer war kaum zu sehen.

Recin spähte nach rechts und links, aber nirgendwo schien eine schmale Stelle zu sein. »Welchen Weg nehmen wir?«

»Ich weiß es nicht.« Kitrin löste die Wasserflasche vom Gürtel. »Immerhin haben wir jetzt die Gelegenheit, frisches Wasser aufzufüllen. Dies ist die erste Stelle, die nicht so aussieht, als würde man nach einem Schluck tot umfallen.« Sie beugte sich nieder und schöpfte mit der Hand ein wenig Wasser. Doch sobald sie gekostet hatte, spuckte sie es aus.

»Faulig?« fragte Recin.

Das Mädchen schüttelte den Kopf. »Salzig. Das ist Meerwasser.«

»Aus welchem Meer?« Recin stellte sich auf die Zehenspitzen und spähte noch einmal über die Wellen. »Wir befinden uns etwa in der Mitte des Sumpfes. Das Wasser könnte vom Golf oder dem Westmeer stammen.«

»Wir müssen uns für eine Richtung entscheiden und losgehen«, meinte Kitrin.

»Und wenn wir die falsche Richtung wählen?«

»Dann kehren wir um und schlagen den anderen Weg ein.«

Recin krauste die Stirn. »Wir können nicht die ganze Breite des Großen Sumpfes abschreiten. Das dauert ebenso lange, wie der Marsch nach Suderbod.«

Kitrin hob die Hand, um das lange Haar zurückzuhalten und blinzelte in die Sonne. »Es ist mir leider nicht gelungen, ein Boot in mein Bündel zu stopfen, und wir haben auch kein Werkzeug, um eines zu bauen. Wenn du keinen anderen Vorschlag hast, bleibt uns nichts anderes übrig, als weiterzugehen.«

»Ich habe einen Vorschlag.«

»Welchen?«

Recin zuckte die Achseln. »Warum schwimmen wir nicht?«

Die blauen Augen des Mädchen öffneten sich entsetzt. »Schwimmen?« Sie starrte auf das Wasser. »Was ist, wenn es da drinnen Attalos gibt? Oder etwas noch Schlimmeres?«

»Attalos mögen schnell fließendes Wasser«, erklärte Recin. »Sie würden in so einem Gewässer nicht leben wollen.«

Kitrin bedeckte die Augen und spähte über die Wasseroberfläche. »Es ist aber sehr weit.«

»Halb so schlimm. Wir könnten es in einer Stunde schaffen.«

»Ich kann aber nicht schwimmen«, gestand Kitrin.

»Was? Ich dachte, du stammst aus einem Fischerdorf? Wie kannst du auf Booten arbeiten und nicht schwimmen?«

»Mein Dorf befand sich nördlich von Skollten«, erzählte die junge Magierin. »Manchmal gingen wir ins Wasser, um Netze auszuwerfen, und ich lernte, mich über Wasser zu halten, aber man schwimmt nicht sehr viel, wenn das Wasser kalt wie Eis ist.«

»Das glaube ich dir.« Recin blickte auf das Wasser, dann zu Kitrin. »Ich bin ein guter Schwimmer«, sagte er. »Ich kann dich hinüberziehen.«

»Bist du sicher?«

»Ja. In Berimish schwimme ich dauernd, und ich habe es sogar andere gelehrt. Nur weil ich beim Gehen Schwierigkeiten habe, heißt das nicht, daß ich auch nicht schwimmen kann.« Recin schlüpfte aus den Schuhen, stopfte sie in sein Bündel und reichte es Kitrin. Vorsichtig watete er ins Wasser. Es war warm, der Boden fühlte sich weich an – feiner Sand, der seinem Gewicht gut standhielt. Recins schlammbedeckte Beine wirbelten Schwemmsand auf, der das klare Wasser trübte. Ein kleiner Fisch, nicht länger als ein Finger, huschte davon, kehrte dann um, um den Eindringling zu beäugen, der sich aber nicht als Monster entpuppte.

»Wir sollten uns ausziehen«, schlug der Elf vor. »Dann geht es leichter.«

»Uns ausziehen?« Das Mädchen verschränkte die Arme und schüttelte den Kopf. »O nein.«

Recin hob die Schultern. »Dann komm«, sagte er auffordernd. Er streckte ihr die Hände entgegen. »Es ist wunderbar.«

»Es ist nicht wunderbar, es ist Wasser. Leute ertrinken im Wasser.«

»Ich halte dich fest. Außerdem hast du behauptet, schon im Wasser gestanden zu haben.«

»Das heißt aber nicht, daß es mir gefällt.« Entschlossen streckte Kitrin das Kinn vor. »Laß mich aber nicht los.« Sie ging langsam auf ihn zu. Kitrin war nicht groß, und nach ein paar Schritten reichte ihr das Wasser bis an die Schultern. »Was nun?«

»Kannst du dich treiben lassen?«

»Treiben lassen?«

Er trat neben sie und legte ihr die Hand auf den Rücken. »Nimm die Füße vom Boden.«

Kitrin hob die Beine, aber sobald ihr Kopf nach hinten fiel, dem Wasser entgegen, schlug sie mit den Armen um sich und fuchtelte herum, bis sie wieder aufrecht stand. »Nein«, meinte sie entschieden. »Du wirst uns beide ertränken. Ich will wieder raus und gehe zu Fuß, bevor es zu spät ist.«

»Wenn wir zu Fuß gehen, wird es zu spät sein – zu spät, um irgend jemandem zu helfen.« Recin behielt die Hand auf dem Rücken des Mädchens. »Keine Angst, ich lasse dich nicht fallen. Laß einfach die Beine nach oben schwingen, und schau in den Himmel.«

Zögernd folgte sie seinen Anweisungen. Einen Augenblick lang ruderte sie noch wild mit den Armen und bekam Wasser ins Gesicht. Angst lag in ihren

Augen, und Recin war sicher, daß sie erneut die Füße aufsetzen würde, doch endlich entspannte sie sich ein wenig.

Mit langsamen Bewegungen, um Wellen zu vermeiden, ging Recin tiefer und tiefer ins Wasser hinein. Schon bald verlor er den Boden unter den Füßen und mußte Wasser treten, um an der Oberfläche zu bleiben. Kitrin versteifte sich, als er die Hand von ihrem Rücken zur Seite bewegte. Dann griff er auch mit der anderen Hand zu. Während er mit den Beinen Wasser trat, hielt er die Schultern des Mädchens gegen seine Brust gepreßt. Sie glitten in das dunkelblaue Wasser.

»Schwimmen wir schon?« fragte Kitrin.

»Wir schwimmen.« Das Schwimmen fiel Recin schwerer, als er gedacht hatte. Im Schwimmbecken nahe der Prunkhalle hatte er oft mit den Menschenkindern gespielt, aber dieser Salzsee war bedeutend größer als jedes Wasserbecken. Lange, bevor sie noch die halbe Strecke hinter sich gebracht hatten, ermüdeten seine Arme und Beine.

Er wandte den Kopf und erblickte eine kleine Sandbank, die ein paar Fuß entfernt aus dem Wasser ragte und mit struppigen Binsen bewachsen war. Er änderte den Kurs und konnte nach wenigen Minuten die Beine auf den sandigen Boden setzen. »Wir müssen eine Weile anhalten«, erklärte er und half Kitrin, sich hinzustellen.

Sie schaute über die riesige Wasserfläche, setzte sich auf den Sandboden der winzigen Insel und ließ die Beine ins Wasser baumeln. »Es ist gar nicht so schlimm, wie ich dachte«, stellte sie fest. »Eigentlich ist es schön, das Wasser am Körper vorbeigleiten zu fühlen.«

»Für mich ist es ganz schön anstrengend«, antwortete Recin, aber die Worte der Magierin vermittelten ihm ein gutes Gefühl. Endlich gab es etwas, das er besser konnte als sie.

Zufrieden ließ er sich neben ihr nieder. »Sobald ich mich erholt habe, schwimmen wir weiter.«

Kitrin nickte. Sie schloß die Augen und wandte das Gesicht der Sonne zu. »Ein warmer See ist viel schöner als ein kalter Ozean.«

Recin schaute sie an. Die durchnäßte Kleidung hob die Körperformen hervor. Sie war nicht so groß und schlank wie Talli. Kitrin war klein, mit muskulösen Armen und Beinen. Bis auf das rundliche Gesicht und die blauen Augen sah sie wie eine Garan aus.

Sie öffnete die Augen ein wenig und blinzelte zu ihm hinüber. »Was gibt's?«

»Nichts.« Recin sah fort und hoffte, sie würde ihm die Verlegenheit nicht anmerken. »Also, wenn du in deinem Dorf nicht geschwommen bist, was hast du dann getan?«

»Meistens gefischt.« Kitrin bewegte die Zehen im Wasser. »Und mich um die Boote gekümmert. Im Winter haben wir die Netze geflickt und alles für den Fischfang des kommenden Jahres vorbereitet.«

»Hört sich nicht so an, als hättet ihr viel Zeit zum Spielen gehabt.«

»Oh, wir hatten auch Spaß«, widersprach sie, »aber meistens in den Hütten. Draußen war es zu kalt.«

Zuerst wollte sich Recin nach dem ›Spaß in den Hütten‹ erkundigen, entschied sich dann aber dagegen. »Hatten deine Eltern ein eigenes Schiff?«

»Ein Boot«, berichtigte sie ihn. »Sie sind nicht so groß, daß man sie als Schiffe bezeichnen könnte. Mein Vater hatte ein Boot. Er war der beste Bootsführer des Dorfes.«

»Und deine Mutter?«

»Ich weiß nicht. Sie starb, als ich geboren wurde.«

»Tut mir leid.«

»Mir auch.«

»Ist dein Vater noch immer Fischer?« wollte Recin wissen.

»Nein, er ist auch tot. Von Viashino getötet.«

Recin wünschte, er hätte den Mund gehalten. »Das wußte ich nicht. Ich meine, ich wußte auch nicht, daß Viashino so weit im Norden leben.«

Kitrin neigte sich vor, umfaßte die Beine mit den Armen und legte das Kinn auf die Knie. »Das tun sie auch nicht. Ein paar Geweihte suchten nach einem uralten Stein. Sie zwangen meinen Vater, sie dorthin zu führen, dann töteten sie ihn.«

Recin zuckte zusammen. »Tut mir leid«, sagte er noch einmal. »Wenn jemand einen Grund hat, die Viashino zu hassen, dann bist du es.«

»Ich hasse sie nicht«, erklärte Kitrin. »Ein anderer Viashino rettete mir das Leben, und im Institut ist Oesol mein bester Freund.« Sie blickte ihn an, und Recin bemerkte überrascht, daß sie lächelte. »Hast du dich nun erholt?«

»Ja.« Recin sprang auf, froh darüber, das Gespräch beenden zu können.

Er sprang ins Wasser und wartete auf Kitrin. Kurz darauf bewegten sie sich wieder rückwärts durch die Fluten. Recin war sich ihres Mädchenkörpers plötzlich viel mehr bewußt. Er bemühte sich, nur daran zu denken, wie er möglichst ruhig und gleichmäßig schwimmen konnte. Zwischen ihnen und dem anderen Ufer gab es keine Sandbänke mehr. Wenn er müde wurde, bevor sie dorthin gelangten, waren beide in großer Gefahr.

»Was ist das?« fragte Kitrin.

»Was?«

Sie hob einen Arm aus dem Wasser und streckte einen tropfenden Finger aus. »Das.«

Recin bewegte den Kopf, um ihr über die Schulter sehen zu können. Ein Dutzend Längen entfernt trieb ein unförmiger, brauner Klumpen im Wasser. Auf den ersten Blick sah es wie ein Stück Treibholz aus. Allerdings glänzte es ganz ungewöhnlich und wirkte, als stamme es von einem bernsteinfarbenen Baumstamm.

Ein Ende des Holzstückes regte sich. Ein schuppiger Kopf ragte aus dem Wasser. Aus tiefliegenden Höhlen glotzten zwei rote Augen.

Recin bewegte die Beine wie ein Rasender. »Tritt Wasser!« schrie er. »Schnell! Beweg dich!«

»Was ist das?«

»Ein Attalo, ein großer, großer Attalo!«

Auch Kitrin bewegte die Beine, wenngleich Recin nicht merkte, ob sie dadurch schneller voran kamen. »Aber du hast du doch gesagt, Attalo leben nicht in diesen Gewässern!«

Das Maul des Monstrums stand weit offen. Attalos hatten keine richtigen Zähne, aber die Enden der Kiefer bestanden aus einem einzigen, rasiermesserscharfen, gelben Knochenstück, mit dem die Raubtiere große Fleischstücke aus ihren Opfern rissen. Recin erhielt einen vorzüglichen Blick auf die lange, tödliche Waffe und den dahinter liegenden, dunklen Rachen.

»Ich habe mich geirrt«, keuchte er. »Beweg die Beine.«

Kitrin wand sich in seinen Armen und trat heftig mit den Beinen, so daß sich Schaum auf den Wellen bildete. Recin trat ebenso fest unter Wasser. Die Entfernung zu dem Attalo vergrößerte sich allmählich auf fünfzehn Längen.

Die Kreatur hob den Kopf. Langsam drehte sich der massige, gepanzerte Rumpf. Dann bewegte sich der Attalo mit beängstigender Geschwindigkeit auf die beiden zu. Die Entfernung verringerte sich.

Recins Beine verkrampften sich allmählich. Er trat noch immer heftig Wasser, aber die Muskeln wurden härter und härter, bis sie sich schließlich wie eine zu stark gespannte Bogensehne anfühlten. Obwohl sein Körper im Wasser lag, strömte ihm der Schweiß über das Gesicht.

Der Attalo war auf zehn Längen herangekommen.

Recin verlor jegliches Gefühl in den Beinen. Er nahm an, noch immer zu treten, war sich aber nicht sicher. Er schloß die Augen, weil ihm der Schweiß hineinlief.

Als er sie wieder öffnete, war der Attalo nur noch fünf Längen entfernt.

Er wollte schreien, hatte aber nicht mehr genug Atem. Schmerzhafte Stiche schossen durch seine Seiten. Die Beine waren völlig taub geworden.

Der Junge fragte sich, wie es sein würde, wenn der Attalo zubiß. Wieder schloß er die Augen und war sicher, jeden Augenblick sterben zu müssen.

Dann berührte er mit dem Rücken sandigen Boden. »Wir haben es geschafft«, stöhnte er. Recin versuchte, aufzustehen, aber die Beine gehorchten ihm nicht länger.

Kitrin entwand sich seinem Griff. Das Wasser reichte ihr bis zur Hüfte. »Komm schon«, sagte sie. »Steh auf.«

Recin fuchtelte mit den Armen, versuchte, nach dem wenige Fuß entfernten Gras zu greifen. Er war einfach zu müde. »Lauf aus dem Wasser! Laß mich nur liegen.«

Der Kopf des Attalo tauchte aus den Wellen auf – Recin hätte ihn fast berühren können. Der schuppige Schädel war ebenso breit wie der Brustkorb. Aus dem schützenden Körperpanzer streckte sich der ledrige Hals hervor. Das geöffnete Maul war groß genug, um Recin mit einem Biß zu verschlingen.

Starke Finger gruben sich in die schmerzenden Schultern des Jungen und zerrten ihn auf das Gras hinauf. Noch zwei heftige Züge, und die schlaffen Beine glitten gerade noch rechtzeitig aus dem Wasser.

Recin starrte gebannt auf das Tier, dessen kurze Vorderbeine aus dem Wasser erschienen und den

Körper aufs Ufer zogen. Die Klauen, am Ende der durch Schwimmhäute verbundenen Zehen, gruben sich in den weichen Boden. Der Hals schoß vor, die roten Augen glühten vor Gier. Recins bloße Zehen befanden sich nur eine Handbreit von dem tödlichen Maul entfernt.

Zu seiner größten Überraschung gelang es ihm, sich rückwärts zu schieben. Der Attalo wirkte allerdings noch viel überraschter. Wieder schoß der Kopf nach vorn, und die Kiefer schnappten krachend zusammen – dicht vor den Zehen des Jungen. Das Vieh versuchte noch einen unbeholfenen Schritt zu gehen, starrte Recin böse aus roten Augen an, drehte sich um und glitt wieder ins Wasser.

Der schmerzliche Griff an den Schultern löste sich, und Recin ließ sich auf den Boden fallen. Kitrin folgte seinem Beispiel.

»Alles in Ordnung?« fragte sie. Das Gesicht des schwarzhaarigen Mädchens war von dunklerem Rot als die Augen des Attalo, das nasse Haar klebte an den Wangen.

Recin versuchte, den Kopf zu heben. »Ich glaube schon. Ich kann mich nur nicht bewegen.«

»Mir geht es genauso«, meinte die Magierin. Sie holte tief Luft, und langsam nahm ihr Gesicht wieder die übliche Farbe an. »Eines sage ich dir. Beim nächsten Mal – wie groß der Umweg auch ist – gehen wir zu Fuß.«

»Ganz bestimmt«, nickte der Elf. »Wir gehen.«

Kitrin langte zum Gürtel und zog den wegweisenden Kristall hervor. »Mein Bündel habe ich irgendwo da draußen verloren, aber wenigstens habe ich den Kristall noch.« Sie ließ den Stein am Ende der Schnur baumeln. Sofort straffte sich das Band, und der Stein stand beinahe waagerecht in der Luft. »Das kann doch nicht sein!« rief sie.

»Was?«

»Wir sind ganz nahe. Sehr nahe.« Sie schüttelte den Kopf. »Wir können nicht so weit gekommen sein.«

Recin seufzte und ließ den Kopf auf den weichen Boden sinken. »Ich weiß nicht, aber wir sind ziemlich schnell geschwommen.«

»Aligarius muß sich auf uns zubewegen«, meinte Kitrin. Sie erhob sich.

»Das ist ja wunderbar«, bemerkte Recin. »Dann brauchen wir nicht so weit zu laufen.« Seine Augenlider fühlten sich schwerer als die Schuppen des Attalo an. »Es tut mir leid, daß ich dich zum Schwimmen überredet habe. Beinahe hätte ich uns beide umgebracht.«

Kitrin lächelte. »Du warst wundervoll.« Sie sagte noch etwas, aber Recin war zu erschöpft, um zuzuhören. Er spürte eine sanfte Berührung und lächelte im Schlaf.

Dann packte ihn Kitrin bei der Schulter und schüttelte ihn. »Steh auf«, flüsterte sie. »Wir müssen weiter.«

Der Junge stöhnte und rollte sich auf die Seite. Die Sonne, die hoch am Himmel gestanden hatte, als sie aus dem Wasser gekommen waren, stand nun tief und rot am westlichen Horizont. Recin spürte Beine und Füße wieder, wünschte sich jedoch, sie wären noch taub. Von den Hüften bis zu den Zehen hinab schien sein ganzer Körper in Flammen zu stehen.

»Was ist denn?« fragte er.

Statt einer Antwort zerrte ihn Kitrin mit erstaunlicher Kraft auf die Beine. »Wir müssen gehen, und zwar sofort.«

Sie gingen ein paar Schritte einen Pfad entlang, wobei sich Recin schwer auf Kitrin stützte. Bei jedem Schritt durchzuckten ihn schlimme Schmerzen. Nach einer Weile waren sie wieder von hohen Bäumen umgeben, und das verblassende Sonnenlicht wurde zu einem dämmrigen Schimmer.

Recin stolperte über eine Wurzel und schrie auf, als sich die überforderten Muskeln bemerkbar machten.

Kitrin hielt ihm die Hand vor den Mund. »Leise!« mahnte sie.

»Sie hören uns.«

»Wer denn?«

»En'Jaga. Ein ganzer Stamm ist in der Nähe.«

»Wie weit entfernt?«

»Nicht sehr …«

Ein kehliges Knurren ertönte, und zwei riesige, dunkle Gestalten traten zwischen den Bäumen hervor.

»Ziemlich nah«, stöhnte Recin schwach. Kitrin wandte sich um und zerrte den Elf von den En'Jaga fort.

»Halt, haarige Leute!« rief ein En'Jaga mit rauher Stimme. »Haarige Leute, halt!«

Kitrin lief schneller und zwang Recin zu einem stolpernden Trott. »Vielleicht schaffen wir es bis ans Wasser. Wenn kein Attalo da ist, können wir fliehen.«

»Ich glaube kaum«, keuchte Recin.

»Wieso nicht?«

Ein dritter En'Jaga erschien und erwischte die beiden mit einem Ausholen der riesigen, schuppigen Pranke, so daß sie zu Boden fielen. »Ich euch gefangen«, knurrte er. »Ihr – ich euch gefangen.« Er neigte sich über sie und hob den Arm zum nächsten Schlag.

Recin rollte sich herum und hielt die Hände empor. »Nein!« schrie er. »Wir gefangen! Wir gefangen!«

KAPITEL

15

Tallis Schwert schlitzte das Lederwams des Soldaten auf. Der Mann taumelte zurück, ein ungläubiger Ausdruck breitete sich auf dem wettergegerbten Gesicht aus. Aus dem schmalen Schnitt tropfte dunkles Blut. Hinter ihm züngelten Flammen aus den Mauern einer Gerberei, Funken sprühten in den Nachthimmel.

»Laß die Waffe fallen«, befahl Talli.

Das Gesicht des Soldaten erstarrte. Schweiß rann ihm über die Wangen. »Mich den Schuppenköpfen ergeben? Niemals!« Er sprang vor und hieb mit dem Schwert auf Talli ein.

Sie war erschöpft, aber es gelang ihr, seine Klinge mit der ihren abzuwehren und den Schlag zur Seite zu lenken. Noch bevor er ausweichen konnte, zog sie das Schwert zurück, und – mit einer Drehung des Handgelenks – bohrte ihm die Klinge in die Brust.

Der Mann stieß ein ersticktes Husten aus und fiel auf die Straße. Talli zog die Waffe aus dem zuckenden Körper und hob sie hoch über den Kopf. Sie biß die Zähne zusammen und hieb auf den Nacken des Mannes ein. Wieder und wieder, bis endlich der Kopf über das Pflaster rollte. Dann senkte sie die Klinge und blieb keuchend neben dem Rumpf stehen. »Jetzt ist dein Geist frei.« Anschließend säuberte sie die Waffe auf dem Rücken der Leiche.

Das Köpfen mochte das Glück des Soldaten im nächsten Leben gewährleistet haben, aber es verhalf Talli zu keinem Glücksgefühl. Dies war der neunte, den sie seit dem Verlassen der Prunkhalle getötet hatte. Vielleicht auch der zehnte. Das Kämpfen und

Töten entwickelte sich zu einem endlosen, rauchigen Alptraum.

Zu ihrer Rechten ertönte ein Knarren, und Talli sprang gerade noch rechtzeitig zurück, als die Wand des benachbarten Hauses zusammenstürzte. Eine riesige Rauchwolke, vermischt mit lodernden Flammen, stieg in den dunklen Himmel empor. Talli hustete und versuchte, die Augen vor dem beißenden Qualm zu schützen.

»Sie ziehen sich zurück!« schrie ein Viashino. »Wir haben sie geschlagen!«

Talli rieb sich die Augen und spähte über den Platz. Es schien, als würden Karelons Truppen zurückweichen. Sie wünschte, sie könnte an den Sieg glauben, aber sie wußte es besser. Karelon spielte nur mit ihnen. Noch hatte sie nicht ein Drittel ihrer Streitkräfte eingesetzt.

»Haltet eure Stellungen!« schrie Talli den Menschen und Viashino in ihrer Nähe zu. »Jagt ihnen nicht nach!«

Die Soldaten beruhigten sich und blickten über den Platz hinweg, nach Norden. Wo vorher die Prunkhalle gestanden hatte, lag nur noch ein Haufen rußgeschwärzter Steine und glühender Asche. Die Geräusche des Brandes erfüllten die Luft, die Schreie der Verwundeten und Rufe der Viashino, deren ganze Habe Raub der Flammen geworden waren, gellten durch die Nacht. Talli wünschte, sie könnte ihren Leuten befehlen, die Feuer zu löschen, aber die Soldaten konnten nicht gleichzeitig gegen Karelon und den Brand ankämpfen.

Endlich färbte sich der Himmel im Osten grau. Talli stolperte fort von den Ruinen dessen, was einst ein Viashino-Heim gewesen war, und schritt zum Fluß, um ihr Gesicht mit Wasser zu bespritzen. Sie kniete am sandigen Ufer nieder, schöpfte Wasser in der hohlen Hand und erstarrte.

Zwischen dem einhertreibenden Holz und Geröll trieb der Körper eines menschlichen Soldaten. Talli stand still und beobachtete, wie er davonglitt. Während der Nacht waren Wolken aufgezogen, die den Himmel tiefer erscheinen ließen, und der ganzen Szenerie ein noch bedrückenderes Aussehen verliehen. Wenngleich der Mann zu Karelons Truppe zählte, war es nicht richtig, ihn einfach so vorübertreiben zu lassen. Vielleicht hatte einer der Viashino ein Boot, mit dem der Körper geborgen werden konnte. Möglicherweise ...

Sie schüttelte den Kopf. Im Fluß wimmelte es von Attalos. Schon bald würden sie die Leiche zerreißen und den Geist des Mannes befreien. Jetzt war nicht der Zeitpunkt für Zeremonien. Sie trat ein verkohltes Holzstück ins Wasser und ging zu den anderen zurück. Als sie sich einen Weg durch die Verwüstung bahnte, fielen die ersten Tropfen des Frühlingsregens.

Sie fand Lisolo und die Offiziere der Truppen, die, zusammen mit Janin, an der Ecke eines abgebrannten Gebäudes standen. Während der letzten Tage hatte sich die Garan-Frau als unschätzbar wertvoll erwiesen. Sie schien über größere Kenntnisse der Truppenaufstellung und über Ermutigungen zu verfügen, als Lisolos und Tallis erfahrenste Offiziere. Alle, sowohl Menschen als Viashino, waren mit Ruß bedeckt, die Kleider hingen in Fetzen. Sie sahen eher wie Flüchtlinge eines niedergebrannten Dorfes als wie eine Armee aus. Talli vermutete, daß sie selbst ebenso aussah.

Während der einen Tag und eine Nacht andauernden Kämpfe hatten Karelons Leute die meisten Gebäude, die südlich des großen Platzes lagen, angezündet. Die ganze Nacht hindurch waren Soldaten, die mit Schwertern und Fackeln bewaffnet waren, durch die Straßen gelaufen und hatten Tallis kleinere Armee gezwungen, den Brand und die Gegner zu bekämpfen. Dieser Rückzug im Morgengrauen konnte nur eine kleine Pause vor dem Angriff bedeuten.

Lisolo hob grüßend das Kinn, als Talli nahte. »Auf dem Südmarkt wird ausreichend gekocht, um unsere Leute zu sättigen«, sagte er. »Ihr seid die ganze Nacht auf den Beinen gewesen. Warum nehmt Ihr nicht eine warme Mahlzeit zu Euch und schlaft ein wenig?«

»Richtig«, nickte Janin. »Getin ist drüben, um mitzuhelfen. Ich denke, sie wird einen Platz für Euch finden.«

»Ich gehe, wenn ihr auch geht«, erwiderte Talli. Sie nahm die gepolsterte Kappe ab und fuhr mit den Fingern durch das angesengte, schmutzige Haar. »Was sagen unsere Späher?«

Der Viashino schenkte ihr ein breites Grinsen. »Es sieht besser aus, als man annehmen möchte. Karelons Truppen halten die Nordseite der Stadt und die Gebäude rings um den großen Platz, aber sie haben weder das Osttor noch den Südmarkt erreicht.«

»Das hört sich aber nicht gut an«, widersprach Talli. »Sie haben den weitaus größeren Teil der Stadt besetzt, und sie haben viel mehr Leute.«

»Aber mit jeder Stunde stoßen weitere Viashino zu uns«, erklärte Lisolo. »Selbst wenn sie den größeren Teil der Stadt haben, so halten wir alle Tore und den Zugriff auf frische Vorräte besetzt. Wenn wir die Stellungen halten können, werden die Feinde bald hungrig sein.«

»Wenn wir Waffen finden könnten…«, setzte Talli an, wurde aber von einem Boten unterbrochen, der sie beim Namen rief. Sie wandte sich um und erblickte einen Garan-Krieger, der von zwei Bewaffneten durch die Trümmer und die müde herumsitzenden Soldaten geführt wurde.

Die Hosenbeine des Garan waren mit Straßenstaub bedeckt, die Augenfarbe war ein verwirrtes Grau. Der Mann war schon älter; weiße Strähnen durchzogen sein braunes Haar. Das schmale Gesicht mit dem spitzen Kinn zeigte Spuren vieler Jahre in Sonne und Wind.

»Ich suche Rael Gar«, sagte er, sobald er in Tallis Nähe stand.

Sie ging durch die Asche, um ihm entgegenzutreten. »Welche Stellung bekleidet Ihr?«

»Ich bin Samet Tak«, antwortete der Krieger. »Rael Gar sandte mich aus, jene anzuführen, die an der südlichen Grenze wachen. Obwohl uns verboten wurde, die Stadt zu betreten, habe ich eine Botschaft, die ich verkünden muß.«

»Rael Gar ist tot«, sagte Talli. »Es tut mir leid.«

Die Miene des Kriegers blieb ausdruckslos, aber die Augenfarbe wandelte sich zu einem verschwommenen Braun. »Wie ist das geschehen?«

»Karelon hat ihn getötet. Sie war auch an der Ermordung meines Vaters beteiligt.«

Der alte Garan legte die Hand an die Stirn und machte eine heftige Geste nach unten, die Talli schon zuvor gesehen hatte, wenn ein Garan auf dem Schlachtfeld fiel. »Ich warnte Rael Gar, daß man Menschen nie trauen darf. Das Bündnis ist uns teuer zu stehen gekommen.«

»Nicht alle Menschen sind ehrlos«, widersprach Talli. »Mein Vater hat sein Wort gehalten, und auch ich werde dazu stehen.«

Der Krieger stand inmitten der Trümmer; Regentropfen rannen ihm über das Gesicht. Wenn auch Tränen darunter sein sollten, konnte Talli sie jedoch nicht entdecken. »Hier ist die Botschaft, die ich Rael Gar bringen wollte: Die magische Mauer ist verschwunden. Das Tal liegt ungeschützt.«

Obwohl Kitrin und Oesol sie gewarnt hatten, entsetzte die Nachricht Talli zutiefst. »Wann ist das geschehen?«

»Gestern abend, bei Sonnenuntergang.« Samet Tak

wandte sich ab. »Jetzt bin ich der Gar. Ich werde meine Leute zurück in die Berge führen. Wir werden nichts mehr mit Menschen und Viashino zu tun haben.«

»Und die Suderboder?«

»Die sind Euer Problem.« Er schritt über ein paar Balken hinweg und schickte sich an, die Straße hinunter zu gehen.

»Samet Tak!« Janin drängte sich durch die Soldaten hindurch.

Die Ungerührtheit des Kriegers war durch die Nachricht vom Tode Rael Gars nicht sichtbar erschüttert worden, doch beim Anblick von Janin fiel ihm der Unterkiefer herab und er sank auf die Knie. Seine Augen leuchteten tiefgrün. »Janin Gar«, krächzte er. »Was ist das? Bin ich schon tot? Die Geschichten sagen doch gar nichts über Städte in Tarak Ah.«

»Du bist nicht tot«, sagte Janin. »Und dies ist auch nicht das Leben nach dem Tod.«

Samet Tak schüttelte den Kopf. »Aber du bist seit zwei Dekaden tot.«

»Wer hat das gesagt?«

»Rael Gar«, stotterte der alte Elf. »Er berichtete uns von der Schande deines Gefährten und davon, wie du dir das Leben nahmst. Er sagte, er habe versucht, dich davon abzuhalten, aber du hättest darauf bestanden, deine Ehre zu retten.«

Janin trat ein verkohltes Stück Holz beiseite und stellte sich vor den knienden Garan. »Du warst Ratsmitglied«, sagte sie. »Ist Rael Gar zu euch gekommen und hat nach eurem Urteil gefragt?«

Langsam schüttelte Samet Tak den Kopf. »Wer sollte denn verurteilt werden? Rael Gar behauptete, ihr wäret alle tot.«

Erstaunt beobachtete Talli, wie sich das Haar auf Janins Kopf wie eine braune Wolke erhob. Als sich die Elfe umwandte, waren ihre Augen rot vor Wut. Sie leuchteten wie glühende Kohlen. Es hatte Zeiten gegeben, in denen sie gedacht hatte, daß Garan und Menschen einander sehr ähnlich seien, aber davon war nun keine Rede. In ihrer Wut wirkte Janin fremder als die Viashino.

»Er log«, zischte die Furie mit den Feueraugen. »Er hat mich und alle Garan angelogen.« Sie drehte sich und hieb auf einen Holzbalken ein, der das Feuer überstanden hatte. Das dicke Holz brach mitten durch und fiel zu Boden.

»Deshalb hat er darauf bestanden, daß Ihr hier hingerichtet werdet«, stellte Talli fest. Obwohl das Benehmen der Elfe ihr Angst einjagte, ging sie zu Janin hinüber. »Er ging nicht zum Rat, und Ihr wurdet nie verurteilt. Er wollte Euch aus dem Weg räumen, bevor Euer Volk erfuhr, was er getan hatte.«

»Er hat mich um alles gebracht«, erklärte Janin. »Er raubte mein Leben, Getins Leben und das meines Sohnes.«

Talli legte ihr die Hand auf die Schulter. »Ihr lebt noch. Und Ihr habt Recin und Getin.«

Samet Tak erhob sich. »Wenn du lebst, wer ist dann Gar?«

Janin blickte ihn an; langsam verschwand der feurige Glanz aus den Augen. Das Haar legte sich wieder. »Ich kann es nicht sein«, stellte sie fest. »Es ist lange her, seitdem ich zum Reich der Garan gehörte. Ich bin nicht mehr Gar.«

Talli trat neben die Elfe. »Wartet«, meinte sie. Sie beugte sich vor und sprach leise auf Janin ein. »Wenn Ihr die Stellung des Gar einnehmt, könnt Ihr den Garan befehlen, weiterhin die Grenzen zu bewachen. Wir brauchen sie, um die Suderboder aufzuhalten.«

»Ich könnte es befehlen, aber ich werde es nicht tun. Ich war zu lange fort. Die jüngeren Krieger kennen nichts als meinen Namen und haben eine vage Kindheitserinnerung an mich.«

»Aber wer ...«, begann Samet Tak.

Janin unterbrach ihn hastig. »Du bist Gar.«

»Aber Rael Gar ernannte mich zum Tak«, widersprach der Krieger. »Wenn er durch eine Lüge zum Gar wurde, dann verdiene auch ich meine Stellung nicht.«

»Du bist ein guter Krieger«, meinte Janin. »Du wirst auch ein guter Gar sein.« Sie nahm Tallis Hand von ihrer Schulter, drückte sie kurz und kraftvoll und ließ sie dann los. »Auch wenn ich kein Gar bin, möchte ich dich bitten, diesen Leuten zuzuhören und zu helfen. Ihr Kampf ist auch der unsere.«

Samet Taks Augen glänzten in vielen Farben. »Wirst du mich begleiten? Man hat dich nicht vergessen. Es gibt viele, die dich gern wiedersehen möchten.«

»Nein. Jedenfalls noch nicht heute. Aber es gibt noch etwas, um das ich dich bitten möchte.« Langsam sank sie auf die Knie und blickte zu dem schwarzgekleideten Krieger auf. »Samet Gar, meine Familie und ich haben keinen Rang mehr. Wirst du uns die Ehre eines Namens erweisen?«

Diesmal war Talli sicher, daß die Feuchtigkeit auf dem Gesicht des Garan nicht nur vom Regen her stammte. Er legte eine Hand auf Janins Kopf und hob die andere zum wolkenverhangenen Himmel. »Du bist Janin Esgar, die geachtete Führerin, die abgedankt hat. Deine Schwester ist Getin Pak, Mitglied der Sippe. Dein Sohn...« Er hielt inne und sah auf Janin hinab. »Wie heißt dein Sohn?«

»Recin.«

»Dein Sohn ist Recin Kan, der junge Krieger.« Er nahm die Hand vom Kopf der Garan-Frau.

»Ich danke dir, Samet Gar.«

Der neue Garan-Führer nickte. »Ich muß jetzt gehen«, erklärte er. Dann sah er Talli an. »Die Grenzen müssen bewacht werden.« Samet Gar wandte sich um und rannte die Straße hinunter.

Janin beobachtete, wie er davonlief. »Jetzt habe ich wieder ein Leben«, stellte sie fest.

Es donnerte, und der Frühlingsregen prasselte mit aller Macht hernieder. Talli und Janin rannten zu den anderen, die in den umliegenden Gebäuden Schutz gesucht hatten. Innerhalb weniger Minuten hatten sie das Hauptquartier in den Ruinen eines Töpferladens aufgeschlagen.

»Das ist ein trauriger Beginn der Acht-Tage«, seufzte Lisolo. »Aber der Regen wird uns unterstützen. Karelons Truppen können nicht mehr so viel Feuer legen, und vielleicht greifen sie auch nicht mehr an.«

Janin stocherte in der Glut der Feuerstelle herum. »Hoffen wir es. Noch ein paar Tage wie die vergangenen, und es gibt keine Stadt mehr, um die man kämpfen muß.«

Talli stand in der Türöffnung des Ladens und blickte über den Platz, auf die rauchenden Ruinen der Prunkhalle. Die leuchtend weißen Mauern, die sie beim ersten Anblick so beeindruckt hatten, waren rußbedeckt. Das gewölbte Dach war eingestürzt, und noch immer stiegen schwarze Rauchwolken zum Himmel empor. Durch die tiefhängenden Wolken war es jetzt so dunkel, wie sonst nur mitten in der Nacht.

»Wir dürfen nicht warten, bis sie wieder vorstoßen«, sagte sie. »Wir müssen als erste angreifen.«

Lisolo grunzte erstaunt. »Wie sollen wir angreifen? Wie Ihr bereits gesagt habt, haben sie viel mehr Leute als wir und liegen hervorragend geschützt in ihren Stellungen.«

»Das spielt keine Rolle«, antwortete Talli. Sie bückte sich und hob einen Armbrustbolzen vom nassen Pflaster auf. »Die magische Mauer ist zerstört worden. Entweder schlagen wir Karelons Truppen jetzt und ziehen anschließend zur Grenze, oder aber wir ergeben uns auf der Stelle.«

Der große Viashino senkte den Kopf. »Es gibt noch eine Möglichkeit.«

»Welche?«

»Wir könnten Karelon Berimish überlassen.«

Talli starrte ihn verblüfft an. »Karelon würde die Stadt völlig in Brand setzen.«

»Vielleicht auch nicht«, mischte sich Janin ein. »Wahrscheinlich möchten die Suderboder diese Stadt unversehrt haben.«

»Karelon haßt die Viashino«, meinte Talli. »Ich würde nicht darauf bauen, daß sie sich durch die Suderboder von ihrem Haß abhalten läßt.« Sie schüttelte den Kopf. »Nein, wir müssen uns etwas ausdenken, diesen Kampf schnell zu beenden, damit wir uns dem richtigen Krieg stellen können.«

Ein Blitz zuckte vom Himmel. Wieder donnerte es laut, und Talli sah einen einsamen Viashino über die nassen Pflastersteine rennen.

»Sieht so aus, als hätten wir einen neuen Rekruten.« Sie trat vor die Tür und winkte mit den Armen.

Als der Viashino sie erblickte, änderte er seine Richtung und eilte herbei.

»Du mußt Recins blonder Mensch sein«, keuchte er, als er vor ihr stand.

»Ich kenne Recin«, nickte Talli, »aber ich gehöre ihm nicht! Wer bist du?«

»Heasos«, sagte der Viashino. »Ich war Mitglied der Stadtwache.«

»Ja, Recin hat von dir erzählt. Komm herein.«

Sobald Heasos Lisolo erspäht hatte, verneigte er sich, bis die Krallen den Boden berührten. »Bey Lisolo«, sagte er, »ich hatte gehofft, Euch zu finden.«

»Erhebe dich«, befahl Lisolo. »Dies ist nicht der richtige Ort für solche Rituale.«

»Wenn du gerade aus dem Norden der Stadt kommst, kannst du uns etwas über die Soldaten dort sagen?« fragte Janin.

»Ich habe sie eigentlich gemieden«, erklärte Heasos. Er hob den Kopf und bleckte die Zähne zu einem Viashino-Lächeln. »Ich glaube, sie fürchten sich vor euch. Sie haben ihr Hauptquartier im Haus des Hafenmeisters aufgeschlagen und die meisten Straßen verbarrikadiert. Ich konnte gerade noch entwischen, bevor die letzte Straßensperre errichtet wurde.«

»Das klingt ja, als wollten sie die Ankunft der Suderboder abwarten«, meinte Janin. Sie versetzte den Holzscheiten noch einen Stoß und stand auf. »Die En'Jaga und Suderboder Truppen werden uns töten, wenn sie hier sind.«

Talli schritt wieder zur Tür und starrte in den Regen hinaus. »Wenn wir Karelon gefangennehmen könnten, würden sich die anderen ergeben.«

»Seid Ihr sicher?«

»Sie sind immer nur einem Anführer gefolgt. Von den Bergdörfern bis hierher marschierten sie unter Tagards Banner. In ihren Reihen gibt es keinen, der Karelons Platz einnehmen könnte.« Sie beugte sich vor und sah den Regentropfen zu, die auf das Pflaster platschten.

»Könnten wir mit einem Schiff flußaufwärts fahren und im Hafen anlegen?«

»Das könnten wir«, sagte Lisolo, »aber wir haben keine Schiffe.«

»Wir haben nicht genug Leute, um die Straßensperren zu stürmen«, überlegte Talli. »Wir bräuchten einen Weg, der um sie herum führt. Einen Weg, der...« Sie drehte sich plötzlich herum und starrte Lisolo an. »Die Karte!«

Er blinzelte verständnislos mit den gelben Augen. »Karte!«

»Die Karte der Stadt, die Ihr meinem Vater gegeben habt.«

»Die lag im Ratszimmer«, sagte er. »Ich nehme an, sie ist verbrannt.«

»Sicher, aber auf der Karte waren Zeichen für die Kanäle unter der Stadt. Tunnel, die groß genug sind, um die Frühlingsflut zu bewältigen.«

»Das stimmt«, nickte der Viashino und hob den Kopf so hastig, daß er gegen die Decke klatschte. »Ihr wollt doch wohl keine Truppen hindurchschicken.«

»Genau das habe ich vor.« Talli schritt aufgeregt im Raum umher; sie war zu unruhig, um still zu stehen. »In den Dörfern gibt es keine Tunnel. Karelon wird nicht damit rechnen, daß wir unter den Straßen entlang gehen. Sie wird völlig überrascht sein.«

»Aber der Regen hat schon eingesetzt. Bald sind die Tunnel mit Wasser gefüllt.«

Talli legte die Hand auf den Schwertgriff und biß die Zähne zusammen. Hier bot sich die letzte Möglichkeit, Karelons Widerstand zu brechen und rechtzeitig zur Grenze zu gelangen. Sie würde diese Gelegenheit nicht ungenutzt lassen. »Wenn sie schon bald voller Wasser sind, sollten wir uns besser beeilen.«

Es dauerte knapp über eine Stunde, bis sich dreißig Menschen und junge Viashino am Eingang eines der größeren Tunnel versammelt hatten. Das Wasser auf dem Boden des Ganges stand nur knöchelhoch, floß aber schnell genug, um das Gehen auf den schlüpfrigen Steinen schwierig zu gestalten. Talli hob die Fackel und sah, daß sich der Gang nach Norden wandte.

»Also los«, sagte sie, »wir machen uns jetzt auf den Weg.«

Lisolo sah von oben zu, wie zuerst Janin und dann die Menschen und Viashino in den Tunnel kletterten. »Ich wünschte, ich könnte euch begleiten«, seufzte er.

»Ihr würdet niemals hineinpassen«, bemerkte Talli. »Haltet sie beschäftigt. Lärmt herum. Ich möchte nicht, daß Karelons gesammelte Armee im Hauptquartier hockt, wenn wir dort ankommen.«

»Keine Bange«, beruhigte sie der Viashino. »Wir treten ihnen auf die Füße.« Er neigte sich hinab und berührte sie sanft mit der riesigen Klaue. »Viel Glück.«

Talli nickte und schritt in den Tunnel hinein.

Einer der Viashino, der für die Kanäle zuständig war, hatte ihnen genaue Anweisungen gegeben, die sich recht einfach angehört hatten. Doch jetzt, da sie sich im Gewirr der miteinander verbundenen Gänge befanden, war es bedeutend schwieriger, Norden und Süden zu unterscheiden. Das Licht, das von dem braunen Wasser zu ihren Füßen zurückgeworfen wurde, warf verrückte Schattenbilder auf die moosbedeckten Wände. Während der Trockenzeit waren Pilze aus den Mauern gewachsen, die nun herabhingen und wie halb verrottete Tuchfetzen über Tallis Gesicht wischten.

Die Gruppe war durch ein Seil miteinander verbunden und kam daher nur langsam schlurfend voran. Wann immer ein Soldat ausrutschte und hinfiel, mußten alle warten, bis er wieder auf die Beine gekommen war. Tallis erste Fackel erlosch, und sie entzündete die zweite mit den letzten Flämmchen. Sie trug noch eine Fackel bei sich, hoffte aber, die Tunnel verlassen zu können, bevor sie diese benutzen mußte.

»Seid Ihr sicher, daß wir auf dem richtigen Weg sind?« fragte Janin.

Talli zögerte kurz, dann nickte sie. »Es fällt mir schwer, mich an alle Abzweigungen zu erinnern, aber das Tor, an dem wir gerade vorbei gekommen sind, war ein Zeichen, nach dem ich Ausschau halten sollte. Bis jetzt sind wir richtig.«

Sie schritten durch einen Gang, der so niedrig war, daß sie – wie vom Alter gebeugte Waschfrauen – vornüber geneigt gehen mußten. Dann wieder betraten sie eine unterirdische Galerie, die so groß war, daß eine ganze Häuserreihe darin Platz gefunden hätte. Hier mündete das Wasser aus zahlreichen, kleineren Kanälen, um sich dann wieder zu teilen und durch verschiedene Gänge zum Fluß zu strömen.

Ein kleiner Attalo huschte über den Boden, auf Tallis Füße zu. Der spitze Kopf schoß vor und schnappte nach ihren Zehen. Sie senkte die Fackel und stieß nach dem Tier. »Verschwinde«, zischte sie. »Verschwinde, sonst fresse ich dich bei lebendigem Leib.«

Die Kreatur stieß ein pfeifendes Geräusch aus und schwamm hastig in einen Nebengang. »Ich hoffe, du hast hier unten keine großen Verwandten«, murmelte Talli.

Sie verließen die große Kreuzung und betraten einen Tunnel, der nach Nordosten führte. Er war so hoch, daß sie stehen konnten, aber sehr schmal. Das Wasser war tiefer als in den anderen Gängen. Es drückte Talli gegen die Kniekehlen und drohte bei jedem Schritt, sie umzuwerfen. Die zweite Fackel flackerte auf, und sie mußte die letzte anzünden.

»Ich hoffe, daß wir bald da sind«, meinte sie. »Ich möchte nicht versuchen, die Tunnel im Dunklen zu bewältigen.«

»Ich auch nicht«, stimmte Janin zu. »In den Bergen, wo ich geboren wurde, gab es Höhlen, aber wir sind nie weiter als bis zum Eingang vorgedrungen. Wenn sie so sind wie diese Kanäle, dann weiß ich, weshalb.«

»Wir sind bald da. Wir müssen bald da sein.«

Ein erstickter Schrei erscholl hinter ihnen, dann ein zweiter. Talli versuchte, sich umzudrehen, was ihr durch das Seil und den engen Gang erschwert wurde. »Was...«

Eine Woge braunen Wassers überschwemmte sie. Es riß sie in die Höhe und schob sie den Gang entlang. Die Fackel fiel ihr aus der Hand, traf zischend ins Wasser und verlosch. Sie stolperte durch die Dunkelheit. Ihr Kopf geriet unter Wasser, die faulig schmeckende Flüssigkeit drang ihr in den Mund. Sie schlug mit Händen und Füßen um sich, fand aber auf den schlüpfrigen Mauern keinen Halt. Das Dröhnen der Fluten klang plötzlich wie das Grollen eines riesigen Raubtieres.

Sei gnädig, wenn Dein Feind um das Sterbegebet bittet. Sprich es für ihn. Sorge dafür, daß man sorgsam mit dem Körper verfährt.

Aber versichere Dich zuerst, daß er auch wirklich tot ist.

– Suderbod'sche Lebensweisheit

Der Große Sumpf war dunkel, verregnet, stand auf dem Kopf und bewegte sich rückwärts.

Recin hing, mit dem Kopf nach unten und mit fest zusammengeschnürten Händen und Füßen, auf dem Rücken eines En'Jaga. Das Blut rauschte ihm durch den Kopf, und es fiel ihm schwer, sich auf irgend etwas zu konzentrieren. Bäume wirbelten vorbei. Spitze Grashalme peitschen ihm durchs Gesicht. Wasser sprühte auf, wenn die Kreatur durch Tümpel sprang. Hin und wieder erhaschte er einen Blick auf einen anderen En'Jaga, der Kitrin auf dem Rücken trug. Immer wieder verlor der Elf für Stunden das Bewußtsein. Zweimal löste sein Häscher die Bande, um Recin mit einer Hand hochzuhalten, während er durch tieferes Wasser schwamm.

Die En'Jaga schienen sich keine Sorgen wegen der Attalo zu machen.

Bei ihrer Gefangennahme war es Abend gewesen. Die ganze Nacht über rannten und schwammen die En'Jaga ohne Pause. Von Zeit zu Zeit grunzten sie sich vereinzelte Worte zu. Einmal beging Recin den Fehler, eine Frage zu stellen. Als Antwort erhielt er einen lässigen Schlag, der ihm ein stundenlanges Schwindelgefühl bescherte. Das eine Mal reichte, um ihn von nun an schweigen zu lassen.

Die späte Morgendämmerung brachte Regen und Wind aus dem Norden mit sich. Eisige Wassertropfen rollten Recin über das Gesicht und tropften ihm aus den nassen Haaren. Vereinzelte Blitze zuckten durch die Wolkendecke. Seitdem sie den Sumpf betreten hatten, hatte Recin geschwitzt, aber nun zitterte er in der feucht-kühlen Luft. Wenn der Regen den En'Jaga etwas ausmachte, dann zeigten sie es nicht. Der Tag wurde zu einer grauen Verlängerung der Nacht; noch immer rannten sie weiter und weiter.

Schließlich, als auch dieser Tag zur Neige ging und Recin sicher war, daß sein Kopf durch das ewige Nach-unten-Hängen gleich abfallen würde, hielten die En'Jaga an. Eine dritte Kreatur näherte sich, befreite Recin vom Rücken seines Trägers und warf ihn zu Boden. Ein anderer zog ein häßliches, schwarzes Eisenmesser hervor und schnitt die Fesseln durch.

»Dableiben«, sagte der En'Jaga. »Bleiben.« Er riß das Maul auf und entblößte die Zähne, von denen jeder einzelne länger war als Recins Hand.

»Ich werde nicht fortlaufen«, beteuerte der Elf. Er setzte sich hin und rieb sich den schmerzenden Hinterkopf. Obwohl er nun endlich ruhig saß, schien alles rings umher auf und ab zu hüpfen – auf und ab, in übelkeiterregendem Takt.

Ein weiterer En'Jaga erschien und ließ Kitrin neben ihm auf den Boden fallen. Mit einem Schmerzensschrei schlug sie auf. Die sonst blasse Haut zeigte eine beunruhigend grau-grüne Farbe.

»Lebst du noch?« fragte Recin besorgt.

Kitrin starrte ihn aus Augen an, die wirr in den Höhlen herumfuhren und stöhnte. »Ich lebe noch«, flüsterte sie. »Aber ich habe das Gefühl, nicht mehr leben zu wollen. Kannst du dir vorstellen, wo wir uns befinden?« Recin blickte sich um. Zur Linken wuchsen Blumen, so groß wie ein Mensch und mit Farben wie Blutergüssen. Der Geruch, den sie verströmten, erinnerte an Fleisch, das seit Tagen in der Sonne gelegen hatte. Dahinter sprossen riesige Pilze, die den Boden wie mit einer gelb-braunen Schicht bedeckten. Zur Rechten wand sich ein schmaler Bach mit schwarzem Wasser durch die entblößten Wurzeln der Sumpfbäume. Eine fette, graue Schlange schlüpfte unweit von ihren Beinen aus dem Wasser und verschwand unter den großen Blumen, bevor Recin Zeit hatte, auch nur zusammenzuzucken.

»Nun, wir sind noch immer im Großen Sumpf«, meinte er. »Solange, wie wir unterwegs waren, könnten wir schon fast in Suderbod sein. Ich frage mich, warum sie hier angehalten haben?«

»Vielleicht sind sie müde?« Kitrin bettete den Kopf auf den weichen Boden. »Ich bin es jedenfalls.«

Eine fette, schwarze Fliege brummte in der Nähe, landete auf Recins Wange und schwirrte davon, bevor er noch zuschlagen konnte. »Man sollte meinen, sie müßten mich lange suchen – schließlich sind wir weit getragen worden«, murrte er.

Die En'Jaga bewegten sich zwischen den dunklen Bäumen hin und her. Keiner von ihnen schien auf die Gefangenen zu achten, aber Recin zweifelte nicht daran, daß die Biester wenig Mühe haben würden, sie zu fangen, falls sie zu fliehen versuchten. Er legte die Hand gegen den glatten Stamm des nächsten Baumes und zog sich hoch. Die Fesseln hatten ihm die Hand- und Fußgelenke wundgescheuert. Durch das anstrengende Schwimmen und die quälende Reise auf dem Rücken des En'Jaga, fühlten sich die Beine des Jungen so fest wie feuchte Seile an.

Ein weit entferntes Geräusch erregte seine Aufmerksamkeit. Zuerst glaubte er, es handele sich nur um das Donnern eines fernen Gewitters, doch der Lärm steigerte sich zu einem lang anhaltenden Zischen, das allem, was Recin je gehört hatte, unähnlich war.

Ein paar Sekunden lang herrschte Stille, dann ertönte das Geräusch aufs neue. Diesmal wurde es von einem Schwarm grüner Moorgleiter begleitet, die mit ausgebreiteten, ledrigen Schwingen über die Baumwipfel davonflogen. Als das Zischen zum dritten Mal ertönte, war es merklich näher gekommen.

»Was glaubst du, was das ist?« fragte er.

Kitrin hob den Kopf ein wenig. »Was?«

»Das Geräusch.«

Wieder hörte er es. Diesmal war es so laut, daß es den Boden erzittern ließ. Kleine Wellen zeigten sich auf der Wasseroberfläche des Baches.

»Das ist Magie«, stellte das Mädchen fest.

»Magie?«

»Jemand wendet Magie an.« Sie setzte sich auf und tastete nach der Gürteltasche. »Zum Glück haben sie das hier nicht genommen.«

Sobald sie die Tasche öffnete, bemerkte Recin ein blau-grünes, pulsierendes Licht, das herausströmte. Kitrin zog den Kristall hervor, nahm die Kordel in die Hand und augenblicklich schwang der Stein in die Höhe. Die Kordel wurde so stramm gezogen, daß sie in der Luft zitterte.

»Er ist nah«, sagte sie. »Ganz nah.«

»Aligarius? Was sollte er denn hier tun?« fragte Recin.

Wieder erscholl das Zischen. Noch mehr Moorgleiter flogen über sie hinweg. Braune Blätter schwebten herab und ließen sich auf der Wasseroberfläche nieder.

Kitrin holte tief Luft und verstaute den Kristall wieder in der Gürteltasche. »Vielleicht zieht die Armee auf dem Weg nach Tamingazin durch dieses Gebiet. Die En'Jaga brachten uns hierher, um uns auszuliefern.«

Recin schüttelte den Kopf. »Man kann auf keinen Fall eine Armee durch diesen Sumpf führen. Sie wäre mindestens einen Monat unterwegs.«

Noch einmal erklang der unheimliche Lärm. Wieder fielen Blätter und Äste hinab. Dieses Mal war noch etwas anderes dabei – ein mattes, rotes Licht leuchtete durch das Grau des Sumpfes.

»Welche Magie ruft ein solches Geräusch und so ein Licht hervor?« wollte Recin wissen.

»Große Magie.« Kitrin streckte ihm die Hand entgegen, und der Junge zog sie auf die Beine. »Die Artefakte, die Aligarius dem Institut gestohlen hat, gehören zu den mächtigsten magischen Gegenständen, die es gibt. Viele von ihnen verfügen über Kräfte, die nicht sehr bekannt sind.«

Ein weiteres Beben fuhr durch den Sumpf und wirbelte schäumende Wellen und Schlamm im Bach auf. Der Boden zitterte so sehr, daß sich Recin gegen einen Baum stemmen mußte, um auf den Beinen zu bleiben. Blutrotes Licht strahlte aus der Richtung, aus der auch das Zischen ertönte, und die Bäume warfen lange Schatten. Über dem ganzen Lärm war jedoch deutlich das Krachen und Brechen von Holz zu hören.

Endlich wurde es ruhiger, und einer der En'Jaga tauchte neben ihnen auf. »Hier entlang, haarige Leute! Haarige Leute, hier entlang.« Er winkte mit der Klaue, die halb so groß wie Recins Körper war.

Halb krank und völlig erschöpft versuchten Recin und Kitrin, seinem Befehl Folge zu leisten. Weit hatten sie nicht zu gehen. Auf einer kleinen Lichtung hatten sich mehrere der riesigen Kreaturen versammelt. Sobald sie dort angelangt waren, kümmerten sich die En'Jaga nicht mehr um ihre Gefangenen.

Als das Geräusch erneut aufkam, war keine Rede mehr davon, auf den Beinen zu bleiben. Der Boden hob und senkte sich wie ein Reittier, das plötzlich verrückt spielt. Recin und Kitrin stürzten auf die Erde. Sogar die En'Jaga waren verblüfft. Zu Recins Linker hob sich ein Baumriese aus der Erde und entblößte eine wirre Wurzelmasse. Dann krachte der Stamm mit solchem Donnern zu Boden, daß alle anderen Laute für einen Moment übertönt wurden. Mit entsetzlichem Getöse folgte ihm ein zweiter Baum. Dann noch einer. Risse entstanden im Boden, Dampf stieg aus ihnen empor.

Mit einem letzten, ohrenbetäubenden Donnern fielen die restlichen Bäume zu beiden Seiten um und gaben den Blick auf die Armee von Suderbod frei.

Unter dem grauen Himmel marschierte eine ungeheuere Menge aus Menschen, Wagen, Reittieren und En'Jaga. In der Nacht, als Berimish gefallen war, hatte Recin Tagards Armee als eindrucksvoll empfunden, aber nun wußte er, daß es sich nur um eine zusammengewürfelte Horde von Bergbewohnern gehandelt hatte. Die Truppen der Suderboder bestanden aus zehntausend, vielleicht auch zwanzigtausend Soldaten – ohne die vielen hundert En'Jaga mitzuzählen.

Die gigantische Armee marschierte mit wehenden Fahnen zum Klang vieler Trommeln. Im Gegensatz zu den Truppen der Menschen und Garan in Tamingazin, schien die Armee von Suderbod nur aus Männern zu bestehen. Sie schritten in ordentlichen Reihen voran, die Rüstungen glänzten, Waffenröcke und Banner leuchteten in allen Farben. Die Kleidung war bunter als die Federn eines Paradiesvogels. Sogar die Helme waren mit Federbüschen und farbigen Wappen verziert.

Inmitten der geordneten Linien bewegten sich En'Jaga-Haufen. Einige entsprachen den einfachen, grauen Wesen, die Recin vom Markt her kannte, viele aber trugen rote und blaue Streifen auf den Körper gemalt, um den Farben der Suderboder Rüstungen zu gleichen. Um die starken Arme waren Metallbänder geschlungen. Die Klauen an Händen und Füßen waren durch Stahlkrallen verlängert worden.

Vor den Soldaten schritt ein einzelner Mann. Er trug eine übergroße Tunika mit schwarzen und goldenen Streifen, sowie eine scharlachrote Hose. Auf dem Kopf trug er einen rosaroten Schlapphut, der von roten Streifen durchzogen war. Der weiße Bart war kurz gestutzt und nach Suderboder Art in der Mitte geteilt.

Kitrin hielt die Luft an. »Aligarius.«

Recin starrte die kleine, grellbunt gewandete Gestalt an. Der Mann sah keineswegs aus wie der graugekleidete Magier, den er in den Straßen von Berimish gesehen hatte. »Bist du dir sicher?«

»Mehr als ein Jahr habe ich Tag für Tag mit ihm zusammengearbeitet. Ich bin ganz sicher«, sagte das Mädchen.

Der Magier streckte die geballte Faust vor, und wieder begann der Erdboden zu beben und zu tanzen. Purpurfarbene Strahlen schossen aus der Faust hervor. Bäume zerbarsten und fielen zu Boden, Tümpel verschwanden als Dunstwolken. Als der Lärm nachließ, war der Boden vor Aligarius' Füßen ein ebener, baumloser Pfad, so glatt und fest wie jede Straße in Berimish.

Durch die Lücke, wo vorher Bäume gestanden hatten, erblickte Recin niedrige, grüne Grashügel und die Mündung eines breiten Flusses.

»Somit wäre die Frage, wo wir uns befinden, geklärt«, stellte Kitrin fest. »Den Fluß kenne ich.«

»Ist das Suderbod?«

»Nein«, antwortete sie, »das ist Tamingazin. Die Mündung des Nish.«

Recin stöhnte. »Phantastisch. Nach dem ganzen Aufwand sind wir genau dort, wo wir angefangen haben.«

Die En'Jaga bewegten sich vorwärts. Einer von ihnen näherte sich Recin und Kitrin und bedeutete ihnen, sich der Armee zu nähern.

»Hier lang«, knurrte er. »Kommt.« Die En'Jaga trieben sie auf die vorrückenden Truppen zu.

Als sie Aligarius beinahe erreicht hatten, wandte sich der Zauberer zu ihnen um. Auch Recin, der den Mann nur aus der Entfernung gesehen hatte, empfand die Veränderung, die mit Aligarius vorgegangen war, als erschreckend. Die Wangen waren hohl und eingesunken. Die dunklen Augen blickten matt und starr drein.

»Kitrin Weidini«, sagte der Magier mit heiserer Stimme. »Ich bin überrascht, dich hier zu sehen.«

Kitrin richtete sich auf und blickte ihn mit ernster Miene an. »Aligarius Timni, Ihr habt Euren Schwur, den Ihr dem Institut für Arkane Studien geleistet habt, gebrochen, und Ihr habt Gegenstände, die Euch nicht gehören, mitgenommen. Gebt das gestohlene Gut zurück und begleitet mich, um Euren Herren gegenüberzutreten.«

Aligarius schnaubte und streckte die Nase hoch in die Luft. »Herren? Ich habe keine Herren. Warum sollte ich dir zuhören?« Er blinzelte und schwankte ein wenig. »Du ... du bist nichts weiter als ein ungebildetes Lehrmädchen.«

Kitrin schüttelte den Kopf. »Ich bin hier, weil ich das Institut vertrete, nicht in eigener Sache. Ihr steht uns allen gegenüber in einer Ehrschuld!«

»Das Institut schuldet mir bedeutend mehr, als umgekehrt«, meinte der Zauberer. »Ich habe beinahe hundert Jahre studiert und Schriften verfaßt. Was habe ich davon gehabt?«

»Hochachtung«, antwortete das Mädchen.

Aligarius schnaubte erneut. »Ich habe keine Hochachtung bemerkt.« Er öffnete die Faust und zeigte ihnen ein Gebilde, das aussah, als seien Bänder aus Gold und Kupfer miteinander verwoben. »Das ist das ›Herz des Berges‹. Weißt du, wie man seine Kraft erweckt? Weiß es irgend jemand im Institut?« Er schüttelte den Kopf. »Die Hälfte aller Artefakte der Sammlung wären ohne meine lebenslangen Forschungen nichts weiter als Merkwürdigkeiten.«

»Das gibt Euch nicht das Recht, sie zu stehlen.«

Aligarius warf Kitrin einen drohenden Blick zu.

»Wer bist du, daß du mir erzählen kannst, was Recht und was Unrecht ist?«

Ein schriller Pfiff ertönte, Befehle wurden gebrüllt. Die Reihen der Suderboder teilten sich, und die Soldaten hasteten in scheinbarem Durcheinander umher. Innerhalb weniger Sekunden wurden hohe Pfähle aufgestellt. Kurz darauf wurden kreisrunde Planen darüber geworfen, und die Soldaten verschwanden hinter einem Meer aus runden Zelten.

Eine Gruppe Männer verließ das schnell wachsende Lager. Die meisten trugen die glänzende Rüstung und verzierten Helme der Suderboder Soldaten, doch die ersten beiden waren ähnlich wie Aligarius gekleidet – in grellfarbige Gewänder mit bunten Streifen.

Einer der beiden war dünn, mit einem dunklen, geteilten Bart. Recin glaubte, den Mann zu erkennen, der sich in der Prunkhalle aufgehalten hatte. Es mußte der Botschafter sein, der Aligarius aus der Stadt gebracht hatte. Der andere Mann war fett und glattrasiert. Eine goldene Schärpe spannte sich über der Brust; zahlreiche goldene Ketten baumelten an seinem Hals.

»Wer ist das?« rief der dicke Kerl. Aus der Entfernung wirkte er wie ein netter, alter Großvater, als er aber näher kam, entdeckte Recin dicke Tränensäcke und Falten unter den Augen, die ihm ein Aussehen verliehen, das alles andere als nett war. Die krankhaft gelbe Haut war von unzähligen geborstenen Äderchen durchzogen.

»Das Mädchen heißt Kitrin«, erklärte Aligarius. »Sie kommt vom Institut für Arkane Studien.«

»Tatsächlich?« Der fette Mann wölbte die ebenfalls fetten Lippen. »Hm. Eine weitere Magierin könnte nützlich sein.« Er baute sich genau vor Kitrin auf und fuhr mit dem Finger über ihre schmutzige Wange. »Auch wenn sie verdreckt ist.«

Aligarius grunzte. »Sie ist wertlos«, meinte er. »Sie hat erst ein Jahr studiert. Sie beherrscht nicht einmal die einfachsten Sprüche.«

»Schade.« Der Dicke ging zu Recin. Die Augen des Mannes hatten eine blasse, milchig braune Farbe. Sein Blick gab Recin das Gefühl, mit Schmutz überschüttet zu werden.

»Wer ist das? So einen habe ich noch nie gesehen.«

»Ich weiß nicht«, meinte Aligarius. »Ich …« Er taumelte und Recin dachte, er würde zu Boden fallen. »Ich habe ihn noch nie gesehen.« Er blinzelte und der Schweiß lief ihm über die Stirn.

Sollten die Suderboder etwas bemerkt haben, zeigten sie es nicht.

»Ich glaube, ich habe den Jungen schon einmal gesehen«, mischte sich der Botschafter ein. »Ich glaube, das ist einer von Lisolos Lieblingsgaran.«

»Ein Garan?« Der Mund des Dicken öffnete sich vor Staunen. Er senkte den Kopf, bis sein Gesicht dicht vor Recin war. »Ja, er hat die Augen, nicht wahr?« grunzte er. »Diese schönen, wandelbaren Augen. Hmm. Und die Gestalt, auch wenn er nicht so muskulös ist, wie du in deinen Berichten geschildert hast, Daleel.« Die Zunge des Dicken erschien kurz zwischen den Lippen. »In Suderbod gibt es keine Garan. Ich habe bemerkenswerte Dinge über euch gehört. Sehr bemerkenswerte Dinge. Sind sie wahr?«

Der Atem des Mannes roch süß und faulig zugleich – wie verschimmeltes Brot. Recin mußte an sich halten, um nicht zurückzuzucken. »Ich weiß es nicht«, antwortete er.

»Du weißt es nicht«, wiederholte der Mann. »Hm.« Er sah über Recins Schulter. »Du, Jah!« rief er. »Komm her!«

Ein En'Jaga eilte herbei und fiel vor dem Dicken auf alle viere. »Ja?« fragte er. »Was wünschen?«

»Wo hast du diese beiden gefunden?«

»Haarige Leute am blauen Wasser«, sagte der En'Jaga. »Beim blauen Wasser, haarige Leute.«

Der Dicke wandte sich wieder zu Recin. »Ich könnte dich fragen, was ihr mitten im Sumpf zu suchen hattet, aber das hat wohl wenig Zweck.« Er lächelte und entblößte Zähne, die spitz gefeilt und in den Farben der bunten Gewänder bemalt waren. »Eine Magierin und ein Krieger. Sie haben euch geschickt, mich zu töten, hm?«

»Töten?« fragte Recin. »Warum?«

Kurz darauf sah er sich verblüfft um. Er saß auf dem Boden und starrte auf die Knie des fetten Mannes. Wie er dorthin gekommen war, war ihm ein Rätsel. Er brauchte mehrere Sekunden, bis er das Dröhnen im Kopf mit seiner Lage in Verbindung brachte und erkannte, daß er mit solcher Kraft und Schnelligkeit geschlagen worden war, wie er es nie für möglich gehalten hätte.

»Mir scheint, die Geschichten über die Gewandtheit und Schnelligkeit eines Garan-Kriegers sind nichts weiter ...« Er starrte den Jungen an. »... als Märchen.«

»Ich bin kein Krieger«, sagte Recin. Seine Lippen fühlten sich geschwollen an, warmes Blut rann ihm über das Kinn.

»Kein Krieger.« Der Dicke legte den Kopf aus die Seite. »Ein Garan, aber kein Krieger. Hm.« Dann blickte er zu Kitrin. »Du kommst von den nördlichen Inseln, stimmt's?«

»Ja, von Umber.«

»Leute deines Landes habe ich schon kennengelernt«, stellte er fest. »Aber nur wenige. Hm. Auf dich bin ich also auch ein wenig neugierig.« Er blickte auf Recin hinab und lächelte furchterregend und lüstern. »Einem Garan bin ich noch nie begegnet.«

Der fette Mann wandte sich mit einer Geschmeidigkeit um, die man ihm nicht zugetraut hätte. »Daleel, nimm die beiden mit und säubere sie«, befahl er dem

Botschafter. »Dann werden wir sehen, ob sie so bemerkenswert sind, wie sie scheinen.«

»Sehr wohl, Hemarch«, antwortete der Botschafter.

Recin beobachtete, wie der Dicke wieder zur Truppe zurückkehrte; die Offiziere folgten ihm auf den Fersen.

»Das war Solin?« fragte er.

»Natürlich«, erwiderte Daleel.

Er streckte Recin die Hand entgegen. »Komm schnell. Der Hemarch ist kein geduldiger Mann.« Er lächelte.

Gleich dem Hemarchen, wirkte auch der Botschafter auf den ersten Blick sehr freundlich, doch es lag etwas über seinen Zügen, das Recin nicht gefiel. Er beachtete die Hand des Mannes nicht und richtete sich aus eigener Kraft auf.

»Ich muß mich hinlegen«, verkündete Aligarius. »Wenn wir morgen Tamingazin einnehmen wollen, muß ich mich ausruhen.« Das schmale Gesicht des Zauberers war blaß.

»Natürlich«, nickte Daleel. »Und vergeßt nicht, etwas zu essen.«

Der Magier zögerte ein wenig, nickte dann unsicher und schritt auf die Zelte zu.

»So, dann zu euch beiden«, meinte der Botschafter. Er schlug dem knienden En'Jaga so kraftvoll auf die Schulter, daß menschliche Knochen sicherlich gebrochen wären. »Ich danke dir, Jah. Geh zu deinen Leuten zurück. Heute abend bekommt ihr etwas Besonderes. Amaranth.«

Das Wesen hob sich auf die dreizehigen Füße. »Ja, Amaranth«, nickte es. »Köstlich.« Dann eilte es davon.

»Amaranth ist für Viashino und En'Jaga giftig«, mischte sich Kitrin ein. »Es bringt sie um.«

Daleel klatsche in die Hände und lächelte. »Ja, sicher, aber sie mögen es so gern. Kommt jetzt, damit ihr sauber werdet und Solins empfindliche Nase nicht beleidigt.«

Er führte sie zwischen den Zelten durch, wobei sie von den Suderboder Soldaten kaum beachtet wurden. Nachdem sie an Hunderten von Männern und Dutzenden von Zelten vorüber geschritten waren, hielt der Botschafter neben zwei seltsamen Wagen an, vor die schwere Zugtiere gespannt waren. Zwei hemdlose Männer standen daneben; über ihren Schultern lagen gefaltete Tücher.

»Diese beiden müssen für Solin bereit gemacht werden.«

Einer der Männer legte die Handfläche gegen die Stirn. »Sofort, Archval Daleel.«

»Also los«, sagte Daleel auffordernd. »Zieht euch aus.«

»Was?« fragten Recin und Kitrin wie aus einem Munde.

»Ihr müßt gesäubert werden. Und dazu müßt ihr eure schmutzigen Kleider ablegen.«

Kitrin schüttelte den Kopf. »Ich werde mich nicht vor einer Armee Männer ausziehen.«

»In Suderbod gibt es unzählige öffentliche Bäder«, erklärte Daleel. »Diese Männer sehen Tag für Tag nackte Frauen.«

»Aber mich nicht«, beharrte sie.

Daleel lachte. »Sicher ein Anblick, der die ganze Armee begeistern würde. Waschmeister, ist es möglich, eine kleine Trennwand für unsere keusche Dame zu besorgen?«

Recin überlegte, ob er auch um einen Sichtschutz bitten sollte, entschied sich dann aber dagegen, weil es ihm peinlicher war, Daleel darum zu bitten, als sich von den Suderbodern waschen zu lassen. Während die Vorbereitungen für Kitrin getroffen wurden, zog man Recin aus und stellte ihn unter den Wasserstrahl, der aus dem Wagen sprudelte. Dann schrubbte man ihn mit Bürsten ab und rieb ihn mit aromatischen Ölen ein. Dem folgte noch eine Wasserdusche. Schließlich reichte man ihm eines der Tücher, um sich abzutrocknen. Dann erhielt er Suderbod'sche Gewänder.

»Ist das nicht ein bißchen viel?« fragte er, als er in die himmelblau und orangefarbene Tunika schlüpfte. »Diese Wagen, das Wasser und die Öle. Warum wascht ihr eine ganze Armee?«

»Wir waschen keine Armee«, widersprach Daleel. »Nur die Offiziere.«

»Und weshalb?«

Der Botschafter lehnte sich gegen den Wagen. »Suderbod ist ein schlammiges, tiefgelegenes Land. Sauberkeit und hohe Stellung gehören für uns zusammen.«

Recin hatte sich angekleidet und sah an sich hinunter. Die Hose war hellgelb, das Hemd gestreift. Er war nicht sicher, ob die Suderboder Kleider nicht noch peinlicher waren, als völlig nackt zu gehen.

»Was nun?«

»Sobald deine Freundin fertig ist, werdet ihr Solin sehen.« Er grinste breit. »Ich freue mich, daß du noch lebst. Du hast mich ganz schön über die Dächer von Berimish gehetzt. Ich hatte Angst, du seiest vielleicht schwer verletzt worden.«

Recin starrte den kleinen Mann erstaunt an. »Ihr wart das? Ihr habt Tagard getötet?«

»Eigentlich war es eine Gemeinschaftsarbeit«, gab Daleel zu. Er schloß die Augen und tat so, als würde er eine Armbrust abfeuern. »Mein Finger zog den Abzug. Schade eigentlich. Er war der einzige Mann im Tal, der einen Hauch von Klugheit besaß.«

Kitrin kam hinter dem Sichtschutz hervor. Bis auf die Gürteltasche mit dem Kristall, war sie genau wie Recin gekleidet.

»He, nun seht ihr wie Bruder und Schwester aus«,

rief Daleel lachend. »Das wird Solin bestimmt Spaß machen.«

Er führte sie zu einem großen grün-gelben Zelt, das durch Dutzende Pfähle aufrecht gehalten wurde und bedeutend größer als die übrigen war. Im Inneren war der Raum durch aufgehängte Tücher in mehrere Abteilungen gegliedert. Zu Recins Erstaunen waren diese Räume mit schweren hölzernen Stühlen und Tischen möbliert. Auf dem Boden lagen dicke Teppiche; an den Zeltwänden hingen sogar Bilder.

»Das ist wie ein tragbarer Palast«, staunte Kitrin.

»So kann man die Unbequemlichkeiten des Feldes schon besser ertragen«, bemerkte Daleel.

Recins Blick schweifte durch den Raum. Zwei Soldaten standen am Eingang, aber er konnte keine anderen Wachen entdecken, während sie weiter in das Zelt vordrangen. Wenn es ihnen gelänge, an die Außenwände des Zeltes zu kommen, konnten sie leicht unter den Tuchbahnen hindurchschlüpfen. Vielleicht während der Nacht...

»Ich würde erst gar nicht an Flucht denken«, sagte Daleel, der anscheinend Gedanken lesen konnte. »Der Hemarch verfügt über Mittel, die du nicht einmal ahnst.«

Durch einen Gang erreichten sie einen Raum, dessen Wände mit Sitzmöbeln gesäumt waren und in dessen Mitte, in einem Metallbehälter, ein Feuer brannte. Neben den Sitzplätzen standen flache Tische mit Schüsseln voller Speisen und Karaffen mit einer gelben Flüssigkeit. Hätte Recin nicht gewußt, daß er sich in einem Zelt befand, hätte er geschworen, sich mitten in einem Gebäude zu befinden.

Auf einer mit glänzendem violetten Stoff bezogenen Liege räkelte sich Hemarch Solin, dessen schwerer Körper tief in die weichen Kissen gesackt war. Die kostbare Kleidung, die er draußen getragen hatte, war durch ein bunt gestreiftes Gewand ersetzt worden.

»Ah ja«, grunzte er. »So seht ihr schon besser aus.«

»Was wollt Ihr uns antun?« fragte Kitrin.

»Euch antun? Hm. Nichts *an*tun.« Er bleckte die vielfarbigen Zähne. »Ich würde viel lieber etwas *mit* euch tun.«

Daleel verneigte sich. »Wenn es Euch recht ist, Hemarch, dann überlasse ich Euch Eurem Vergnügen. Ich muß mich darum kümmern, alles für den morgigen Tag vorzubereiten.«

»Natürlich, mein Freund.« Solin breitete die fleischigen Hände aus. »Morgen sind wir in Berimish und du kannst mir alles zeigen, worüber du in deinen wunderbaren Berichten geschrieben hast.«

»Es wird mir eine Ehre sein, Hemarch.« Der Botschafter verbeugte sich erneut und verschwand. Recin und Kitrin standen noch immer am Ende des Zimmers.

»Kommt, kommt. Setzt euch, ruht euch aus. Eure Reise hierher muß sehr anstrengend gewesen sein.«

Recin war zu müde, um etwas zu entgegnen. Er wählte die Liege, die am weitesten vom Platz des dicken Suderboders entfernt war und ließ sich in die Kissen sinken. Kitrin setzte sich neben ihn; die Liege sackte unter dem Gewicht der beiden ein wenig zusammen. Augenblicklich wurden Recins Lider schwer. Die Ohnmacht, in die er gefallen war, während der En'Jaga ihn geschleppt hatte, war nicht gerade erholsam gewesen. Nach seiner Meinung würde er drei oder vier Tage schlafen müssen, um wieder auf die Beine zu kommen.

»Ihr beide seid wirklich ein hübsches Paar«, stellte Solin fest. »Habt ihr euch schon vereint?«

»Nein«, erwiderte Kitrin. Die Bestimmtheit, die in ihrer Stimme lag, ließ Recin die Stirn runzeln.

»Das solltet ihr aber tun«, meinte der Hemarch. »Ihr paßt zusammen. Hm. Also sagt mir, ob Tagard euch schickte, um mich zu töten?«

»Tagard ist tot«, erklärte Kitrin. »Das wißt Ihr.«

Der dicke Solin schüttelte den Kopf. »Man kann in solchen Angelegenheiten nie ganz sicher sein. Viele tote Männer tauchen irgendwann wieder auf, wenn man die Leiche nicht selbst gesehen hat.« Mit den fleischigen Händen machte er eine ausladende Geste. »Eßt bitte. Laßt es euch schmecken.«

Recin öffnete die Augen und starrte auf den Tisch. Sein Magen erinnerte ihn daran, daß es lange her war, seitdem er zum letzten Mal gegessen hatte. Er griff nach einer Schüssel.

Kitrin packte sein Handgelenk. »Nein, du wirst nichts essen, solange du hier bist.«

Hemarch Solin lachte. »Was ist denn, Inselmädchen? Magst du die Suderbod'sche Küche nicht?«

In einem Winkel des Zeltes ertönten Stimmen. Jemand lehnte sich an die Wand in Recins Rücken, so daß sich die Zeltbahn wölbte. Gedämpfte Rufe erschollen. Dann erschien Aligarius Timni im Eingang.

Seine bunte Tunika stand halb offen und der Schlapphut war verschwunden. Der Schädel des Magiers war kahlgeschoren. In der Hand hielt er eine leere Schüssel. »Ich brauche noch mehr«, sagte er. »Mein Essen ist schlecht geworden.«

»Wirklich?« fragte Solin mit ausdruckslosem Gesicht. »Hm. Bedient Euch nur nach Herzenslust.«

Aligarius warf die Schüssel auf den Boden und lief zu dem Tisch, der vor Recin und Kitrin stand. Er griff in eine Schüssel und zerrte eine Handvoll Fleischwürfel heraus, die er in den Mund stopfte. Sofort verzog er verzweifelt das Gesicht.

»Das ist auch schlecht!«

Er sprang zur nächsten Schüssel und zog wieder etwas Eßbares heraus. Dann zur nächsten. Schließlich fiel er auf die Knie und schaute Solin flehend an.

»Es ist alles schlecht«, sagte er mit zitternder

Stimme. Gelber Sirup rann ihm über die Lippen und tropfte über das Kinn.

»Bitte«, stammelte er, »bitte, ich brauche mehr.«

»Hm.« Der dicke Hemarch erhob sich langsam von seinem gepolsterten Sitz. Er hob einen Teller von dem vor ihm stehenden Tisch und trug ihn zu Aligarius hinüber. »Leider befürchte ich, daß jenes Essen, das Ihr bisher zu Euch genommen habt, Euren Appetit nicht länger sättigen wird. Warum versucht Ihr nicht etwas von meinen Speisen?«

Mit zitternden Händen nahm Aligarius den Teller entgegen. Dann fischte er ein kleines Stück einer nicht erkennbaren Speise heraus, die von rotem Sirup tropfte. Sobald es seine Lippen berührte, warf er heftig den Kopf zurück. Schauer liefen über den dünnen Körper.

»Ich… ich kann das nicht essen. Es ist zu scharf. Daleel hat mir etwas anderes versprochen.«

»Euer Geschmack hat sich verändert.« Solin schüttelte den Kopf. »Schon bald wird Euch auch dieses Gewürz zu mild vorkommen.« Er bückte sich und tätschelte Aligarius' kahlen Kopf. »Keine Sorge. Hm. Es gibt noch viele verschiedene Geschmacksrichtungen. Viele, noch stärkere Gewürze.«

Aligarius fischte noch ein Stück der Speise vom Teller. Er steckte es in den Mund und wurde von einem neuen Zittern und Zucken gepackt. Dicke Tränen rannen ihm über die hohlen Wangen.

Recin betrachtete das Essen genau. So sehr auch sein Magen knurrte, er war heilfroh, daß Kitrin ihn vom Essen abgehalten hatte.

»Warum nehmt Ihr die Mahlzeit nicht mit in Euer Zelt? Dort könnt Ihr in Ruhe essen«, sagte Solin auffordernd.

Aligarius stand auf und schlurfte zur Tür. Er wirkte plötzlich sehr alt und zerbrechlich. Solin klatschte in die Hände. »Also los. Essen und die Freuden des Bettes sind alles, was zählt auf dieser Welt. Essen habe ich. Hm. Laßt uns sehen, wie gut ihr zwei mich unterhalten könnt.« Er näherte sich Kitrin und Recin. Er griff nach dem Jungen.

Recin versuchte, auszuweichen, aber wieder bewegte sich der Mann mit unglaublicher Schnelligkeit. Die dicken Finger packten Recins Haar und zogen ihn nach vorn.

»Du solltest gar nicht versuchen, dich zu wehren. Einige Gewürze geben mehr als einen Geschmack.« Solins fauliger Atem hüllte den Elfen ein. »Einige verleihen Kraft. Einige verleihen Schnelligkeit. Ich ergötze mich an beidem. Ich könnte ein Dutzend deiner Sorte bekämpfen, ohne Schaden zu nehmen.« Er lächelte vergnügt. »Sicher, man zahlt einen Preis – in Jahren und Schmerz.« Die andere Hand machte sich an Recins Tunika zu schaffen, die Finger nestelten an den Schnüren. »Aber die Freuden sind das alles wert.«

Obwohl die Finger des Hemarchen fleischig waren, hielten sie ihn fest gepackt. Recin warf sich von einer Seite auf die andere, doch wie er auch strampelte, Solin ließ nicht locker. Der Junge trat mit dem Fuß, glitt aber am fetten Bein des Suderboders ab. Der Mann lachte laut.

Kitrin sprang auf. »Nein! Laßt mich es sein, die Euch als erste unterhält.«

Solin wandte den runden Kopf. »Mit deinesgleichen war ich schon zusammen. Kannst du mir etwas Neues zeigen?«

Sie nickte. »Aligarius sagte, ich kenne keine Magie.« Sie begann, die Verschlüsse ihrer Tunika zu öffnen. »Aber Aligarius kennt nicht alle Arten der Zauberei. Magie kann auch an anderen Orten als einem Tempel oder einem Schlachtfeld stattfinden.« Die erste Schnalle löste sich, und sie begab sich an die zweite. »Es gibt Magie, die im Schlafgemach stattfindet.« Sie hielt inne, eine nackte, weiße Schulter lugte durch die Öffnung. »Möchtet Ihr es sehen?«

Der Hemarch grunzte genüßlich. Seine Hände ließen Recin los und er verschränkte die dicken Finger. »Welche Magie hast du, kleine Magierin?«

»Nicht«, warf Recin ein. »Du mußt das wirklich nicht tun.«

»Schweig«, erwiderte das Mädchen.

Sie griff in die Gürteltasche und löste die Lederschnur. Mit beiden Händen hob sie den blau-grünen Kristall heraus. Das Leuchten des Steines war so hell, daß der Raum von grünlichem Licht erleuchtet wurde.

Solins kleine Augen spiegelten das Licht wieder. »Was ist das?« fragte er. »Was kann es bewirken?«

»Dieser Stein kann Euch eine Erfahrung verschaffen, wie Ihr sie noch niemals erlebt habt. Eine Erfahrung, die Euch alles andere vergessen lassen wird.« Sie hielt den Kristall mit zitternden Händen und ging langsam durch den Raum, bis sie vor Solin stand. »Möchtet ihr es sehen?«

Er starrte sie an. »Zeig es mir.«

Kitrin öffnete die Finger und der Kristall schoß ihr aus den Händen. Er traf den Hemarchen mit dem Geräusch einer Axt, die sich in einen Baum bohrt, mitten auf der Stirn. Dann rutschte er ab und flog durch die Zeltwand, über Recins Kopf.

Recin kroch zur Seite, als Solin auf den Sitz fiel. Aus der klaffenden Kopfwunde strömte Blut über das Gesicht des Suderboders, in seine weit offenen, starren Augen.

Das Blut war schwarz.

»Hm«, grunzte der Hemarch. Das dunkle Blut floß über sein rundes Gesicht und tropfte ihm vom Kinn.

»Das war … hm.« Er streckte die Hände aus.

Recin wich zurück und bewegte sich außer Reichweite des Mannes. »Was sollen wir tun.«

»Wir fliehen«, erklärte Kitrin.

Solin kam mühsam auf die Beine. »Oh nein«, keuchte er. »Nein. Ihr bleibt. Wir haben noch nichts, hm, nichts...«

Er breitete die Arme aus und trat einen Schritt vor. Dann fiel der Herrscher von Suderbod mit dem Gesicht auf den Boden.

Kitrin starrte mit grimmiger Miene auf den Toten. »Ich glaube, Suderbod wird ohne ihn glücklicher sein, aber leider gibt es noch Tausende, die genau wie er sind.«

Recin lief zur Türöffnung und blickte zum Zelteingang hinüber. »Ich kann niemanden sehen. Laß uns verschwinden, solange es möglich ist.«

»Nicht ohne die Nabe der magischen Mauer.« Kitrin sprang über Solins Körper und ergriff die Ränder des Loches, durch das der Kristall geflogen war. Mit einem heftigen Ruck riß sie Wand entzwei und trat in den dahinterliegenden Raum.

Recin schlug einen Bogen um den gefallenen Hemarchen und achtete darauf, so weit wie möglich vom Körper des Mannes entfernt zu bleiben, falls der Kerl doch nicht so tot war, wie er aussah. Das angrenzende Zimmer war nicht so gut ausgestattet wie das des Hemarchen. In der Mitte des Raumes standen ein kleiner Tisch und zwei hölzerne Stühle. Daneben, auf dem Boden, saß Aligarius Timni, dessen Gesicht und Hände mit roter Soße verschmiert waren. Der vor ihm stehende Teller enthielt nur noch wenige Speisereste. Er starrte die beiden an und blinzelte verwirrt. »Kitrin Weidini«, murmelte er. Lippen und Wangen waren völlig beschmiert, er sah aus wie ein Kind, das bei einer verbotenen Nascherei ertappt wird. »Bist du wegen des Unterrichts gekommen?« Seine Stimme klang sanft und wie aus weiter Ferne.

»Ja, sicher«, antwortete Kitrin. Sie beugte sich über den Alten.

»Ihr wolltet mich etwas über die Nabe der magischen Mauer lehren. Erinnert Ihr Euch?«

»Magische Mauer? Nabe?« Aligarius rollte sich zusammen. »Nicht besonders erwähnenswert. Nur ein schöner Stein.«

Recin erblickte den Kristall, der auf dem Boden lag. Das Leuchten war erloschen, und als er ihn aufhob, lag der Stein kühl und reglos auf seiner Handfläche. Dann fiel ihm ein anderer Gegenstand auf: Ein Zylinder, ungefähr handgroß, der aus dem gleichen Material gefertigt zu sein schien wie der Kristall. Er hob ihn auf und zeigte ihn Kitrin.

»Ist sie das?«

Kitrin nahm den Zylinder entgegen. »Ja.« Sie blickte im Raum umher. »Wenn wir jetzt noch einen Ausgang finden, ist alles vorüber.«

»Es ist vorüber«, erklang eine Stimme im Nebenzimmer. Ursal Daleel trat durch den Riß in der Wand. »Obwohl es vielleicht nicht ganz so endet, wie ihr es euch gewünscht habt.«

Recin packte einen Stuhl und hob ihn über den Kopf. »Ihr werdet uns nicht aufhalten.«

Daleel lächelte. »Du hast recht. Das werde ich auch nicht tun. Außerdem habe ich draußen Reittiere, die auf euch warten, damit eure Flucht gelingt.«

»Warum solltet Ihr das tun?«

Der ehemalige Botschafter von Suderbod verschränkte die Finger und legte die Hände hinter den Kopf. »Ihr ahnt nicht, was für ein glückliches Jahr das vergangene für mich gewesen ist. Krieg, Krieg und Kriegsgerüchte. Für den ehrgeizigen Mann gibt es nichts besseres.«

Recin blickte ihm in die Augen. »Und Ihr seid ehrgeizig?«

»Natürlich«, nickte Daleel. »Solin regiert schon viel zu lange. Ohne einen kleinen Schubs hätte er noch jahrelang Hemarch sein können. Unter gewöhnlichen Umständen hätte es auch noch viel mehr Leute gegeben, die einen größeren Anspruch auf den Thron gehabt hätten als ich. Ich mußte sehr vorsichtig handeln, damit der Tod auch zum richtigen Zeitpunkt eintrat.«

Kitrin steckte die Nabe in die Tasche und zog die Tunika zurecht. »Ihr habt den Krieg mit Tamingazin heraufbeschworen, um Solin aus dem Weg zu räumen?«

»Ich mußte etwas unternehmen. Geduld ist selten die Gefährtin des Ehrgeizes.«

Recin fühlte sich so schwindlig, als hinge er noch immer kopfüber auf dem Rücken des En'Jaga. »Das ganze Töten – nur, weil Ihr über Suderbod herrschen wollt? Ihr habt Aligarius, Tagard und uns nur deshalb benutzt?«

Der Suderboder lächelte. »Die Politik unseres Landes ist selten ein sauberes Geschäft. Wenn ich Solin angegriffen hätte, hätte mich die Armee in Stücke geschnitten und in ein Schlammloch geworfen. Aber da Solins Laster ihm dieses Schicksal beschert haben ...« Er zuckte die Achseln.

»Und was nun?« fragte Recin. »Geht Ihr nach Suderbod zurück?«

Das Lächeln verbreiterte sich. »Natürlich. Doch zuerst muß ich meine Stellung als Hemarch festigen.«

»Wie denn?«

»Indem ich Tamingazin dem Reich einverleibe. Keiner jener Emporkömmlinge daheim in Groß-Sudalen hat noch etwas zu vermelden, wenn ich diesen Teller auf die Reichtafel gestellt habe.« Er drehte sich um und wies auf den Riß in der Zeltwand. »Jetzt geht einfach den Weg, den wir gekommen sind, und dann durch den Eingang nach draußen. Dort findet ihr zwei Reittiere, die am Rand des Lagers angebunden stehen. Der Knecht hat Befehl, euch behilflich zu sein.«

Recin blickte zu Kitrin hinüber. Das Mädchen klopfte auf die Tasche, in der sie die Nabe verstaut hatte.

»Gut«, sagte er und stellte den Stuhl wieder hin. »Gehen wir.«

»Da ist nur noch eine Kleinigkeit, bevor ihr geht«, meinte Daleel. Er streckte Kitrin die Hand entgegen. »Ich nehme die Nabe.«

Das Mädchen riß die Augen auf und blinzelte erstaunt. »Nabe? Welche Nabe?«

»Ich bin kein Dummkopf«, bemerkte der Suderboder. »Gib sie her, sonst hole ich sie mir.«

»Ich habe keine…«, begann Kitrin. Daleel griff zu, packte in die dunklen Haare des Mädchens und zog ihr den Kopf nach unten. Gleichzeitig schnellte sein Knie in die Höhe. Krachend traf die Kniescheibe mit einem gräßlichen Laut auf ihre Nase.

Recin sprang vor, aber Daleels Rückhand sandte ihn quer durch den Raum.

»Versucht es gar nicht erst«, zischte er. »Solin war nicht der einzige, der besondere Gewürze probierte. Jetzt gib mir die Nabe.«

Kitrin hob den Kopf. Ihre Nase war seitlich abgeknickt, die Lippen geschwollen. »Welche Nabe?« fragte sie.

Der Suderboder knurrte. »Mir fällt ein, daß mich die Armee sicher noch besser unterstützt, wenn ich Solins Mörder töte. Wenn du tot bist, werde ich in Ruhe suchen.«

Hinter ihm erhob sich eine kleine, zittrige Gestalt. Aligarius Timni streckte eine unsichere Hand aus und bewegte die rot verschmierten Lippen.

Langsam formte sich eine Lichtkugel über der Handfläche.

»Deine letzte Gelegenheit. Gib mir die Nabe, und ich lasse dich vielleicht am Leben«, sagte Daleel zu Kitrin.

Recin ergriff den Stuhl. »Laßt Kitrin los.«

Der Suderboder schüttelte den Kopf. »Zuerst zerfetze ich den Stuhl, dann stopfe ich dir die Stücke in die Kehle. Ich…«

Die Leuchtkugel sprang von Aligarius' Hand und hüllte den Kopf des Suderboders ein. Der Zauber war nicht kräftig genug, um den Mann zu Fall zu bringen, aber er verwirrte ihn. Taumelnd drehte er sich zu Aligarius um.

Da sprang Recin vor und ließ den Stuhl mit aller Kraft auf Daleels Kopf niedersausen. Der Schlapphut rutschte hinunter und Daleels Knie gaben nach. Wieder schlug Recin mit dem Stuhl zu. Diesmal fiel Daleel wie ein Stein zu Boden. Er stöhnte, erhob sich aber nicht wieder.

»Alles in Ordnung?« fragte Recin.

Kitrin schniefte und nickte. »Ja.« Sie blickte Aligarius an. »Danke. Warum habt Ihr uns geholfen?«

»Ich…« Der alte Mann schüttelte den Kopf. »Ich kann das einfach nicht länger aushalten.«

Recin sah auf den am Boden liegenden Mann hinab. »Wir sollten ihn töten.«

»Warum?«

»Du hast doch gehört, was er gesagt hat. Er war es, der König Tagard ermordete, der Aligarius dazu brachte, das Institut zu verraten und der den Krieg anzettelte. Wir können ihn nicht hier liegen lassen, damit er wieder etwas plant.«

Kitrin starrte auf den reglosen Körper. »Willst du ihn wirklich töten?«

Rasender Zorn fuhr durch den Jungen hindurch. Der Mann hier hatte Tallis Vater umgebracht, wie Rael Gar Recins Vater ermordet hatte. Alles Schlechte, was seit der Übernahme von Berimish durch die Menschen geschehen war, war die Schuld dieses kleinen Kerls mit den unmöglichen Gewändern.

Recin atmete stoßweise. »Nein«, sagte er dann. »Ich

werde ihn nicht töten.« Er ließ sich auf einen Stuhl fallen. »Komm schon, laß uns verschwinden.«

Aligarius legte eine schwache Hand auf seinen Arm. »Nehmt mich mit.«

»Was?«

»Ich habe euch geholfen«, stammelte der Magier. »Jetzt nehmt mich mit.«

»Ihr seid ein Verräter und ein Mörder«, knurrte Recin. »Ihr verdient es, hier zu bleiben.«

Aligarius senkte den Kopf. »Bitte«, flüsterte er.

KAPITEL

17

Talli versuchte mit aller Kraft, den Kopf über Wasser zu halten, aber sie wußte längst nicht mehr, wo oben und wo unten war. Ihre Lungen brannten wie Feuer.

Ein heftiger Ruck.

Sie wurde noch schneller herumgewirbelt. Das Rauschen wurde immer lauter. In dem dunklen Wasser dröhnte es so laut, daß Talli das Geräusch auf der Haut spüren konnte. Die Finsternis veränderte sich und füllte sich mit Funken, die jedesmal aufblitzten, wenn ihr Kopf gegen die Steinwände prallte. Sie wollte schreien, hatte aber in den Lungen keine Luft mehr.

Dann war sie plötzlich von grauem Licht umgeben. In einer Gischtwoge sauste sie aus dem Tunnel heraus und landete in den brodelnden Fluten des Nish. Ein Körper trieb an ihr vorüber. Und noch einer.

Als sie den Kopf über Wasser halten konnte, rang sie nach Luft. Das Ufer des Flusses befand sich nur ein oder zwei Längen weit entfernt, flog aber zu schnell an ihr vorbei. Talli wünschte, sie hätte Recins Angebot, sie schwimmen zu lehren, angenommen. Sie hieb auf das Wasser ein und versuchte, die Bewegungen nachzuahmen, die sie bei anderen beobachtet hatte.

Sie schluckte Wasser, hustete und keuchte. Das Ufer kam nicht näher. Sie würde es nicht schaffen.

»Talli!«

Sie hob den Kopf, um zu sehen, von wo der Ruf herkam.

»Talli! Setz die Füße auf den Grund!«

Sie gehorchte und merkte, daß der schlammige Grund des Flusses nur wenige Fuß unter der Wasseroberfläche lag. Mit ein paar schleppenden Schritten arbeitete sie sich vor und warf sich dann auf das lehmige Ufer. Zu ihrer Linken lag ein Haufen leerer Attalopanzer, und Dutzende hölzerner Pfosten standen ringsumher im Wasser. Talli erkannte, daß sie sich am Hafen befand.

Eine Gestalt hockte im Regen neben ihr. »Seid Ihr in Ordnung?« fragte Janin.

Talli nickte. »Helft den anderen.«

Als sie wieder atmen konnte und auf die Beine gekommen war, hatte Janin ein halbes Dutzend nasser Soldaten entdeckt und am Ufer versammelt. Es waren drei Viashino und drei Menschen. Dreiundzwanzig Leute fehlten.

»Wo sind die anderen?« erkundigte sich Talli.

»Ich weiß es nicht«, antwortete die Elfe. »An meinem Seil hingen noch drei andere. Vielleicht ist der Rest an einer anderen Stelle an Land gegangen.«

Heasos, der unter den Soldaten saß, erhob sich und ging dorthin, wo sich der Tunnel in den Fluß neigte. »Sind sie noch da unten oder treiben sie bereits im Fluß?«

Talli starrte in die brodelnde Flut. Verschiedene Trümmerteile trieben herum, einige so groß wie Menschen oder Viashino. »Ist das wichtig?« sagte sie leise. »Wo sie auch sind, ihr Geist wird bald frei sein.«

»Was tun wir jetzt?« fragte ein Mann. »Können wir am Flußufer entlang zurück schleichen?«

»Zurück?« Talli schüttelte den Kopf. »Wir sind jetzt da. Wir gehen nicht zurück.«

»Aber wir sind doch nur noch acht Leute!«

»Ruhe.« Talli schlich zum Rand der Anlegestelle und hielt die Hand vor die Augen, um den prasselnden Regen abzuwehren. Die Mauer der Hafenmeisterei ragte am Ufer auf. Durch den Regenvorhang konnte sie Lichter erkennen, die durch die Fensterläden schimmerten. »Wir sind zwar nur acht, aber das sind immer noch acht mehr, als man erwartet.«

Sie ging zu ihren Leuten zurück. »Karelon befindet sich kaum mehr als hundert Schritte von uns entfernt, und ich sehe keinen einzigen Wächter, der uns entgegentreten kann.«

»Glaubst du wirklich, wir könnten es schaffen?« fragte Heasos.

Talli nickte. »Wir müssen es einfach schaffen.«

Sie bildeten eine Reihe und schlichen das sanft ansteigende Ufer zur Straße hinauf. Ein paar Häuserblocks entfernt brannte ein großes Feuer, das den Regen überstanden hatte. Anscheinend hatten Karelons Leute die Möbel der ganzen Gegend zusammengetragen und in der Straßenmitte aufgeschichtet. Dann hatten sie Feuer gelegt. Im Lichtschein erblickte Talli noch mehr Möbel, die eine Straßensperre bildeten. Dutzende von Soldaten sprangen hinter diesem Wall herum; ihre Rufe hallten durch die Gassen.

»Sieht so aus, als hätte Lisolo ihnen Aufregung beschert«, flüsterte Heasos.

Talli bedeutete ihm zu schweigen, nickte aber zustimmend.

Es sah aus, als setzte Lisolo alles in Bewegung, um Karelons Truppen nach Süden zu locken. Hinter dem Scheiterhaufen konnte man Gestalten ausmachen, die wild durcheinanderliefen, und das Echo weit entfernter Schreie hallte durch die Stadt. Talli rannte über die leere Straße und drückte sich gegen die Mauer der Hafenmeisterei. Janin folgte geschwind. Sekunden später waren alle wieder beisammen.

»Wie kommen wir rein?« wollte einer der Menschen wissen.

»Ich weiß es nicht«, erwiderte Talli. Sie huschte zu einem der Fenster und lugte durch die Ritzen der Läden.

Eine qualmende Öllampe stand in einer Wandnische. Davon abgesehen war der Raum leer. Es war ein großes Zimmer, mit hohen Wänden, so daß selbst der größte Viashino oder ein En'Jaga aufrecht stehen könnten. Überrascht bemerkte Talli eine Treppe am anderen Ende des Zimmers – eine der wenigen, die sie in Berimish je gesehen hatte. Die Hafenmeisterei war für alle Rassen geschaffen, deren Schiffe die Stadt ansteuerten. An beiden Enden des Raumes befanden sich Türen. Beide waren geschlossen.

Sie schlich ein Stück weiter und spähte durch das nächste Fenster in einen anderen Raum. Diesmal erblickte sie ein Dutzend Soldaten, die um einen langen Tisch herum saßen und redeten und tranken. Sie fuchtelten mit den Händen, die Gesichter waren gerötet und aufgeregt, aber der prasselnde Regen und der brodelnde Fluß übertönten die Stimmen und rissen die Worte mit sich, bevor Talli etwas verstehen konnte. Hinter den Männern befand sich noch eine Tür.

»Ich kenne die Leute«, wisperte Talli. »Sie stammen aus Karelons Dorf. Wenn sie hier sitzen, ist sie bestimmt auch in der Nähe. Und wenn Karelon hier ist, befindet sie sich im hinteren Teil des Hauses.«

»Und wenn nicht?« zischte Heasos.

»Bete, daß sie da ist.«

Janin gesellte sich zu Talli. »Sie sind in der Überzahl, aber die Überraschung liegt auf unserer Seite. Seht nur, wie sie sich bewegen. Ein paar dieser Menschen haben zuviel Wein getrunken, um gut kämpfen zu können.«

»Ich hoffe, Ihr habt recht«, raunte Talli.

Sie schlich zur Vorderseite des Hauses. Genau wie die Prunkhalle, so hatte auch die Hafenmeisterei feste Holztüren. Dieses eine Mal wünschte Talli die Vorhänge herbei, die üblicherweise vor den Viashino-Türen hingen.

»Also gut«, flüsterte sie. »Geht von der Tür weg. Haltet euch so, daß man euch nicht sehen kann.«

Sie zog das Schwert aus dem Gürtel und wollte mit dem Griff an die Tür klopfen, doch im letzten Augenblick fiel ihr etwas auf. Ein paar Schritt entfernt lehnte ein mit Kerben versehener Pfahl an der Hauswand. Talli huschte hinüber und starrte nach oben. Soweit sie sehen konnte, führte der Pfahl am ersten Stock vorbei, bis auf das Dach des Gebäudes.

Sie drehte sich um. »Wartet hier, ich klettere hinauf.«

»Ich auch«, wisperte Janin.

Talli nickte. »In Ordnung.«

»Ihr solltet auch einen Viashino mitnehmen«, warf Heasos ein. »Wenn es ums Klettern geht, sind wir besser geeignet.« Bevor Talli etwas einwenden konnte, klammerte der junge Viashino die Klauenhände und Füße um den Pfahl und bewegte sich mit erstaunlicher Geschwindigkeit aufwärts.

»Was ist mit uns?« fragte ein Soldat.

»Bleibt im Schatten verborgen«, befahl Talli. »Wenn wir rufen, folgt uns so schnell wie möglich.« Sie steckte das Schwert in die Scheide zurück. »Auf geht's.«

Der Pfahl schlug gegen den Rand des Daches, während sie hinaufkletterten.

Talli blickte immer wieder nach unten, in der Erwartung, die Tür auffliegen zu sehen. Aber Karelons Offiziere schienen zu sehr mit den Getränken und Gesprächen beschäftigt zu sein, um etwas zu hören. Ein Blitz zuckte über den Himmel, und ein Donnerschlag ließ ganz Berimish erbeben.

Heasos wartete oben, um Talli auf das schlüpfrige Dach zu helfen. »Hier oben gibt es eine Tür«, verkündete er. »Und sie ist offen.«

Talli schloß die Augen und atmete erleichtert auf. Zum ersten Mal an diesem langen, nassen Tag schien etwas zu gelingen. Kurz darauf erreichte auch Janin das Dach und gesellte sich zu ihnen. Die beiden Frauen folgten Heasos zur Tür. Talli zog das Schwert.

»Seid ihr bereit?«

Janin nickte.

»Ich habe meinen Bogen im Kanal verloren«, erklärte Heasos. Er bewegte die Klauenfinger. »Aber ich kann kämpfen.«

Mit einem sanften Stoß schwang die Tür auf, die alten Scharniere quietschten ein wenig. Der Raum dahinter war finster. Wieder zuckte ein Blitz und sie sahen staubige Kisten und umgestürzte Körbe. Talli trat ein. Das Zimmer stank nach altem Fisch und Gewürzen.

»Sieht so aus, als sei lange Zeit niemand mehr hier gewesen«, stellte sie fest.

Janin und Heasos standen neben ihr. Leise schlossen sie die Tür. Nur der Lichtschein, der durch das Treppenhaus drang, erhellte den Raum ein wenig, der sonst ebenso dunkel wie die unterirdischen Kanäle gewesen wäre. Gemeinsam schlichen sie bis zur Treppe.

»Anscheinend gibt es hier oben keine anderen Räume«, raunte Janin.

»Richtig. Also müssen wir nach unten.«

Bei jedem Knarren und Krächzen der alten, verbogenen Holzstufen zuckte Talli zusammen, aber sie erreichten den zweiten Stock, ohne Alarm auszulösen. Dieses Geschoß war bedeutend größer, und überall an den Wänden entlang waren Fässer und Kisten in allen Größen aufgestapelt. Große Segeltuchrollen lagen an einem Ende des Zimmers.

»Sieht aus, als wäre man in aller Eile aufgebrochen«, meinte Heasos. Er wies auf einen Tisch, auf dem mehrere Stapel Münzen lagen. Weitere Kupfer- und Silberstücke lagen auf dem Boden herum.

Talli bemerkte einen dunklen Fleck auf dem Fußboden. Es konnte sich um alten Wein oder Öl handeln, aber sie vermutete etwas anderes.

»Hier ist auch nichts«, flüsterte sie. »Laßt uns weitergehen.«

Wieder führte eine Treppe nach unten, ins Erdgeschoß und den leeren Raum, den Talli durch das Fenster erspäht hatte. Von der Tür zur Rechten drangen die gedämpften Stimmen der Offiziere. Talli wandte sich nach links und legte das Ohr gegen das glatte Holz der zweiten Tür. Zuerst hörte sie nichts, dann ein leises Stöhnen und ein Rascheln. Es war jemand im Zimmer. Jemand redete.

Es war die Stimme eines Mannes. Sie konnte die Worte nicht verstehen, aber es war auf jeden Fall irgendwer da drinnen.

»Ich glaube, wir sind richtig«, flüsterte sie. »Haltet euch bereit.« Sie hielt den Schwertgriff fest mit der schweißnassen Faust umklammert und drückte sich gegen die Tür. Sie öffnete sich nicht.

»Sie muß von innen verriegelt sein«, wisperte Janin. Sie legte die Hand auf den hölzernen Rahmen und beäugte die Tür. »Ich kann sie aufbrechen.« Sie zog die Hand zurück und versteifte die Finger zu einer festen Fläche.

Talli hielt sie zurück. »Wartet. Das würden die im vorderen Raum hören. Laßt uns etwas anderes versuchen.« Sie beugte sich vor und klopfte leise mit den Knöcheln gegen die Tür.

»Was ist?« erklang eine scharfe Stimme. Karelons Stimme.

Talli klopfte noch einmal. Sie holte tief Luft und ließ ihre Stimme rauh und heiser klingen. »Man braucht Euch«, rief sie halblaut.

»Jetzt nicht«, antwortete Karelon.

»Es handelt sich um Tagards Tochter«, erwiderte Talli. »Wir haben sie gefangen.«

Augenblicklich hörte man von der anderen Seite

der Tür ein Stampfen und dann ein Quietschen, als würde ein Riegel zurückgeschoben. Eine Männerstimme erklang, und wenngleich man die Worte nicht verstehen konnte, war der nörgelnde Tonfall nicht zu überhören. Karelon brachte ihn mit einem Wort zum Schweigen. Sekunden später wurde die Tür aufgerissen und die dunkelhaarige Kriegsherrin stand vor ihnen.

»Wo ist…«, begann sie. Dann erkannte sie, wer vor ihr stand und riß entsetzt die Augen auf. Karelon war nur mit einem Umhang bekleidet, den sie am Hals zusammenhielt. Das lange, schwarze Haar fiel ihr wirr über die Schultern.

»Ich bin genau hier«, zischte Talli. Sie sprang vor und schubste Karelon zurück ins Zimmer. Janin und Heasos folgten ihr, schlossen die Tür und verriegelten sie wieder.

Der Raum war recht klein und nur mit einem Tisch und einem schmalen Bett möbliert. Kleidungsstücke lagen auf dem Boden verstreut. Im Bett lag ein junger Mann mit zarten Gesichtszügen und wilden Locken, die sein ängstliches Gesicht umrahmten.

Er hatte eine Decke über den Körper gezogen.

Der erschrockene Ausdruck auf Karelons Gesicht wich einem verächtlichen Grinsen.

»Na«, lachte sie. »Da bist du also, zusammen mit einer Garan und einem Viashino. Dein Vater wäre stolz auf dich.«

»Wer ist das?« fragte der junge Mann. Der Klang seiner Stimme ließ einen Bürger von Berimish erkennen.

»Niemand von Bedeutung.«

»Ergib dich«, forderte Talli, »und wir lassen dich am Leben.«

Karelon schüttelte den Kopf. »Das glaube ich nicht.« Sie musterte Talli von oben bis unten und rümpfte die Nase. »Wie seid ihr hergekommen, durch den Fluß geschwommen? Du siehst wie eine ertrunkene Ratte aus ... und riechst noch viel schlimmer.«

Talli richtete das Schwert auf die Brust der einstigen Ratgeberin ihres Vaters, auf die Frau, die sie für ihre Freundin gehalten hatte. »Wenn du nicht aufgibst, töte ich dich.«

»Du?« Karelon ging durchs Zimmer und setzte sich auf die Bettkante. »Hast du schon einmal einen Menschen getötet?«

»Noch nicht.«

»Das ist etwas anderes, als einen Viashino umzubringen«, erklärte die schlanke Frau. Sie lehnte sich zurück und wickelte die Locken des jungen Mannes, der ihr Bett teilte, um die Finger. »Es ist gar nicht so einfach, eine Kehle, die der deinen so ähnlich ist, aufzuschlitzen.«

»Du bist mir nicht ähnlich«, knurrte Talli.

Karelon lächelte. »Du, eine Garan, ein Viashino. Eine glückliche, kleine Familie.« Das Lächeln verschwand und wurde von einem bösen Grinsen ersetzt. »Du bringst diese Monster hierher, um einen Menschen zu töten. Du bist genauso schlecht wie dein Vater.«

Karelons Arm schoß hinter dem Körper des Mannes hervor. Talli erblickte glitzernden Stahl und schon flog ein Messer zischend durch die Luft.

Das Mädchen ließ sich zu Boden fallen und rollte beiseite. Das Messer landete in der Wand hinter ihrem Rücken und blieb zitternd stecken.

Janin sprang quer durch das Zimmer, die Hand zum tödlichen Schlag erhoben. Heasos war dicht hinter ihr.

»Nein!« rief Talli. Sie richtete sich auf. »Rührt sie nicht an. Ich muß das selbst erledigen.«

»Hier geht es um mehr als Eure Ehre«, fauchte Janin, deren Augen grellrot funkelten.

»Bitte!«

Die Elfe zögerte, dann nickte sie und wich zurück.

Heasos senkte zischend den Kopf, trat aber ebenfalls vom Bett zurück.

Karelon lachte. »Du hättest ihnen den Versuch schenken sollen. Sie hätten wenigstens eine Gelegenheit gehabt.«

»Ergib dich, oder stirb.«

Karelon zog einen Dolch unter dem Laken hervor. »Du bist eine schreckliche, kleine Närrin, nicht wahr?« Mit gespielter Trauer schüttelte sie den Kopf. »Du mußt eine große Enttäuschung für deinen armen Vater gewesen sein.«

Talli brüllte und griff an.

Karelon zielte und warf den Dolch.

Talli versuchte nicht einmal, auszuweichen. Sie hob die Linke und die Waffe drang tief in ihren Unterarm ein. Rote Blitze zuckten ihr vor den Augen, doch sie ließ sich nicht aufhalten.

Das Schwert fuhr durch Karelons Körper, durch die strohgefüllte Matratze und den dünnen Lattenrost des Bettes.

Als die Schwertspitze im Boden versank, war Karelon bereits tot.

Der junge Mann im Bett wich zurück und preßte sich gegen die Wand. Er weinte lautlos.

Talli versuchte, den Dolch aus dem Arm zu ziehen, aber jeder Ruck überflutete sie mit einer Schmerzwelle. Janin hielt sie am Handgelenk fest und betrachtete die Wunde.

»Er sitzt zu tief drinnen«, stellte sie fest. »Die Spitze steckt im Knochen und muß herausgeschnitten werden.«

Jemand hämmerte gegen die Tür. »Karelon!« brüllte eine rauhe Stimme. »Ist alles in Ordnung da drinnen?« Erneutes Klopfen. »Karelon?«

Heasos schaute zur Tür, dann zu Talli. »Was sollen wir tun?«

Es hatte eine Zeit gegeben, in der Talli die Viashino nicht verstehen zu können glaubte, aber nun sah sie die Angst in Heasos' Gesicht so deutlich wie in dem eines Menschen. »Öffne die Tür«, sagte sie.

»Da draußen sind ein Dutzend Menschen«, warnte Janin. »Wir könnten sie überraschen, aber Ihr seid bereits verwundet.«

»Öffnet.«

Heasos löste den Riegel und sofort wurde die Tür aufgerissen.

Die Anführer von Karelons Armee stolperten ins Zimmer. Ein kräftiger Mann, einen Kopf größer als Talli und doppelt so breit, trat mit gezücktem Schwert ein.

»Was ist denn hier ...« Sein Blick fiel auf Karelons Leiche, und alles Blut wich ihm aus dem Gesicht.

»Karelon?« sagte er mit einer Stimme, die kaum mehr als ein Flüstern war.

Talli umklammerte den Schwertgriff und zog die Waffe aus dem Boden. Mit einem Kratzen glitt der Stahl durch das zerborstene Holz und die zerschmetterten Knochen. Sie hob die blutige Klinge und richtete sie auf die Augen des Mannes.

»Karelon ist tot«, sagte sie ruhig. »Jetzt seid Ihr dran. Gesellt Euch zu mir, oder zu ihr.«

Der Soldat ließ das Schwert auf den Boden fallen.

KAPITEL

18

»Es hat keinen Zweck«, sagte Kitrin. »Das Bein ist arg gezerrt. Es kann nicht weiter.«

Recin trat wütend gegen einen Lehmbrocken. »Wir sind nicht viel mehr als einen guten Pfeilschuß vom Suderboder Lager entfernt. Wenn man uns verfolgt, werden wir sofort gefunden.«

Kitrin tätschelte das verletzte Reittier. »Wir müssen zu Fuß gehen.«

»Es wird nicht einfach sein, so schnell zu gehen, daß wir einen Vorsprung vor den berittenen Truppen beibehalten können.« Von einem Reittier zu erwarten, daß es drei Leute auf einmal trug, war schon etwas viel. Noch dazu im Dunklen, im Regen, in der Mitte eines Sumpfes – kein Wunder, daß die Reise nur kurz gewesen war. Aber vor Solins Zelt war nur dieses eine Tier angebunden gewesen, und sie hatten sich nicht in einer Lage befunden, sich darüber zu beschweren.

Das Tier schnaubte und humpelte einen Schritt vorwärts, wobei es das verletzte Bein hoch hielt. Auf der anderen Seite der Kreatur hockte Aligarius Timni auf dem Boden, inmitten der Ranken und Gräser. Seitdem sie das Lager verlassen hatten, hatte der Zauberer kein Wort gesprochen. Recin vermutete, daß der alte Mann nicht einmal mehr wußte, wo er sich befand.

Noch einmal schaute er den Weg entlang, den sie gekommen waren. Seit dem Verlassen von Solins Zelt hatte es geregnet; zwischen den Bäumen und dem Regenschleier war nichts mehr vom Lager zu sehen, aber er wußte, in welcher Richtung es lag. »Sollten wir nicht weitergehen und die magische Nabe einsetzen?« fragte er. »Dann wäre Tamingazin in Sicherheit, auch wenn wir nicht weiterkommen.«

»Du hast wahrscheinlich recht«, stimmte Kitrin zu. Sie entfernte sich von dem Reittier und fischte die Nabe aus der Gürteltasche. Dann sah sie sich aufmerksam um und schritt auf einen riesigen, umgestürzten Baum zu, der im Unterholz lag. Sie legte die Nabe auf den nassen Stamm und schob sich das triefende Haar aus dem Gesicht. »Die Zeremonie wird nur wenige Minuten dauern, darf aber nicht unterbrochen werden.«

Recin nickte. »Ich halte Wache.«

Kitrin breitete die Hände über den grünen Kristallzylinder und begann, in einer Sprache zu murmeln, die Recin nie zuvor gehört hatte. Bei dem Klang sträubten sich ihm die Nackenhaare. Spannung lag in der Luft – ähnlich wie kurz vor einem bevorstehenden Sommergewitter.

Zwischen den Bäumen leuchteten Lichter auf. Kurz darauf war das schwache Flackern nicht mehr zu sehen. Recin spähte angestrengt in die Nacht.

Während der ersten Nächte hatten Kitrin und er seltsame Lichter über den schwarzen Wassern erblickt, aber jene Lichter waren blau gewesen, und der Schein, der ihm jetzt aufgefallen war, hatte gelb geleuchtet. Gerade wollte er das Ganze als Einbildung abtun, als er es noch einmal sah. Diesmal war es schon näher gekommen. Dann erblickte er ein zweites. Dann noch eines.

Ein Klumpen bildete sich in seinem leeren Magen. Er wandte sich zu Kitrin um. »Sie kommen«, berichtete er. »Die Suderboder suchen uns.«

Das Mädchen nickte, unterbrach das Gemurmel jedoch nicht. Die Nabe erglühte in einem eigenen grünen Licht. Mit jedem arkanen Wort wurde es heller: Es tanzte und regte sich – ähnlich einem heftig schlagenden Herzen.

»Ja«, sagte Aligarius von seinem schlammigen Platz inmitten der Pflanzen. »Das ist es, fast.«

Recin schluckte und warf sich herum. Die Fackeln der Suchenden waren noch näher gerückt und schienen auf sie zuzukommen. Er hoffte, daß sie nur den Spuren folgten und das glühende Licht noch nicht entdeckt hatten. »Schnell«, flüsterte er. »Beeil dich.«

Allmählich wurde Kitrins Stimme lauter und lauter, die Worte waren klar und deutlich zu verstehen. Die Kreaturen des Sumpfes verstummten mit den nächtlichen Rufen. Sogar der Regen schien inne zu halten.

»... argin vigil talech!« endete die junge Magierin.

Ein Windstoß fuhr durch die Bäume und das Licht der Nabe leuchtete grell grün-weiß auf. Dann erstarb es; Dunkelheit senkte sich wieder über den Sumpf. Innerhalb von Sekunden nahmen die Insekten, Amphibien und Reptilien die unterbrochenen Lieder wieder auf.

»War es das?« wollte Recin wissen.

Sie nickte. »Das war's. Jetzt sollte Tamingazin geschützt sein.« Sie runzelte die Stirn und hob die Nabe auf. »Aber irgendwie hat es nicht ganz gewirkt.«

»Was?«

Kitrin drehte die Nabe in den Händen. »Ich müßte eine Veränderung spüren, aber nichts geschieht. Ich bin nicht sicher, ob es mir gelungen ist.«

Aligarius stand auf zitternden Beinen und lachte meckernd. »Ich bin sicher, es ist schiefgegangen. Die magische Mauer ist nicht wieder an ihrem Platz.«

»Aber ich folgte Eurem Ritual! Ich habe alles getan, was Ihr uns gelehrt habt!«

Der Zauberer nickte. »Aber das war nur trockenes Wissen, nicht wahr?« Er wankte ein paar Schritte vor und lehnte sich gegen einen moosbewachsenen Baumstamm. »Als ich die Nabe benutzt habe, merkte ich, daß vieler meiner Theorien falsch waren. Die Übergänge waren anders, als ich erwartet habe. Verstehst du? Ich brauchte fast zwei Tage, um die Mauer zu bewegen.«

»Aber was ist mit dem Erneuern?«

Der Magier schüttelte den Kopf. »Das habe ich noch nicht herausgefunden.«

»Wir haben aber keine zwei Tage Zeit«, stöhnte Kitrin. »Die Truppen der Suderboder sind nur eine Stunde Marsch von der Grenze entfernt.«

Recin starrte über die Schulter. Das Fackellicht war jetzt nahe genug, daß er die leuchtenden Farben der Suderboder Armee erkennen konnte. Er sprang auf das verwundete Reittier zu und versetzte ihm einen kräftigen Schlag auf den Rumpf. Das Tier quiekte unwillig und humpelte dann eilig davon.

»Kommt schon«, drängte Recin. »Wenn ihr noch weiter darüber nachdenken wollt, dann tut es, während ihr lauft.«

Er packte Aligarius beim Arm und zerrte den Alten in die Finsternis.

Talli befühlte den Verband an ihrem Arm und spähte in den Nebel, der den großen Sumpf einhüllte. »Seid Ihr sicher, daß sie da draußen sind?« fragte sie.

Samet Gar nickte. »Unser Späher hat sie gegen Abend gesehen. Mehr als zwölftausend Menschen, und fast zweitausend En'Jaga. Sie können jede Minute hier sein.«

Das waren zehnmal soviel Leute, wie Talli aufgetrieben hatte. Auch nachdem Karelons Truppen sich ergeben hatten, leisteten ein paar starrsinnige Gruppen noch immer Widerstand. Lisolo war in Berimish, wo er die wahren und die sprichwörtlichen Feuer bekämpfte. Diejenigen, die zur Grenze geritten waren, um sie zu verteidigen, waren von den tagelangen Gefechten völlig erschöpft.

Talli schaute entlang der eigenen Reihen. Die Menschen, Garan und Viashino, aus denen ihre Truppe bestand, hatten sich während der Nacht vorbereitet. Sie waren müde, aber trotzdem voller Kampfesmut. Seit dem Morgengrauen erwarteten sie die ersten Angriffe der Suderboder. Talli spürte es selbst: Ein kaltes Band über der Brust, einen Kloß im Magen – die Anspannung der Schlacht, die auch den Tapfersten dazu bringen konnte, entweder davonzulaufen oder blind auf den Feind loszustürmen. Während des langen Krieges, der das Tal vereinen sollte, hatten sie nie einer solchen Übermacht oder einer so verzweifelten Lage gegenübergestanden.

Sie blickte den sanften Hügel hinab, der zum Großen Sumpf führte. Auf halber Höhe sah man eine Linie aus nacktem, roten Lehm, wo einst die magische Mauer gestanden hatte. Vereinzelte weiße Knochen zeigten an, wo frühere Invasionen ein Ende gefunden hatten, während die Eindringlinge mit der Mauer zu kämpfen hatten. Doch heute würde ihnen der uralte Schutz des Tales keine Hilfe geben.

»Vielleicht sollten wir als erste angreifen«, flüsterte Talli vor sich hin. »Wenn wir uns im Dunkeln vorwagen, erfahren sie vielleicht nicht, daß wir nur so wenige sind. In Berimish ist es gelungen. Und dann bräuchten wir wenigstens nicht länger zu warten.«

»Die Suderboder sind erfahrene Soldaten«, stellte Samet Gar fest. »Sie werden Späher ausgesandt haben. Wir werden sie nicht unvorbereitet antreffen.«

Talli verzog das Gesicht. Ihre Leute wurden nur durch Aufregung und Entschlossenheit angetrieben. Wenn sie schon auf den Feind warten mußten, hoffte sie, daß die Wartezeit nicht zu lange dauern würde.

Kaum hatte sie den Gedanken zu Ende gebracht, als ein Schrei von der rechten Seite herüberscholl. »Da!« brüllte ein Viashino. »Da bewegt sich etwas!«

Es vergingen ein paar Sekunden, bevor Talli sehen konnte, was den Alarm ausgelöst hatte. Durch die aus dem Sumpf aufsteigenden Nebel und den feinen

Sprühregen bewegten sich graue Schatten. Zuerst nur wenige, dann Hunderte, dann Tausende.

»Die Schützen sollen sich bereit halten. Sobald die Feinde in Reichweite sind, erwarte ich einen Pfeilhagel«, befahl Talli.

Quietschend spannten sich die Sehnen der Armbrüste der dreihundert Viashino-Schützen. In ihrer Mitte erblickte Talli Heasos. Noch immer haftete der Schlamm der Kanäle von Berimish an ihm, doch sowohl er als auch Janin hatten darauf bestanden, Talli zur Grenze zu begleiten.

Sie erinnerte sich daran, was Karelon vor ihrem Tod gesagt hatte. Die dunkelhaarige Frau hatte sich über sie lustig gemacht, aber auf eine Art hatte sie recht: Tagard wäre stolz auf Talli, wenn er wüßte, daß sie Seite an Seite mit den beiden anderen Rassen des Tals kämpfte.

Die Gestalten im Nebel wurden deutlicher. Und größer. Die ersten Reihen der Armee bestanden nicht aus Menschen, sondern aus riesigen En'Jaga. Selbst im grauen Dämmerlicht konnte Talli das Glänzen der stählernen Rüstungen erkennen. Immer mehr der gewaltigen Kreaturen tauchten aus dem Nebel auf, bis schließlich eine lange, ununterbrochene Reihe von der Mündung des Nish bis zum Rand von Tallis Truppen reichte. Mit einem vielstimmigen Aufbrüllen stürmten die Wesen den Hügel hinauf, auf den Boden von Tamingazin.

Innerhalb weniger Sekunden schwirrten die ersten eisernen Bolzen über die Köpfe der Menschen, die in der vordersten Reihe knieten. Talli stand zu weit entfernt, um die Geschosse zu verfolgen, aber sie konnte das Ergebnis beobachten. Dutzende von En'Jaga fielen in den Schlamm. Viele andere warfen die schweren Köpfe zurück und heulten gen Himmel.

»Noch einmal«, sagte Talli. »Feuert weiter!«

Wieder knarrten die Waffen, als die Viashino den

nächsten Schuß vorbereiteten. Die ersten En'Jaga wurden getroffen, als sie die Linie überschritten, auf der einst die magische Mauer gestanden hatte. Wieder rissen die Bolzen große Löcher in die Reihen der Feinde, aber der Ansturm ließ nicht nach.

»Es genügt nicht«, rief Janin, die ein paar Schritt entfernt stand. »Sie haben uns gleich erreicht.«

Talli nickte. Es würde zum Nahkampf kommen, und sie sah keine Möglichkeit, daraus als Sieger hervorzugehen. »Haltet eure Stellungen«, rief sie mit fester Stimme. »Die Speerwerfer sollen sich bereit halten!«

Der größte Teil der En'Jaga hatte den roten Lehmboden erreicht – und fiel. Einige blieben auf den Beinen, aber die großen Füße fanden auf dem schlüpfrigen, nassen Boden keinen Halt.

»Aus der Deckung heraus!« schrie Talli. Sie zog ihr Schwert und sprang nach vorn, vor ihre Leute. »Regt euch, Soldaten! Wir greifen an!«

»Was ist mit den Schützen?« fragte Heasos.

»Weiterschießen!«

»Über unsere eigenen Leute hinweg? Aber ...«

»Weiterschießen!« brüllte Talli. Sie drehte sich zu den En'Jaga und hob das Schwert. »Angriff!«

Augenblicklich stürzten tausend Menschen, Viashino und Garan los und rannten den Hügel hinunter. Armbrustbolzen surrten über Tallis Kopf. Das nasse Gras klatschte ihr gegen die Beine. Als sie den roten Lehmgürtel erreichte, waren ein paar En'Jaga schon vorübergeeilt. Die Kreaturen, die in den Spuren der ersten liefen, hatten bedeutend weniger Schwierigkeiten mit dem rutschigen Boden. Tallis kurzer Vorteil entschwand schnell wieder.

Sie stieß einen heiseren Schrei aus und warf sich auf einen En'Jaga. Große Klauen zischten hinter ihrem Rücken durch die Luft. Zähne schnappten dicht vor ihrem Kopf zusammen. Talli hieb nach rechts und links, schnitt in übergroße Körperteile, hieb Wunden von der Größe eines Menschen.

Aus den Augenwinkeln sah sie einen Garan, der eine der Kreaturen mit einem Tritt durch die Luft segeln ließ. Der Tritt war so kraftvoll gewesen, daß der En'Jaga flach auf dem Schlammboden aufschlug. Bevor er aufstehen konnte, eilte ein junger Viashino herbei und schlitzte ihm die breite Kehle auf.

Der Viashino jubelte noch über den Sieg, als ein anderer En'Jaga ihn packte und zwischen den mächtigen Kiefern zermalmte.

Eines der Biester ragte vor Talli auf. Der Kopf schoß nach unten, und schon verschwand ihr Helm zwischen den gelben Zähnen. Sie duckte sich, warf sich herum und sprang davon. Die Kreatur versuchte, sie zu verfolgen, aber Talli war schneller. Sie tauchte hinter dem Feind auf und schlug das Schwert in das Gelenk des schuppigen Beines. Der En'Jaga zischte und krümmte sich. Talli sprang wieder zur Seite. Dann hieb sie auf den Schwanz und den gepanzerten Rücken ein. Nach einem dreißig Sekunden währenden Kampf blutete das Monstrum aus zahlreichen Wunden. Es stieß ein kehliges Brüllen aus und fiel auf die Seite, in den Schlamm.

Ein anderer En'Jaga stürmte mit gesenktem Kopf auf sie zu. Talli wich dem ersten Ansturm aus, drehte sich um und warf sich auf den Rücken des Wesens. Mit klauenartigen Händen griff es nach ihr. Bevor es sie packen konnte, hieb sie das Schwert durch die Knochen der Schädeldecke. Mit Donnergetöse stürzte es zu Boden. Noch während es fiel, brach Tallis Schwert in zwei Teile. Sie zog den Stumpf aus der Wunde und suchte den Erdboden ab. Ganz in der Nähe lagen zwei gefallene Menschen. Sicher hatte einer von ihnen seine Waffe fallen gelassen.

Sie suchte noch, als eine Klaue von oben herab zischte, durch die Lederrüstung fuhr und ihr tiefe

Schnitte am Rücken zufügte. Talli schrie und rollte sich fort. Sie hielt den zerbrochenen Schwertstumpf in die Höhe, war völlig hilflos, als sich die Kreatur über sie beugte – bereit zum Töten.

Dann zischte ein Armbrustbolzen den Hügel hinab und traf ins Auge des En'Jaga. Der schwere Kopf fiel auf Tallis Beine, als das Wesen zu Boden stürzte.

»Sie fliehen!« schrie ein Viashino. »Sie laufen zurück in den Sumpf!«

Talli wandte den Kopf und sah, daß er recht hatte. Überall ringsumher zogen sich die En'Jaga aus der Schlacht zurück und liefen den Hügel hinab. Zu beiden Seiten lagen Hunderte der Kreaturen tot oder verwundet auf dem Boden. Eigentlich wäre es ein großartiger Sieg gewesen, hätten nicht zwischen den Körpern der Feinde ebenso viele Menschen, Garan und Viashino gelegen.

Sie zog ihre Beine unter dem Leichnam hervor und richtete sich langsam auf. Sie konnte spüren, wie warmes Blut aus den Schnitten auf dem Rücken floß, konnte jedoch nicht beurteilen, wie übel die Wunden tatsächlich waren. »Zieht euch alle zurück, den Hügel hinauf!« schrie sie. »Bringt die Verwundeten mit!«

Auf dem Boden fand sie ein herrenloses Schwert und hob es auf. Es war nicht so gut gearbeitet wie die Waffe, die sie jahrelang mit sich geführt hatte, aber wenigstens war es heil.

Samet Gar kam über den zertrampelten Hügel auf sie zu. »Sie haben fast die Hälfte der En'Jaga verloren«, erklärte er. »Eure Entscheidung, sie hier anzugreifen war äußerst klug.«

Talli nickte schwach. »Wie viele haben wir verloren?«

»Ich bin nicht sicher. Es sind über hundert Tote und ungefähr dreimal soviel Verletzte.«

»Also haben sie noch tausend En'Jaga und viele

tausend Menschen, während wir ein Drittel unserer Armee verloren haben.«

»Ja.«

Talli wurde schwindlig. Ob das durch die Verletzungen oder die Erschöpfung kam, konnte sie nicht sagen. »Wir können keinen weiteren Angriff durchstehen. Wir müssen uns zurückziehen.«

»Wohin?« fragte Samet Gar.

»Nach Berimish. Innerhalb der Stadtmauern könnten wir einer so großen Übermacht widerstehen.« Sie überblickte den Hügel, auf dem sich die verwundeten Soldaten langsam nach oben schleppten. Es würde nicht leicht sein, sie nach Berimish zu bringen. »Laßt die Verwundeten von den anderen Soldaten auf die Reittiere heben. Ich möchte, daß wir alle so schnell wie möglich von hier verschwinden.«

Ein Schrei gellte über den Hang. »Sie kommen wieder!« brüllte ein Mensch. »Die En'Jaga!«

Talli drehte sich um und sah die Riesen aus dem Nebel auftauchen.

»Sieht so aus, als bliebe uns keine Zeit, Berimish zu erreichen«, bemerkte Samet Gar. Er hob die Arme und brachte die Finger in die Angriffsposition.

Talli stand neben ihm und hob das geborgte Schwert. Sie war bis ins Mark erschöpft.

Doch bald würde alles vorüber sein.

»Beeilung«, drängte Recin. Er lugte durch die dicken Ranken, die zwischen den Bäumen hingen. Etwas Purpurfarbenes glitt vorbei, als ein Soldat der Suderboder dicht an ihm vorüberschritt. Der Regen und die Dunkelheit hatten die Verfolger gehemmt, und es war den Flüchtenden gelungen, ein Versteck hinter dem Vorhang aus Schlingpflanzen zu finden. Aber mit Anbruch des neuen Tages näherten sich die Soldaten immer mehr. »Sie kommen näher.«

Aligarius grunzte. »Drängele mich nicht. Ich denke nach.«

Recin schlich an Kitrins Seite. »Glaubst du, daß er es schaffen kann?« flüsterte er.

Das Mädchen zuckte die Achseln. Im Tageslicht war deutlich zu sehen, daß Daleels Hieb ihr die Nase gebrochen hatte. Tiefviolette Blutergüsse hatten sich auf den Wangen verteilt, und sie schnupfte fortwährend, um das Blut zurückzudrängen, das einfach nicht versiegen wollte.

»Er ist der Fachmann für diese Dinge«, erwiderte sie. »Ihm ist es gelungen, die Mauer zu bewegen, das sollte ihm helfen, sie wieder aufzubauen.«

Recin sah mißtrauisch zu Aligarius hinüber. Der alte Zauberer sah inzwischen ein wenig wacher aus, als zu dem Zeitpunkt, als sie Solins Zelt verlassen hatten, aber das bedeutete noch lange nicht, daß er in der Lage war, schwierige, magische Probleme zu lösen.

»Die magische Mauer ist nicht fort«, erklärte der Alte.

»Habt Ihr sie neu erschaffen?«

»Nein, nein.« Er tätschelte den grünen Kristall. »Dieses Ding kann die Mauer nicht zerstören. Ich habe sie nur versetzt.«

»Wohin?«

»Nach oben. Sie schwebt ein paar hundert Schritt über der Stelle, an der sie jahrhundertelang gestanden hat.«

»Wunderbar«, meinte Recin. »Wenn sich die Suderboder entschließen sollten, nach Tamingazin zu fliegen, haben sie kein Glück.«

Sein Spott erreichte Aligarius nicht. »Ich glaube nicht, daß sie fliegen«, erwiderte er ernsthaft.

Recin senkte den Kopf und knirschte mit den Zähnen. »Könnt Ihr die Mauer an den alten Platz setzen?«

»Ja. Ich denke schon.« Aligarius streckte Kitrin die Nabe entgegen. »Du da. Halte das einmal.«

Sie runzelte die Stirn, nahm den Stein und hielt ihn mit beiden Händen.

Aligarius rieb die Handflächen aneinander und legte die Finger auf die Oberfläche des Kristalls. »Es dürfte nur ein paar Minuten dauern.« Er schloß die Augen und murmelte in der seltsamen Sprache, die auch Kitrin verwandt hatte, vor sich hin.

»Gut«, nickte Recin. »Ich halte Wache.« Er ging zu dem Rankenvorhang hinüber und zog die Schlingpflanzen auseinander.

Auf der anderen Seite standen Ursal Dalee und ein Soldat.

Recin schrie vor Überraschung auf und ließ die Ranken los. Daleels Hand schoß vor und packte ihn beim Handgelenk. Mit einem heftigen Ruck wurde der Junge nach vorn gerissen und landete mit dem Gesicht im Schlamm. Ein Stiefel stellte sich auf seinen Rücken.

»Ich glaube, Ihr hattet recht, Gruppenführer. Sie haben diesen Weg genommen«, sagte Daleel.

Recin wandte mühselig den Kopf und schaute den Suderboder an. »Ich dachte, Ihr befändet Euch längst mitten im Krieg.«

»Oh, das tun wir auch«, antworte Daleel mit einem Lächeln, das erschreckend gut Zuneigung vortäuschte. »Gerade jetzt greifen die En'Jaga-Truppen die armseligen Verteidiger entlang der Grenze an.« Er legte eine Hand hinter das Ohr. »Wenn du genau hinhörst, kannst du wahrscheinlich vernehmen, wie deine Freunde geschlagen werden.«

Auf der anderen Seite der Lichtung wedelte Aligarius mit den Händen. Die Nabe glänzte hell in Kitrins Händen.

»Noch habt Ihr nicht gewonnen«, knurrte Recin.

»Nein?« Der Suderboder deutete auf die beiden Magier. »Geht und holt mir den Stein«, befahl er dem Soldaten. »Er gehört mir.«

»Nein!« Recin schubste den Fuß des Mannes beiseite, griff nach oben und packte Daleels Tunika. Gleichzeitig riß er die Knie hoch und stemmte sich mit aller Kraft in die Höhe.

Der Anführer der Suderboder war stark, aber nicht so schwer wie sein Vorgänger. Recins Angriff riß ihn von den Beinen und sandte ihn kopfüber in das schlammige Wasser eines kleinen Tümpels.

Der Soldat drehte sich um und zog ein gebogenes Schwert aus der Scheide.

Recin sah, wie Kitrin auf den Mann zusprang. »Warte«, schrie er. »Ich kümmere mich schon um ihn.«

»Du?« höhnte der Soldat. Er hob das Schwert zum Schlag.

Recin sprang hoch und ergriff die Ranken über seinem Kopf. Als der Arm des Suderboders nach unten fuhr, befand er sich bereits zehn Fuß über dem Kopf des Angreifers.

Der Mann schaute nach oben und drohte ihm. »Komm runter und kämpfe.«

»Ich glaube, ich klettere lieber.«

Der Soldat grunzte. »Klettere, soviel du willst. Das wird deinen Freunden nicht helfen.« Er drehte sich um und wandte sich Kitrin und Aligarius zu.

Recin ließ die Ranke los und fiel auf den Mann. Aber dieser war schneller, als er erwartet hatte. Das gebogene Schwert fuhr zischend durch die Luft und zerschnitt eine Ranke, die genau über dem Kopf des Jungen hing. Als der Mann aber zu einem neuen Schlag ansetzte, verfing sich sein Fuß in dem Pflanzenknäuel.

Er stolperte nach vorn und ruderte mit den Armen. Als er fiel, sprang Recin zur Seite. Dann griff er zu und schlang die abgeschnittene Ranke um den Hals des Gegners.

Bevor sich der Mann erheben konnte, saß Recin bereits auf seinem Rücken und zog die Schlinge zu.

Ein dünnes Quieken drang aus der gequälten Kehle des Suderboders. Er bemühte sich, Recin zu packen, doch seine Rüstung hinderte ihn daran. Das Schwert entfiel seinem Griff, die Hände trommelten auf den Boden. Der Garan lehnte sich soweit wie möglich nach hinten und zog, so fest er konnte. Ein Knacken ertönte, als habe jemand auf einen Ast getreten.

Als Recin den Griff lockerte, lag der Soldat reglos und still.

Ursal Daleel watete durch den Tümpel und stand tropfend am Ufer. »Sehr eindrucksvoll«, nickte er. »So, und jetzt geh mir aus dem Weg.«

Recin warf einen Blick über die Schulter. Kitrin starrte ihn an, ihr verletztes Gesicht wirkte besorgt. Aligarius' Bewegungen wurden immer heftiger, seine Stimme lauter; das Licht der Nabe flackerte und blitzte.

Recin stand auf und sprang mit einem Satz auf Daleel zu. Der Schwung riß sie beide in den Tümpel. Es gelang ihm, einen Arm um den Hals des Suderboders zu legen, den anderen schlang er um die Brust des Gegners.

»Laß mich los, du Narr!« brüllte Daleel. »Laß mich los, bevor du uns beide ertränkst!«

Eiserne Finger krallten sich in den Arm des Jungen. Recin schrie, aber der Laut endete in vielen sprudelnden Blasen, als sein Kopf unter Wasser geriet. Er ließ nicht los. Daleel trat ihm gegen die Schienbeine, aber Recin hielt ihn fest. Langsam versanken sie im schmutzigen Wasser. Die Lungen des Jungen begannen zu brennen. Bald war das Bedürfnis, Luft zu holen, so stark, daß er die Hiebe Daleels kaum mehr verspürte. Er hielt fest.

Kurz bevor es dunkel um ihn herum wurde, glaubte er, einen grünen Blitzstrahl zu sehen.

Die En'Jaga waren nur noch wenige Schritt entfernt, als sie erstarrten. Gelbes Licht umgab ihre Körper und spiegelte sich auf den gebleckten Zähnen. Innerhalb der magischen Mauer betrugen die Bewegungen nur noch ein Hundertstel der üblichen Geschwindigkeit. Als immer mehr der Kreaturen in die Mauer eindrangen, erhöhte sich die magische Kraft mehr und mehr.

Die Eisenbolzen der Viashino ließen sich durch die Mauer nicht aufhalten. Eine Salve nach der anderen traf auf die Körper der En'Jaga und durchbohrte sie.

Talli setzte sich auf das blutgetränkte Gras. Um sie herum lagen die Körper der Menschen, die ihrem Vater aus den Bergen gefolgt waren, Garan, die ihre Heimat und Viashino, welche die schützende Stadt verlassen hatten, um an ihrer Seite zu kämpfen. Einen Augenblick lang fühlte sie, daß sie gleich in Tränen ausbrechen würde.

Statt dessen brach sie in Gelächter aus. Der Klang ihres Lachens mischte sich mit dem Zischen der Bolzen, als die verbliebenen En'Jaga den Hügel hinabliefen.

Recin hustete und öffnete die Augen. Über sich sah er Kitrins verletztes Gesicht. »Was ...«, setzte er an, aber die Worte erstickten in einem neuerlichen Hustenanfall.

»Bleib ruhig«, mahnte die junge Magierin sanft. »Du bist beinahe ertrunken.«

»Daleel?« keuchte Recin.

Das Mädchen schüttelte den Kopf. »Es ist nichts mehr von ihm übrig. Die Attalo haben ihn gefressen.«

»Dann wird ihnen sicher schlecht davon.« Der Junge hob den Kopf und sah sich um. »Wo ist Aligarius?«

»Er hält Wache, falls noch mehr Soldaten in der Nähe sind.«

»Wer hat mich aus dem Wasser gezogen?«

»Ich«, antwortete sie.

Recin lachte schwach. »Ich dachte, du könntest nicht schwimmen.«

»Ich habe nur einen Anreiz gebraucht«, erklärte sie und lächelte.

Recin bemerkte, daß ihr Lächeln ihn nicht mehr störte.

»Bleibt hier!« befahl Talli den Umstehenden. »Wir wissen nicht, was sie als nächstes versuchen. Ihr dürft eure Stellungen nicht aufgeben, bis wir die Art des Angriffs kennen.« Sie schritt zu einem der Späher hinüber, der etwas gerufen hatte. »Was hast du gesehen?«

»Da kommt jemand«, sagte der Viashino. Er hob die Hand und deutete mit der Klaue in den Nebel. »Da drüben.«

Talli brauchte eine Weile, um zu erkennen, was die gelben Augen des Viashino erspäht hatten. Dunkle Schatten bewegten sich: graue Gestalten im hellgrauen Dunst. Zuerst sah sie einen, dann zwei, schließlich drei: Menschen, alle drei, oder zumindest menschenähnlich. Sie wartete auf eine lange Reihe von Gestalten, die den Suderboder Angriff verheißen würden, doch es erschien niemand mehr.

Der Viashino neben ihr hob die Armbrust und spähte durch das Visier. »Ich kann sie töten, bevor sie die Mauer erreicht haben.«

Talli streckte den Arm aus und schob die Waffe beiseite. »Nein, warte noch.«

Jetzt konnte man Farben ausmachen. Die drei Leute waren mit der buntgestreiften Suderboder Kleidung angetan. Dann erkannte sie die Gesichter. Recin. Kitrin. Und … Aligarius?

Talli rannte los und flog über den zerstampften, blutgetränkten Boden. Die drei Personen gelangten an die Mauer und ihre Bewegungen verlangsamten sich, während das gelbe Licht sie umspielte. Talli wartete unmittelbar vor dem Ring kahler Erde. In diesem Augenblick hatte sie ihre Erschöpfung und die Verletzungen vergessen.

Sobald die drei die Mauer hinter sich gelassen hatten, umfing sie Recin und Kitrin mit jeweils einem Arm und drückte sie fest an sich.

»Was ist geschehen?« fragte sie, als sie die beiden schließlich freigab. »Wo sind die Suderboder?«

Recin wies mit dem Daumen über die Schulter. »Ganz dahinten.«

»Wir gehen besser den Hügel hinauf. Wenn sie noch einmal angreifen, brauchen die Schützen eine freie Fläche.«

»Ich glaube kaum, daß noch ein Angriff erfolgt«, meinte Recin. »Heute ganz bestimmt nicht.«

»Bist du sicher?«

»Soweit wir gesehen haben, ziehen sie ab«, warf Kitrin ein. Sie fischte den grünen Kristall aus der Gürteltasche. »Sieht so aus, als hätte dieses Ding seinen Zweck erfüllt.«

»In der Tat«, nickte Aligarius. Seine Stimme klang belegt, ein verzerrtes Lächeln spielte um seinen Mund. »Man muß eben wissen, wie man es einsetzt.«

Talli starrte ihn an. Er war so dürr wie ein Skelett. Die bunten Gewänder hingen ihm am Körper herab, der Schlapphut saß schief auf dem Kopf. Das Weiße der Augen hatte eine Mischung aus gelber und rötlicher Farbe angenommen.

»Was wollt Ihr hier?« fragte sie böse.

Aligarius wandte sich ihr zu. »Nun denn, zeig einmal, ob du weißt, wie man ein Transzendental der zwölften Stufe beherrscht.«

»Was?«

»So redet er schon die ganze Zeit, seitdem er die Mauer zurückgeholt hat«, erklärte Recin. »Die Suderboder haben ihm eine Art Gewürz gegeben, das einen

süchtig macht. Ich glaube, das hat seinen Verstand be-
einträchtigt.«

Kitrin nickte. »Darum hat er auch deinen Vater verraten.«

Talli starrte dem Alten in die glasigen Augen. »Das
ist keine Entschuldigung für das, was er getan hat.«

»Nein, natürlich nicht«, pflichtete Kitrin bei. »Wenn
er erst wieder im Institut ist, werden wir dafür sorgen, daß er …«

»Im Institut?« Talli schüttelte den Kopf. »Er muß
nach Berimish, vor Gericht.«

»Wir haben aber ein Versprechen abgegeben«, warf
Kitrin ein. »Er hat uns geholfen, und deshalb versprachen wir, ihn ins Institut zu bringen.«

Talli kniff die Lippen zusammen. »Versprechen sind
wichtig.« Sie nickte. »Na gut. Aligarius kann gehen.
Aber du sorgst dafür, daß er dort bleibt.«

Recin legte Talli die Hand auf den Arm. »Was ist
mit meiner Mutter? Geht es ihr gut?«

»Es ist alles in Ordnung. Sie ist oben auf dem Hügel
und versorgt die Verwundeten. Getin ist in Berimish,
aber sie war bei bester Gesundheit, als wir fortgingen.
Rael Gar ist tot.«

»Wie ist denn das geschehen?«

Talli blickte sich um. Die Soldaten starrten sie an.

»Kommt schon«, meinte sie. »Gehen wir irgendwo
hin, wo wir uns in Ruhe unterhalten können.«

»Und essen«, fügte Recin hinzu.

»Natürlich«, sagte Talli lachend. »Und essen.«

Langsam schritten die Vier den Hügel hinauf. Kitrin führte Aligarius bei der Hand.

»In der kurzen Zeit hat sich viel ereignet«, erklärte
Talli. »Wenn du nach Berimish zurückkehrst, wirst du
die Stadt bestimmt nicht wiedererkennen.«

»Ich dachte, Recin würde mich vielleicht zum Institut begleiten, anstatt nach Berimish zu gehen«,
wandte Kitrin ein.

»Zum Institut?« fragte der Junge erstaunt. »Weshalb?«

»Ich glaube, dort gibt es keine Garan. Du könntest der erste Garan-Zauberer werden.«

Er blinzelte und schüttelte verwundert den Kopf. »Ich weiß nicht. Glaubst du denn, daß ich eine magische Begabung habe?«

»Komm mit, und finde es heraus.«

Talli lächelte. Sie vermutete, daß Kitrins Verlangen, Recin mitzunehmen, wenig mit Magie zu tun hatte – wenigstens nicht mit der Magie, bei der es um Zaubersprüche und Artefakte ging. Wieder schüttelte Recin den Kopf. »Darüber habe ich noch nie nachgedacht.«

»So ist das nach einem Krieg«, bemerkte Talli. »Da kommt der Frieden, und du hast keine Ahnung, was du damit anfangen sollst.« Sie blieb vor den Soldaten stehen, die sich für eine Schlacht versammelt hatten, die nicht weitergeführt werden sollte.

»Vielleicht finden wir es jetzt endlich heraus.«

Shadowrun

Mitte des 21. Jahrhunderts sind die Nationalstaaten zerfallen, haben Megakonzerne neben der wirtschaftlichen auch die politische Macht übernommen. Aber auch die Bewohner dieser Welt haben sich verändert. Durch die Regoblinisierung funktioniert die Zauberei wieder, und es tauchen Trolle, Elfen, Werwölfe und Drachen auf inmitten einer computerisierten Hightech-Welt.

06/5294

Wilhelm Heyne Verlag
München